霞光映照之地

——

2022年当代散文20家

张莉 主编

湖南文艺出版社

图书在版编目（CIP）数据

霞光映照之地：2022年当代散文20家 / 张莉主编. -- 长沙：湖南文艺出版社，2023.2
ISBN 978-7-5726-1030-1

Ⅰ.①霞… Ⅱ.①张… Ⅲ.①散文集—中国—当代 Ⅳ.①I267

中国国家版本馆CIP数据核字（2023）第019794号

霞光映照之地：2022年当代散文20家
XIAGUANG YINGZHAO ZHI DI:
2022 NIAN DANGDAI SANWEN 20 JIA

主　　编：张　莉
出 版 人：陈新文
责任编辑：谢迪南　陈漫清
封面设计：文　俊｜1204设计工作室（北京）
内文排版：刘晓霞
出版发行：湖南文艺出版社
　　　　　（长沙市雨花区东二环一段508号　邮编：410014）
印　　刷：长沙鸿发印务实业有限公司
开　　本：880 mm × 1230 mm　1/32
印　　张：13.5
字　　数：303千字
版　　次：2023年2月第1版
印　　次：2023年2月第1次印刷
书　　号：ISBN 978-7-5726-1030-1
定　　价：68.00元
　　　　　（如有印装质量问题，请直接与本社出版科联系调换）

序言

散文里的"有我"与"忘我"

张 莉

一

中学时代提到散文,我们通常会说到记叙文、抒情文以及议论文,这是最为基础和简单的分类。而无论是记叙、抒情还是议论,说到底也都与"我"有关,散文所写的是"我"之所见、"我"之所感和"我"之所想。谁能忘记《从百草园到三味书屋》呢?这是鲁迅《朝花夕拾》中的一篇,也是现代散文的名篇,直到今天,我们几乎每个人都会背里面的经典段落:"不必说碧绿的菜畦,光滑的石井栏,高大的皂荚树,紫红的桑椹;也不必说鸣蝉在树叶里长吟,肥胖的黄蜂伏在菜花上,轻捷的叫天子(云雀)忽然从草间直窜向云霄里去了。单是周围的短短的泥墙根一带,就有无限趣味。"每个句子里都有动物或植物,都是我们寻常所见之物,而正是对它们细致的观察和描摹,才构成了百草园的生趣。

这些寻常之物都与"我"有关,都与"我"的记忆和情感发生了关联。——为什么那些习焉不察的日常之物在作家笔下变得神采奕奕？因为那些瞬间、那些人生片段，仿佛记忆墙壁上的钉子，也都与"我"的感受相关，于是，借由作家的悬挂，便永远悬挂在记忆深处了。物不可能只是物，它们代表的是"我"的所见、所想、所念，它们是它们自身但又不只是它们自身，因为难以忘记，所以，要写下来，使它们变成永远不褪色的纸上记忆。

如此说来，确认"我"，感受"我"，认知"我"，在散文中是重要的，也才能使读者产生亲近和共情。想到朱自清的《背影》。那是写于1925年的作品，当年，儿子看到的是父亲的笨拙，但人到中年历经沧桑，才发现父亲对儿子的深情。"我"看"我"，是最痛切的看到，也是最痛切的认识，这部作品朴素、平实，洗尽铅华，朱自清使"背影"成为汉语里最迷人也最牵肠挂肚的意象。

今天的我们多么迷恋线上交流。——我们宁可在手机里和人谈情说爱，也想不起给身边人一个实实在在的拥抱。是的，在一个机器、智能机器人和大数据占重要地位的时代里，"我"显得如此笨拙。可是，"我"之所以是"我"，是在于有思考、有情感，就在于脆弱、痛楚、羞怯而非无坚不摧。——今天，保持对外在世界的敏感性与疼痛感很有必要，人之所以为人，就要感受属于人的那些笨拙、羞怯、不安以及痛苦。

汪曾祺的《星斗其文，赤子其人》写的是自己的老师沈从文先生，他写下沈从文生活的点滴：他爱用的词是"耐烦"，他不大用稿纸写作，他喜欢搜集器物，尤其是那些被人丢弃的器物，比如"漆盒"。他穿衣服不讲究，喜欢吃"慈姑"和"猪头肉"……汪曾祺谈天般记下沈从文的日常生活，形象而鲜活，他也写到沈从文的丧事："我走近他身边，看着他，久久不能离开。这样一个人,就这样地去了。我看他一眼,又看一眼,我哭了。"笔触节制而细微,结尾尤其令人难忘:"沈先生家有一盆虎耳草,种在一个椭圆形的小小钧窑盆里。很多人不认识这种草。这就是《边城》里翠翠在梦里采摘的那种草,沈先生喜欢的草。"

写下"我"所见到的身边人的生活和身边人的日常,写下"我"所认识到的人本身的朴素和自然,写下人本身的有趣和烟火气。因为来自"我"之本心,因为来自"我"之体悟,更因为真情与实意,这部作品每次读来都会让人共情。真正的好散文是一种有情的连接,它最终使我们和亲人,使我们和萍水相逢的人,形成坚固的情感共同体。

二

在大学课堂里,我常跟同学们讨论的问题是,都说"爽文"最受欢迎,那么"爽"是人生中最重要的感受吗,被"爽"到是一个人活在世上的终极追求吗?"爽"是一种精神上的迅速抵达,带给我们快感,但是,在经历共同的"爽感"之后,是否还应该保有个人的思考,是否还应该寻找"爽感"之后的况味?

我们需要思考、辨析,需要属于"我"的独立思考力。想到鲁迅的《野草》,也想到《〈呐喊〉自序》里那位出入于质铺和药店的少年,他渴望的是"走异路,逃异地,去寻求别样的人们"。在日本课堂的幻灯片里,他看到围观的人群,认识到文学的重要性,"所以我们的第一要著,是在改变他们的精神,而善于改变精神的是,我那时以为当然要推文艺,于是想提倡文艺运动了。"鲁迅的思考如此痛切、清醒。优秀的散文里,"我"的思考要锐利而有锋芒,要激发人的感受力。

好的散文会提供给我们理解世界的新角度,而无论有怎样令人顿悟的看法,都来自作家对日常生活的重新发现和重要理解。一切都依凭的是"我"的独立思考。因为从"我"出发,因为从"我"的理解出发,才有可能摆脱旧有的陈词滥调。

是的,要摆脱陈词滥调。白话文运动强调"我手写我口,我手写我心",是希冀每个人自由表达自己真实的喜怒悲欢,而反对将感受封闭在同一个语言风格的套子里、模式里。想起我们小时候上的作文辅导班里,常常要求同学去背诵作文模板、背诵好词好句,认为是写作文的捷径,但那是错误的,模板只是在套用别人的词语、别人的经验,而不是我们自己的。所谓修辞立其诚,指的是写作者要表达对世界最诚挚的认知而不能借用矫揉造作的滤镜。

这便是"有我"的重要性。想到敦煌莫高窟。窟里的许多塑像和壁画美不胜收,那些历经岁月的佛像和壁画,栩栩如生。尤其记得第159窟,那是中唐时的作品,菩萨的面像上有种美好的圣洁感。即使年代久远,依然能感受到这是两尊有生命力的"活像"。也想到背后的画师们。想到他们画下这些佛像的虔诚与真挚,而那一笔一画,不是来自空蹈的想象,而是来自画师本人对普通人情感、喜怒哀乐的观察、体察和表现,正是一切从"我"而来,才有了那两尊穿越时光的、卓有生命力的活像。艺术创作的道理是相通的。最迷人的散文写作从不来自"远方"和"高处",而只来自"切近"和"体悟"。

三

"有我"是重要的,但是,如果一个作者在作品里总是强调"我"、强调"我"的生活、"我"的苦痛、"我"的快乐、"我"的悲伤……如果一个作者总是执迷于"我",会怎样?那是受困于我执的作品,并不是一部好的散文。

所以,强调"有我",也要跳脱,要自省,要疏离。一如《我与地坛》。通篇是关于"我"的思考,但并不是聚焦于"我"的悲伤、痛苦和悔恨。我们顺着他的眼光看世界,体悟这一切:母子之间的情感和遗憾,长腿冠军,中年夫妻,一对兄妹……《我与地坛》里写着一个人对于生命的领悟,关于活着和死去,关于相见和别离。最终,推着轮椅的"我"在园子里成长,这园子既小又大,"我"逐渐开始领受这个世界的诸多秘密:"我在这园子里坐着,园神成年累月地对我说:孩子,这不是别的,这是你的罪孽和福祉。"在写作时,作家化身于两个"我",一个"我"旁观另一个"我"。

当然,也并不是所有的散文都是"有我"的,事实上,也有许多散文是"无我"的。你看不到叙述人的存在,但是,那并不一定是"无我",而很可能是它进行了隐藏。重要的是如何在作品中运用"我"很重要。有一些"无我"的作品,没有情感和看法,没有人的体温,也不以人的声音说话,因此,往往是无趣的。——"无我"的散文是无趣的,带有个人体温的"无我"才有趣。事实上,带着个人体温的"无我"其实并不是"无我"而是"忘我"。——一切由"我"而起,"我"是容器,"我"是感知,"我"是视角,"我"是方法。《我与地坛》

让人想到,当一位散文作家真正达到"有我"且能"忘我"的地步时,他才能写下留传于世的名篇。

真正的名篇,在于写作者能否将"我"之所见、"我"之所感、"我"之所想变成"我们"之所见、"我们"之所感和"我们"之所想,能否真正地做到既"有我"又"忘我",真正做到"物我两忘"的既"有我"又"无我"。好散文的魅力在于能引起我们长久的跨越时空的共鸣。

四

编选2022年当代散文二十家时,我多次想到了作家如何理解"我",因此,今年我将二十部作品分为了"所见""所感"和"所思"。我认为,写作者如何理解"我",在写作中处理"我"代表了他对所写之物的理解力。真正的作家,需要认识到"我"的优越性,但是也要认识到疏离"我"、旁观"我"之于写作的重要。

这部散文选集里,从李敬泽的《自吕梁而下》、刘亮程的《土地上的睡着和醒来》到阎晶明的《亲缘之上的神交》、丁帆的《南京风景》,从塞壬的《日结工》、陈冲的《悲伤是黑镜中的美》到沈念的《大湖消息》、王恺的《难中寻吃》,从袁凌的《返家路上的二十六条泉水》到陈蔚文的《遮蔽与显现》……这些作品里是"有我"的,"我"隐藏其中,"我"是凭借,也是认识世界的方式,借助这些文字,"我"看到了更辽远的世界,感受到最复杂柔软的情感。事实上,之所以将这些作品选载在一起,是因为作为读者的"我"能和散文中的"我"在某一点达到共情,又或者说,这部作品的某一部分会让读者深为所动。——这些作品代表了中国当代散文的不同美学面向,我看重它们之间的各不相同,而正因为各不相同,才意味着这一选本美学风格的丰富、多元与包容。

"霞光映照之地"这个书名,来自韩松落散文的标题,我喜欢这部作品里所蕴含的光泽感。——此刻正值新春,对着"霞光映照之地"几个字,心中有万千感慨。也由此想到,成为"有我"的写作者固然重要,但更美妙的境界则应该成为"物我两忘"的写作者。对于读者而言也是如此。阅读时的"有我"是重要的,但某一刻被文字掠走进入"物我两忘"的境界何尝不是一种美妙?

——"霞光映照之地"里有独属于作家们的"所见"与"所感","霞光映照之地"也有独属于我们每个人的感喟、温暖与欢愉。

感谢二十位作家的支持,正是他们的慷慨授权,这部年选才能以最理想的样貌得以出版。感谢我的研究生曹译、程舒颖、赵浩宇、易彦妮、赵泽楠、谭镜汝的协助,他们前期所做的广泛筛选工作使这一选本具备了别样的宽阔、生机与能量。

2023 年 1 月

目录

所见

- 003　自吕梁而下　李敬泽
- 014　土地上的睡着和醒来　刘亮程
- 029　日结工　塞壬
- 099　大湖消息　沈念
- 132　霞光映照之地　韩松落
- 143　行走在苍茫的大地上　安宁

所感

- 161　南京风景（二）　丁帆
- 171　悲伤是黑镜中的美　陈冲
- 194　灵猴　傅菲
- 205　绿绒蒿的前世今生　龙仁青
- 216　燃爆记　江子
- 236　日常的神性　张远伦
- 257　我对不起郝美丽　鱼禾

所思

299 亲缘之上的神交
——鲁迅与周恩来　阎晶明

311 每个人的傍晚都住着故乡的晚霞　程矗眉

329 返家路上的二十六条泉水　袁凌

357 难中寻吃　王恺

376 遮蔽与显现　陈蔚文

389 众神还乡（外一篇）　闫文盛

401 长号与冰轮　杜梨

所见

自吕梁而下

李敬泽

此山自黄土高原站起,左手按下去一个晋中盆地,越晋中遥指太行;右手隔黄河指陕西,黄河浩荡犁开黄土,奔赴壶口而去。

这是吕梁山,一山断秦晋,分出西北华北。关于吕梁山,我知道什么?

我知道吕梁,儿时看过连环画《吕梁英雄传》,后来读过马烽、西戎的《吕梁英雄传》。

吕梁是山西一个地级市。

由《吕梁英雄传》,我知道,抗日战争中,这里是日军所抵的最西之地,在这里,吕梁英雄们拦住了他们,再不能向西。

马烽是文学史上山药蛋派的代表性作家,二十世纪九十年代初他自山西来京,任中国作协党组书记,我曾在不同场合远远见过他。

吕梁有好酒,汾酒。

有好酒处必有一条好水,汾水。

汾水之南有汾阳,现在是吕梁辖下一个县级市。

汾阳有郭子仪。郭子仪平安史之乱,立不世之功,功比天高赏无可赏,最后封了汾阳郡王。"好一条老汉他本是关中人,救唐王平天下他封在汾阳"。

汾阳姓郭的人必定不少,比如郭德纲,祖籍汾阳,不知从哪一代离了汾阳去天津,生了个小儿子就叫郭汾瑒。

汾阳有贾樟柯。贾樟柯的电影里,汾阳是宇宙的中心,飞机、火车、长途客车、大卡车、小汽车、自行车,来来往往载着那些人在世上奔忙,自汾阳出走,向汾阳归来。

最后,我到了汾阳才知道,汾阳有个贾家庄。贾家庄本不是贾樟柯的庄,但贾樟柯现在以此为家,办一个活动叫"吕梁文学季"。此来正是为此。

这一晚,贾家庄里上演山西梆子《打金枝》。

广场上,黑地里站满了人,男男女女,指指点点,忽然风翻荷叶,笑成一片,有孩子骑在大人脖子上仰天看月。此情景仿佛贾樟柯的《站台》。《站台》里的野台子是在遥远的、无限遥远的二十世纪之末,台上台下鼓荡着野地般荒凉的欲望和苦闷,眼下这台戏却已到2019年,鲜花烈火、富丽堂皇。

锣鼓起,大幕开,汾阳郡王把寿筵摆。

郭子仪今日庆寿诞,金玉满堂好儿孙一双一双上前拜,偏剩下小儿子形单影只名叫郭暧,却原来,郭暧的妻唐王的女寿阳公主她摆起了架子不肯来。

小郭暧,气冲冲,回宫找到公主说明白。说明白就说明白,天下事有黑就有白,公主道:君是君来臣是臣,哪里有为君的倒把臣来拜!

郭暧闻听气冲斗,没有我老郭家卖命,哪有你老李家的江山来!

——这个破韵押不下去了,总之,郭暧急了怒了,一抬手,打了公主一巴掌。

打老婆啊,这是家暴!下午几位女作家女学者刚刚在村里的另一个台子上讨论了女性地位和女性权利,晚上这个台子上就一巴掌打出了父权、夫权和男权的威风。郭暧这厮他是不是觉得他是个男人就比皇帝还大就比天还大,他这是要用一巴掌来宣布世界是他们的归根结底还是他们的,他这是丧心病狂啊!他就是比封建皇帝还大的反动派!

但台子上下,戏照唱,戏照看。多大的事呢?神州不会陆沉,天下不会大乱,我们之所以在寒风中看戏,不是因为我们没看过,《打金枝》谁没看过呢?我们看的就是我们了然于心的戏,人生如戏、戏如人生,我们就是要在戏里把我们熟知的人生温习一遍。

《打金枝》,根本要义就是三个字,北方话叫"和稀泥",南方话叫"捣糨糊",南北同心,天下同理,说的就是一个过日子难得糊涂。戏台上,郭暧和公主青春明亮照人,年轻,所以不肯糊涂,公主论君臣,郭暧讲父子,忠和孝针尖对麦芒;公主论名分,郭暧摆功劳,名与实如火如水,这日子过不下去了,这世界眼见就要翻车。谢天谢地,还有唐王有郭子仪,年纪一大把胡子一大把,早知道这个理讲不清,这个架打不得,我大唐靠的是老郭家拼命冲杀,老郭家反大唐又得拼命冲杀,这个架打起来,就要从家里的坛坛罐罐打到山河破碎一地,一场安史之乱,总人口减少三分之二,难不成再减三分之二?于是,唐王骂闺女,郭子仪捆儿子,哄得小两口重归于好,从此后和和美美过日子,红红火火、地久天长。

此时月朗星稀，台上台下的人，最终都是笑了。这戏唱了几百年，从封建主义的明清唱到半封建半殖民地的民国，唱到了新中国。山西梆子唱，京剧唱，几乎所有地方戏都唱，唱遍了天下州府，所唱的就是时间中的智慧、老生老旦长须白发的持重稳当。

　　——倒也不仅是中国，自有人类大抵如此。山洞里走出一个人，一抬头，前边还有一个人，两个人往前走，前边又有一个人，三人围兔总好过一人逐兔，于是合作打兔子。但三人行必要吵架，打到兔子烤熟了必有四条兔腿三张嘴的分配问题。那就谈，比一比谁的功劳大，谈好了，继续一块儿打兔子，蛋白质供应充足。谈崩了，分道扬镳，各追各的兔子，忙几天各自追不到眼看要饿死，人类文明危乎殆哉。荷马史诗《伊利亚特》里，阿喀琉斯就狂怒了，宣布兔子不打了，自己要回山洞了，因为他作为强者未能公平地得到强者的报偿。这个郭暧，也是一个阿喀琉斯啊，打老婆当然是绝对错误，但是，他真正充满怒气地提出的问题是，郭家为王朝立下了如此巨大的功劳，我们是否得到了公平。年轻人的血气和冲动把这出戏把世界推到了悬崖边上：你要的是什么公平呢？莫非你要当村主任当皇帝不成？唐王和郭子仪必须把这个悬崖上的问题糊涂到平地上去。所有胡子长的人，包括孔子、柏拉图、亚里士多德，他们都站在唐王和郭子仪一边，他们接受世界的不完美，他们深思熟虑、老奸巨猾，他们通过《打金枝》宣传推广老年的、安静的德行。

　　戏散了，贾家庄的路上清辉如霜，路两边是高树，早春疏朗的枝杈印在幽蓝的天上。回到住处，是几幢仿建的老式洋房：徽因水坊、焕章别墅、正清金屋等。徽因是林徽因，焕章是冯玉祥，正清是费正清，他们都曾来过汾阳，他们来过贾家庄吗？应该来过的吧。现在，吕梁山下，中国的肘腋之地，他们毗邻而居，可以开会了。

我本一俗人，当然希望住到林徽因家，白日里被人领着一路走来，一抬头，却是站在冯先生门前。我真的不想住在他家，我是文人书生，冯看不起我，地久天长、一夜安眠还是住在林家。1934年，梁思成、林徽因与费正清夫妇相偕来到汾阳考察古建筑，彼时伪满洲国已经成立，希特勒已经上台，五洲震荡，天下欲沸，他们却注视着那些老的、旧的事物，那些在岁月中经受磨损，经历风雨、地震、兵火而依然幸存依然屹立的事物，那些不变的、具有长须白发的恒久品行的事物。而冯先生，很难想象他对此有什么兴趣。1930年，风云突变，军阀重开战，蒋介石一方，阎锡山、冯玉祥和桂系一方大战中原，阎冯战败，冯借阎一角地暂且容身。这个人注定不能在吕梁山下安居，他身上有洪荒之力，他的天命就是破坏一个旧世界：1924年北京政变，冯先生大闹一场，到最后撕毁1912年的《清室优待条例》，驱赶溥仪出宫。他对历史作为戏剧具有直觉的理解，通过这出其不意的"震惊"，他宣告：《打金枝》的戏已经唱不下去，不再有悬而未决，不再有犹豫留恋，不再有揖让和糊涂，从此后白刃相见、水落石出。这个民族意识到自己正身处生死存亡的危机，并在危机中把一切视为例外，更何况不过是一纸《清室优待条例》。

这座房子小了，这张床也小。冯先生会撑爆这间卧室，我不知道他的确切身高，我看过照片，他比合影者高出一大截，他是巨人猛虎，他有一种身体的、血气的洪荒之力。这个人必对他周围所有的人形成威迫，他在乱世中啸聚起庞杂的大军，他会在暴怒或故作暴怒中狠抽部将的耳光，他的将军立正接受他的惩罚，然后他会命令将军在他的卧室外彻夜站岗。现在，我的房门外就站着这样一个倒霉的将军，对他来说，《打金枝》的世界无限遥远，他的心中野马尘埃，安史之乱正在展开。

忽然想起，多年前读陈公博回忆录，二十世纪三十年代，中国被日本迫上悬崖，汪精卫、陈公博等结成"低调俱乐部"，他们认为他们有"理性"，对世界大势了然于胸，他们断定中国无法与日本抗衡，中国太弱了，必须寻求妥协。但是，冯玉祥这个"莽夫"，他坚决认为只有打、必须打。陈公博在回忆录中带着蔑视，带着秀才遇见兵的无奈写道，每次谈到中国所面临的种种不可能时，冯大爷根本不听，只有一句话：打！打到胜利！

——历史站在这高昂壮硕的血性汉子一边，把那群整洁消瘦、彬彬有礼、"体面""理性"的绅士扫进了垃圾堆。在危机状态中，历史由血气翻腾的激情和决断所写定。1924年，冯玉祥把溥仪轰出紫禁城，绅士们莫名惊诧，他们被冯的决绝鲁莽吓住了，胡适甚至说：这是民国史上最不名誉的一件事。后有鼠目寸光者看大事，以为没有当年的仓皇出宫，或许就不会有后来的伪满洲国。其实只要脑筋稍微转个弯就能想到，假如溥仪仍留在故宫北平，在日本掇弄下难保不会搞出更大的烂事。但在1924年，胡适见不及此，冯先生自己也没想那么多，胡适讲客气，冯先生则不管三七二十一掀了桌子。哪有什么地久天长，真要长久的话，皇帝现在还坐在宫里。时间猝然提速，开着汽车、开着飞机，决心绝尘而去，现在，需要一个鲁莽无畏的人来解决这个问题，他一抬手就解决了它，顺便以绝对的轻蔑，宣布了那个长须白发、请客吃饭、揖让雍容的温良恭俭让的世界的完蛋。胡适吓了一跳，王国维吓了一大跳，吓得都不想活了，他们未必多么爱大清爱溥仪，他们只是深刻意识到了这件事背后的逻辑。

在这个太行与黄河之间、吕梁之下的村庄里，林徽因、梁思成、费正清和冯玉祥成为邻居，他们被博物馆化了，被从各自的世界中提取出来，各有各的故事，如安放在玻璃柜中的藏品，各自被灯光聚焦、照亮。现在，冯玉祥从这幢房子走出去，在花园里，碰见了深夜未眠的梁思成和林徽因，他们会谈些什么？在1930年或1934年，他们或许无话可说，道不同不相为谋，话不投机半句多。但如果再过些年呢？比如1944年，林徽因千里流亡，僻居宜宾李庄，卧病在床，据说，她的儿子梁从诫曾经问她：如果日本人打进四川怎么办？林徽因说："中国念书人总还有一条后路，我们家门口不就是扬子江吗？"

——此时这一腔血，林先生和冯先生是一样的。

再过五年，1949年，冯玉祥昔日的部将傅作义签署了北平和平解放的协议，固然是兵临城下、大势不可当，但战场双方的商量何尝不是出于对这古都、这故宫，对民族生活的长久岁月和恒久价值的眷念和珍重。而此前一年，冯先生已殁于黑海的船上，彼时，他正满怀憧憬地奔赴新的中国。

贾家庄里，梁思成、林徽因、冯玉祥，见那边遥遥走来一个童子，走近了，却是马烽。1930年，马烽8岁；1934年，马烽12岁；1958年，马烽36岁，在贾家庄完成了《我们村里的年轻人》剧本初稿。1959年，电影在新中国成立10周年前夕上映——夜里，我在冯玉祥的房间从电脑上搜出了这部电影，那是60年前的中国故事；2019年，我来到了这个故事的根基所在：贾家庄。这吕梁山下的村庄，千百年来贫困、孤独，4000亩可耕地中2800亩是盐碱地，它在封闭、脆弱的生存循环中耗尽全部能量。一代一代人老去，时间周而复始。但是现在，时间挺直了，时间获得了方向，这里有一群年轻人，他们要打开这个村庄，劈开两座大山、跨越三条深沟，从远方引来清水，洗去盐碱，让这里成为流淌奶与蜜的地方。

在网上，我读到了两位山西学者合写的论文，他们敏锐地注意到了剧本中一个意味深长的现象，尽管片名是"年轻人"，但在马烽的行文中，却始终贯穿着一个无姓名的、抽象的指称——"青年"："一伙青年正在锄地，一个个汗流浃背""青年们纷纷报名""歌声继续着，青年们在未打通的那段崖上和塌下来的巨石上打着炮眼"……在山西人的口语中，其实是不使用"青年"这个词的，这不是吕梁山和贾家庄的词，它来自北京，来自普遍性的现代汉语，从梁思成的父亲梁启超的"少年"，到李大钊的"青春"，到陈独秀的"新青年"，青年是决绝地向未来、向现代而去，是血气、激情和梦想，是断裂然后创造，是旧邦的新命。必须是"青年"，不能是"一伙年轻人正在锄地，一个个汗流浃背""年轻人们纷纷报名""歌声继续着，年轻人们在未打通的那段崖上和塌下来的巨石上打着炮眼"，这将会使一切归入自然的生命周期、浸染周而复始过日子的气息，而"青年"，这个使山西人、使贾家庄人感到陌生的、不自然的词，以它超出日常经验的光芒和强硬，喻指着、召唤着宏大的历史力量，将这个村庄向着未来和现代打开。

——忽然想起，我其实是很近地见过马烽的。1990年年底，我从被停刊的《小说选刊》调到《人民文学》，去八里庄鲁迅文学院的招待所和《人民文学》的主编程树榛见面。老程和马烽都是从京外调来，暂住招待所。马烽苍老，就是一个饱经风霜的老农，他和夫人正围着一个电炉子下面，山西人啊，想必是自己擀的面。他当然不认识我，像招呼一个来串门的年轻人一样，他说：来一碗？

我很后悔没有吃一碗马烽的面。

归去来兮，调到北京的马烽大部分时间仍在山西，过了几年终于彻底回去。这不是他第一次回去，新中国成立初期，他就在中国作协工作，1956年终于在34岁时回山西，挂职汾阳市委副书记，从此，他在贾家庄有了家。这里不是他的家乡，他的家乡在吕梁地区的孝义，但汾阳、贾家庄离吕梁山更近。在一张1980年的照片上，我看见马烽走在贾家庄的乡亲中间，整个人明朗舒展，是走在他的风光、他的山川里。

天亮了，一群人去看马烽当年所居的小院，进得门来，迎面是马烽的坐像，他端坐在椅子上，依然是老年形象。我忽然想，这是不对的，马烽在根本上是青年，是新青年，他属于那种在20世纪塑造中国的青春洪流。22岁的马烽和比他小半岁的西戎写出了《吕梁英雄传》，来此之前我专门找了一本带上，这是一本多么粗糙的书啊，但正是这种粗糙令人震撼折服，事件与行动、抉择与战斗，密如疾风猛雨，作者和读者都不能停留、无暇沉吟，必须奔跑，在混乱的战场上拼死和求生，没时间，也不应该把这一切编织成严密周详熟练得包了浆的故事，战争和危机中的书写不是绣花，是立即开枪。

但在这一切的底部，有一个根本的逻辑：生命、时间、历史的循环必须打破，为了使世界获得前行的动力，必须张扬身体的澎湃"血气"，老成持重、深思熟虑是怯懦的，糊涂和忍让是可耻的，悬崖之上，只有搏斗，再无苟活。吕梁英雄们秉青春之血气，雷石柱、康明理、孟二愣，这些康家寨的年轻人，说服、带动、反抗他们的长辈，义无反顾地把这个村庄推入了滚滚向前的历史。当青年们和强行入侵的日本鬼子干起来的时候，他们也就把康家寨打开了，从此这个村庄进入了现代历史，奔向一个现代世界。

"青年"和"青春"由此不再是仅仅年轻，它们具有根本的现代价值和历史意义。直到《我们村里的年轻人》，决心创造新生活的高占武依然不得不与长须白发的高忠爷争辩，在后者看来，年轻人畅想的未来不过是痴人说梦。而在影片上映的1959年，黄河那一边的柳青正在对《创业史》第一部做最后的修改。年轻的梁生宝力图打破祖祖辈辈的命运循环，在此地，走异路，变成别样的人们，他的身上却不仅是血气，而且是更多俄罗斯式的沉思甚至是马烽暮年的苍老……

现在，贾樟柯走进马烽的小院，马烽会对他说什么？以我的直觉，垂暮之年的马烽不是一个喜欢教导别人的人，很可能，他只是从大碗上抬起眼，说一句：来一碗？但是，如果是写《吕梁英雄传》的22岁的马烽、写《我们村里的年轻人》的34岁的马烽，贾樟柯碰见他，我碰见他，我们又会说什么？2019年，我55岁，贾樟柯49岁，我们已是比马烽更老的老人。

谁知道呢？贾樟柯的电影，终究也是关于"我们村里""我们县里"的年轻人们，马烽在片名中使用"年轻人"是对口语、对日常经验的妥协，而在贾樟柯这里，"年轻人"似乎正在从"青年"中离散出去，变成加速器中向着四面八方漫射的原子。

但谁知道呢？也许有些事仍然在，马烽把康家寨、把贾家庄置入了广大的空间、广大的世界，历史不再是时间问题，不再是仅由时间标定的价值，他和柳青，他们把时间空间化，向着远方和远景、向着可能和不可能敞开和扩展。当马烽遇见贾樟柯，他会发现，空间仍在，但那已经不是隐喻和转喻，那是必须使用交通工具去跨越和抵达的地理空间，这不再是《伊利亚特》，这是《奥德赛》，奥德修斯们是否记得回家的路？

在贾家庄，我待了两夜。第一夜，是《打金枝》；第二夜，是音乐会。

暮色降临，钢琴在流淌弹跳飞翔。这不是音乐厅，这是幽蓝的天之下的一个广场。乐声透明、饱满，如山涧中激溅的水滴，似乎广场上空膨起一个巨大的玻璃的气泡，收拢着珍惜着所有的声音，让所有的声音闪闪发亮。

我忽然想到，此行竟不曾看见吕梁山。我想起上一次，也是第一次来到吕梁，那是二十多年以前，大概是1994年，由太原奔孝义，在孝义大醉，上车一路西行，醒来时，下车，见一片荒烟蔓草。余醉未消，我问，吕梁山何在？

我记得，同行者笑道：醉了醉了，脚下便是吕梁山。

(《十月》2022年第2期)

土地上的睡着和醒来

刘亮程

1

我想从我现在生活的一个叫菜籽沟的村庄讲起,结合我多年的文学写作,和我对家乡故乡的思考,聊一聊乡村文化体系中人的生老病死,及对死亡的宽厚理解与温暖安置。我把生命的两种状态:死与生,表述为土地上的睡着和醒来。这是诗意的表达,也是乡村文化中生死如常生生不息的精神。

2013年我偶然在新疆北疆的行走中发现了一个叫菜籽沟的村庄,当时这个原有四百多人的村庄半数已空。这跟中国许多空穴乡村一样。那些有人住的房子里大半住两个老人,过一段时间走掉一个,剩下一个被儿女接走,这个院子就空了。当时正好赶上一户人家在拆卖院子,一个百年老宅院,几千块钱就卖了,被人拆成木头拉走。剩下的就是一堆废墟,一个家族或者一个家庭延续百年的烟火就此中断。在这个村庄,可以看见一个又一个家的废墟在荒草中。没荒的院子里的生活还在往下过。但我知道那样的生活过不了多久，因为人在老，在走。那些老房子也在陪人老，在朽，因为年轻人都外出了，村里多少年没有出生过孩子。我们菜籽沟村所在的英格堡乡，户籍人口六千多，实住三千多人，每年出生两三个孩子，去世的人比来世的人多。这些年搞新农村建设，搞乡村振兴，倒塌的老房子拆了盖新房，走坏的路铺柏油。村庄的面貌换新了，但还是一村庄老人，他们不能重返青春。眼见的是山坡上的墓越来越多，荒掉的地越来越多。

这样的村庄看似是无望的。

但我却喜欢上这个村庄。它太像我离开多年的家乡了，甚至比我的那个破落在沙漠边上、让我度过童年少年时期的村庄更像我的家乡。它更丰富，或者说它更像我在唐宋诗词中读到的乡村。一条小河穿过山沟，人家疏朗地居于小山旁、树荫下。山高矮适当，能挡风又不遮阳压人。沟宽窄正好，从山梁上喊一声，对面山上的人能听见，鸡鸣狗吠相闻。还有就是村里的老旧房屋。老与旧，在我这个年纪，能看懂旧也喜欢旧。似乎我要下决心陪伴这些老旧的事物破败到底。

记得看过这个村庄回到县城后，我在宾馆连夜写了一个方案，第二天一早给县委、县政府领导汇报，我们想在这个村庄做点事。怎么做？我们先抢救性地把农民要卖要拆的老宅院收购了。收购来干什么？号召艺术家来认领这些老宅院，保护性地改造后做工作室，在这个老村子创建一个艺术家村落。方案得到了县委领导的大力支持。

我那时候有一个工作室，做地方旅游文化策划。回到乌鲁木齐后，我很快带着几位助手下来收购农宅，我们没去的时候一座农宅还是几千块钱，就是卖一车旧木头的钱，我们一开始收购立马变成几万块钱。即使这样我们也收购租赁了三十座农宅,很快有十几位艺术家入住村庄,建起了工作室。因为艺术家的入住,这个村庄多了一个名字:菜籽沟艺术家村落。

我们收的最大一个院子是20世纪60年代的老学校,是中学,在十年前荒弃,当了羊圈,这个羊圈现在变成了木垒书院。

我们在县上的支持下设立"菜籽沟乡村文学艺术奖",每年一百万奖励一个艺术家,奖励的对象是对中国乡村文学、乡村绘画、乡村音乐和乡村设计有杰出贡献者。第一届乡村文学奖,奖给了贾平凹先生。第二届奖励乡村绘画,奖给了大地艺术画家王刚先生,他也被我们邀请在菜籽沟住了几年,在我们租来的一块山坡地上做大地艺术。我们最初的构想是,承接西域岩画和佛窟壁画传统,在山坡上做人头画。每一个头像都有上百亩地,算是中国最大的头像了。我们把这些人像刻画在那个荒弃的山坡上,想用这一山的人像把走远的人喊回来。我当时进入菜籽沟村时,还很有点抱负。我提出"让文学艺术的力量,加入这个村庄的万物生长"。村庄尽管衰败,尽管有一半人已经离开去了他乡,但村庄的根基还在,文化习俗尚完整。因为有作家和艺术家的进入,有文学艺术的召唤,我想那些走远的人会回来。

事实上村里走掉的人并没有回来,倒是来了不少游客。每年游客数都在增加,如今这个曾经荒寂的村庄已经很热闹了。我们来时只有一个小商店,现在开了几十家农家乐。当地政府非常重视艺术家村落的发展,几年来给这个村庄投入了不少资金做基础建设。现在菜籽沟村已经是木垒的一张旅游文化名片,文学和艺术的力量,确实改变了这个村庄,使它和周围村庄都不一样。

我们和王刚先生做的大地艺术，整个一座山全是人，我们将它命名为大地生长艺术，那些人像大地上的生命，会生长，会随四季变化，他们既是过去的走掉的人，也是现在这片土地上到来的人。

2

我是在五十岁时入住这个村庄，它不是我的家乡，我只是在此养老。虽然老还尚远，但是在乡村文化体系中，养老从来都不是年老以后的事，人们早早从青年时代就开始养老，琢磨着老，在中年时就开始安排老。老一直陪伴左右。你很小时，爷爷奶奶已经老了。成年时父母开始变老。你看够家人和别人的老，然后才看见自己的老。

我没有看见我父亲的老，他在我八岁、他自己三十七岁那年不在了。后来我有了一个后父。

记得我十六岁那年，有一天，后父把我和我大哥叫到一起，很郑重地给我们安排一件事。后父说，我已经五十多岁了，你们两个是家里的长子和二子，你们该为我的老去做一件事了。后父的意思是让我和大哥去为他定做一口棺材，放在院子的柴棚下面备着。在我们村里，人到了这个年龄，送走了父母，前面再无老人，变得光秃秃的只剩下自己的时候，就可以说自己老了。父母在的时候没有资格去老，你还是一个要养老的儿子。一旦父母离世，人生朝向未来的那个面就再无遮风挡雨的墙了，你迎面而来的是从老年吹过来的寒风，这时候一个父亲就开始为自己准备老房，老房是要儿子去准备的。

当时我和我大哥都觉得不可思议，我们才十几岁，就要去给看上去还很年轻壮实的后父准备老房。其实村里家家户户都准备有老房，就摆在柴棚下面，主人还不时地会躺进去试一试长短、宽窄、舒不舒服。就这样五十多岁时准备老房，一直到八九十岁，可能人还活着，棺材在慢慢地腐朽，慢慢地走形。这期间，若有先去世而没来得及备棺材的，木匠做又来不及，这个棺材可以借出去。这被认为是好事。

记得后父给我们安排过几次，要我们为他准备老房，但最后也没能如愿。我后父是在前年去世的，他去世时已经八十九岁，他走的那天下午我在乌鲁木齐。听母亲说，到半下午时后父把所有的衣物打包，然后在那儿自言自语说要走了，说马车已经来了，他听见马车的声音了，来接他的人在路上喊。我母亲说你活糊涂了，现在哪儿有马车，马车早都不让进城了，村里也早没有马车了。结果两个小时后，我后父不在了。

后来我就反复想他在临终前听到的马车的声音。尽管我们把他埋在了县城边的公墓，但是我想我父亲的灵魂一定是乘着那辆来接他的马车，回到了沙漠边那个叫太平渠的村庄，那是他的家乡。

3

我在菜籽沟第二年，遇到了一个老太太的死亡。这个老太太住在我们书院后面的路边，每次我开车经过的时候，都看见她靠着西墙根在晒太阳，她长得慈眉善目，干干净净，很清高的一个老太太，一点不像是从土地里摸爬长老的。我想哪天方便了闲了，去跟这个老太太聊聊天、说说话。这个老太太的脑子里，或许装着这个村庄所有的事情。但是，这样的机缘永远错过了。那天我开着车回菜籽沟，突然发现沟里面停满了车，从车牌号看，有本县的，有州上的，还有外地的。打听才知道那个老太太不在了。这么多的人来给一个村里去世的老太太送葬，他们或许是这个老太太的亲戚，或许是她儿子的朋友，或者是沾亲带故的早已忘记这个老太太的远亲。我想，这些人在老太太活着的时候可能都不会来看她，老太太在村庄里的生活跟他们没有关系。但是，当老太太去世的时候，她的死跟远远近近的这些人有了关系，他们远道而来，奔赴一个村里面没人注意的老太太的死亡。

我们中国人讲究死为大，生是自己的，只有死才是一个村庄、一个家族、一个地方的事，只有死才能把那么多人召唤而来。当我站在这个老太太的葬礼上，朝她的一生去回望的时候，会发现这个老太太在她的一生中，有许许多多的人生礼——从出生礼、成人礼到婚礼，等等，所有的人生礼可能都不如这个葬礼隆重而宏大，仿佛老太太一生所有的人生礼仪都是为这场葬礼而做的预演。从落地的那一天开始，走过漫长一生的寂寞与喧哗，走过一生的贫穷和富裕，走过有儿女相陪伴的快乐和老年独处的漫长寂寞。当她断了那一口气的时候，她的人生、她最后的死亡成了村庄的一件大事。这样的死亡会发生在村庄，发生在县城。在乡村大地上，所有的人都在这样生，也在这样死。

由此我想到我们逐渐衰落的乡村文化中，死亡文化还在起着作用。那些离乡的游子，他们还是把最后的死亡礼留给了家乡。我在菜籽沟村遇见过已经居住在城市，去世后回葬在村里的。村里有祖坟，那是亲人最后的居所。那些还在恋土的在城市生活的乡人，知道家乡还给他留有一块墓地。家乡还有一群人在默默地生活，即使再走掉一半人，剩下的人还是要生老病死，那些陪伴生老病死的乡俗便不会消失。这是菜籽沟村的希望，也是我们乡村文化传承下去的希望。在菜籽沟村，这样普通但又隆重的葬礼，让我这个异乡人仿佛回到了家乡，一个共同文化风俗中的家乡。

4

真正地让我理解和认识家乡是我回了一趟老家。写完《一个人的村庄》之后，我一直想给我的先父写一篇文章。我八岁的时候父亲不在了，母亲带着五个孩子在村里艰难度日，父亲死后给母亲和我们留下了无尽的苦日子。我一直想写早逝的父亲，但是当我落笔的时候，竟想不起父亲的模样，不知道他在我的幼年对我做过些什么，说过什么话，我甚至想不起来他是不是抱过我。这样一个八岁之前的父亲，被我忘得干干净净，家里面一张照片都没留下。这样的父亲如何去写，但是又不能不写。每年清明到坟上去给他烧纸，磕头。女儿渐渐长大的时候也带着女儿去，指着那个墓碑上的名字说，这是你的爷爷，女儿更加不知道她曾经有这样一个爷爷，安睡在土地下的爷爷。

直到有一年我带着母亲回了趟甘肃老家，我觉得我一下子知道了故乡是什么，我也从关于家乡和故乡的思索中突然找到了那个沉入时间和遗忘深处的父亲。

那是母亲逃荒到新疆四十年后，我带着她第一次回甘肃金塔县山下村。村庄尽管经过了新农村建设改造，但还保持了传统建筑样式，家家都是四合院。我带母亲找到叔叔刘四德家。院门进去，一方照壁，照壁后面是堂屋，那是一间供奉祖宗的屋子。

叔叔家的房子在村里算中等的，但堂屋修得比其他房子都高，都讲究。叔叔先带我们进堂屋给祖先进香磕头。祖先的排位整齐地立在正中的供桌上，看过去全是刘姓名字。供桌上还放着一大盘蒸好的大馒头。平时家里做了好吃的会端过来先让祖先品尝，祖先品尝了再端回去给家人享用。家里出了什么事，家长会过来给祖宗磕个头，念叨念叨，已经变成一个名字牌位的祖先会听，还在活着的人也会听。

我们现在不管是农村还是城市，人们居住的建筑空间中，都没有祖先的位置了，所有的空间用来盛放物质了，没有一个地方安放祖先和精神。更不会有一个隔世的祖先听你诉说，当然也就没有了祖先神灵的佑护。

我就是在这个堂屋中看到了我们家的家谱，从四百年前记起，我的刘姓祖先一个一个排列下来，排列到我父亲时停下来。那个家谱写在一张大白布上，名字排列的形状就像一棵大树，先由一个祖先开始，逐渐地开叶展枝，家族的阵容越来越大。看到白布下面的空白时，我突然停住了。我想多少年后，我的名字会跟在父亲名字的后面，写在这个家谱中，我的牌位也一样会插在父亲牌位的前面。当这个叫刘亮程的人，有一天突然断了呼吸，成为一个名字，所有的喊声到达不了他那里，他也再不回应人们对他的呼喊，那时候，这个名字就归到刘姓祖先的序列中。他只是作为一个名字存在，跟祖先的名字排列在一起。时间再往后推移，这个名字会越来越后、越来越远，因为前面不断有新的小辈加入。等推后到一定程度，过了五服或更远的时候,这个名字在族谱中就没有了,并入到了祖先中,多少代以后的先人统称为祖,剩下的就是他的子孙,也会在多少年后归入到祖先的灵位中。

5

看完家谱后,叔叔带着我们去上祖坟。刘姓在那地方还是个大家族,后来家族太大,分成了两拨,一拨离另一拨越来越远。我们家的祖坟也因为村里平整土地,让家家户户都把自己家的坟迁走,我叔叔就把祖坟迁到自家的耕地中间。在我老家,家家户户的坟都在自家的耕地中间。因为没有单个的地方再让这些亡人去占地了,每一家的几亩地中间有一块不长庄稼的地方,长着一些荒草,起着几个墓。家人干活的时候会把农具、吃食和带的水放在墓地旁,活干累了想歇息一会儿的时候,从那个长着庄稼的地里走出来,坐到那块不长庄稼的只起着几个土包的墓地上喝水,吃馍馍,聊着天。

叔叔把我带到坟地后,一一地给我介绍这些墓的主人。叔叔说我们家的爷爷辈以上的祖先,因为太多不能单个起坟,只有归为一处,尸骨归到一个墓里面,立碑叫祖先灵位。我上了香磕了头。叔叔指着祖先灵位后面的墓说,亮程,这个是你二爷的墓,你二爷因为膝下无子,从另外一个叔叔那儿过继过来一个儿子,顶了脚后跟。以前我不知道"顶脚后跟"是怎么回事,经叔叔那样一指才突然明白。原来一个家里父亲死了,他的脚后跟后面会留一块墓地,留给父亲的儿子的。等到儿子也去世了,会头顶着父亲的脚后跟下葬在后面,这叫后继有人。所以后继有人的那个人,不是地上活着人,是已经归入土中、头顶着父亲的脚后跟的那个人。当我们说子孙万代后继有人的时候，子孙万代是活着的人，后继有人是那个土下面的人。

然后我叔叔又指着旁边我爷爷的坟说，你的爷爷也是只有你父亲一个独子，你父亲远走新疆，逃荒新疆，把命丢在新疆，但是那个地方还留着。你爷爷的脚后跟后面就是留给你父亲的。我叔叔又指着后面那一小片空地说，亮程，这个地方就是留给你的。

这句话一说，我的头突然轰的一下炸开了，我从来没有想过死亡的事，也从来没有想过自己百年后会归入哪里，因为那时候我四十岁，感觉生命终点还远。尽管不断地看到别人在死，也经常给亲友去送葬，看到一场一场的死亡都跟自己没有关系，都是别的人在死，从来都没考虑自己也会死。但是你不考虑的事你的老家在给你考虑，你的那个远在甘肃酒泉金塔县山下村的刘姓家族在为你考虑。当他埋你爷爷的时候，早已在爷爷的脚后跟后面留下了你父亲的位置和你的位置，因为那样的脚后跟是不能空的。

这就是乡村文化习俗中我们每个中国人的死。当你在那样一个村庄度完今生，归到自家那一块不长粮食的地中间的时候，你就回到了一个类似于天堂的地方，那是所有的祖先归入的地方。

当我想到百年之后归到我叔叔家的那块地中间，葬在那样的厚土中，跟祖先归为一处，这是一个多么好的去处。坟头旁就长着自己家的麦子玉米棉花，作物生长的声音会传入地下，那个地方离村子也不远，高高垒起的坟头跟村庄的屋顶和炊烟相望。鸡鸣狗吠时时入耳，听人们的脚步声，在四周走来走去，走着走着有一个亲人走来了，头顶在你的脚后跟后面。这样的归宿是多么的温暖，它在我们还小的时候，还在青年、壮年的时候就通过那些老了的人和已经去了的人，把这样一个死亡的归宿告诉你，让你别无选择也无须做别的选择。

你在那样的乡村生活中，感到生命的开始和终结都是有数的，是可以想象且容易到达的。我们这个民族可能没有给我们创造一个像佛教和基督教那样的天堂，但是它用乡村文化体系给我们在厚土中安置了一个祖宗归入的温暖家园，这个家园已经近似于天堂了。这个天堂在地下，也在天上。

6

从老家回来之后，我在很短的时间里写出了《先父》那篇文章。我把那个被我遗忘得干干净净的父亲找了回来，从我老家的那个祖坟中找了回来，从那个族谱中找了回来，从我的叔叔对他的隐隐约约的言说中找了回来。我跟那个已经去世多年、想不起他容颜的父亲，有了一种精神和血脉的关系。《先父》这篇文章的第一句是："我比年少时更需要一个父亲。"就这样开始写，写我人到中年的时候对父亲的渴望，尽管很小的时候父亲不在了，家里的顶梁柱断裂，一家人在那样一个村庄中艰难生活，那时候年幼无知，还感觉不到丧失父亲的痛和缺失，但是，当我到了中年之后，突然觉得那个父亲给我留下的生命的空缺太大，使我早早地就暴露在那个没有挡风墙的岁月和时光面前。记得我三十多岁的时候就想把《先父》这篇文章写出来，尤其是到三十七岁那一年，我说我这一年一定要把关于父亲的这篇文章写出来。我父亲是三十七岁不在的，我想过了三十七岁这一年，我就比他都大了。那时候我会一年年地大过我的父亲，到我五十多岁的时候，再回想那个三十多岁去世的父亲，会不会就像回想一个早夭的儿子一样，他永远停在三十七岁，我为他去过那个老年。我把他没有到达的老年一点点地过下去，我给他长胡子，我给他长皱纹，我给他长年龄，把他停下的那个岁数一直长到五十多岁，长到七十多岁。但是我的生命参照在哪儿？若家里有个老父亲，你会知道老是什么，你三十岁的时候你父亲五十多岁，你的父亲在把五十岁的生命活给你看；你五十岁的时候你父亲七十多岁，他是一个老的向导，他在前面引路，让你往老年走，他的老也是你的老。等到他终于老到该去那个世界了，作为一个儿子，你为他体面地办一场葬礼。父亲去世以后，剩下的岁月就是你自己的了。家里面最老的那个人已经离世，你的老在一点一点地到来。你在前面又在替你的儿女在老，你的儿女在你的老中学会衰老，最终学会死亡。

7

我们就是在这样的乡村文化体系中学会了如何衰老和死亡。我的文学写作中也浸透了这样一种生和死的观念。我在《一个人的村庄》这本书中写到了许多死亡，在我新近出版的长篇小说《捎话》中，从头到尾都在写死亡。因为有这样一种乡村文化的死亡对我的教育，或者死亡对我的关怀，我写的所有的死亡都是温暖的，都是不恐怖的。一个作家需要去体验生活，更需要去创造和创生出高于生活的自己和他人的死亡。那样的死亡不是断气之后、闭眼之后就把人生草草结束掉。我们从乡村的祖坟和族谱中看到的死亡是一个悠长的延续，是接近于永生的死亡,是不死。当此生的生活结束,彼生开始,那是一种在族谱和祖坟中的生活,是在那个黄土之下,去世的人时时被活人念起,时时又回来参与我们的生活和精神。

我在《一个人的村庄》中有一篇文章,叫《空气中多了一个人的呼吸》,写一个孩子的出生,在他降生的那个夜晚,因为一个人的降生,整个村庄,这片大地上的空气被重新分配了一次。多少年后这个孩子经历自己的生老病死,又悄然地离开村庄的那个夜晚,这个村庄的空气又重新分配了一次。他断掉的那一口气被一只鸟或者一只羊,或者被多年后再出生的一个孩子稳稳当当地接住,开始延续。那一口气是如此漫长,在一个生命的呼吸中断掉,又被另一个生命接住。

我还写过一只甲壳虫的死亡,在春天的田野上,我躺在一只四脚朝天、眼看就要死亡的甲壳虫旁边,等待它一点一点地死去,它最后的挣扎是那样的长,它什么都抓不住的黑色的小脚趾,一下一下地蹬着天空,什么都蹬不到。它也翻不了身,那只甲壳虫,当它最后一动不动的时候,我写了一段话,我说在这个春天的原野上,别的虫子在叫,别的鸟在飞,大地一片片复苏的时候,在这只小甲壳虫的眼睛中,世界永远地暗淡了。世界的光芒,世界的白天和黑夜,在这样一个生命的眼睛中消失了。世界因一只小虫子的死已经泯灭了一次。

我还在这本书中写了一头牛的死亡,它被人宰杀的过程,它被割掉头之后,它的肢体,它的肌肉,它最远的那只蹄子,不知道生命已经结束,还在本能地抽搐、伸展。

我也在长篇小说《凿空》中,写了那个时代一种叫毛驴的动物的大规模死亡。那个年代我所居住的新疆,还有成千上万的毛驴在拉着驴车,在驮着人,在乡村大道上来来去去。驴是人最好的帮手,是人的亲戚和邻居。每家的院子里面都拴着一头或两头驴,驴圈挨着人的房子,晚上出门,家里的院子里会有一双驴眼睛在跟你打招呼,在星光和月光下泛着幽暗的光在跟你说话。从地里回来家里会有一个活畜在院子的角落里对你鸣叫,给你跺蹄子。但是,家家都拥有的毛驴后来被三轮车替代了。政府倡导用三轮车替代毛驴车,说毛驴太慢,阻碍了当地的发展。一千头一千头的驴都去了哪里?去了阿胶厂,被熬成了阿胶。现在时间过去了十几年,我又回到南疆那些乡村去调研的时候,那些农民开始怀念失去的驴了。农民说几千块钱买一辆电动车,用两年变成一堆废铁。不像以前的毛驴,养几年生几头小毛驴,家里又多了一笔财富。电动车不会生小电动车。以前进到院子总是能看到家人之外的另外一种动物的眼光在跟你打招呼,在跟你问好,现在回到院子只有老婆和孩子的眼神在看自己。《凿空》写毛驴从大地上消失的那个年代,写驴的叫声在尘土中不再升起的那个年代。还写当人们把毛驴这种动物从生活中删除掉,人的世界中只剩下人的时候,人的生活变得多么荒谬和不可靠。人的生活只被人看见。而在以前毛驴遍地的乡间,除了人的眼光,还有一种非常重要的驴的眼光在打量人世,在侧着头、眯着眼睛看人世,在竖起长长的耳朵听人的声音。那时人的声音和世界是可靠的,是毛驴见证的。当这样的眼睛从人间消失,当人不能证明人的存在,当我们的生活中就只剩下人和人孤单地相望,人的世界便真的荒谬了。

我新近出版的长篇小说《捎话》,贯穿始末的死亡书写,是我从那样的乡村文化中得到的死亡的滋养。我把每一个死亡都写得那样悠长,我不认为一个生命从闭上眼睛、断掉呼吸的那一刻,便结束了一切,死亡就变成了一个冰冷的存在。死亡依然有其生命，文学要创生出自己的死亡，要创生出生命之后的那个更加隐秘、更加温暖、更加璀璨、如花盛开的死亡。那样的死亡在我们的传统乡土文化中曾经存在。我们曾经有一个地上的家乡和归入祖先的厚土中的故乡。在我的观念中，家乡在土地上承载你的今生，故乡在厚土中接纳你的灵魂和来世。那个在厚土中一代人头顶着另一代人的脚后跟、延绵不绝的归处，是我们灵魂寄居的真正的故乡，也是温暖的天堂。我的文字也是朝着这样的故乡在书写。

(《广西文学》2022年第2期)

日结工

塞 壬

一、早上七点，长东路

我在摄影师阿兵的照片中发现了日结工这个群体。他时常在清晨抑或是傍晚一个人骑着单车沿着长东路一路拍下去。彼时的长东路是嘈杂混乱的，人群仿佛从地面上突然长了出来，蘑菇一般，迅速塞满了街边的角角落落。卖早点的不锈钢餐车一字排开，那是一种人工改造过的电动三轮车，车头驾驶室的玻璃上贴着黄色的"早点"二字，下面并排贴着微信和支付宝的收款二维码，掉了漆的破旧煤气罐立在车轮边，后面车托装了一个不锈钢灶台，锃亮的钢板上抠了一个圆洞，炉子就嵌在上面，一口烫面的大铝锅冒着热气，人们排着长长的队。三五成群的人或蹲或站在街边吃着早餐，他们不交谈。远远望去，黑压压的人头攒动着模糊的黑影。巨大的沉默凝在被切断的空间里，那是一种无论怎么喊都喊不破的巨大沉默。画面非常震撼。密密麻麻的人仰着头，捧着白色泡沫碗，他们几乎把脸埋进碗里，看不见表情。更多的人只是等待，有人蹲在路边抽烟，几个人围成一个圈，缩着背，肩胛骨高耸，腰间露出皮带和半截皮肉。黝黑的中年男人穿着条纹 T 恤，他在人群中四处张望，仿佛是听到有人在喊他的名字。他卷起了裤腿，露出结实的小腿肚。妇女们穿得花花绿绿，她们体态臃肿，姿色褪尽，有着粗壮的短脖子和一张扁平的宽脸。她们拎着筒状的便当布包，腕上戴着黑色泥垢的绞丝银镯，看上去更像是结伴去赶集。文着大花臂、挑染着金发的男孩穿着紧瘦的牛仔裤也站在路边，他们戴着耳机，穿着人字拖鞋，三三两两，眼神散漫而颓落。几辆大巴停在路中间，小货车、小轿车们早已把路面塞死。人群在缝隙里流动。从这些照片里，我感受到某种暗涌的令人不安的焦虑情绪。一种你无法介入，你隔在镜头外，你属于另一个世界的疏离感向我挤压过来。这是一个陌生的世界。

　　这是早上七点的长东路。日结工。

　　去年，我在东莞流水线的无尘车间待了四十天，写下了非虚构作品《无尘车间》。我素来对写边缘群体有一种天然的警惕。对于写作来说，猎奇和探秘的心态都容易滑向投机的深渊。同时，一种可怕的道德绑架也会无端地伴随而来：关注底层民众的生存状态才是一个作家的良知体现啊。我对铺天盖地的"这样的写作才真正是令人钦佩"这类说辞感到烦不胜烦。这就好比一个演员的台词功底不需要恭维一样，这只是一个作家基本素养的一部分。我更担忧人们对作品的关注仅仅是出于社会意义的层面。在我看来，这些都没有进入文学的内部。诸多的因素在影响着我，此外，一种政治正确的写作意图有意无意地侵扰着我。尽管如此,尽管如此,我还是不顾一切地斩断诸多噪声的纷扰。我依然要写——日结工。

我实在不能接受我被隔离在镜头外的那种疏离感。明明,我们就是活在同一片天地的人。明明,我的堂兄、我的婶娘、我的表弟就身在其中,我在那些照片中看到了相同的脸和相同的表情。明明,我也曾身在其中——可是,从什么时候开始有了这种疏离感?从什么时候开始我成了另一个世界的人?看到这些照片,我忽然发现,这个群体离开我的视线已经很多年了。现在,对于重新成为他们这件事,我丝毫没有思想上的刻意调整。完全不需要过渡。立即,马上,本能的反应。无需心理建设和情感酝酿。这让我有一点惊讶。老实说,骨子里我其实并没有活成让自己讨厌的样子。但我要先把一个问题悬置起来:写作和去做日结工这两者最终会是一种什么样的关系?先不必带着动机和目的,或者说,在既有的设定下,它会是一种干扰。就这样,我心无挂碍、一身轻松地让阿兵带我入门。微信里,他说,明早六点五十分,长东路见。

已经有很多年没有在六点半之前起床了。我竟一夜未眠,因着些微的兴奋,和一种莫名的期待。此时是七月下旬,天亮得早,六点四十分,我打摩托车到了长东路。如果不是亲眼所见,很难相信这个时间点,长东路竟然是人声鼎沸。我一路过来,街边静悄悄的,风长了脚,无声卷走路上的细物与轻尘。人和车稀少,白天市井的车水马龙、喧嚣仿佛被空气吸走了似的。商铺、饭馆、茶楼、银行、超市都没有开门,几个清洁工在扫马路,笤帚一下一下划过路面的声音非常清晰。不远的广场上,有晨练的老人在打着太极拳。城市还未真正醒来,几缕朝霞寂寥地悬在天边，太阳还没有露面。风掠过街边大叶榕的树梢，传来阵阵清凉。摩托车突然加大油门，呜的一声，惊起路边一只流浪猫仓皇而过。啊，这净朗、清明的夏日之晨，我是全然辜负了多年。著名的美泰玩具厂也在长东路，美泰依然还有四千人之多。然而，它的打卡时间是七点半，那么眼前这满街的人，将没有一个人是属于美泰的。早起的人，所为何来？

手机响了，阿兵问我人在哪里，我说在美泰的正门。他说看见我了。一抬头，一个骑着自行车，单手举着相机的中年男人出现在我面前。这条街，他拍了十几年。

我见识了一种前所未有的拍摄方式：把镜头对着人群涌进的闸口，不用对焦，不用构图，入镜的是什么就是什么。他跟我说，不必带着个人的观看方式，不必干扰影像本身，这就是我拍的长东路。

我笑而不语。这跟我先前的想法不谋而合。但我还是反问了一句：这种不动脑子的拍摄，傻子都会，那还需要才华干什么？答曰：那些——都得在真实的表现力面前——让位。

街边的小贩、工厂岗亭的保安、穿橙色背心的清洁工、士多店的老板娘全都认识阿兵。我惊讶不已。他们微笑着点头相互问着早安。更让我惊讶的是，阿兵跟这些人是一体的，完全没有隔阂感，他并不是成为他们，而是，他就是他们本身。明明，他跟我一样，在镇文化系统工作。我看了看自己，素颜，马尾，蓝格子短袖衬衫，牛仔裤，运动鞋，这是我最朴素的装扮了，毕竟，我是离了裙子、细高跟鞋、口红、香水就无法出门的女人。可是，我到底是什么地方出了问题？

关于日结工，有一些相关的背景还是需要交代。长东路竟有两千多人撑起了这片日结工的市场。算下来，这个市场也有十来年了。阿兵把自行车支在一排共享单车的旁边，然后带着我去买早餐。他指着一个不锈钢餐车跟我说，那是你家乡的热干面，在别处可是吃不到的。我不屑，在广东，哪里会有真正的武汉热干面？他见我不信，努了努嘴：你试试就知道了。

耳边支付宝、微信付款到账的声音此起彼伏。五块钱。我跟卖热干面的老板娘隔着很大的雾气。雾气中，一只手伸出来把一碗面递给了我。没有桌子，我跟阿兵端着面，边走边吃。他带着我向路边的日结工中介走去。

在广东二十年，多次吃过广东的热干面，一律地，他们用花生酱取代了芝麻酱，萝卜丁有偏甜的口味，光这两点直接让我放弃。此外，他们用炸豌豆取代了碾碎的熟花生米，辣椒酱是一种红色的糊糊，而我们的辣椒籽是油炸过的干籽，极香。我只能说，广东的热干面是另一种面，跟我们湖北的毫不相干。可是，在这匆忙仓促的行程中，我追赶着阿兵的脚步，跌跌撞撞，一口下去，味蕾的深层记忆被唤醒，一下子回到了二十年前。芝麻酱，咸萝卜丁，黄瓜丝，炒香的花生仁碾成碎末，还有深褐色的油炸辣椒籽——每一个细微的元素丝毫不差，包括加了两勺大蒜水和半勺胡椒灰。我必须停下来，蹲在路边，我要用湖北人的方式蹲在路边吃完这碗面。

我竟不知阿兵拍下了这一幕，他嬉笑着说，大作家，这张照片的标题已经想好了，准备发朋友圈。我用眼神示意他不可。他会意，蹲下来跟我说，你在东莞工业区是可以吃到正宗武汉热干面的。柳州螺蛳粉,酸笋的臭味比别处的要浓烈,要冲得多。毕竟这种地方各省份的打工人相对集中。想来,我是第一次在工业区吃早餐吧。一碗面,阿兵用他的深渊巨口,用筷子卷了几卷,四口就吃完了。他告诉我,这条街有四个规模大一点的中介,今天带我去见榜哥,榜哥是一家日结工中介的老板,他们认识多年了。我瞥了一眼他的相机,他把它贴近地面,一堆形态各异的脚进入了视野,各种表情各异的鞋,男人的女人的脏的干净的全都无差别地进入镜头。我从未看到这样的影像,直接,裸呈。密密麻麻的脚在路面上交错,行走,站立,疾奔,流水一样。前面走了一批,接着又有新的一批填进来。它们的表情就是人的表情。我发现,这里面所有的脚,每一只都是平等的。它们奔赴相同的目标。

早上七点。我站起身,街上是密集的人群,黑压压一片,如果航拍,那应该很是壮观。阿兵带着我在人群中艰难地穿行,人声嘈杂,他提高了嗓门大声跟我说,现在是暑期,学生工太多了,平常没有这么多人。他又指着两辆大巴说,这是陈太包的车,每天往深圳的工厂送人。陈太是这条街最大的中介。可是,我踮起脚,伸长脖子依然无法看见陈太,里三层外三层的人群把她围得严严实实。阿兵说,陈太每天往工厂送四五百人,暑假期间只会更多。她从不缺人,你已中年了,又是新手,她未必肯要你。

这话太残酷了,让我大为受伤。去掉作家的光环,我裸身进入劳务市场,待价而沽,中介眼中的我就是:生手,中年妇女,瘦小、戴着眼镜、没有任何技能还一脸茫然。跟别的普工相比,我毫无竞争力。一丝悲凉掠过心际:这才是最真实的我。我不能一厢情愿地认为作家身份是对一个人价值的加持。如果写不出作品,我跟劳务市场上的普通日结工没有区别。

因为同为女性,我对这位纵横在这条街十几年的老太太充满了好奇和某种莫名的敬意。第一天,虽然带着遗憾从她的身边走过,但我还是频频回头。几天之后,我独自站在她的面前要求一份工作,这位六十好几的老太婆眯着眼睛打量着我,只扫了几眼,然后大手一挥,用不耐烦的声音说道:我这里没有你合适的活,人都满了,你到别处看看吧。说完,立即掉头不再看我。她生得结实健壮,穿一件改良的蓝花旗袍,烫着短发,虽然脸都松弛垮塌了,却文着两道生硬的黑眉,涂着鲜红的嘴唇和指甲,说话有不可一世的气场。果然,在她眼里,我是个废物。我像一粒尘埃那样被她毫不客气地拂落在地。这更加印证了我先前的判断。在我整个日结工的历程中,我跟这位陈太失之交臂,因为我根本无法靠近她。尽管如此,我对她的敬意犹在。她只是遵循了日结工市场的用工逻辑。

阿兵把我带到榜哥面前。榜哥正忙着安排人上车,他也包了两辆大巴前往深圳。这是我的老乡,想在你这里找个活干干。阿兵向榜哥这么介绍我,榜哥把目光投向我,继而又转向阿兵:对不住啊照相佬,这段时间都是暑期工,不要说你老乡了,就是跟了我多年的老员工我都安排不上。他见阿兵面有愠色,于是着急地解释:我没骗你,你看看这满街的人,这么多学生娃,工厂也是有名额的,真塞不进去啦。榜哥挺着硕大的啤酒肚,他只是站在那里,却仿佛后面有一个无形的靠背似的,再加上他那濡湿的厚嘴唇和焦灼的豹环眼,这些表情加重了他的无奈感。阿兵释然地笑了。最终,我加了榜哥的微信。榜哥郑重向我承诺有活第一个通知我。

阿兵说,既然出来了就不能白来,我带你走走长东路吧。

这就是日结工生活的地方。三百米的长街,大大小小的劳务中介店面一家挨着一家,简陋的小旅馆,外面挂着大大的招牌:有空调,Wi-Fi,大床,五十元一晚,普通房,二十元一晚。美乐园成人用品店、情趣生活馆粉红色的招牌,围着一圈蓝紫色的霓虹灯,气息暧昧,大门紧闭。一家很大的网吧,外墙贴满了炫酷的卡通游戏海报。厚厚的棕色皮帘子垂着,上面钉满铆钉。网吧二十四小时营业,本想掀帘子进去看看,到底是什么样的人在网吧彻夜不归?可一伸出手我却又迟疑了。文身美甲店、洗头坊、按摩沐足、艾灸姜疗、子宫卵巢保养、痔疮专科、性病小诊所充斥在街道里面更为幽深的小巷子里。时间还早,几乎没有人,穿堂风从身后追过来,把我们从这条赶往另一条。我熟悉这样的小巷子,这让我想起二十年前租住的广州石牌村。再往里走,就是本地人的农民房,自盖的两层楼,围起的小院子,外墙的下脚是绿茵茵的苔藓和被雨水侵蚀的黑色霉斑,本地人在二十世纪九十年代中期就住进了集体盖的小别墅,而这些农民房就出租给外来工。青石板路,清凉的树荫底下,飘来阵阵四季桂的花香。走着走着,忽见一枝开得如烈焰般的三角梅探出头来,又见一株大如伞盖的细叶榕旁边有一口水井,这井,家家有,水泥砌的小池子里放着拖把和塑料桶。屋前屋后的排水沟做得齐整,有污水从沟底的滑苔流过。再往前走,就到了旧祠堂,如今是老人的棋牌室。阿兵说,塞壬,你要想写好日结工,最好也在这里租一间房子跟这些人住在一起。单间房,一个月两百块。

这些房子阴气很重，破旧的深宅大院，屋顶的华丽纹饰油漆斑落，仿古的翘檐，正门是厚重的两扇木门，铜环锁，青石门槛已踩出锃亮的包浆。据说，为了好租，里面的房间都隔成了小间。一种全新的生态彻底替代了原有的传统景观，说替代不对，应该是一种融合。这旧村，外地人住在这里也有二十多年了吧。阿兵拍这个旧村多年，他熟悉这里的每一条小巷，记录了这个移民群体的生活。这里住着工厂的打工人，快递员，日结工，送外卖的，还有小摊贩，跑货运的司机和一些无业者及身份不明的人。这是全镇最便宜的出租屋，租户舍不得用自来水，大多打井里的水喝。他们没有冰箱，夏天就把西瓜扔进深井里，傍晚再用桶吊上来。很少有人装空调，客厅里都装有一个大大的吊扇。这里的生活还保持在二十世纪九十年代初期的那个状态，阳台上装有接收信号的卫星电视锅。时光在这里停滞了，它仿佛被一层结界裹住，不再往前走。心里寻思着，我什么时候过来看房子呢？也租一间，最好邻居是日结工。不知不觉，我们已经走了出来，老芒果树下有一个卖馒头的小摊，竹匾里的馒头用白幔盖着。阿兵上前打招呼，一个秃顶的河南大叔，穿了件白色跨栏背心。他在这里卖了十五年馒头。馒头还是一块钱一个，没有涨过价。

　　我对暑期工很有兴趣，问阿兵如何才能接触到。他说，这个很难讲，你在八月中旬之前未必能揾工成功。你得天天过来看，脸皮要厚，见缝就钻，兴许有机会。目前，日结工是每小时十四块。包两顿饭。每天工作十一到十二个小时，当天用微信结清工资。因为这是旺季，用工需求大。很多工厂把暑期工的价格压到了八块钱一小时，他们是通过职业技术学校输送到这里的，你拿什么跟他们抢？

如何做到脸皮厚？我好奇地问。

你径直上车，然后赖在上面不下来。要是有人赶你走，你就卖惨说家里上有老下有小，大哭哀求啊。

我摇摇头，至于做到这个地步？那似乎太刻意了，而且，吃相难看。

你知道什么样的人才会选择做日结工吗？他自说自话：五十岁以上，工厂不要的人。不想学技术，无老可啃，只想混日子的懒汉。有小疾，不能长期做工厂流水线的人。小学文化、文盲，没有任何技能的人。有社恐有性格缺陷有交流障碍的人。轻微智障者。对人生丧失希望，遭遇重大打击的遁世者。之所以会有日结工的存在，是因为工厂旺季要赶工，交货时间紧，他们就干脆把后期包装、前期的货物配置这种毫无技术含量，但又要耗费大量时间的工作承包给劳务中介的日结工来做。这样，工厂就赢得了进度。没有日结工，东莞整个制造业是无法想象的。它像是修补了整个产业链中的一个 bug（故障），当然，现在的日结工正在演变成更为强大的外延（我后面会讲到）。工厂不可能专门为了产品包装去招工人，招了工人就要买社保，就要提供住宿。此外，旺季一过，你还得黑着脸辞退这批人。当然这还只是假设，真相是，真要招人，工厂在短期内根本就招不到这么多人。

日结工，是一个双向利好的存在。但日结工是比工厂正式的合同工更边缘、更底层的一个群体。日结工，给走投无路的人一碗饭，给他们缓冲、一个不求人的过渡。即使你年过五旬，即使你大字不识，即使你没有任何技能，它都一样向你敞开。它是自由的，没有契约，没有甲方乙方，不用请假，想做几天就做几天，今天在这家，明天去那家。那些闲不住、身体健康的中老年人简直趋之若鹜，尤其是中年妇女。其实——六十岁的年纪在如今看来，也没那么老啊。

我瞪大了眼睛。只是旺季才需要日结工，那日结工常年有得做吗？会不会断炊？阿兵说，整个东莞制造业的门类非常齐全，每个行业的旺季时间不同，如果不是暑期工涌进来，你一样会是抢手的工人。在平常，没有哪一家中介每天能如数往工厂送人的。

可是，等到我抢手的那一天，那得是八月十五号之后，孩子们都陆续回到学校的那个时间了。我还得等二十来天吗？我开始焦虑起来。

我们往回走。时间已是七点五十分，阳光透过头顶的树叶漏下来，路面有斑驳的光影。长东路人已散尽，美泰厂的工人已经打卡进了厂。清洁工正在路边用铲子往翻斗车上装垃圾，洒水车唱着歌一路欢快地开过。八点，街面干干净净，像是被施了魔法一般，仿佛什么都没有发生过，没有留下一丝痕迹。两边商铺的卷闸门次第打开，哗啦啦，哗啦啦，长东路迎来了它崭新的一天。

二、在暴雨中上车

第二天一大早，我就直奔榜哥的集合点。我喊了一声榜哥，他抬了一下头，假装没有看见我，然后背对着我核对人员名单。接着,他高举着一个小本本,向散落在台阶上、花坛边、商铺墙根下的暑期工大声喊:电子烟厂的,音响厂的,登记了登记了。瞬间,我被一群穿白色运动校服的学生娃挤到外围,再也无法靠近。最后我踮着脚跃了几下,确认没有机会,只好离开。

我只得去别家寻找机会。往东走一百米,看见一群妇女站在一家中介的集合点等待,那一瞬间,我仿佛找到了同类,满心欢喜,一路小跑,迅速融进去,成为她们的一员。阿兵曾告诉我,这家中介也是四大中介之一,老板姓蒋,声誉也不错。他家包了一辆中巴和一辆专门接人的电动三轮车。

我问旁边一位穿碎花衬衫的女士,今天有活干吗?

有啊。她一副讥讽的口气,八块钱一个小时,你干不干?

我做出吃惊的表情,表示这个价格难以接受。我把头探向中巴,车已满座,年轻人交头接耳,嬉笑打闹,车厢内嘈杂一片。一个中年男人在车里登记名字,挨个扫微信码。末了,他跳下车,朝着妇女们喊:要不要上车?可以挤一挤的,过道里我们可以加塞凳子。

要不要上车?你,你,要不要上车?他微笑着,用眼神跟妇女们一个一个确认。

我正欲上前,却被一只有力的大手拽住,回头一看,是一个年纪稍大的大姐。她一脸愠怒。

别去,八块钱一个小时,别给他干。

对,别去,别开这个头。瞧把他们给惯的。一旁的妇女们附议。

中年男人依旧是笑着的,徐姐,暑期是这样的啦,价格压这么低,我们也没有办法。你们闲着也是闲着,那还不如……

十二块，最低十二块吧。徐姐据理力争，但语气上显得怯懦而无力，甚至有央求的味道。

没得谈。车要开了，你们走不走？

我看了看眼前的九位妇女，她们年纪大概在三十到六十岁之间。在中年男子那句"没得谈"之后，她们全都低下了头，神色黯然。有几个妇女抬起头，却欲言又止。我知道，八块钱一个小时，这个价格挑战了尊严的底线。我太熟悉那样的表情了。尽管如此，她们依然没有一个人妥协于这个价格。学生不同，他们是职业学校接洽过来的，有实习的性质。一时间，有一种复杂的情绪把我给绊住了。我处于无措中。

于我而言，即使是白干我也是乐意的。更何况，还能够接触到我感兴趣的暑期工这个群体，这是非常难得的机会，甚至是唯一的机会。如果这个时候，我不顾一切地一个人上车，无疑，我就成了这场联盟中的叛徒。

这个联盟，从我融进她们之中的那一刻就建立了，从徐姐一把拽住我的那一刻就更为稳固了。如果我上车，那就破坏了她们苦苦坚持的价格尊严，劳动的尊严。如果我真的那样做了，一种负罪感会一直笼罩着我。我了解那个感觉，既熟悉又可怕，它让我厌恶自己。它会全面毁了这次行程。它让一切都变得没有意义。更可怕的是，只要我踏出那一步，一定会有别的妇女亦步亦趋，蜂拥而来，一定会。我深知她们已经动摇了，我深知这场坚持本身的脆弱。现在，就差第一个率先做叛徒的人出现了。那样的话，除了双重的负罪感，整个事件就走向了悲哀的层面。不，现在就已经很悲哀了。

我犹疑的表情可能成为一个突破口的暗示。中年男子把目光专注于我：你走不走？

我不走。我轻轻地说出,清晰而坚定。

中年男子姓蒋。因为这场际遇,我对蒋生种下了很不好的印象,尽管他遵循的也是日结工市场的内在逻辑。相比陈太大手一挥,不讲情面地残忍拒绝,蒋生的这种力图打破人心防线的劝诱做法让我——呸!

我依然每天准时在早上七点出现在长东路。一周过去了,我还是没有找到活干,仿佛此行的目的只为了吃一碗那里的热干面。第四家中介我也去了,老板姓莫,本地人,他只接固定的几家工厂的单子,手上的工人都是跟了他多年的熟主顾,没有暑期工。我第一次见到他,他坐在办公室沙发上抱着一根大竹筒抽水烟,也许是一口吸大了,所以表情有点狰狞,问我话,我看见他嘴里镶了几颗金牙。

首饰厂的挂货你干过没有?我摇了摇头。电子烟厂的注油你干过没有?我又摇了摇头。我这里十二块一小时哦。我说没有关系,给活干就行。

他站起身往门外走,用广东话叫了一个女人的名字。那女人应了一声,老莫说,你们加个微信吧,有活干就通知她。女人凑过来,我把微信码递给她,她低声跟我说,现在不缺人,过一个星期会有的,你等几天吧。我心里想,过一个星期,到处都缺人啦。通过了,女人微信名叫"木阳光"。就这样,莫家我是搭上了,只是也得等。老莫给人的印象是一个纯粹的生意人,在不缺人的时候,他也不放过任何上门来咨询的生手,嘴里的一套说辞仿佛是电脑输进去的程序,毫无表情,像一台机器。

又过了两天。那天一大早,天突降暴雨,仅十几分钟,很多路段就开始积水。我只能叫了滴滴打车,七点整,我到了长东路。彼时,长东路已经淹了,水没过了脚踝,人们蹚水而过。尽管下着暴雨,两边商铺的屋檐下还是站满了瑟缩着的人们,这样的大雨,即便是打着雨伞也会全身湿透。榜哥那里,两辆大巴依然爆满,我还是插不进去。路过蒋生那里,我迟疑了一下,但我还是没有停留。陈太那里,远远望去,一堆黑压压的雨伞在攒动。我只好径直往老莫的档口走。路面的水不深,未及小腿,雨伞几次被大风掀反,身上已没几处是干的。木阳光看见我,眼中露出惊喜的神色。她向我招手,我顿时心跳加速:这么多天了,我还是第一次收到中介向我投来期待的目光,莫非……

老莫也打着伞站在暴雨中,见我来了,他一把拉住我,快,首饰厂,就你了。我来不及收伞,他就把我往旁边一辆小车里推,见我后背湿透,他迟疑了两秒,然后说了句,好吧,今天算你十四块啦。说完,他重重地把车门关上。

仅仅几秒钟。不容分说,这一串操作就几秒钟。我被塞进车里。暴雨中,我们省略了很多枝蔓;暴雨中,这位莫老板给我的工钱开到十四块一小时。因为这场暴雨,我第一次成了日结工。车里坐了五个女人,木阳光开车,我们要前往新安工业园的一家首饰厂。我急于想知道的是,老莫给车上的这几个女人开出的是什么价格?他仅仅只是临时起意给我一个人涨的价吗?

三、做日结的第一天

车一路顶着暴雨在街道上飞驰。我打量着另外三个女人,她们皆五十上下年纪,面目黧黑,颈粗腰圆,眼神灵活多变。在这样的暴雨天气中,她们准时在早上七点出现在长东路。我是一个捡漏者。因为这场暴雨,有人没有如期到场。我听着她们在交谈,今天要去的是一家全新的首饰厂,以前没干过,不知道活儿好不好干。我还得知,如果在五分钟内干不好,工厂可以当场把人赶走,并通知中介领班,然后你自己花钱坐车回家。木阳光是我们这五个人的领班,这家首饰厂她先前干过。一上车,我被拉进了一个微信群。老莫是群主,微信群只用来领取日结工资和接收老板的用工信息。

也就是说,一到线位,五分钟内必须得拿下那个活。拿下是指速度和质量,这两个指标要达标。

两个女人在吃早餐,吃的是红糖馒头,一个馒头足有二两,她们每人吃了两个,还喝了一盒牛奶。馒头是拿在手上撕着吃的,边说着话边吃,竟很快就撕完了。这四个人是相熟的,想来一起共事很久了。我无须刻意上前攀谈,觉得倾听也很好。却听见说上一家做的是印刷厂的图书包装,做了半个月,总算完结。老板居然舍不得开空调,光靠头顶几台破吊扇在那里转,吱吱呀呀,常有蛛网般的线絮往下掉。到了下午工作间热得要死。所幸活好干,坐在那里给书套袋子、封口,老板也不催速度。不料另一个女人打断她,她说她的那个工位在角落,风扇的风吹不到她那里,后背对着外面的铁门,人都快烤熟了，你们那些工位哪里谈得上热？矫情！话刚落音，她就被两个女人愠着脸来反击：是你自己抢着要坐在那里的，怪谁？你就往传送带放放书，这活本来就比套袋子要舒服得多，至少不用整天低头，还可以挺直腰板把脚伸直……你后来不是跟老板要了一台小风扇吗？……便宜都被你占尽了……

这谈话妙趣横生，我抿着嘴笑。礼节上，我用眼神跟她们做着简短的互动。我惊叹这其中琐碎的细节以及微乎其微的优劣点竟被算计得如此精细。风扇的风，挺直腰、伸直腿都是干活争夺的点。因是陌生人，她们都没有主动跟我说话。我看着她们手中提的圆筒便当袋，于是问道，你们是自己带饭到工厂吃的吗？木阳光告诉我，你是第一次来我们公司，没来得及告诉你，工厂有食堂，要自己带碗筷和喝水的杯子。见我无措的样子，那三个女人连连劝我，没事，没事，食堂旁边都会有小卖部的，可以买一次性塑料碗，一块钱。她们的笑容友好，带着一种已经正式接纳我入伙的可信表情。心头一暖。我本不害怕孤立，可是真有人主动靠近，我是愉悦的。

雨停了。车只能开到停车场，可进工厂还要走一百多米，路面已积了水，我们只能蹚水而过，所幸水刚及小腿肚，我们几个相扶着，小心试探慢慢往前挪。几处井盖往上翻涌着巨大的水花，陈年的腐渣、脏物漂在水面上，我们还看到一只死猫浮在水面上。到了工厂大门，早有一位中年女管事候在那里接应我们。我们急于寻找水龙头冲脚，因为有一个女人说脚丫子痒得要命。她坐在台阶上，用手指抠她的脚丫缝。我看了一眼，那是一双很大的脚，弓形，黑糙，老硬，指甲泛白。她的脚丫感染了，破了皮，露出血淋淋的鲜红的肉。我扭过脸去，忽然想到疫情防控期间我常备着免洗抑菌的酒精凝胶管，我拿出来递给她，她抬头看了我一眼，然后龇了一下牙，想必这个时候，任何人看到酒精的表情也会在第一时间联想到那即将面临的剧痛吧。几声惨叫过后，我们随着女管事进了工厂。

她要把胶管还给我，我推辞说，你今天一天都要用到的。她收下了，笑道，我姓罗，加个微信吧。我欣然。她年纪比我大，身上透着对这个行当极为精明的圆滑历练。

我竟不知，除了我们五个，还有别的中介也送了日结工进来。其中有——暑期工。车间不大，一百多平方米，三条作业线，我们二十几个日结工站成三排，等待安排分工。突然，我感到衣袖被人轻轻拉扯了一下，一回头，是站在后排的罗姐，她对我使眼色，又摇摇头，我很诧异，但又不懂她是什么意思。没有机会明说了，很快，我们依次进入了线位。最后，我看见她跟我隔着一条线背对着我坐下了。我的右手边是木阳光。每两人一组，我跟木阳光是一组。墙上的挂钟，刚好指向八点整。

活非常简单，就是把一对耳钉固定在打了孔的纸板上。我们在商场的橱窗上见过展示出来的钻石耳钉，炫目高贵，难以亲近，仿佛有它自己的灵魂，独自散发清冷的光。它们就是这样固定在一张小小的纸板上，纸板的反面有一个金属扣，它紧套着耳钉的针。它们静静地躺在酒红色金丝绒布景的玻璃柜中。而现在，几十斤重的耳钉散装在一个巨大的马粪纸纸箱里，它被两个年轻男子抬进我们的线位，女管事拿着一个黄色的塑料铲斗，像铲豆子似的，把耳钉铲起来分给我和木阳光。纸板是高级的布纹纸，浅紫色，有暗纹，摸起来有凹凸感。上面有一个银色的品牌logo（标识），一只凫水的天鹅，我认出，它是世界著名首饰品牌施华洛世奇。原来，这工厂是施华洛世奇的代工啊。我得感谢自己曾在珠宝界混迹多年，施家的首饰以水晶及人造宝石为主。耳钉是用锆石做的，用了钻石的切工，闪着流光火彩。我拿起一枚耳钉端详，中间是一颗豆大的锆石，它粘在一个银质的花托上，四周又围了一圈小锆石。它熠熠生辉，高贵典雅，外观上，跟钻石毫无二致。然而，它们装在臭臭的、用马粪纸做的纸箱里，它们被塑料铲斗铲出来，它们堆在车间杂乱的长条桌上。这世界著名品牌，此刻在这里，如同廉价的白菜，一堆尸体，甚至跟一枚螺丝钉没有区别。

这个活不至于担心在五分钟内被赶走，最初紧绷的那根弦总算松懈下来。把耳钉穿进纸板的小孔，然后在背面套紧扣子，无限重复同一个动作。女管事巡逻在线位的过道里，她冰冷的声音在车间里不停环绕：加快啊，等着出货，加快加快。一片低伏的头，鸦雀无声。我注意到三条线的活不同。罗姐那条线在给首饰盒贴椭圆形的不干胶防伪标签，那标签上印有"Made in China"的字样。活都很简单，即使是六十岁的人，手速也毫无压力。

我忘了时间。我成了一个真正的工作机器。等我忽然意识到身体有某种不适的时候，我才发现，线位的长条桌下面塞满了存货的纸箱，我的腿不能伸直，而塑料圆凳又很硬，我只得把腿横向伸开，想舒展一下，不料我触到了木阳光的腿。她也横向把腿伸开了。那一瞬，我们相视一笑。随即，我缩回了腿。

我理解了这其中分毫的得失算计。在持续三小时五小时八小时十小时的劳作里,不能伸直腿简直是活受罪。那种不适,那种憋屈,时刻使人处在将要爆炸的临界点上。好在,车间是开了空调的。我索性站起了身,右手抓了一把耳钉,像攥着一把瓜子似的,一粒一粒往左手的纸板上钉。这举动有些出格,女管事从我身边走过却没有说话。过了一会,她叫了两个男孩过来,让他们把我跟木阳光桌下的纸箱搬走,然后很客气地低声跟我说,这下,你的腿总算可以伸直了。她的脸上有嘉许的微笑,目光温柔,我错愕不已,一时不知如何回应她。末了,她转过脸对木阳光厉声斥道,你得加快了,两个小时上了三次洗手间,还经常偷看手机,这样下去,还怎么做得完?

车间很安静,我想,她的这句话所有人都听见了,一时间,四面八方的目光齐刷刷扫过来。这分明是一种公开的羞辱。木阳光翻了一个白眼,恨恨地把手中的纸板往桌上一扔,她动了动嘴唇,只得低下头去加快手速。可是坐在她的身边,我竟然不知道她上了三次洗手间,竟然不知道她在磨洋工。我意识到,两个小时,我旁若无人,一干到底竟自没有抬头。我不能这样傻傻地去做一个优秀的工人,我是作家塞壬,我此行的目的是观察与体验。一激灵,我清醒过来。果然,骨子里,对于任何上手的工作,那种不懈怠的劲是刻在 DNA 里的。

十点半,休息十五分钟。

罗姐朝我走来,她拿着水杯,示意我进茶水间。

我本想让你往后站跟我一组的,她说,可是已经来不及了,你跟着那个女人一起干活会吃亏的。她偷奸耍滑惯了,以前还跟工厂的管理干过架,被人抓住在厕所抽烟玩手机。

原来木阳光这么坏啊。我抿嘴笑了。是那种无处不在却让人无比讨厌的品性吧,虽不是什么大恶。她这样的人,曾多次出现在我的同事中我的亲人中我萍水相逢的陌生人中。谁的一生能避开这样的人呢？我年轻的时候总喜欢跟这样的人针锋相对。后来，再吃到这种亏，我选择——接住它，稳稳地接住它。罗姐见我不以为然，有点着急了，她说，等下趟活重新分配，你跟我站一起吧。我又笑笑，忙说好。

这是一管酒精凝胶结的善缘吗？显然是，但又不完全是。

罗姐告诉我，这家工厂的活好做。有空调，有中场休息十五分钟，喝的是饮水机的桶装水，没有没收手机，还可以偷偷聊天。就是不知道饭堂的饭菜如何。她悄声叮嘱我，明天还来这家，记得紧跟着她就行了。我会意，深知今天能来纯粹是因为捡了暴雨的漏。罗姐的话语里透着一股笃定的、决定要罩住我的威严感，我得顺着竿子去领她这个情。我环顾了一下人群，问道，车间里也有工厂的正式工吧，罗姐说，中间那条线全是。那三个男孩呢？我假装漫不经心地问。回答说，他们是学生工。

哦，有三个学生工。我要如何靠近呢？他们在木阳光的右手侧，靠墙，我跟他们还隔着四个人。

外面过道的拐角，站满了吸烟的男人，他们刷着抖音，用手机外放音乐。这些正式工在隔壁的车间，他们是真正制造首饰成品的人。他们穿着工厂的蓝制服，脚上，一律的，灰色塑料拖鞋。中年男人皆皮肤黝黑，头发油腻，沉默，表情阴郁；好几个年轻人，染着夸张的发色，耳郭戴着一圈耳钉，手上皆有奇怪的字母纹饰，一副不良少年的做派。女厕所只有三个蹲位，需要排队，轮到我的时候，我看见垃圾篓里扔满了女人用过的卫生巾，它们吸饱了血，累累血块，赫然入目。

对我来说，这中场休息的十五分钟更像是一种自我出离。

我在想，我沉迷于这机械的手工工作，竟忘了此行的目的，这本身就是一种真实。这种真实其实包含着我对每小时十四元这个工作的尊重。我接受了这个价格，就应该全力以赴。不管是以什么为目的的懈怠行为，它都是一种品行的卑劣。

时间到了，我们挨挨擦擦地走向各自的线位。那三个学生工一路从走廊的那一头追赶着跑过来，一路欢笑，进了车间都没能刹住步子，他们喘着气，趿拉着的拖鞋传来清脆的声响。我们已经就座，他们得从我的后背那条窄道进入线位，我微微往里欠了欠身子，把凳脚跷起来。我看到一个男孩纵身一跃，稳稳跳进自己的座位里。啊，整整一个上午，这是唯一一丝快活的空气了。

纸箱里的耳钉只剩小半了，午饭前可以做完。我看着身边的木阳光，她一副耷拉的颓态。这女人四十上下年纪，烫着小卷，在后脑勺随意抓了个松松的矮髻。她保养得很好，皮肤匀净，善有水色，杏核眼，偶尔有一丝忧虑的神情。每每要张嘴说话，上唇先尖起一个角，话刚落音，常常是一地的酸话。

你发现没有？这里的女人都长得丑，只有两三个勉强能看。她用手肘碰我，低声道，对面那个女孩，中场休息的时候还去化了个妆，狐媚子，原来是知道副总要来。我循声望去，她口中的副总，一个穿着白色亚麻中式衬衫，戴着紫檀手串，胸前挂着一枚西藏天珠佩饰的中年男子，寸头，山羊须，愠着脸，紧闭着唇，像一尊雕像正杵在车间正中间。这类烂大街的文艺气质装扮出现在工厂显得特别违和。

女人打扮的目的就是为了勾引男人的逻辑让我倒足了胃口。我没有意愿去跟木阳光讨论这个无聊话题。我们毫无对话基础。我想整个儿地屏蔽她,不再为她浪费一滴笔墨。可是,那个副总果真走到了对面那女孩的身边,他躬下身子,跟女孩头挨头,随后就传来女孩阵阵娇嗔的抱怨。人群熟视无睹,想来司空见惯。木阳光再次用手肘碰我,我还是没有理会。

我所不屑的、不愿正视的,往往总是会当面现场上演,仿佛是专门为了嘲笑我。木阳光赢了,这让人倒足胃口的逻辑总是会赢。我熟悉这俗世无时无刻不在上演的恶心桥段,在国企,在南方写字楼的职场,在我多年漂泊的流浪生涯,在小镇文化单位的办公室,在世界工厂的流水线车间——避无可避。耳边总是传来人们压低声音的窃窃私语,那种对肮脏风月之事的兴奋总是惊人的一致。

以为他只是一个监工。然而木阳光却意外地卖力起来,她加快了手速,也坐直了身子。我瞟了她几眼,这可真是一个充满了文学趣味的人啊,身上有太多戏剧性的点,要素过多。副总转到我这条线,他从我身边走过,我闻到一股熟悉的香水味,一股淡淡的地窖里烂红薯的腐甜气息,正如耽美文所形容的那样,无辜钓系,遗世独立的疏离感。它唤作:冥府之路。这是去年网红李佳琦直播带货的爆款。太骚了,我笑出声来,脱口而出:冥府之路。那人猛地扭过头来看着我,我只得仓皇低头。犯了大忌。塞壬,此刻你是日结工黄红艳。

他在我身边站定。我感到靠近他的那半边身体已经僵硬。他轻轻叩了两下我的桌面,说道,你过来。然后扭头对着木阳光说,午饭前你把剩下的做完。我只得站起身跟在他的身后。木阳光气得脸都变形了,她咬紧了后槽牙,要知道,她独自完成剩下的那部分相当于整个上午处心积虑占的那点小便宜全都白费了。

副总又叫了我那条线上的两个男孩（学生工），我们三人一起重新接到新活：往首饰盒上贴条形码，这码，用微信一扫就可以看见相关的产品信息。条码贴在蜡质的黄色底纸上，卷成筒状，要把它揭下来贴在首饰盒上，技术要求是，要贴得方正，不能歪斜，且方向不能贴反。两个男孩把首饰盒从箱子里倒扣在桌上，整整一版，四十八个。我试了一下，条形码太黏了，揭下来粘在手指上，松了这个，粘住那个。正不知所措间，只见那副总"啪啪啪"一摁一个，一摁一个，像插秧似的，不，像发扑克牌似的，瞬间按满一排八个。方方正正，不歪不斜，干净平整。漂亮的活计！我在心里由衷赞叹。那两个男孩目瞪口呆。

他右手的大拇指只轻轻一捻，往盒上一摁，又顺势往右一抹，压平，稳得跟机器一样，不出丝毫差错。能做到这种程度当然是无数次操练的结果。我看着他手把手放慢动作教其中一个男孩，还是歪了，男孩沮丧不已。一旦贴歪，这个盒子就废了，因为它再也不能重新揭起，一揭就会撕裂首饰盒的原皮。他站在我身边看着，我连贴废了四个盒子。我更慌了。忽然头顶飘来一句话：知道"冥府之路"的人果然是干不了这活啊。我怔住了，不知道如何回应这嘲讽，只觉得火烧到了耳根。他又说，宁可慢一点，也不要没对准往上摁。说完就转身离开了。这话是对我们三个人说的。

总算放过我了。一小时后，他又转到我身边，我已经能稳稳当当贴好这条码了。这原本是一个多么简单的活啊，他的那句嘲讽，虽然有调侃的意味，可还是伤害到我了。像这样不留情面的当众嘲讽无异于打耳光。好歹，在那个世界，人们会尊我一声塞壬老师。可惜的是，为了干好这活，不落人口实，我竟没有跟身边的学生工聊上一句。就这样，午饭的铃声响了。

饭堂在对面的六楼。我跟木阳光拾级而上，她听见副总嘲讽了我，所以喜笑颜开。你幸亏是碰到了副总，他人很好说话，要是碰到老板，他会直接把你赶走的。一个人的幸灾乐祸是藏不住的。罗姐不吃饭堂，自己带了饭菜，她跟另两个带饭的女工一起在车间吃。如果自己带饭，老板就每天补贴二十块钱。为了二十块钱，每天至少要早起半个小时，甚至更早。当然，自己带的饭菜也更可口。罗姐把保温饭盒揭开给我看了，底下是饭，还是热的。炒了芹菜香干，几片腊肠，一小块腐乳，还卧了个荷包蛋。可是，晚上要九点半下班，她就要撑到那个时候回家吃晚饭。而我们晚餐的时间是五点半。二十块钱，它那么重。

中午吃饭时间只有半小时。饭堂的菜很好，分餐制，两荤一素，紫菜蛋花汤，米饭，不限量。各人从消毒柜自取不锈钢餐盘，我打了小鸡炖蘑菇、肉炒蒜苗、清炒佛手瓜。我身边的男人吃得呼哧作响，我刚坐下片刻，他的盘子就见底了。木阳光在抱怨爬六楼太累，没有电梯，饭堂没有空调。总之，她一直噘着嘴。

我明天不来啦。她突然说。

为什么呢？我觉得活很好做，管得也没那么严。

我呢，是帮老板开车送人的。车是我自己的，每天接送人到工厂，一百块钱。这个月打麻将输得太多，又闲着没事干，我才不是专门做这个的。明天把位子留给你吧，早点来。我不靠这点钱。

这话听得，简直是她施舍了我似的，心中略感不悦。转念一想，今天我是一个暴雨捡漏者，如果我真是一个靠这份工活命的人，这的确是一个很大的施舍。要知道，受暑期工冲击，很多人根本找不到活干，即使找到，价格也压低了很多。

你第一天来，老莫就给你开到十四块，知道为什么吗？

这也正是我疑惑的地方。

因为老莫烦透了罗姐，罗姐有十几个人，她们共进退，她们对工厂挑三拣四，动不动就威胁说要去别的中介，还吵着要涨价。老莫不敢得罪，所以想多开发一些新人。你不要跟罗姐走得太近了。

原来如此。我还以为在暴雨中，一个可怜的中年妇女为了生计全身湿透打动了老板；我还以为在暴雨中，有人及时填补了人手的空缺老板一高兴随即大发慈悲。都不是！我真是可笑至极。那么从这一刻起，我将坚定地跟罗姐站在一起。我跟资本家共什么情呢？所以木阳光的恩惠，实际上是代替老莫的笼络。

原来东莞日结工的行价是每小时十四块，深圳是十六块。木阳光告诉我，等暑期工一走，北方进入麦季，人手短缺，一些中介就会被迫把工资涨到十五块。她看了我一眼，轻蔑地说，十五块是给三十五岁以下的年轻人，你，还是十四块。这句话的深层意思是，罗姐这么厉害，也是十四块。

第一天，我就闻到了呛人的宫斗味。只要有人的地方就无法避免人事的冲突与争斗。我已经入局了，能做到置身事外吗？我只想做一个观察者，或者说，我同时也在观察自己。我突然莫名地兴奋起来，仿佛一场大戏已经拉开帷幕。可是，我绝无可能忠于老莫，即使他给我开到一百块一小时，我也会离开。我的目标是，四家中介，挨个走遍。

我以为我进入的是另一个陌生的世界，其实不过是从那一个场来到这一个场而已。人性咬啮的烦恼，无处不在。

还有十分钟。芒果树下，一个学生工跟一个女孩紧紧贴在一起。男孩从背后抱住女孩，手伸进她的T恤里，握住她的胸，下巴搁在女孩的肩膀上，闭目，旁若无人。女孩穿着露脐牛仔热裤，她有麦色皮肤，厚唇，漆黑的大眼睛，臂上文着一只红色的蝎子。阿兵跟我说过，暑期工多是各地的职业技校生，言外之意是，他们并非什么品学兼优的大学生。上午，两个男生一直在低声说话，皆男女之事。他们哧哧地笑个不停，那笑声里些微的拘谨压着外溢的放浪，透着一股初尝男女欢事的愉悦。说着开房，以及更大尺度的自吹和相互鄙薄。毕竟是荷尔蒙泛滥的年纪啊，脸上有青春痘，胡须刮得很干净，眼神清澈。我先前预设的，勤工俭学，去工厂磨砺，去为新学期挣一份礼物给自己的那种学生真的只是想当然？不过，那两个男生活干得漂亮，边说笑边贴，眼快手快，效率在我之上，以此来判定他们就是品行不良似乎武断了些。

打铃了，散落在四处角落休息的工人缓缓站起身，朝大门方向走去，一个个颓然往车间走。一回头，木阳光从后面追赶了上来，她竟涂了莓子色的口红。难道是下午又有什么人要来吗？她满面春风，刚从茶水间出来给她的菊花茶续了热水。这个女人，真有意思，自己做着日结工，骨子里却瞧不起这份工作。她有非常清晰的自我意识：她跟罗姐不是一个阶层的人。当然，跟我也不是。

枯燥地贴码平添了倦意，我连连打了几个呵欠。有那么一瞬间，我突然疑惑地问自己，我这是在哪儿？我为什么会在这个地方？抬眼，正午的阳光从窗外直直地照射进来，有人把窗帘拉上了，空间大，空调很吃力，左右摆动的扇叶子呼呼作响。条码贴完了，我被安排去刷胶，跟罗姐排在了一起。首饰盒里面要刷满胶水，然后再把一块天鹅绒布粘在上面。胶水是一支锥形的笔，握住它，直接在盒里涂抹。整整一下午，我们干的活，跟糊火柴盒差不多，非常简单。

罗姐见我不停打呵欠，她说，这家工厂的时间安排不妥当，最好是取消上午和下午的中场休息，把这半小时挪到中午，这样中午就有一个小时，我们可以眯一会了。

可以要求厂方做出调整吗？我问。

当然可以了。厂方这么规定只是为了方便工人们吸烟，但我们日结女工居多。她笃定的语气让我确信，这位罗姐是一个小帮派的老大。她有雄壮的腹背、粗黑的胖膀子，行动敏捷，眼神灵活。

我去给你泡杯茶吧，提提神。一会，她端了一个搪瓷茶缸过来递给我。我揭开盖子，一股咸菜味扑面而来，这缸子是罗姐装菜的，边沿还磕破了一个口子。我皱起眉头，陈年绿茶，粗梗，老叶，没泡开，浮在面上。我何时喝过这么劣质的茶叶啊，还是咸菜味的。可是，她这么满怀期待地看着我，这么大的善意与诚意，无论如何，我要大喝一口才能对得起这样的注视。我吹了吹浮沫，毫不迟疑地喝上一大口，有点烫，但我的表演是及格的。她欣慰地笑了。

我告诉她饭堂的菜不错，足实，能见肉，值十块钱。她说那就从明天起吃饭堂，早上还可以多睡半小时。她顿了顿，你明天要早点过来，我带你上车。我本想告诉她，木阳光已经答应把她的位子让给我了，但隐约觉得这里面有一股淡淡的火药味。再者，如果明天我有机会去别的中介，我就不会再来这里。

副总加入了干活的行列。我觉得最可怕的监工是：他本人也参与工作。他带来了鲇鱼效应，搅动了池水，所有人只得跟着他的节奏快速运转起来。

突然，有人大喊一声，糟糕，这下完蛋了。我们惊得停下手上的活，朝那个声音望过去。副总已经走到那人身边，问清了原委。原来是把两种首饰盒混在了一起，可是外观上它们一模一样，要分开得揭开盒盖查看里面不同颜色的天鹅绒。这得一个一个地揭开才行。可是这首饰盒盖得很紧，揭开的时候有股吸力，重新盖上又有股气压。五筐，大概有几千个。那人解释说，是昨晚夜班的人弄混了。头疼的活啊。

于是我跟罗姐被抽出来分拣盒子。我们俩面对面蹲在地上揭盖子。我拿着两个分拣好的盒子端详，心想，既然是装不同的产品，外观怎么可能是一样的呢？翻来覆去地看，终于看见那段英文说明的最后一段标有"S925"的字样，这是银饰品的标志，对，它是用来装银饰品的。文字非常小，密密麻麻，除了我，谁会去看这段英文呢？

再也不用一个一个地揭盖子了。可是，我如何跟罗姐解释这一点呢？告诉她我懂英文？告诉她我懂银饰品的标志？我一直以为，在这样的地方，文化、知识是没有任何用处的，贴标签，刷胶，套袋，这样的手工活需要文化做什么呢？不，完全不需要。我记得以前有过一次类似的经历，在一家印刷厂切纸，一周过后，要求交一份工作小结。就因为这份手写的工作小结，厂里的行政部突然找到我，他们要调我去办公室编辑厂报。当时还感叹过,我怎么在这种地方也能脱颖而出呢?那是因为作家塞壬以写作这可耻的动机,潜进了工厂,她才有这种脱颖而出的可能。这,毫无代表性。

我并非重申知识改变命运这类正确的废话,而是,我意识到,在这里的每一个人都已然限死在他们的命格里,根本无从改变。已然中年了,命运之河已把人淹到了水中央最深处。再说一句废话,但凡有别的选择,人们不会来到这每天工作十二小时、时薪十四块的工厂。反过来说,正是这样的工厂,给了太多人依靠与拯救,它给出了一碗干净的饭,不会断炊的饭。

我看到这里面有一种牢固的双向奔赴。我从来不认为每天晚上九点下班、一百六十八元即时到账、买半只烧鸡、拎一罐啤酒、哼着歌曲走向出租屋的人毫无幸福可言,当一种选择是人生的上限,即使在他人看来是如此卑微寒碜,但对于他们来说那已经是能挣到手的最好人生了。所以,塞壬千万别自以为是地去同情谁,更不要想当然地以为谁活在苦难中。平视,是唯一的尊重。

我这样的人出现在这里显然是一个 bug。此刻,我只能假装什么都没有发现。我蹲在罗姐对面,默默地揭着盖子。可是,我找到了提高效率的法子,硬生生憋着一个能让自己吸引众多赞赏目光的意念实在太难受了。我原本就是一个好大喜功的人啊,从来就不会放弃让自己出风头的机会。唯有这次受了阻,才真切地照见了我这么个人。我的确不具备这样的美德——

我终于忍不住了,起身走向副总,低声告诉他我发现了两款首饰盒的细微差别。那人惊得半天没有合拢嘴。反正他已经知道我认出了"冥府之路",也不介意让他再知晓我识出了银饰标志。他没作声,把罗姐叫走了,只留我一人在那里分拣盒子。隐约感觉到,他拿眼角余光扫了我几眼。

三点半,中场休息。

罗姐再次把那带有咸菜味的茶缸递给了我。茶已凉透,我灌下两大口。她看着我欲言又止,我莫名心虚起来,疑心她已看出分拣盒子的端倪。我只得回避她的目光。但她还是开口问了,她问的是,副总是不是邀请我进工厂当正式工。

我没有想到会有此一问。原来工厂看中一个日结工是可以向其发出邀请的。严格来讲,这是对与之合作的中介商的一种背刺行为,是违规的。但此刻,这绝妙的梯子及时地递过来,我刚好可以顺势爬下,我忙撒谎应道,对,对,他是邀请我了,可我没有答应。罗姐舒了口气,叹道,如果还年轻,谁会拒绝去当一个正式工呢?不过,做日结相对自由,不用请假。我的拒绝显然让她很满意,毕竟我还是跟她站在了中老年人这一阵营里。我们相视一笑。

瞬间的照亮,让某种微妙的小小戒备开始出现松动。

外面走廊的窗口边,站满了吸烟的人,一些人在刷抖音,我瞥了一眼,开着美颜的网红,穿露乳沟的低领衫在直播,各种手机外放音乐混在一起,却有一种意想不到的颓废效果。也有很多人趴在桌上闭目小憩,这疲乏困倦的午后,摊晾着人们被生活毒打后的无精打采。我打开微信,群里有十五个人,木阳光是这十五人的领班,罗姐的小帮派就在这个群里,其中有一部分人去了另一家工厂。我发了一个一百块的红包,并附言:第一天做日结,请各位多多关照。

我这一举动后来被摄影师阿兵形容成炸鱼行为。第一个抢的是木阳光,她抢了八块,紧接着是罗姐,她抢了十二块多,老莫居然也抢了。然而还有九个人没抢，我想，这个时间点，他们在别的工厂无法看手机，所以红包没有动静。车间有人休息，木阳光本想尖叫，但最终嘴唇圆成O形，她睁着大眼睛，难以置信地看着我说，抢到了一笔巨款，谢谢老板，说着打躬作揖。罗姐着急起来，她说抢这么大的红包不好意思，连连说要把钱退还给我，这哪行啊，你这样大半天就等于白干了。我突然意识到，一百块钱，在这样一个群体中依然是有一定分量的，至少没有人无缘无故地把它当红包发出去。二两的红糖馒头一块五一个，一大碗炸酱面五块钱，炒素粉三块钱，大肉包子一块钱，豆浆五毛一杯。我早就忘了，一百块钱可以买到这么多东西。这是连午餐晚餐二十块钱都要想办法省下来的一个人，我就这么轻易地把一百块钱发出去了。

先前，我还在疑惑，为什么我看着他们，觉得自己像另一个世界的人？我分明在心里跟他们是融在一起的，我分明……一直觉得自己是身在其中的。可现在我明白了，我已然从各个层面脱离了这个群体。我仅只保留了情感上的认同。

上完厕所后就打铃了。我重新回到了刷胶的线位，罗姐在我的下手开始往盒里贴天鹅绒布。副总坐在第三排，他在往圆形盒里装戒指，海蓝宝、碧玺、粉晶的四爪镶戒堆放在他手边的纸盒里，他的手指上下翻飞，还喜欢跷起小拇指，光是看他干活就很赏心悦目。这些像是玻璃假花般的戒指，一旦别进这酒红色天鹅绒小盒的暗钩里，瞬间就有了一股你高攀不起的气质，熠熠生辉，像是被重新擦亮了一般。正如在商场华丽的橱窗上看到的施华洛世奇专柜，国际著名品牌，现在，它跟你隔着冰冷的距离。可是，我就这么目睹它们曾待在这粗陋的手工作坊里。

因为他在的缘故,我们聊天的声音小了很多,甚至不太敢聊。突然,从门外跑进来了一个男童,孩子咯咯咯的笑声太响亮了,像色彩斑斓的泡泡一样,弹得满地都是,又像是来自遥远的天堂。他手里挥舞着一个奥特曼玩具,显然他后面有人在追赶。这无疑给这沉闷的空间吹进一股清新的风,太治愈了,这笑声,这猝不及防的闯入,让人微微一震,心眼像洗过一般,清爽了许多。

追赶孩子的是一个中年男人。孩子跑到副总跟前抱住他的大腿喊叔叔,他的额头全是汗,他喘着气问副总知不知道他的奥特曼叫什么名字。副总轻声地说,乖,别吵,叔叔在工作呢。中年男人喊来女管事,强行把孩子拉走了。随后,门外又进来了五个人,一个老太太,一对中年男女,还有两个少年。中年男人从旁边拉了几条凳子,他们一并坐在副总旁边,开始了手中的活。我看了一下,这几个人手法娴熟,都是好手。

鸦雀无声。门外过道里,孩子奔跑的欢笑声渐行渐远。

直到晚饭的铃声响起。罗姐她们三个人一直要撑到晚上九点半下班后回到家才能吃东西,我心里很不安,不安到——面对自己的晚餐难以咽下。帮着订三份外卖?不不不,我在红包问题上已经匪夷所思了,不能再做奇怪的事情。刚刚,微信红包瞬间被抢光,人群骚动,有五个人要加我微信好友。我突然想起,因为低血糖,我的包里日常备有花生牛轧糖和巧克力。还有就是——在遇到陌生小孩需要安抚的时候拿出来。我有一个印象深刻的记忆,我的婶娘,她有腿疾,走路一丢一丢的,她活在这世上简直就是一个天使啊。她特别疼爱我们这些鼻涕孩。她那魔术般的口袋里总装有炒花生、炒蚕豆,还有水果玻璃糖，只要看到我，她就掏口袋，把东西拿给我吃，只为看见我的一张笑脸。偶尔，只是偶尔，她的口袋什么也没有，她就把布口袋翻开来给我看，哪，今天是空的，我的儿，今天啥也没有。看着我失落的小眼神，我的婶娘就一副很抱歉的样子，她抱歉的样子很美很优雅。见我没哄好，像是马上要哭了，婶娘竟难过起来，于是她吃力地蹲下身来抱住我，连连说莫哭莫哭喔，下回有下回有。我深知，这一细微的举动能够带给人温暖与安慰，已经有过多次这种欣慰的体验了。我忙把花生牛轧糖和巧克力拿给罗姐，口中却说出极陌生极世俗的话语：今天第一次做日结，希望今后罗姐多罩着我。多谢了。我要让她觉得我这是拜码头的意思，是一种行业里正常的礼信。自然，不突兀，有眼力见，是个上道的人。一股悲伤涌上来，原本只想做一个好人的，竟需要用表演庸俗来掩盖。

木阳光对于罗姐她们硬撑到九点半才能吃饭的事表示不可理解。她用了一个轻蔑的眼神。用她的话说，没人逼她们呀，自己做饭不要成本？起得早睡得晚不值，抠门也要找对门路，榆木疙瘩。

她直言快语，针针见血，但也不是毫无道理。我甚至疑心自己的关切是不是有点过度了。她们天天耗在一起，明争暗斗，见惯了彼此的脾性与做派，所以才熟视无睹。这应该才是最为正常的相处与反应吧？

你知道吗？下午进来的那个人就是老板，后面那五个人全是他的家人，丈母娘，小舅子夫妇，还有两个小外甥。他们只要有空就到工厂帮忙。木阳光说，这家工厂只需要我们干一周时间，太狠了，全家出动，连老太太都上了，赶着交货呢。她再次跟我说明天不来了，这样的工作氛围根本无法摸鱼，连聊天都不可能，活活坐死牢，难受。

木阳光在我的文字里，只能充当一个工具人，她的身上真的一点光彩也没有。但凡能够占一点小便宜的机会，她必然会全部用尽。每一次中场休息或者是下一场开工，铃声停了，她依旧慢吞吞的，是最后一个走进车间的人。

我潜进过许多工厂，但像这家工厂为了赶货，出动了家人，甚至包括老人和孩子的，我还是第一次碰到。突然感慨，一个贴牌的小厂，它铆足了劲，用尽全部的力气，调动一切能用的力量，只为顺利交货，这多像我们农村的双抢啊，全家人下地抢种抢收，全村人都相互帮忙，连看家的大黄狗也没闲着，只为跑赢时间。我在一家小工厂，看到了家庭、协作和一种努力奔跑的姿势。还有作为日结，它向我呈现了某种内部的秘密。太多的文字触角，根本就没有抵达过他们。

晚餐有我喜欢的猪脚炖花生。旁边的三个学生工都续了米饭，我听见他们聊起要不要提早回学校，万一疫情起伏，再弄个隔离不能进校就麻烦了。哦，疫情，原来还有疫情这回事。在东莞制造业帝国，在工业园区，疫情仿佛被人遗忘了似的。除了园区的封闭式管理，还有，社会阶层的天然断层，固化，这种无法僭越的隔离，才真正地让这个病毒无从进入。

晚班从六点到九点半，相比漫长的下午，这三个半小时要快得多。老板的家人依然跟我们一起工作着。到了晚上九点的样子，小男孩竟睡着了。他下午在各个车间冲进冲出，拿着纸飞机，哈口气，胡乱投掷。这小恶魔终于睡着了，睡着的样子真是天使啊，老太太放下了手中的活，她把孩子抱在怀里，轻轻拍打。

下班了。这是我完成的第一个日结工。走出工厂的大门，迎面扑来的热浪把我拉回作家塞壬的主体。我简单总结一下，活不累，饭堂的菜尚可，有空调有饮水机，工作时长十二小时，不习惯的人会非常难熬。但是，对于无从选择的人来说，所有这一切都是已知的，是摆在明面上的，是日复一日的常态。木阳光开车把我们五个人送回长东路，这时手机微信的提示音响了，一百六十八元到账，是老莫发来的。我兴奋得把手机亮给她们看，罗姐笑了，摇摇头说我像个孩子。我盯着这一百六十八元看，真的，这钱归我了，是我凭力气挣到的，十二小时，每小时十四块，我甚至可以算出每分每秒的单价，每一分钱都如此饱满，如此丰实，一百六十八元，非常具体，具体到每一块钱对应着我当时手中正在干着的一个活儿。太重了，我觉得它沉甸甸的，有一种特别清晰的拥有感。我的工资，我的稿费，即使是几万元入账我都没有这么激动过。我从来没有这样凝视过一笔钱，从来没有从凝结在钱里面的人类劳动这个角度去看待这一行为，一瞬间，我理解了价值的本质。

微信群里，老莫发了明天工厂招工的信息，有四家工厂待选。我打定主意想换一家。回到家，我竟没有感到疲累，兴奋得想找人诉说今天的体验，最好是找家大排档坐下来喝两杯。我居然有了强烈的倾诉欲，可是，我已经太久没有跟人聊天了，此时打给任何人的一个电话都显得唐突，都是一种打扰。下午有几个人在微信中申请加我好友，我一并通过了。手机用的是过时款的苹果7，号码和微信都是新的。我还主动加了罗姐。最后，我在淘宝上选购了一款筒状便当布袋，三十五元，袋口用松紧带抽紧，两条棉索子打了个结，这就是罗姐她们手上拎的那种便当布袋,既然去做日结工,那在行头上就要跟大家保持一致。我把保温水杯、碗筷、旅行茶包、巧克力奶糖、几片酒精湿巾、口罩,还有两个苹果一起放在一个蓝色帆布包里。明天继续。

四、我主动去了一家模具厂

早上七点五十分,我再一次出现在长东路。在杂粮铺,我买了两个红糖馒头,三块钱。馒头上面有麦麸的斑点,肚子中间炸开了,我学着罗姐她们的样子,用手撕着吃。松软,微甜,两个吃完,刚刚好。我一路走过榜哥和陈太的档口,他们那里依然围满了人,我还是没有机会啊,于是我径直走向老莫的档口。老莫看见我,微微一笑,你来啦?这算是问候吧。罗姐向我招手,我点头会意。我今天能顺利上车吗?

中巴的人已满。这是开往虎门的电子厂,这趟活已经干了三个多月了,我是生手,插不进去。昨天的首饰厂五个人,木阳光说她要把位子让给我,此外,罗姐也暗示要罩着我。双保险,胜算挺大。罗姐告诉我,首饰厂的活是最好做的,环境又好。有几个人想进来,被她挡回去了——意思是,我是真的在罩着你。

突然,从中巴里探出几个脑袋,嬉笑问道,你就是昨天在群里发红包的富婆?我一听乐了,忙说,各位师傅,这趟车能让我上不?能上的话,我就再发一个红包。人群起哄,上啊,上啊,快上来。老莫上前一挥手,吵什么吵,说着把车窗一拉,示意司机出发。

另外两家是汽配厂和模具厂,是老莫常年合作的工厂。有四十多个人坐上了大巴。首饰厂只是临时接的一个短活,需要的人不多。这时,一个三十多岁的瘦小妇人赔着笑脸向我走来,她想跟我换,说是颈椎痛,受不住模具厂长期勾头干活,不能直腰。我正要说话,罗姐上前用手肘把我往身后一隔:你都干了一个多月了,怎么就今天受不住?年纪轻轻的,倒是滑头,我们这里也只能干一周,换来换去的有意思?

对方瞬间就哑了,在罗姐的强势话语面前,她毫无反击的能力。可我愿意换啊,我得想个无可辩驳的理由说服罗姐,但又不忍逆她的好意。于是,我跟罗姐说,有一个朋友刚好就住在模具厂旁边,中午可以去她家里蹭饭,顺便午休。罗姐看着我说,模具厂那活可没那么简单啊,不适应的话,主管会当场把你赶走,那一天就白瞎了。你可得想清楚了。我说,没事,万一被赶出来,我就去朋友家串串门,我们也好久没聚了。她无话。就这样,我上了那辆大巴。罗姐用眼神狠狠地瞪了那妇人一眼。一个人的善意一旦落了空,那种懊恼我能感同身受。

大巴在中途放下一半人去了汽配厂,模具厂在另一个社区的工业园,不到八点我们就到了。领班拿了张表,让我们在自己的名字后面打钩,我写上名字:黄红艳。这个名字太陌生了,我已经很久没有正视过它。即使在生活中,人们也叫我塞壬。我突然发现,女工,是无法叫塞壬的,而黄红艳,无比契合。

我和三位女工进了一间安静的房间。刚走进工厂车间的时候,机器的噪声冲击人的耳膜,人跟人面对面说话还得使劲喊。可是这房间太安静了,让人不安。房间摆了四张桌子,坐八个人。但这桌子中间是用玻璃板隔开的,每人一格,空间很小。而我分到第一排,顶着墙。我旁边有一张简易的工作台,上面有一台旧电脑，主管就坐在那里。

极静，隔开的小格子间，旁边坐着主管，可想而知其间的压抑。我终于明白人家为什么要跟我换了。我对"工作环境"这个词有了新的理解，即使空调饮水机都具备又怎么样呢？这是一个笼子。我坐进去之后发现，整个身子是深深地陷进去的，回头根本看不见旁边的同伴。玻璃板很高。而座椅也滑不出来，它刚好抵在后面那张桌子的边沿上。我似乎只在多年前的考场上体会过这样的感受：无法动弹。我像一条正在锅里煎着的鱼。

活儿就更奇怪了，摆模子。一个正方形的铁板上有三百二十四个小格子，这小格子边长不足一厘米，需要把一个圆形的塑料模具置于格子中，这小模具有四个脚，像个微型圆凳子，想要稳稳地把它放进格子，需要你的手指纤细、柔软、灵活。骨节粗大、僵硬的手指是干不了这活的。此外，它要求双手操作，从里向外，渐次铺满。如果手抖，不稳，摆得队形不整齐，就得返工。而且，十二个小时，只干这一个活儿，重复同一个动作。对，必须低伏着头，脸跟桌面的铁板贴得很近。我曾经听一位科学家阐释机器人原理，他说，机器人的构造是一种运动的数学。那么现在，我再看手中的这个活儿，实际上，它对这个操作的精确程度，从某种意义上来讲，就是一种运动的数学。向我示范的师傅是一位年轻的姑娘，她的手指嫩如葱根，还涂着莹粉的指甲油，食指和拇指拈起模具，蜻蜓点水般置于格子中，不偏不倚，她甚至都不用瞄准，两只手并用，不到两分钟就摆好了一板。她的操作极具观赏性，轻捻细拢，透着一股暧昧的色情意味。

其实，用一句话概括：唯手熟尔。所幸，这活儿对我来说不难，我很快掌握了要点，在主管的注视下，完成了质与量的考核。我的手，从未干过农活、粗活，手指常年在键盘上演奏，它在为某一个字使劲的时候，其实已经完成了一种柔韧度的修炼。可是，这个活儿对我而言是毫无意义的，我的目的不是为了挣这一百六十八元。我无法观察人与事物，无法交流，我的身边还有一双眼睛在看着。我不知道分配到其他车间的人工作环境如何，可我将困在这个笼子里，一个具体的笼子里，像一个被下了指令的机器：摆模。

长期以来，我断了交际，关闭朋友圈，退微信群，沉溺于自我的内心世界。冰箱囤满食物，半月不出门，不与人说话，收快递只开一道门缝，露半边脸把手伸出去。我的世界里有电影、漫画、腐剧、手游，还有我喜欢的Bigbang乐队；我阅读诗歌，并把它们唱念出来；我一集一集地追着番剧，从视频中截图做下精美的手账，然后分享到豆瓣小组。客厅电视开着热闹的综艺，我和我的猫歪在满是垃圾的沙发上。严格来说，这是主动选择的笼中生活，深度宅，把自己关在墓中。但我的自由和丰富是前所未有的。我的生命充满喧闹的回响和勃勃生机。在写作和阅读的深渊，我与自己的灵魂长久对视，我所有的一切都活在一个完整的自我中。

我是不是可以神游天外，自我出离？不是有高人说过，一个丰富而自由的人，无论身在何等荒凉贫瘠之地皆不受困？时间在我身上一秒一秒地流过，无声无息。我在脑中重新播放了一遍日腐《情色小说家》，画面一帧帧闪现，有密集弹幕飘过，我在他们接吻做爱的地方反复播放,停顿、倒带,一遍又一遍。打铃的声音像炸雷一样把我惊醒。我怔在那里,寻思着,这个法子太不具备普遍性了,对于大多数人来说,我的做法是不是过于高级导致难度太大?我不知道,对那些毫无选择,只能从属于这笼子般命运的人,他们是如何熬过这分分秒秒的。我旁边的那位女士,她没有发出一丁点声响,而主管时不时站起身,用眼睛来回扫着这八个人。好想钻进那位女士的脑中啊,她真的专注于手中的活儿而心无旁骛吗?

吃饭的时候,我出于好奇忍不住问她。答曰:我戴了蓝牙耳机。

我才是最荒谬的那个人啊,这狭隘的见识居然建立在可悲的优越感上。答案如此简单。我在思考下午要不要继续下去,这毫无意义的劳作只能是浪费时间。一旦中途退出,就拿不到一分钱工资,这不是重点。重点是,罗姐和木阳光她们就会认定我是因为操作没能达标而被赶走。于我,这是耻辱,是不可接受的人格侮辱。

午间的工作室已熄了灯,窗帘也拉下了。人皆趴在桌上小憩。我决定留下来。那种直奔主题,露骨地考虑得失的想法,有一种德行有亏的心理暗示。面对着墙壁,我得硬着头皮坚持把下午、晚上的活儿干完。——漫长的折磨结束后,我得出一个结论,塞壬,你所谓的神游天外、自我出离的境界其实根本顶不住这无边无际的枯燥与虚无,根本不堪一击。在余下的那几个小时里,你备受时光分分秒秒的煎熬。在躁动与不安中,我厚着脸皮去喝水,去上厕所,脱鞋,穿鞋,如坐针毡,甚至是坐在那里长久地发呆。我处在即将要爆炸的临界点上。相比一个真正的日结工,我远远没有修炼到心如止水。我看着那七个人，她们一律地波澜不惊，按部就班地完成手上的活，一如她们臣服这命运的深海，她们的身上没有一片逆鳞。即使是作假，我也无法真正融进她们的命运。在无法与人交流、无法观察他者的这十二个小时，我只是看清了自己，也严重低估了日结工的艰辛。

相比昨天的一百六十八元，今天的这笔工资简直是饱含血泪。谁能想象得到呢，日不晒，雨不淋，不挑，不扛，坐在安静的空调室里，做着一件手上的活儿，那种煎熬的滋味让我对继续再做下去没有了信心。

在回家的大巴上，工资并没有如期而至。老莫在群里发了一个消息，说是工资要压两天，但没有说任何理由。车里顿时一片哗然，咒骂声起，有人叫嚣着要捅死他。有人跟老莫打电话，可是他已经关机了，有人从座位上站起来，不停地用拳头捶着窗口，司机也在大声喊话，希望人群冷静下来。车还在往长东路赶，我担心下车后这些失去理智的人会去砸老莫的档口。依稀听到劝说的声音，那是领班的，然而，这微弱的声音被愤怒淹没。这趟车，我一个认识的人也没有。我在木阳光的微信群里，而这十几个人却没任何动静，罗姐也没有说话。过了一会，我收到一个红包，是罗姐发过来的，一百六十八元，附言是：日结工资款。

这到底是怎么一回事？日结，日结，就是当天结清工资，如果落空，那种巨大的失落，如同触手可及的煮熟的鸭子飞了；如果失信，那它作为日结工最重要的吸引力就荡然无存。我想起昨天收到钱时那种如获至宝的激情，那种兴奋，像个呓语的傻子似的。

车到了长东路老莫的档口。老莫居然笔直地站在门口。他站在那里仿佛在等着这趟车的到来。众人围着他，沉默不语，气氛诡异。罗姐也站在他身边。老莫表情严峻，紧锁着眉头，下车的人群发疯一般地冲向他，几个领班的男人上前推搡着愤怒的人群，以防有人做出过激的行为。老莫却没有避让闪躲，他突然上前大声地说，对不住各位，老莫给大家赔礼，我尽量争取明天全部结清，不会压两天的。只是今天兄弟我出了点事，希望大家见谅。

愤怒突然停顿了一下，有人急切地吼叫，老莫，出了啥子事，你今天给老子说清楚。

今天早上送人去工厂的老赵师傅三轮车撞到人了，三个人受伤，人都在医院躺着，家属还在医院，医药费已经垫了三万多块，明天还不知道要花多少钱。各位放心，工资这块天天有进账，不会拖欠的，只是今天先挪着用了，希望兄弟姐妹们见谅……老莫双手作揖转了一圈。

这消息犹如空中炸雷，人群噤声。我心里一沉，出这么大的事了。

有个声音怯怯地问，那老赵伤得怎么样了啊？

哦，老赵没事，有一个人腿废了。

那……

人群陷入巨大的沉默。这时罗姐说，老莫，钱你先挪着用吧，工资咱不着急。

对……对。先……挪着。人群中有人小声附议。

…………

我万万没有想到，近乎失去理智的愤怒竟熄灭得如此简单。两极反转，却裸露着人性最为澄澈的部分。人皆慢慢散去了，老莫一一打躬作别。我问罗姐，那个红包是你垫的吗？罗姐说是的，我们群里的十几个人，我先垫了。我不好意思起来，这哪成啊，罗姐，你不用垫我的，说着，我把钱转给了她。她没收。我看着街边的夜市人声鼎沸，烧烤、麻辣烫、小龙虾、炒田螺的档口，食客满满。夜色正浓，明黄的街道人影憧憧，像是在透明的水族馆游弋。时间还不算晚，于是我说，罗姐，我请你吃夜宵吧。罗姐把我当成了自己人，她是想要罩着我的那个人啊。

罗姐爽快地答应了，她说，你不介意我叫上老伴吧？我说那实在是太好了。

我们在一家潜江小龙虾的档口坐下。我点了大份麻辣小龙虾，还炒了几个菜。罗姐要了啤酒。一会，一个穿着蓝色工装、戴着一顶旧棒球帽的老男人走过来。他身材挺拔，看上去六十上下年纪，很是精干，像是工厂的技术师傅。我发现六十多岁还保持工作状态的人身上有股活力，一种从未间断的原生活力。我家老李，罗姐介绍道。我点头问好。老两口是湖南邵阳人，在东莞打工快三十年了。这就是我们常说的，第一代打工人。

十几年前在老家农村盖了三层楼，空着，没人住，地租给别人种。儿女皆已婚，且都在广东。罗姐说在外面做日结工比在家带孙子轻松多了。我微微一笑。非常普通的打工家庭，儿女并没有多出息和发迹，打工这么多年也并没有多苦难悲惨。平淡人生，一切都没有太多的戏剧性。习惯性地打工挣钱，是一种根深蒂固的生活方式。他们最终会回农村养老，但不是现在。儿子在广州供房，略为吃紧，所以他们帮衬帮衬。正说着话，罗姐一个小龙虾没夹稳，掉到地上，她立马躬身从地上捡起来，继续剥着吃了。一切都那么自然。这一幕，我竟想起了母亲从地上捡起掉落的饭粒时的情景。

老伴老李被工厂返聘,带徒弟,工资六千。按理,老两口每月有一万多块钱进账,何至连二十块钱的饭堂都舍不得吃?二人喝了两罐啤酒,话渐渐多起来。

老赵撞人是迟早的事。罗姐说,他那辆电动三轮车是自己改装的,发动机的噪声能把人耳朵震聋。后面的车篷他自己焊的,加长了一倍,可以坐十二个人。每天早上,他开着冒着黑烟的电动三轮车来接人,车开动后晃得厉害。我坐过两回,太晃了,吓得不敢坐。这车上路就是违法的,何况营运。跟老莫说了多次,叫他不要用这电动三轮车接送,他不听,贪便宜。这事还不能报案,只能私了,他这回吃个大亏。

我问,这种电动三轮车为什么没人管?

唉,怎么管?每天一趟活,早上七点,晚上九点,不在交警的工作时间内。

原来如此。老莫手上有多少工人啊?他拖欠工资不怕工人跑了吗?

中介极少拖欠日结工资,今天老莫是出了意外。这条街四个老板,绝大部分人都做遍了。老莫的人是最少的,不到九十人,他固定有三家厂。工人是挑工厂,不是挑老板,价格都差别不大,只要听说哪家厂活好做,那就是一窝蜂涌过去。可惜我做的这家首饰厂只有一周的活。哦,对了,你去的那家模具厂,做得惯不?

老李笑着插话,他说这条街有个刺头,猴精猴精的,生怕吃一点亏,常年做日结,这四个老板他都得罪光了,还打过架,只要他来,四家的门都是敞开的,不计前嫌。做日结,不认人的，干完活拿钱，谁也不欠谁，干净。

我想着这条街二十多年的日结市场，它形成了独有的生态。它有它内在的逻辑、行为方式以及它的秩序规范。中介不拖欠工资除了是本着信誉至上的法则，还有一个重点那就是，很多做日结的人只是混日子，做一天歇两天，指着这一百六十八块活着。他们混迹深夜的网吧，蹭那里的空调，二十块钱包通宵，吃泡面，不洗澡不换衣服，然后浑身发臭蓬头垢面地从网吧出来，去公共厕所冲澡，接着就去长东路重新操持着日结。日结，吊着他们一口气。摄影师阿兵跟拍过几个这样的人，他们眼神阴郁，从来不笑，不太与人交流。让我惊讶的是，居然还有女生这么活着，不讲卫生，体味大。说到这个，罗姐就骂开了。她的理解，这一类人就一个懒字，不值得同情，是社会的垃圾，活着浪费空气。好好的有手有脚，有钱不挣。可怜他们的娘老子白养他们这么大。湖南女人的炮仗性格，不藏话。她把嘴一努，出租屋里，连个床都没有，几个人睡地铺，男女混住，每次从门口走过就闻到一股尿臊味。来做日结……老莫本来是不要的，我好说歹说，还是让他们做了，不做没得吃的，你说咋办？

哦，他们就是你的那十几个人？

我呸，我那十几个都是精锐。最初，老莫虎门那个厂就是我们这十几个人拿下的。

总算捋清了。虎门那个电子厂活也好做，老莫总想插自己的人进去，罗姐为了保全大家，所以自己先退出来了。

日结低门槛，不体检，不考核面试，甚至连身份证都不查。起先我以为这里面有巨大的不安定因素，比如传染病，比如潜进犯罪分子，比如老人在工作中猝死……然而没有，长东路竟一派清明祥和。没有一个机构专门去规范它，没有红头文件，没有条条框框的规则，它自发地井然有序。终归，一个人去做日结，最迫切需要解决的还是吃饭。而这个最迫切的问题总能迎刃而解。老莫手上不足九十人，那一天的工资不足一万五千块，我很好奇，一万五千块何至去拖欠？

罗姐说，可能考虑到明天的医药费吧。

我急了，忙说，那他可以向马云借呀。

罗姐问，马云是谁？

老李皱着眉头想了一会，说道，好像是个大老板吧，名字听着熟。

我打开手机的支付宝，点开借呗，跟他们说，在支付宝借五万块很方便，当场到账，利率很低。话没说完，老李打断我，大妹子，你可千万别被骗了，我家孩子反复跟我说过，手机上很多都是骗人的，他们想套你的银行密码……

罗姐也急了，她忙劝我，手机借钱别信，小心上当，都是骗人的。

我的天哪，谁来救救我？我碰到了交流的黑洞，这是两个连马云都不知道的人。我发现交流的无效性，那种无奈，那种抓狂，天地不应。我只能放弃了。好吧，一些事只能在他们所知的、现有的那个世界去解决，按照他们的规则去解决。

我现在再看这两人，觉得不仅隔着距离和时光，还有坚固的壁。而我丝毫没有破壁的想法，我们共存，不干涉。

最后在买单的问题上老李跟我争抢了一番。他说了这样一句话：这顿得吃你两天的钱，你赚这点钱不容易，哪里能让你请？我听着有点生气。它成功激起了我的胜负欲。最终我以不容置疑的态度坚持买了单。他们住在旧村的出租屋里，从出租屋走到长东路只要几分钟。我也谎称住在旧村，如若被他们知晓我每天打车做日结工，那又得生出些不必要的枝蔓。

第二天，在罗姐的照拂下，我重新回到了首饰厂。因为学生工还没有撤离，别的中介我暂时进不去。于是，跟第一天那样的工作流程再次重复——直到结束。有三个意外。副总见到我时问道，你昨天去哪儿啦？我很惊讶，这人居然留意我了。而且——在最后一天的中午，他真的向我发出邀请，希望我能留在工厂当一名正式工。另一个意外是，最后一天的下午，老板送来了西瓜和糖水，算是一种犒劳与告别吧。最后一个意外是，第二天工作结束后，老莫补齐了前一天压的工资。

五、十分钟，我被赶了出来

我终于上了榜哥家的车，去深圳的一家电子烟厂。据说纪律极严，手机没收，统一放在一个筐里；不提供饮用水，须自带；上厕所需要拿离岗证，上午下午只能各去一次；不包吃；一个小时十七块；不准穿拖鞋不准戴耳机；感冒咳嗽的自行离开（这里不是指感染新冠，是指普通感冒）。坐在大巴上，领班在清点人数。我看到好几个妇女手里拎着那种筒状便当包，她们都是自己带饭去吃。这包，我手上也有一个。早上打摩托车去长东路，司机见我一身行头，问了一句，你是去做日结吧？我微微一笑说是的。车要开了，有一个走路一瘸一拐的小伙子追上来，正要上车，领班对他挥挥手，你来干什么？下去下去，你干不了这活，浪费座位。小伙子一脸丧气，嘴里骂了一句脏话，扭头走了。车又等了五分钟，陆续上了十来个人，终于满座。电子烟厂在深圳福永,四十分钟车程。

领班的是一个五十多岁的中年男人,说话轻声细语,但不友好。高颧,薄唇,身形清瘦,一手叉腰,一手用发黄的食指与拇指捏着烟屁股,车开动的时候他把半截香烟弹向窗外。

我的邻座是一个穿吊带背心、牛仔热裤、大网眼黑丝袜的女人,不年轻了,大概四十上下年纪。劣质香水很冲,她涂得鲜红的嘴唇,由于涂得太满或者是因为吃了早餐,口红跑得有点乱。她化着浓妆,脸很油,粉没有抹匀,皱纹的沟里积着厚厚的粉泥。她撸了撸脖子上的长鬈发,全是汗水,还有一些胡乱地沾在脖子上。尽管一身廉价,但还是有很多男人盯着她看。她的手臂布满了蚊子咬的红包。

福永工业园在进门处设了个体温检测口,有一个保安在那里用测温枪放行,人们排着长长的队。工厂在三楼,我们坐着宽大的货梯上去的。这是一家电子烟厂,车间太大了,简直大到一望无际。车间里充斥着一股浓浓的糖果味。这是电子烟芳香烃的气味,像草莓和芒果味的混合体,非常浓烈,醇厚,掸都掸不开。初闻觉得甜甜的,像奶油。很快,你就能分辨出这味道里的化学因子,那令人眩晕的,像针一样十分刺鼻、独立存在的某种东西。穿着蓝色工装的正式工推着平板车来回穿梭,推车上的货品堆得高高的。轮子在地板上滚动,发出隆隆的声响,此起彼伏。工装的胸前有一个醒目的logo,橙色,像一团火焰。

密密麻麻的小工具柜占了两面墙,把包包放进去锁好,然后给你一把钥匙。很多男人没有包,所以手机就统一放在一个塑料筐里。我邻座的女人试图往口袋塞手机被发现了,她跟主管戗了几句，没争过，最后只得乖乖把手机锁进柜子里。她翻了几个白眼。

我们被安排在一条线位上，手中的活就是把注了香油的烟柱盖上盖子，这个盖子是硅胶的，略硬，要求盖上后中间的孔不能堵住，毕竟烟要从孔中过。把盖子按进去需要用力挤压，如果按进去了，它会发出一种让人舒服的声音，表示套牢了。活很简单，用力挤压有点费拇指。但是，它的速度要求是每分钟不能少于十五个。我全然不知道，身边、身后的那些推平板车的还兼了监工之职。

我邻座的女人首先就被叫了起来，速度没有达标。紧接着就是我。主管过来了，他叫来了我们的领班，指着我们说，这两个女人我们不要了。领班面有难色，说道，她们两个是今天第一次来，是生手，你就通融一下吧，就是个熟练活。

不行，太慢了，没有达到要求的速度。

如果被厂家赶出来，就得自己掏钱坐车回家。我好不容易上了榜哥家的车，就这样被赶回去，太不甘心了。于是我说，就给我们一个小时的时间吧，这一个小时不要工钱，我们白干，练练手，可行不？

那怎么行，规矩哪能随便改？主管是一个梳着中分的年轻男人，他刚才戗我的同伴时，说了句，你是来做事的还是来卖骚的，穿成这样？

一个小时后，如果我们还是慢，你再赶不迟啊，反正你们又不吃亏，给个机会吧。我据理力争。

这句话不知为何激怒了他，只听得一句狂怒的叫嚣：不行！你们马上滚蛋。

毫无商量的余地。他喊出这残忍的八个字，我感觉到被霸凌的屈辱感。这是一个可悲的年轻人在享受着掌握他人命运的权力快感。他要的仅仅是满足于拒绝你、压制你,让你无法反抗只能屈服的那种私欲。我气得快要爆炸了,但同时又陷入深深的无力感。虽然我知道在任何地方都存在野蛮的压制、冷面、拒绝、不通融,但我心里的憋屈很大程度上是因为,在这种地方,我被这种人给欺负了,还这么彻底。我甚至有一种一个文明人落入野蛮部落而无计可施、任人宰割的屈辱感。

要知道,在我的世界里,人们都叫我塞壬老师,都称我为您,都会说敬语。而在这里,我被一个年轻人残暴地作践:马上滚蛋!我甚至有大喊大叫撕打扑咬的冲动,我心里也有暴戾的困兽。这失格的行为在我的人生中也不是没有过。领班应该知道这个主管的脾性,所以并没有多说什么。

我和那个浓妆的中年艳女一起往外走。早上八点二十分,时间还早。我既然来了深圳,那就干脆去拜访诗人阮雪芳吧,我们也好久没聚了,我刚给她微信留言,我的同伴突然叫住我。

喂,大姐,你知道怎么坐车回长安吗?

居然有这么奇怪的问题,我说,打车回去啊。

可是这里没有出租车,怎么打?

这是工业园,当然没有出租车,我们一起走到工业园外面的公路上打。她穿着恨天高的细高跟鞋,走路一扭一扭的,我只好走走停停地等她。到了门口,我说,我要去龙岗会朋友,你自己打辆车回长安吧。

她面带难色,打车太贵了,我想去汽车站坐大巴回家。汽车站怎么走?

我打开手机导航,找到了汽车站,跟她说,你沿着这条路走,然后往东……

东在哪边啊?

我一下子噎住了,不知道如何回答。行吧,你打开手机导航,开语音,它会提示你怎么走的。

手机导航……是什么?

你——我突然意识到跟交流的对象很可能存在坚固的壁。于是我问,你手机装了滴滴打车吗?

她摇摇头,没有说话,可能是害怕说出"滴滴打车是什么"这句话时遭遇我凶狠的眼神吧。我有点生气了,大声质问道:"你平常不出门吗?滴滴都不装,你……"突如其来的无力感,无语到极点。我被一种荒谬击溃,仿佛回到了十年之前的那个场景。做日结工居然碰到好几个这样的人,如果不是亲历,真无法相信。有一个老头,他结工资不接受微信付款,他要现金。他事先准备好三十二元找赎的零钱,当领班把二百元红钞递给他时,他就迅速地从怀里掏出理得整整齐齐的三十二元纸币。

……打车都是我儿子弄的,我不会用那个。她躲避着我的目光,怯怯地说。

我能怎么办,我还能怎么办?那只能在滴滴上叫辆车送她去汽车站。可是,我瞄了她一眼,她正低着头抠手背。这女人去汽车站知道怎么坐车回长安吗?她不会连这个都不会吧,那不成傻子了吗?

我看着这个女人,衣着无品,身材干瘦,锁骨暴突,脖子上布满雀斑,还有,她的口红全糊了。这个年纪居然穿得这么低俗,她是智力有问题吗?不排除。阿兵曾告诉过我,农民工小学未毕业的非常之多。她不太说话,一副任人欺负的表情。

我真的能掉头就走不管不顾吗？我管她干什么啊？塞壬，她能不能回长安关你什么事啊？烦死了……在愤怒中在悲伤中在被裹挟的某种情绪中，我居然流下眼泪。我在滴滴上叫了辆车，目的地输入长安，然后在微信里跟雪芳说抱歉，说突发急事要赶回长安。我朋友给我发了一个风中凌乱的表情。

在车上，我丝毫没有跟她聊天的兴趣，因为，她说的任何一种人生都不会让我感到意外。回到家，我重重地把自己摔到床上。倒霉的一天。

下午在麻将室碰到刘梅，她问我最近去哪儿浪了，怎么不出来打牌。我说我被生活所迫去做日结工，每天赚一百六十八元。她是我老乡，比我小两岁，以前在一家工厂做财务，后来工厂倒闭了，她就再也没有找到活干。这女人不是个能吃苦的主，经常去麻将室打牌，输了不少钱。我偶尔去打，所以就认识了。那天下午，她又输得一塌糊涂。在弄堂口，她问我，你说的做日结工是在哪里啊，能不能带上我？我说做日结工很辛苦的，早上六点半，你起得来吗？

她看上去很沮丧，说，我有两年多没有工作了，输了几万块，老公在工厂工资也不高。无所事事，坐吃山空。她只是我的牌搭子，并不知道我是作家。她跟人合伙搞过地下六合彩，被人举报，罚了钱。还做过传销，卖保健品，最后存一堆货没卖出去。总之，这女人不像个正经人，我不想跟她有牵扯。说实话，我对"老乡"二字素来有阴影，老乡坑人的事历历在目。

嗨，这点小钱，你看不上的。姐儿是做大事的人啊。我笑着说，你老公哪里舍得让你去吃这个苦？

我有时对自己挺吃惊的，不同路数的人，话术也不一样，我驾驭得轻车熟路。这类话，对她是受用的，在牌桌上，刘梅喜欢炫耀她年轻时在老家的风光日子，说县委书记跟她是铁关系，各种大话。她时常眼梢含春，对牌桌上的男人放电。

这货是个麻烦精，我唯恐避之不及。

她没说什么，对我做了一个不置可否的表情，但嘴角有一丝苦笑。

第二天早上六点四十分，我居然在弄堂口看到她。她郑重地对我说，我等你好久了，带上我吧。

六、暧昧

罗姐在微信问我昨天去哪儿了，我说我在榜哥这里，但没好意思提昨天被赶出来的事。她回，榜哥有一家狗链厂，活好做，管得不严，就是食堂难吃，像猪食。我道了声谢，说准备去深圳的电子烟厂。她没有回话，我想把刘梅塞给她，这刘梅跟在身边总让人不踏实，她紧紧黏着我，甩不掉。

我上了昨天去深圳的那趟车，对，我就是不甘心，昨天被虐，简直是一生的污点。在哪里结的症，就在哪里解开，否则就会一直气不顺。只要前面半小时高度集中注意力，加快速度就能挺过去。昨天属于突袭，事先无人提醒，所以逮了个现行。那领班的拦住我，他带着嘲讽的语气说，哈？昨天脸没有被打肿，还敢去？我看还是算了吧，自己掏钱坐车回家不划算，说着把我往外推。他目光越过我的头顶，看着我身后的刘梅。然后他又把我往旁边扒拉了一下，把刘梅迎了进去。

我还想再试一次，昨天是搞的突袭没准备好，今天一定行。我的语气没有乞求，但是听得出很有诚意。他一手叉腰，一手捏着烟屁股，眯缝着眼，突然凑近我的脸：想去啊，也不是不可以，就看大妹子给什么样的态度喽。我倒退两步，瞬间被一种既熟悉又可怕的感觉击中。

非常明确的是，我被当成了一个女人，一个有乳房、有子宫、有阴道的女人。在这个话语里，他的气息明确了这一点。你会问，你本来就是一个女人啊。可是，被人明确地指向了性别，指向了暧昧的可交配的潜意识是完全不同的。你会说，这分明是性骚扰，但我要说的，远不止这一个层面。

在我四十八岁的年纪里，在作家塞壬的世界里，我被当成是异性已是很多年前的事情了。而我，无性别意识地生活已有多年。如果说性是一种资源，在我的世界里，由于这个资源极为丰富且内卷严重，一个女性在四十八岁的年纪，已然失去了这种资源，不再会有男性把你当成一个可以交配的对象去看，这里指的是大概率的可能。当然，在任何年纪，女性都可以主动支配自己的性资源，而非处在一个被选择的位置，而这里，我谈的是男性视角。可是，在那一刻，在日结工的市场，在我四十八岁的年纪里，居然有人向我发出这种久违的恶心信号。

罗姐跟我提过，在榜哥、陈太的队伍里，很多中老年人沉迷于情爱，争风吃醋，大打出手，一些中老年人似乎只是为了黄昏恋才来做日结工。人生寂寞啊，罗姐说，这个年纪的人孩子都大了，任务完成，所以放飞性情，去弥补年轻时的缺憾。

这可真是一个有意思的世界啊。怎么说呢，塞壬，在她的那个世界里，她已经成了一个无性别的人，作为女性的那种性魅力不再被人看见，被人欣赏，被人垂涎……而作为日结工黄红艳，居然收到了一个男人暧昧的性骚扰信息。那瞬间的震惊程度竟超过了对这件事本身的恶心感。

然而，令人难以启齿的是——假如换作是个年轻帅气的男人，换作是个与我的见识审美品行趣味相当的男人，那一番骚扰的暧昧之言还会令我恶心吗？面对这一假设，我居然是动摇的。是的，我已经不能非常明确地给出那个正确的答案。可是，在这样的一个女性的春天被延迟的世界里，我恶心的根源并不完全是性骚扰本身，而在于那个对象，他的底层身份，他的市井气息，他像一个低贱物种那样冒犯了我并给我带来耻辱感。我来做日结工，被人盛赞是有担当有良知有责任感的作家，可是，我骨子里的优越感，那种高高在上的俯视视角，其实是一直伴随的，甚至深入骨髓。

啊，在日结工的世界，一个中年女性居然可以活色生香。于我，它似乎只能是一扇关上的门。那么多没有文化的穷小子跟中年女人的情爱故事也不在少数。这是一个有着肮脏活力的世界，开闸泄洪般的欲望，辛苦钱，长时间的劳作，男男女女，裸呈着动物的本能，那种直接的狂欢，让人猝不及防。

我捏紧的拳头又散开了，重新调整好表情，我的脸怕是变形得面目全非了吧。我再次带着憋屈下了车。刘梅见我下车，跟了下来。我果然还是甩不掉她啊。榜哥见我们还没有着落，忙跑过来把我们往另一家工厂里引，他说，狗链厂还缺人，上。这是一辆改装的电动三轮车，加长的车篷，挤一挤可以坐十几个人。中巴已满，过道都加塞了小凳子。这就是老莫家的赵师傅出车祸的那种车，我竟毫无芥蒂，径自踏上去。刘梅皱了下眉头，紧挨着我坐下来。看她自己的造化吧，做不下去，她会知难而退。

这车非常简陋,几根铁管子焊成的架子。两张近两米长被人的屁股磨出包浆的木板,蓝色的破帆布篷,脚下踏着的不是铁皮,而是留缝很宽的木板。一边坐六个人,有点挤,脚曲着,不能伸直。司机是一个略驼背的老师傅,光头,他肩上搭着条旧毛巾,脚下穿着一双脏拖鞋,紫灰色的老脚趾怒挣出洞。他跨上那张破了皮露出海绵的坐垫,脚一踩,油门一加,突突突,突突突,柴油发动机发出巨大的噪声,黑烟狂吐,车启动了,一路摇晃,跌撞前行。在颠簸中,我在想,当你不再是作家塞壬,只是作为一名普通中年妇女进入这日结工市场,你的遭遇就代表着众多女性的普遍遭遇。我的憋屈感从本质上来讲,本该源于权力的霸凌与人格的践踏以及男性视角对女性的玩物凝视。可是,某种程度上,我怀疑我的憋屈仅仅源于身份互换后的差别境遇所带来的尊严冒犯,这让我有难以释怀的不洁感。塞壬,你竟是如此不堪的人。车突然拐弯,人皆挤到一处,本来空间狭小,有人体味重,当我突然贴近一个黑胖的中年男人腋窝的那个部位,胃里一阵翻涌,我连忙捂住嘴。好在,狗链厂马上就到了。

我担心这篇文章发表之后,这种有着安全隐患的车会被取缔。你会说,被取缔难道不是好事吗?对,是好事。可是……

七、这个钱,我们厂方出了

中巴先到,领班的带着几十个人在工业园门口等我们,原来这种电动三轮车有两辆,那辆也比我们的先到。领班让我们站成三排,五十多人,他拿着一个软抄本,让我们写上自己的名字，然后他拿着手机给新人扫微信码，我进了群，群名就叫"大亨狗链厂"。他通过我微信时，突然说了句，姐们朋友圈真干净，一条都没有，那我还怎么点赞啊？这人体格壮实，平头，脖颈粗短，皮肤黝黑，四十上下年纪，金鱼眼，鼓眼袋，穿了件绛色圆领紧身T恤，乳头激突，笑起来两颊有很深的酒窝。他说话流里流气的，盯人的时候目力十足，浑身散发着色欲气息。女工，年纪二十至六十岁不等，有好几个化了妆，穿得花枝招展。

狗链厂的厂房是老式小高层，没有电梯，六楼。这栋楼全是工厂，正是上班时间，上楼梯的工人像移动的蚁群，密密麻麻，上到三楼，往下看，全是黑压压的人头。到了车间，大平层，我想应该相当于一个小广场那么大，没有空调，每条线的上方都挂着一排大吊扇；没有饮水机，墙角有三个自来水管，装了净水器，可以接热水。这净水器上全是水锈，至于它能不能净水已经不重要了，因为要喝水的人别无选择。等热水的人在排队泡茶，轮到我，水不到九十摄氏度，我泡好茶拧上盖子，把保温杯放在墙上的木格架子上，那上面摆满了各种各样的水杯，蔚为壮观。

我被分配到折衣服的线位。一条线的传送带有二十多米长，工人面对面坐着，衣服从上游流下来，我们从传送带上取衣折叠。我这才知道，新买的衬衫折得如此板正无痕是这样操作的。它有一个透明塑料板作撑架，折的时候要把衣服用力抹得平正，狗的衣服没有领子，所以相对更简单些。这活不难，而且它对速度没有苛刻的要求。可以带手机，可以跟邻座小声地聊天。当然，你也可以戴耳机。传送带下游的人把折好的衣服装进塑料袋，袋口有封胶，抹平排完气后粘上胶带，一件衣服就这样包装好了。装袋只有两个人，领班就坐在那里。原来领班也干活啊。

我看见刘梅分到另一条线，她在包装宠物磨牙咬棒。那个活也很好做。

宠物狗有这么多玩具，真是让人大开眼界。陪睡毛绒公仔、骨头、香肠状磨牙棒，飞盘，发光发声耐咬弹力球，智力按铃，还有一些叫不出名字的宠物发泄类玩具，造型怪异，颜色鲜艳，宠物狗咬到它的时候，它会发出惨叫。陪睡玩具实际上是宠物狗发情时供其发泄性欲的毛绒公仔，它们柔软、亲肤，样子可爱，能发出暧昧的声音。此外，还有狗舍、狗衣，各种材质的狗链、项圈，狗链上还装有电子定位器。我全然不知道，作为宠物的狗，关于它们的商品竟如此丰富精美，有的甚至到了变态的程度。我看到一件小型母狗的公主裙，真漂亮啊，蕾丝花边，粉红色的蓬蓬纱，还有缎带。穿上它，那就是血统纯正、出身名门的大家闺秀啊。

正值疫情期间，订单饱满，全是外贸单。也许很多人认为宠物是人生的非必需品，而事实上，越来越多的人已经不愿意与人打交道了。

坐我旁边的是个戴眼镜的小伙子，除了我，他是我碰到的唯一一个戴眼镜的人。他这一批人已经干了一个多月，操作非常熟练。他看着笨拙的我笑了，他说，你知道吗？我这不是在折衣服，我把塑料板往上一铺，衣服就自己卷起来折好了。你看，你看。他这话说得很俏皮，那双手很是灵巧，一抹，一拢，一团，就成了，真的就像是衣服自己折好了一样。他哼着歌曲。哼的竟然是 GAI 的《哪吒》，他轻微地抖动双肩，嘴里急速地吐着 rap，忘我沉浸。在我看来，这是一首不属于这个阶层的歌，中国风的嘻哈说唱风格。

"从不拘泥任何世俗凡人的目光，我要奔向前方那光芒。是非黑白不需要你讲，我要燃烧所有生命赐予的力量。"这一句，我随着他身体的律动竟情不自禁地跟着唱了出来。他做出难以置信的表情，睁圆了双眼，像要跟我斗歌似的加快了律动，嘴里噼里啪啦地说着一堆歌词。他，难道是学生工吗？

一阵狂喜，我居然在这里碰到了学生工。因为首饰厂严格的纪律，我已经打算放弃去靠近学生工了。而此时，一个阳光好动、话多开朗的男孩就坐在我旁边。可是，我到底想从他身上得到什么信息呢？我突然发现，这一点已经不重要了。那种采访式的交流其实特别僵硬，目的性太强，也很无耻。我只需看着他，感受他，自然地描述他就可以了。

因为是本省的学生，所以他至少还可以干两周。他说他只休了两天，一个暑假 iPhone 13 的钱差不多就赚到了。我觉得问"你为什么来做日结工"这种问题特别愚蠢，我为什么需要这种答案呢？

可是有一个问题倒是可以聊一聊，我说 GAI 红成这样其实是他对自己的一种背叛。我已经不太喜欢现在的 GAI 了。

中国的现阶段也不容许 GAI 沿袭自己的初衷吧，他的愤怒与叛逆，那些粗口的脏歌词与中国这种教化功能的文艺标准是不兼容的。如果他一直在地下，在县城小酒吧驻唱那也无法为人所知。你没发现吗？即使重回传统，GAI 的功底一样是很棒的。

我们俩都沉默了一会。两个日结工在讨论 GAI，这个曾经在地下小酒吧驻唱的说唱歌手如今红遍中国，他频频出入各大综艺，再也不说脏话了。红的代价是什么呢？是一种自我的异化吧。可是他依然喜欢着GAI,我笑了,GAI是那种有过"曾经"的人,他给了很多人那样的"曾经"。

他应该也意识到我不是一个简单的日结工,欲言又止,但没有再问。我也没有主动加他微信。午饭要先在领班的手中取餐券,我见他没拿,就喊住他,他挥挥手说不要了。我领了餐券跟在他身后,一路走到饭堂。我先前在首饰厂吃的饭堂是该厂自己的小饭堂,规模不大,菜色皆可。可是眼前的却是工业园区的大饭堂,容得下一千多人,分几个区。就餐时,一眼望去,可谓茫茫人海。免费区凭餐券可打一荤两素,收费区的特色小炒、烧鹅、酱肘子、饺子、牛肉面的档口就像城市商业步行街一样琳琅满目,应有尽有。那个戴眼镜的不要餐券原来是嘴馋了。好吧,我也来一次付费午餐。这么多人就餐,场面可以用"恢宏、震撼"来形容,我忍不住拿出手机,拍了几张照片。那学生意味深长地看着我。其实有很多场景我都想掏出手机来拍,可是一旦被发现,后果不堪设想。每一家工厂的大门都立了块牌子,上面有关于纪律方面的警告,有一条非常醒目:不准拍照。可这是饭堂,应该是没人管的。

凭良心说,付费区的价格比外面的馆子要便宜得多,这一盘牛肉炒蒜苗只要二十五块,这在外面的苍蝇馆子至少也要四十块,我还要了一份煎饺。我看见他打了一份红烧肉一个人端着餐盘坐了下来。我自带了碗筷,把餐券的那份免费的也打了。我在他对面坐下来,这小子看见煎饺立马用筷子扎了一个送进嘴里。刘梅看到我旁边没有位子了,她端着餐盘走到领班那边。

你这么吃还想买iPhone 13?

偶尔，偶尔啦，免费的太难吃，都是水煮盐拌，烂熟，跟猪食一样。他没有抬头，然后发阴谋论：你说有没有一种可能，饭堂跟进驻的商贩勾结，故意把菜做得巨难吃，倒逼工人去吃付费小炒？

你只是体验生活，那些不能改变命运的人却要吃一辈子这种猪食。你还是少抱怨吧。

人只能跟自己的过去比，跟自己在农村时一年到头才挣几千块的日子比，你非得跟王思聪比，那谁还有幸福感啊？我虽然是体验，但是这种艰苦的程度是可以承受的。他说，我同学五个一起来的，全坚持下来了。还有几个去跑快递，比这里挣得多，但也辛苦得多。

他这话里，有一种挺享受这种生活的意味。我十分不悦：窝头偶尔吃吃当然美味（这话的深意是，你站着说话不腰疼）。他当然听懂了。但不知怎么就戳中了他的肺管子，年轻人把筷子一扔，站了起来：那也比某些记者卧底选择性眼瞎只关注黑暗面的要好得多。他这话已经不是暗讽我，而是直接点名我的身份。我笑了起来，这是几天以来最有质量的对话。

"盲目唱赞歌是不对，但也没有必要夸大苦难。"他扔下这句话就走了，像是在告诫我要尊重事实。我突然很欣慰，年轻人头脑是清醒的。关于人格认知方面的讨论，他非常敏感，像个刺猬。

七楼的仓库可供休息。我去晚了，纸板被人抢光了。这仓库还是毛坯，没有装修，地面很多土坷垃，不平整。纸板本无主，先到先得，垫在地上，可以四肢舒展地平躺。已经有人发出了鼾声。我看见领班跟刘梅躺在一起，并排挨着，他俩脱了鞋，就像躺在床上一样。一顿饭的工夫，这两人躺在了一起。

领班能给刘梅什么呢？一张纸板就能让刘梅跟他躺在一起？不，这里面未必有令人憎恶的利益关系，而仅仅只是单纯的情欲？而且，他们不避人，至少我算是刘梅的熟人，她居然不避我。放眼望去，好多对男女双双躺在一起，他们是情侣是夫妻吗？我捡了一块只够坐的纸板，靠墙，把腿伸直。裤子沾灰没有关系，拍拍就好。闭上眼睛，可是我怎么也睡不着，拿手机拍了几张照片。

下午换了个活，包装耐咬弹力球。这球能发光，正面有一张微笑的狗头，狗鼻子是一坨黑色的硅胶，微微地突了出来。包装要求把正面的狗鼻子卡在包装纸袋的圆洞里，然后用扎带系紧封口。座位换了，学生工坐在我斜对面。他的手快极了，简直让人眼花缭乱。这里的每一道工序他应该都很熟练吧。他旁边坐着一个像是在工地干苦力的大叔，紫脖子，一件破旧的T恤，眉间有一粒肉瘤一样的痣，中午曾从他身边走过，有很大的汗味。大叔的手是抖的，他拿不稳球，可是，要把狗鼻子准确地卡在圆洞里，需要当机立断，一次成功。如果没有卡准，等进了纸袋就很难转动去调整了。他手中的球突然脱落滚向传送带，甚至打到对面人的桌上，有人惊叫一声，站了起来。主管闻讯，也走了过来。主管是一个上了年纪的女人，微胖，面如银盆，声音温柔。她上前耐心地教大叔怎么卡狗鼻子。大叔身上味那么大，主管阿姨肯定也闻到了。在那么多人的注视下，他更紧张了，手微微地抖动。球还是脱落滚了出去。两次，三次，都滚了出去。

所有人的目光聚在他身上。空气凝结了，时间也仿佛停止了。

大叔面有惭色，他有些慌乱，低着头，嘟囔着说了一堆什么。但所有人明明白白听清了一句话：我干不了这个啦，我走。说着他起身要走。

领班走了过来，他喊住了大叔，老廖，那边有上货的活，你去做搬运吧。大叔只觉得丢了脸，抬不起头，他弓着背，逃也似的走了。领班在他身后喊，老廖，明天还来啊，安排你做搬运。

大亨狗链厂的主管阿姨没有赶人，没有说出"马上滚蛋"这样的话。

学生工问领班，大叔上午干了四个小时，有没有工钱啊？

领班愣了一会说，按规定中途退出的人，一分钱都没有……

学生工站了起来：那说不过去哦，干了活就得给人家工钱。榜哥不差这点钱。

领班听了这话，说，我跟榜哥商量一下，以前也发生过这个情况……这时，厂方的主管阿姨发话了，她说，别商量了，快去告诉榜哥，我们厂方出这个钱。

这些话，说得那么大声，所有人都听见了。我们听得一字不落。

下午车间微微地热了起来。我要如何描述这种热呢，像是心热，没有出汗，头顶的电扇在呼呼转动。我们感受到了热，但这个热字却难以说出口。这个感觉恰好停留在欲说还休的地带。这是经历了多少次调试才确定了这个温度？要是再稍稍凉快一点点就舒服了，就差那么一点。

晚餐的时候，刘梅埋怨我没有早点带她过来。我说，你找到新的乐子了？她踢了我一脚。

八、没有扇出去的耳光

我在狗链厂连做了五天,才看出一点端倪。早上去得早就能坐上中巴,下班靠抢,我哪里拼得过那些体格健壮的男人和大婶们,只得去坐摇摇晃晃吐着黑烟的电动三轮车。但刘梅每晚下班都坐上了中巴。那是领班留给她的。有两个大叔对我特别殷勤,有一个帮我抢中巴位子,早上还帮我排队泡茶;另一个告诉我一个巧宗,说早上分工的时候不要跟大部队走,直接进入后排的线位做事,有一条线是往包装盒里塞产品说明书,非常轻松,那里有一排办公室,人员进出要开门,空调的冷气从办公室漏出来,比别的地方凉快多了。我试了一下,果然,心中暗暗称奇。

我像猎人一样静静等候大叔们接下来的行动。然而没有,他们对我的关照仅限于此,并未逾矩。我暗自寻思,是我魅力不够,还是需要我主动暗示?一时间找不到头绪。一些年轻的小嫂子经常去撩学生工,说着说着就动起了手:弟弟,乳房让你摸一下也是没有关系的。那个戴眼镜的越是想躲,越是被女人们追着调笑。

这里面有一种集体劳动的欢快气息,让人愉悦。我在离开的时候,能记起什么呢?也许不是具体的某一个人,不是一百六十八元到账的声音,不是种种憋屈,而是那种让人安静愉悦的氛围,就像雪悄悄落满山岗,时光悄悄在每个人身上移动。它适合经年之后的回忆。我现在看着它,恍若隔世,每一个瞬间的流逝,都是最后的告别。

大叔又约我去后排塞产品说明书,我摇摇头拒绝了。取巧的东西尝一次味道就行了,真当成正经事,显得无良奸猾。他见我不肯去,他也没去。最后,我们俩分到一起折包装盒。这纸盒还不是盒的时候,它只是一个平面纸板,按上面的折痕把它折成盒子只需要几秒钟。

大妹每天吃小炒,是个没有负担的人啊。他说。

我一惊,我每天都吃小炒了吗?没错,还真是。免费的菜太难吃,我只吃了两顿。我全然没有顾及自己是日结工,是为生活所迫得省吃俭用的日结工,我全然不知道这一点会被人看在眼里。有些事果然是装不出来的,你不是一个真正的日结工就是装不出来。此刻我还需要谎言来掩盖。

上个月得了场病,身子虚,所以得补补。

我想着自己的样子,时常戴着耳机,一个人,沉迷于自己的世界。我其实从来没有真正地注视过谁,没有把目光停留在谁的身上。在午休、晚休的时候,我低头刷微博,看新闻,关注塞壬的那个世界。搭讪我这样的人是需要勇气的吧。这么多天了,即使是演戏,我都没有真正融进日结工。隐约知道答案了——你这个人从头到脚都写着生人勿近,一副拒人于千里之外的样子。

今天早上,领班在中巴门口等着我们上车。我和刘梅一路小跑着,到了车门口,刘梅先往车里钻,领班在她屁股上拍了一下,轮到我,他也拍了一下。对,他在我屁股上拍了一下。就像是,是他这一拍才把我们拍进车里。我愣了半秒,这算性骚扰吗?我后面的两个年轻女人也跟了上来,他也照例拍了一下,把她们也拍进车里。

从来没有一个男人公然对我做出这个举动,瞬间涌起一股恶心感,一种"我脏了"的恶心感。他当时在车门口候着,表情轻浮,他这只"咸猪手"应该不是初犯。我想发作,可是,那些女人没有一个表现出不适感,那一串行云流水的动作之后,配合大家陆续落座,天衣无缝,仿佛这一切都没有发生过,仿佛是他们日常的一种问候方式。我突然黑脸问罪会不会太小题大做了?而且,在那个氛围里,我真要黑脸,似乎非常不和谐,甚至是有点奇怪的举动?

我再一次松开了拳头。如果他胆敢在无人的私底下这样做,我就会毫不犹豫地把耳光扇过去。然而没有,直到我半个月后离开,他也没有。我是误读了日结工男女相处的模式吗?那学生工,他会不会跟我一样有恶心感?

我跟大叔面对面坐着折纸盒子。我们聊起了家乡,聊起了在东莞的境遇。我先前编了一套个人简历,孩子已经在湖北老家读大学了,老公在工厂打工,自己出来找点活干贴补家用。最无懈可击最合乎情理最常见最普通的一套说辞。大叔频频点头,他是江西人,多年前在东莞一家模具厂打工,小拇指被切断了,没有获得一分钱赔偿。他竖起小拇指给我看,末端没有了,它突兀地短了一截,当它突然进入视野的瞬间是可怖的。那是东莞留给一个打工人最深的记忆,伤痛,和永远的伤残。即使面对面,他也不太与我对视。折好的盒子是一个套着一个的,我们已经码得很高了,他上前把它们抱到另一边好腾出位子。

我们好像陷入了生命中的某个痛点。他的人生履历清澈如水:来东莞二十多年,老家回不去了,没有地。老婆腿不便,从制衣厂取货在家里做些镶珠镶水钻的手工活儿,孩子都结婚了,女儿嫁到惠州,儿子在深圳打工。这样的打工人生履历是千千万万个人的。虽然黄红艳的那份是假的,但本质上塞壬的这份并不假：来广东二十多年，先在广州、深圳、佛山、东莞漂泊了九年，五次在大街上被抢劫，两次被入室抢劫，在熙熙攘攘人来人往的大街上倒地痛哭，无钱交房租深夜逃走，在职场被打压挤对无故被炒，无望的爱情，频繁地换工作，搬家，没有地址，拖着行李在路上，在人潮拥挤的火车站……那些年，看不到一丝人生的希望；那些年，沉浸在黑夜的深水里……我是在写作中找到了唯一的光，在文字中找到唯一慰藉的人。

我还是可以感受到那些留白，还有那些没有说出的话。在沉默中，我觉得身体的一根肋骨跟这位大叔的一根是相呼应的。他的断指，和他平淡的叙述，还有他从未抬头的表情，在此之前，我对他诸多轻浮的猜测太无礼了。我不是一心在等着他在我面前出丑的吗？想等到那一幕，那被我重重奚落的一幕吗？

下午装车。开进工业园的加长卡车很高，后面的挂车放下护板的时候，搭了块斜木板供人走进宽阔的车厢。我跟几个女人在车厢里摆货，男人利用那块斜木板把货往上拉，不到一个小时，我们就把车装满了。结束时，当我们走出车厢，发现领班的在下面向我们张开了双臂。其实，我们可以沿着木板走下去的。可是那一刻，我们都愿意让他在下面接住我们。先是刘梅，她屈腿一跃，领班叉住她的双肋把她往地上轻轻一放。她在空中还做了一个飞翔的姿势，他稳稳地托住了她。我是最后一个，领班向我招手，我也笑着学她们的样子，做了一个飞翔的姿势。

我似乎感受到另一种情感。它不是来自性别，而是一群这样的人相扶着走过的人生。

我约刘梅去打麻将,被她拒绝了。做了日结工之后,她跟其他做日结工的大婶一样,配齐了行头:圆筒便当袋,拖鞋,可以用盖子喝水的保温杯。她渐渐不化妆了,我看她吃免费的饭堂,跟男人们谈笑风生,我的这个老乡没有坑我。再后来,她自带饭菜,还说可以帮我做一份。我正在考虑如何跟她圆谎,就是我为什么不再去做日结工的这个谎。

我从头到尾都在说谎啊。

九、我还会回来的

陈太那里我还是没有挤进去,不,我是被陈太嫌弃的人。罗姐说过,老板没有什么差别,除了个别工厂给的工资略高一些,价格都是十四块。那天,我从老莫的档口走向了榜哥,被他看见了,他叫住我:那个,那个女人,你跑榜哥家去了,我可没亏待你啊。他追在我身后喊,我说明天就来你家,明天就来。说着,急忙逃走了。后来去了蒋生家的档口,那是一家苹果键盘厂,活也好做。只是他家的车太难受,一辆黑色的轿车,后备厢改装了,全用来装人。我被塞进去的时候,脸贴在车后面的玻璃上,压着的嘴唇都变形了。

罗姐她们要求涨价的事失败了。失败了也得做啊,还有什么地方能给活干呢?

年前,我在综合市场买东西,突然肩头被人拍了一下,我一回头,是那位开电动三轮车的光头师傅,他喊了我一声妹子。这个人突然出现在塞壬的世界里,那一瞬间,我有一种他乡遇故知的激动。他在塞壬的世界是一个多么独特的存在啊,驼背的老师傅,他干着两份活,早晚那趟接送之外,还在市场帮着商户送货。

　　手机的那个微信号，我时不时翻出来看。哦，我已经被踢出群了，所以再也收不到任何工厂的用工信息。微信的零用钱已有四千多块。这是一个我随时可以进入的地方啊，不设防，没有门槛，它永远向我敞开。我在想，这世上除了家再也找不到这样的地方了。我在那里有一个自己的世界，有朋友，有值得信任的人，有清澈如水的履历，吃三块钱的红糖馒头，喝有咸菜味的茶水，为了争一个可以伸展双腿的活跟工友翻脸。在那样一个世界，我看到了生而为人最初的朴素情感。粮食进入肠道，变成大便排出来，干干净净。偶尔，我会被突如其来的感动怔住。去做日结工会成为我将来的一种生活常态吧。不为写作，不为什么，得空了就去做做。我扎根于大地如同水融于大海。

(《作品》2022年第6期)

大湖消息

沈 念

那个早晨有些异常。霜冻尚未化开的旷野寂寥无声，风锋利得像冰碴，从房屋、树篱、林子里跑出来。一只没看清模样的飞鸟，像刺眼的光扫过，轻拍翅膀，沿村庄的边界飞过长堤，隐约留下几声尖细的呼叫，向南飞去。

二〇一五年元旦过后的第三天，一支越冬水鸟调查小分队抵达七星湖。小分队以东洞庭湖湿地保护工作者为主，我是小分队的编外人员。在湖区生活多年的我，却还是第一次真正地深入湖的腹地。

几个小时后，我们遇见的毒鸟人，秃顶低垂，脸色煞白，呼吸急促，喃喃自语："昨晚做了个噩梦，梦见一条船直接撞上了我。"

那条梦中飞撞而至的"船"，说的是我们吗？

东洞庭湖空旷无人的"心腹"之地，七星湖水域冷风凄厉，一年一度的越冬水鸟调查，任务是观测当年飞抵这里过冬候鸟的种类与数量，进行鸟类保护宣传，兼顾观察湿地生态变化。我们压根就没想要遇见他，还有被拔光羽毛的两只豆雁、一只天鹅，这无论如何也难以让人联想起它们飞翔时的美丽。

沮丧的毒鸟人坐在隔舱板的面梁上，双手夹在两腿之间，十根手指绞在一起。第一次见到纹路如此苍老复杂的手。蒲滚船突然发动，他的身体急遽前倾。那只手像一只刺猬，披铠戴甲扎过来，我站立不稳，无处闪躲。清早那尖细如冰针的叫声，似乎从没离开过我的耳畔，风声中它变得更加锐利，像成千上万的翅膀密匝匝地扑腾过来。

湖

夜色入冬，薄雾拂卷，阒寂覆盖。

毒鸟人的惊醒之夜，我们刚刚抵达那个离城百余公里的小村庄。

穿过村庄，翻上长堤，洞庭湖咫尺之间。东经一百一十度，北纬三十度，是洞庭湖的主坐标。这一经纬度上的冬天，湖水退去，广袤的湖洲湿地一片苍茫，草苇疯长，坑洼与水沟交错，牛蹄踩出一个个坚硬的脚印，小路上泥辙结冻，像伸向湖心的轨道。

没有人会相信这就是上下天光、一碧万顷的洞庭湖，太瘦了，如同几条分汊的干涸的河流。有据可查的档案记录里，湖一年年做着"瘦身"运动。《水经·湘水注》中是"广圆五百里，日月出没其中"，唐宋诗文中频繁出现的是"八百里""天下水"，也是"横无际涯""水尽南天不见云"。它已经是一个无与伦比的大湖了，但到了明代嘉靖、隆庆年间还在长大，原因是长江北岸分江穴口基本堵塞，水沙分泄，湖面扩张，往西、南延展出了后来的西洞庭和南洞庭。清道光年间《洞庭湖志》中，洞庭湖全盛时期面积有六千平方公里，差不多是现在的三倍。那张传播印刻的《广舆图》，描绘的是湖的全盛期和最大值，此后步步走向湖的衰落。

水去了哪里？水又是从何处而来？似乎每个此刻站在此地的人，都会问这两个最简单也是最复杂的问题。

有来水才有去水。洞庭湖的南北两大来水，早已在郦道元记载的"同注洞庭，北会长江"和范仲淹吟诵的"北通巫峡，南极潇湘"中予以印证。北水是城陵矶以上的长江来水，主要是长江荆江段，其实"衔远山，吞长江"中一个"吞"字已道出了江与湖的亲密关系；南水是长江支流的湘资沅澧四水，它们都是先入洞庭湖再去往长江的。洞庭湖于是就变成了一个大口袋般的调蓄湖。但水是不分先来后到的，有时络绎不绝，有时蜂拥而至，加上雨水充沛，如同汪洋大海的湖面会变得格外好看，但"好看"的背后，是每到汛期湖区老百姓的胆战心惊。

在北斗卫星地图上，湖像一片蓝色的大地血液，在看似巨大实则狭长的动脉血管中流动。再定睛细看，流动的却是一个毫无规则的多边形，轮廓线犬牙砬齿。二十世纪二十年代开始，热情参与围湖造田的人们，像蚕一般细细密密地啃噬着洞庭湖这片巨大的桑叶。千里湖洲，百里沃野，顺水而来的开荒者，赤膊吊胯，或者一担箩筐挑着儿女和全部家当，跟着春天一起到来，插根扁担在金子般的泥地里，三天就能"发芽"。这是当地人对开荒年代的形象比喻。

入湖泥沙淤积量大于湖盆构造下沉量，泥沙淤积，平衡状态被打破，湖泊变洲滩，洲滩变垸土和湖田，人进水退，人与水争地，插秧插到水中央，大湖萎缩加速，滨湖堤垸如鳞，弥望无际。水所能打开的想象被不知不觉地划块分割，向往的终点是叹息声起处。自然与人之间的矛盾，在物欲"满血"的年代，没谁能一下把紧紧缠绕的结解开。这个结包裹着形形色色的利益，还有各式各样的桎梏、伤害、遗忘与抛弃。湖所承载的那些气象万千的美好，通江达海的往昔，伴随候鸟的漂泊、流浪、冒险而变得破碎与脆弱。

鸟

我们去往的是天鹅最钟情的七星湖，在东洞庭湖西南角。

从市区出发，走省道、乡镇公路、通村公路，一百余公里，路从开阔到狭窄，从平坦到颠簸，途中要花三个小时。挤在我身旁的一老一少，都是东洞庭湖保护区的"老将"。年轻的姓余，皮肤黝黑，左脸颊有一道颜色更深的疤槽。他是保护区下设七星湖管理站的站长，后来一介绍才知竟然是八〇后，疤槽是巡护途中从摩托车上摔倒所致。问他这条路线一年要跑多少个来回和此地鸟的多少、观鸟要领……他只言片语，不无乏味。

倒是"元老级"的老张话多，愿意满足我的好奇——护鸟的艰苦、打击毒鸟者的艰辛、湿地环境不为人力所能改变的艰难……

老张回忆他那些残缺的经历，在狭小的讲述空间里缠绕成一团沉重的情绪。老张说起二十世纪六七十年代，村里有专业的猎捕队，县里会收购鸟羽出口，后来有了禁令，有了湿地保护工作人员巡查监护。但那些冬天困守在湖滩不上岸的渔民，会放呋喃丹毒鸟；那些冬闲无所事事的湖区周边农民，会偷偷扛着猎枪、土铳、高压气枪恶作剧般打几只鸟打打牙祭；还有一种网眼细密的捕鱼工具迷魂阵，被隐秘地安插在鱼虾洄游的必经之地，只进不出，伤害极大；有些废弃的网埋在水中，日子久了，水退之后，常常又缠住觅食的鸟，有翅也飞不起来；城里郊外的餐馆明中暗里兜售野味，满足人们的口欲，有暴利可图，就有了毒鸟的犯罪团伙。而更久远之前，老张说祖父辈遇到湖上自然死亡的大雁野鸭，都会捡起来挖个土坑填埋，随手折段柳枝插在坑头上。他这辈子最恨打鸟毒鸟的人，前些年一桩恶性打鸟案，触目惊心，现场遍地白羽，像刚下过的鹅毛大雪，鸟睁开的眼睛就如同雪地上踩出的黑洞洞的脚印。

"不是我们没管事，是湖太大了，总有管不到的地方和时候。"老张说东道西，记忆碎片像一只只漂流瓶顺水流远。

采桑湖是我们的必经之地，也是这片湿地保护的核心区，从十月、十一月至次年的三四月间，随着枯水期的到来，湖底袒露，湿地天成，恰好成为北方候鸟的最佳迁徙越冬地。住在这里的家户并不多，这几年集中迁到了镇上或安置小区里，剩下的老房子都是一个个的院子，有些勤快的主人用砍下的粗细匀称的树枝扎成一圈树篱。夜晚打上霜的树篱，在薄雾飞散的晨光里，发出白珊瑚色的光，给村庄添了些冷清。再过些时间，太阳出来后，树篱上挂满晶亮的水珠，田野也湿漉漉的。我多次来到这里，和那些渔民、志愿者、观鸟者擦肩而过。湖岸扭着身体消失在视线尽头，运气好的话，肉眼越过阳光弥漫的雾障，就能看到鸟飞翔或降落的身影。

湖洲外滩浮动着一片沉甸甸的银灰，偶尔太阳挣出云层，银灰里又掺进些金黄、古铜和锈红。天地间的灰白变得更浓稠，冬天的湖面瘦得更狭窄、遥远。有的路面落满了枯叶，车轮碾过,发出碎裂的声音。

水天一色的远方,候鸟并非想象中那般密集。流线型的体廓,飞羽和尾羽组合成的飞翔利器,鸟十分享受它的飞行特权,也使得它为人所喜爱。一群豆雁星点般撒落,在轻快掠起的飞行中,发出闪烁的微光。偶有形单影只的头上一撮凤凰般艳丽色彩毛羽的凤头䴙䴘、琵琶形长嘴的白琵鹭在近处的湖滩优雅踱步。几只针尾鸭夹着如箭镞般翘起的"拖枪"尾巴,混迹于一群肥大的罗纹鸭中。黑色的椋鸟群,像个紧攥的拳头,在惊马奔逃般的甩身中,给天空镶上流动的黑边,又总有几只掉队的同伴,沮丧地看着高高飞走的队伍。还有几只麻灰色羽翼的苍鹭,弓着颈,好几个小时一动不动地在浅水里站成一尊雕像,直到游过来鱼虾、泥鳅,才会将细长的尖喙刺过去。在本地人眼中,这是一种懒惰的鸟,渔民给它取个绰号叫"长脖老等"。

我的背包里有一本便携版的《中国鸟类图鉴》,虽然比不上《中国鸟类野外手册》丰富,但一千二百种鸟的图片已足够查对洞庭湖上能看到的候鸟。插图中的各种水禽鸟类,色彩丰富且纤细入微,如见实物。

体表披覆羽毛、有翼、恒温、卵生,鸟的一切生存之道都在这些特征下展开。毫无疑问,所有迁徙的候鸟都是富有冒险精神的勇士。每年世界上有几十亿只候鸟在秋季离开繁殖地迁往更为适宜的栖息地,而人类的目光很早就关注到候鸟的迁徙。两千多年前,古希腊动物学家亚里士多德说过,秋分以后一些鸟类由寒冷的国家飞向邻近或更远的温暖地区。我国秦汉时期也有文字记载,《吕氏春秋》曰:"孟春之月鸿雁北,孟秋之月鸿雁来。"我还清楚记得的是我那位知识渊博的中学语文老师，其从鸟类学家的词典中翻找出三个名词板书在黑板上——留鸟、候鸟、迷鸟。

"候鸟是最具责任感的父母，它们要保证繁殖育雏期是在最有利的季节环境里发生。"

"恋家的留鸟不懂飞往他乡的乐趣，是故乡的忠实守候者。"

"迷鸟随遇而安且忘记故乡，它的经历足以写出一部风雨颠沛的长诗。"

忘记故乡，不也同时拥有了另一个故乡吗？

影

天气预报没提到有雨，但我们赶到一个叫注滋口的小镇时，阴霾的天空却飘荡着几丝细雨，从我的脸颊上一划而过。

小镇倚靠一条枯竭的河流，一大片积雨云在河的西北面集合，然后扇面般展开，像千军万马奔杀过来。这是一个与我的家乡极其相似的地方。水运掌握地方交通运输命脉的年代，这里船只来往，货物吞吐，流动着"小汉口"式的熙熙攘攘。从镇政府走过时，我看到大门口挂着一副对联：

地利扼华容，水陆双通，商贾繁荣小汉口；
文风延古镇，诗联再续，名声蔚起大潇湘。

过去的市井喧嚣，如枯叶簌簌扑落，那是"回不去的故乡"留下的共同记忆。街面上流动的身影，一瞬间竟让我仿佛又看到孩提时跟踪过的，从街上走过、从村庄的小路走来的孤独、踟蹰的身影。

那是一天中最安静的午后时刻，衣着邋遢的老男人从街上走过。在旁人的印象里，他性情孤僻，好吃懒做，一事无成，从未娶妻生子，长久以来与弟弟一家人住在一起，很不讨亲人的喜欢。他从偏远的村庄到镇上的次数不多，仿佛每次只是闲逛。那段日子，棉花地里正是一年四季最忙碌的节点，绵绵阴霾，虫害来犯，让棉农们叫苦不迭。老男人走进了一家卖种子化肥农药的商店，逡巡于玻璃柜台前，犹豫地打量着拥有千奇百怪名字的商品。店里的女营业员冷淡地睃他一眼，又专注于手机游戏的摆弄。良久，人们看到他拿着一包广为人知的克百威杀虫剂走出来。

老男人原路返回时，就揣着乡下人俗称"呋喃丹"的杀虫剂。这种氨基甲酸酯类广谱内吸性杀虫杀螨杀线虫剂，学名"克百威"，杀气腾腾，威风凛凛，二十世纪六十年代初由美国创制，一九六七年推广，纯品为白色结晶，但多为紫色颗粒，溶解于水的温度底线是二十五摄氏度。按中国农药毒性的分级标准，呋喃丹属高毒农药，不能用在蔬菜和果树上，可用于多种作物防治土壤内及地面上的三百多种害虫和线虫。但不知从哪一天起，它被某个愚蠢的念头改变了用途，嗜杀成性的细小颗粒被抛撒在候鸟出没地带，一只只踱步寻食的鸟惘然不知啄入食道的颗粒见血封喉。细颗粒的危害性远远超出我的想象，鸟食入一小粒足以致命，中毒致死的小鸟或其他昆虫，被猛禽、小兽或爬行类动物觅食后，还会引起二次中毒而致死。

从事媒体工作的朋友谈起经历过的一起天鹅恶性死亡事件，他在七星湖的苇丛中亲眼看见几十只天鹅、雁鸭集体中毒。朋友讲述时情绪在震颤，仿佛乌云压积，等待雷电撕裂、暴雨冲刷那可耻卑劣的行径。毒死天鹅的罪魁就是呋喃丹，保护区的人把这种在阳光下会变紫色的颗粒说成是候鸟的"闪电杀手"。

老男人的毒鸟计划是在来小镇的路上萌生的吗？我宁愿相信那是他后来的"恍惚"之过。当我们到来时，夜色一步步驱赶着拂不散的清冽寒风。风紧刮一阵后慢下来，水波粼粼，每一块水域都变成了一条条发光的鱼。当声响骤然消失，大地孤寂无语，只有杳然消逝的翅膀划出的影子，像胸中吐出长长的叹息。

夜晚就这般降临到我们身旁。

夜

远离人群聚集的七星湖管理站，正在垒砖砌瓦。屋后是一片枝叶稀薄的水杉林，一群椋鸟突然从林中喷雾般飞出、盘旋，又遮蔽了这片栖身的树林。我是刚认识这种朱嘴橙脚的鸟，它的头与颈部是丝光白色，胸和背是灰色，翅和尾是黑色，也带着点儿蓝绿色金属光泽。群飞的椋鸟，无疑是一道空中风景，像卷起的旋风和移动的云层。

晚饭后，我被安排住进一户农家超市。老板是一对胖墩墩的中年夫妇，自家的房子，二楼隔成几间客房，电视、热水、信号不稳定的 Wi-Fi，一应俱全。我疑惑把住宿开在这种偏远之地的收入状况。

男的自信满满地说："客人？当然有，像你们一样来看鸟的。"

"喊！"我心想，这地方如此偏远，除了专程跟着保护区的工作人员来，业余的观鸟夜宿者恐怕少之又少。

昏黄的天色被冷风剪成碎片，细雨发出银灰色的光，通往田野的小路上落叶凋零。椋鸟早飞不见了，散落在树洞或哪家墙洞里避风躲雨。饭后时间并不晚，外面却更早地变成一团墨黑，除了偶尔有小货车和归家的拖拉机驶过的声音，世界早已安眠。天空发出幽幽的蓝光，寂静凝固，我听到自己的心跳，仿佛旷野里群鸟低飞，传来深深浅浅的鸣叫。

喔啰！呜耶！

是我的错觉，整个晚上，没有一声真正属于鸟儿的叫声。

候鸟入眠，坐卧刺骨寒冷的野外，在湿地黑色硕大的子宫里，沉睡如婴儿，开始甜美的梦乡之旅。气温降到零度以下，仅靠羽毛的覆盖、蹼皮的包裹，鸟儿却能安然无恙。鸟特有的羽毛让人羡慕，那些色泽不同、柔软无比的羽毛，连同羽衣在体表形成的有效隔热层，是绝佳的保温"武器"。

度冬的候鸟中没有猛禽，自然看不到那如同满弓时射出的利箭般的身体。这总是有些遗憾，但对栖息的候鸟而言，它们少了同类的攻击，会多一些安全感。我看到过一只暮色里站在野外的白鹭，那一刻，它像一位长相清癯的神父，为了未尽的救赎，独自站在荒芜之中，毫无惧意。

所有候鸟的一生都会等待一次万里飞行吗？

有的鸟飞的时候很轻，像风吹起一片落叶，又像从枪口冒出的一缕烟。候鸟能感受到微妙的空气变化，阳光普照，温度上升，田野上的湿露变成一股股热气流，能托起候鸟的欢愉。它们的飞行、滑翔和振翅，能没有规则地改变方向。有时交替着左右盘旋，有时朝一个方向顺时针转圈。

保护区前后来过许多位做生态科考研究的年轻博士。年轻人总是对未知充满探寻的渴求，且又最愿意分享他们的渴求。与我同行的那位清华大学生物学专业的林博士给我画图讲解，鸟正羽的末端是挡风的屏障，绒羽滞留一些空气，减少对流；尾脂腺分泌的油脂给全身羽毛涂上一层油膜，加之羽毛细微结构间的空隙异常紧密，鸟羽的抗湿功能绝无仅有；还有候鸟身体的颤抖，竟然是在增加热量而维持体温，这种热从脂肪酸氧化中获取；北极小鸟白腰朱顶雀，你不敢相信它能在零下五十摄氏度生存三小时……我可都是第一次听到这些有趣的知识。

夜晚之于候鸟，还有另一种存在的意义。林博士聊到鸟的夜间迁徙，这是它们自我保护的一种方式。躲避猛禽的袭击，把受敌害威胁的风险降至最低，夜间候鸟有自己辨析方向的本领。即使没有月亮，云的反射、星的闪烁、水面的反光，也能让夜鸟辨识地面轮廓，不致迷失。他提到一个叫"圆月观察"的网站，这是由世界各地大批鸟类学家组成的观察家网，他们一般选择晴朗的月圆之夜，在不同地点同时观察，用望远镜对准月亮观察候鸟飞过圆月时留下的阴影。隐身于阴影下的丰富数据，居然是用来帮人们了解候鸟迁徙的时间、路径，以及与天气、地形的关系……

湖洲之上，到处都留有候鸟的印记。回到现实的夜晚，谁也不曾料到，趁着夜幕的掩护，顶着寒冷的毒鸟人摸着水面反射出的暗淡之光，悄然把死亡送到鸟的身旁。美好的一天结束于一朵黑色而阴鸷的乌云。毒鸟人在夜晚走得惊慌失措，脚印歪歪斜斜。次日清早，他撒开夜梦的不祥，拾回了欢喜的"猎物"。早早苏醒觅食的天鹅与豆雁，啄食了呋喃丹后倒地身亡。毒鸟人心满意足地回到船上，准备点火烧水，钳净鸟羽，对鸟生命的鄙视，让他毫无罪恶之感。那时我们刚走完通村公路，车拐上大堤,路面颠簸,车速放缓,碎石在车轮下暴跳如雷。

静

一道长堤划开人与水的界限。更早之前,恣肆汪洋覆盖着这一片辽阔的滩涂野地。湖洲上看不到威武标致的房子,粮食作物从来长得漫不经心。但湖区那些丰富的食用植物和鱼类资源,从没让人失望过。人走到哪里,栖身之所就在哪里,那些莲、藕、菱角、芡实、茭白,那些芦苇、蒲草、席草,吃食用度随处可见。"有种皆收,俗称一年收可敌三年水。"《洞庭湖保安湖田志》中的记载,说的就是大自然对这片土地的厚爱。

过去冬天抵临的候鸟,比现在更多,但对于人而言,在那个连生存也困难的年代里,它们只是肉食、皮毛和工分。当地一个叫"老鹿"的猎人,在二十世纪六七十年代曾带领村里的打鸟队,一铳猎杀一百八十七只白鹤,这份纪录无人打破。白羽飘飞,血溅成河,但物资匮乏的人们从没意识到自己的罪行。在那没有节制的岁月,湖区的物种和生境遭遇的巨大破坏不可避免,没有人懂得破坏和保护意味着什么,也就不会有人流露出丝毫的自责。

堤坡下种着一小片欧美黑杨林,细瘦光秃,孤独地站在风中。湖区田地比丘、冈平坦,土层深厚,质地疏松,光温充足,可垦价值高,每家每户门前屋后草植茂盛。早些年,湖的周边突然刮起一阵"造林风"。黑杨、意杨,这些能快速带来经济效益的树种,在湖滩周边大规模地竖立起来,这一度让当地林业部门引以为豪。人们不知这种长势很快的经济林木,对湿地的改造能力如此强大,每棵树的每条根,就像一根日夜不息的抽水泵，把水分吸干，湿地转眼间就成为旱地。它带来的恶性结果是那些原本供鸟类栖息的湿地滩涂土地坼裂，像一双双泪已流干无法瞑目的眼睛。而薹草、辣蓼这些过去茂盛的草本植物，被黑杨、意杨发达的根系驱赶远离，那些雁、鹤也因食物缺乏继而销声匿迹。

车轮摩擦着堤面的粗糙沙石，发出刺耳的咔咔声。我们从新沟闸下车步行，一道长长的斜坡连着一条弯弯扭扭的窄路，伸向东洞庭湖的腹地。新沟闸只是长堤上众多简易水闸中的一个，枯水季节，它唯一的作用是湖堤上的地名标识，是冬天从湖里上岸进城的必经之路。

老张说，别看湖区大，上岸进城的口子并不多。保护区的人守在新沟闸，就抓获过偷猎、毒鸟的人。

我们经过一处浅水洼地，左前方出现一圈壮观的矮围，停在矮围外的一辆载重货车不知是如何驶入的，车厢堆满又长又粗的竹篙。几处搭起来的施工台上，几个缩头缩脑的男子正在绑固铁丝拉起丝网，远望真像那种高大上的高尔夫练习球场。待来年涨水退去，游进矮围之中的鱼都成了"瓮中之鳖"。后来有桩闹出很大声响的毒鸟案，为首的是一个绰号叫"何老四"的人，就常年在矮围附近浅水水域非法投毒猎杀越冬水鸟。

泥泞是湿地的常态。脚下的小路坑洼不平，人、小车、摩托碾过的印辙交错，细细察看还可辨识出大鸟的爪痕。泥泞深厚的地方，黏稠的泥浆像是湿地分泌出来的霉菌，有的候鸟喜欢在这里落脚，很多虫螺藏身泥浆，它们只需要睁大眼睛寻找就可美餐一顿。

毒鸟人几天前也应是从这条必经之路走过的。小路与一条十米宽的沟渠平行,沟渠的水连通七星湖。当地渔民挖渠引水,目的是方便在秋冬季节运输收获的鱼和需要修补的渔猎工具。没有一只鸟出现在我们的视野。如此天气叫人迷惘,空中弥漫着一层层淡淡的乳白色的水雾,寂静也有了颜色,一泻千里,没有褶皱。

任何声音在阔大的寂静里都格外尖锐,一缕细小的颤动都会传入耳中。我们急速走动的脚步声、衣服背包的摩擦声,瞬间被泊在岸边的蒲滚船轰隆隆的发动机声吞没。这嚣张的声音还吐出一大团气泡般的呛人青烟。长相奇怪的蒲滚船是湿地特有的交通工具,外观像苏式拖拉机车头,螺旋桨式的车轮由十片巨大的铁叶片组成。我们乘坐的木船被绳索牵引在后,仿若前往打麦场的拖拉机车厢。

轰隆声一路把寂静刺破。船轮滚动激起焰火般的泥花,拖船走过的地方留下一条"道路",隔一段时间就会悄然消失。驾驶者是七星湖的原住民,他熟悉这个季节湖里的路况。有些沼泽地段,蒲滚船和再老练的渔民也不敢涉足,荒野之地,一旦陷入泥潭,叫破嗓子也没人回应。

风

风呼啸的时候,我们乘坐的船像要被一双巨大有力的手掀翻。那道若有若无的地平线,也在空气的浪流中更加缥缈。若不是认出不同种类的鸟,我会觉得我们一直在一条没有尽头的航道上原地踏步。

地质演变让东洞庭湖形成了独特的湿地系统。半陆半水,冬季近地层温度比同纬度远湖区域平均温度略高,丰富的植物、鱼类遍布，候鸟也把不寻常的生命轨迹留在这里。我翻开厚厚的鸟类图谱，读着纸上的候鸟——小白额雁、东方白鹳、戴胜、红脚苦恶鸟、棕背伯劳、白腰杓鹬、凤头麦鸡、扇尾沙锥、丝光椋鸟、阿穆尔隼、斑狗鱼、蓝喉蜂虎……

这些美丽的名字，是东洞庭湖湿地有记录的三百五十九种鸟类中的一些代表。多数鸟的纲目科属下拖着长长的鸟种名单，全球有鸟八千七百多种，东洞庭湖的鸟所占不到百分之四。

我非常惊诧数量庞大的鸟的种群，也赞叹某些观鸟者对它们之间差异辨识的本领。鸟的形态丰富，比脊椎动物类群科属之间的差异还小，喙、腿、脚、羽毛以及内部器官的微细差别，构成鸟之间区分的依据。一位长年跟踪鸟类拍摄的摄影家朋友告诉我，非专业研究的观鸟者，往往是从炫耀行为、鸣声、形态的差异来判断，鸟种分辨的乐趣和难度就藏身这些差异之中。这让我想起看过的美国电影《观鸟大年》，铁杆观鸟爱好者布莱德仅凭鸟的鸣叫就能准确断识名字、种属、习性，对鸟的热爱与专业为这个大龄宅男赢得了一个异性观鸟者的爱慕。老张兴致勃勃地说起两位高校大学生，来自南北两座不同的城市，在参加东洞庭湖同一次鸟类监测的野外调查中偶遇，缘定终身。候鸟成为爱情的见证。

这是多么美好的一件事，如同每一次走进这片野外，即使候鸟沉寂，也还能听到它们的温柔私喁在空中遥远却清晰地回荡。

往湖的腹地走，前方总有橙色的光，是一粒奶糖的形状，走多远，风都像野孩子般尾随，撒开脚丫子奔跑。老张说，风是候鸟生命的一部分，只有在风中，它们才算真正地活着。那些万里之外的生灵，全靠风力的托送，才完成生命的迁徙。

那些搁浅冬眠的渔船，是湖上最大的"鸟"，像"老等"一样守着冬天的时光。剩下的少数渔民利用冬闲清理渔具，他们把"地笼王"这种长长的网兜埋伏好，碰运气收获些春节年货。"地笼王"匍匐在浅水中，大小通吃，鱼进得来出不去，也常网住几只贪食的鸟。保护区的人见到"地笼王"都是要收走的，这种在祖辈手上流行的捕鱼工具，在不久之后随着一个十年禁渔期的到来而从渔民生活中消失。

湖上原来浮着的雾，聚拢起来，在空中变成积云。有的鸟永远也不甘于安静，它们鸣叫着飞起来，翅膀在阳光下，留下一道银色的弧线，像一面镜子对光的回应。候鸟是不是飞得越高就看得越远，尚不能完全确定，但鸟中最为出色的视觉，可以进行完整的环行扫视，会在飞翔中认清地面上的人和奔跑的动物。遇到狂风，翅膀飞动的阻力加大，鸟拍打的动作会变得短促而飘移。

小余站长拿起价值不菲的一台SWAROVSKI牌望远镜瞭望，我第一次从这种昂贵而精美的单筒望远镜里欣赏到目力所不及的远方。译名为"施华洛世奇"的望远镜防尘防雾防水，影像清晰，色彩自然，在雨雾天气、阴暗环境下使用，景物细节依然全现眼前。

我搜寻着天鹅，开始是零零散散的一只两只。逆光又有些许雾霭的遮挡，众多的白琵鹭、白鹭缩小成一个个白点，赤麻鸭、罗纹鸭成群地驻守各自的领地，有的鸟天生扮酷，独自在浅滩觅食，用喙戳刺着草地。远处水的反射让湖上的晴空显现一种钴蓝色的光。全身赤黄色的赤麻鸭嘴里蹦出的叫声，像从山顶滑下的雪球，是那种爆破般的响声，但在遥远的距离里，会渐渐虚弱，也变得悲伤起来。雄性赤麻鸭脖上有一圈黑色颈环，它的嘴、脚和尾也是黑的，飞起来的时候，羽翼的黄白两色非常打眼。赤麻鸭在湖区比较常见，有时也会跑到农田和湖塘去觅食，潜水是它们的长项。它们看似安静地游在水面上，突然会来个俯身，翻滚入水，动作麻利，出水后嘴里吞咽着鱼虾，头却不停地四周察看，警惕地护卫着自己的安全。当它从水中飞起，湖面涟漪绽放，同时溅起晶莹的水珠。

蒲滚船加速向湖心挺进，船后溅飞的泥浆飞得老高，进入视野的天鹅数量暴增。几十只天鹅组成的群落跑进我们的眼中，它们弓着几近直角的颈，悠闲且优雅地静卧水上。别的鸟始终飞得快速，施华洛世奇的取景框隔着那么遥远的距离，也无法装下它们和大地。蒲滚船停下来，小余站长记录着卫星定位，说这里进入了天鹅的集中栖息区。

象征着纯洁的天鹅是备受瞩目的一种鸟。天鹅在西伯利亚苔原带繁殖，冬季迁徙至中国东北部至长江流域湖泊，外表有着最为圣洁的色彩分布，以洁白为底色，黑色镶黄边的嘴基，黑脚，结群飞行时习惯排列Ｖ字形，身高不超过一米五的小天鹅合唱时的声音如鹤，发出"咔哑、咔哑"的鸣叫。我从小余站长那里得知，体型高大的大天鹅在东洞庭湖极其罕见，它飞行时发出的声音是"咔喔、咔喔"，相互联络时的声音像响亮的号角。

任何鸟的飞姿都是无可挑剔的，这份感受首先源自人的缺陷。飞翔的天鹅让人怦然心动，在翼和尾的协助下，踏波助跑，完成凌空、滑行、穿越、翱翔等赏心悦目的一连串动作。天鹅飞行时基本上是鼓翼、滑翔、翱翔三种方式交替，它宽大的双翅快速有力地扇击，翼尖向前向下挥动产生推力，起到类似机翼产生升力的作用。其实它的每一片初级飞羽都如同一个螺旋桨，推力大于阻力时，它的飞行就获得加速，仿佛一架从厚厚云层中破空而出的飞机。它的力量从收紧的翅膀里爆发出来，如同海面上迎浪而行的鱼鳍，激荡的浪花四溅，变成满天云霞，空中的白色精灵，被渲染成移动的金色斑点，散出模糊却透明的光，让人感受到一种沉静之美。我热衷寻觅天鹅起飞时的身影。一两只，有时是一支小分队，拖着略显肥胖的身体，我总担心它们飞不起来。

无法想象没有羽翼的飞行。有一次，我在保护区的救助站察看一只被救治的豆雁。它的尾羽宽阔而坚韧，张开时犹如团扇，这是飞行时的"舵手"，转向、减速和着陆离不开它的掌控，而如桨似的鸟翼，展开时既有机翼般的飞行表面，又靠翅尖向下、向前扇击产生推力。在不同的空气条件下，鸟翼改变形状，翼和躯体的相对位置随之发生变化，那些高超的飞行技巧因此诞生。

午后到来，阳光驱散雾霾，水面浮光跃金。气温飞升，鸟儿也欢愉起来。成百上千只赤麻鸭飞旋追逐，像玩起了太极布阵的游戏，白鹭如往昔成行列队地飞翔。猛禽都是独飞侠，而鹤、雁、鸭在群飞时要排出美丽的"人"字队形，勺嘴鹬会飞出一条长而宽的长链，抱团旋飞的椋鸟总是突然就出现在你头顶。

多数候鸟迁飞都是无纪律者，松散、凌乱、没有阵形，比如那些可爱的胖嘟嘟的赤麻鸭。鸟去一湖皱，鸟来半边天。中华秋沙鸭飞起来的时候，有着迷人醒目的黑与白，它的嘴形侧扁，前端尖出，像微微弯曲的钩子。黑色的头和上背，与白色的下背、腰部和尾上覆羽，缠绕着黑色鱼鳞状斑纹胁羽。在贴近水面的那一刻，它被强烈的阳光刺亮，就像一头飞跃出来换气的江豚。小余站长打开话匣子，对鸟的熟稔让我刮目相看。

他突然发现了一群黑尾塍鹬，赶紧把望远镜递过来。这种中国旅鸟，洞庭湖也仅是它远行的能量补给站。黑尾塍鹬全身是泛绿的棕色，喙嘴尖长，长腿伸展，疾飞时像一柄刺破空气的长剑。腹部的薄薄花纹，如一片狭长的绿叶。它的叫声像没有礼节的人发出的野蛮大笑。小余站长说，夏天要遇见它们在深水捕食，落水时红得像火焰的繁殖羽倒映在水面上，像一块烧红的烙铁哧哧冒出一片滚烫的水汽。

毒

在去往下一个观察点的途中，插曲发生了。我们意外地遇见一只天鹅浮卧浅水面，细长的脖颈因失去了往日的柔软而变得僵硬。这是老张指的一条路线，他原本闭目休息，突然站起来指挥驾驶者向十点钟方向行进。小余站长说老张的耳朵精灵得很，听得到鸟的絮语、空中的风和湖水的密谈。

太遥远了。从北方的寒冷海域到南方的热带珊瑚礁沙滩，峰巅、高原、台地、荒漠、湿地、草原、海滩、森林，鸟的身影穿行于这些大跨度的栖息生境。即使是集居东洞庭湖这片面积一千九百平方公里的湿地，大小湖泊十数个，不同的鸟会选择性栖息。比如七星湖是天鹅最眷顾的地方，也曾是毒鸟事件多发水域。

船从死去的天鹅身边驶过，老张弯腰把它捞起。在捞起的一刹那，我的心一沉，跟着天鹅的脖颈往下垂落。死亡的阴影吞噬了它生前的荣光。我们这一天美好的心情自此密布晦暗。

突然有尖厉的声音遥远地传来，远处像是发生了一场骚乱，很多鸟飞起，其中有一只天鹅，正穿过一片黑压压的枸鹬。天鹅像一把光剑，刺破黑暗，枸鹬群一阵痉挛，四面惊慌地散开，天鹅似乎回了回头，像是抖落身上的尘灰，愈发孤独得耀眼。但没过多久，它的头和尾就看不太清了，和雾茫茫的天空融为一体，隐约还能看到微光摇曳，听到鸣声中难以名状的凄凉。那是为同伴生命遽失的悲悼，也是对天地间虚无的沉吟。

风似乎停了，没有丝毫生命体征的天鹅被小心翼翼地放进了船舱中部的塑料筐中，头靠着左侧船舷，褐色虹膜的眼睛圆睁，昔日洁白的羽毛沾上泥水，凌乱脏污。天鹅死因只有两个，自然死亡或被毒死，这需要进行解剖后才能得知。有经验的老张在湖上滚打多年，深知胆大妄为的毒鸟分子常常铤而走险，这样一只天鹅上了餐桌价格要上千元。他当机立断，到附近的水域踩一踩——这是巡查执法的暗语，那些散泊在洲滩四处的船只，也许就藏着见不得光的罪行。

那些散泊的船，像灰色岛屿，在大海黑金般的波纹之间无助地站立着。蒲滚船朝"灰色岛屿"前行，迷蒙的光线斜斜地流动，让湖泊柔软的线条变得生硬。

一条小木船孤苦伶仃地停靠在一片水域。慢慢靠近，那个穿着破旧棉袄的老男人站在船头，缩着脖子，双眼迷惑地看着我们"飞撞"过来。一道自筑的泥坝挡着，蒲滚船没法靠边，我们被迫停在离船十余米远的地方。老张用当地话和老男人打招呼，试图借助拴在木船边的小舟筏渡上船。老男人装聋作哑，磨蹭几个回合，似乎断定了我们的来意，带着跑脱的意图往泥泞滩涂上走。老男人一步三回头地张望，也许是想以远离的方式来阻止我们的脚步。茫茫大泽，身如泥胎，他又岂能仅凭双脚之力而逃离？

终于上船的老张窝着一团怒火，很快掀开了盛装被毒杀天鹅的船板，这印证了他的预感。旋即，他跳回蒲滚船，指令驾驶者踩下油门，一溜儿青烟，如降妖宝瓶吐出的烟雾，船向湖中远去的黑影飞扑上去。老男人片刻之后就被押解上船，船舱厢板下的脸盆里，还藏着刚钳净羽毛的豆雁和天鹅。船尾简陋的煤炉灶台下，剩下的半包毒药很随意地丢在那里。包装袋上"克百威"三字气焰嚣张，杀气弥漫。

"什么时候下的毒药？"

"在哪片水域？"

"剩下的毒药藏在哪里？"

"还有没有毒死的鸟藏在别处？"

"同伙上哪里去了？"

…………

老张咄咄逼人，有些得意，也有些愤怒。老男人磕磕巴巴，声音低到泥滩之下。他的身体不停颤抖，发白的额头冒出汗珠。湖风劲吹，正把他的魂魄抽离。

一位摄影师拍下过一张天鹅吊挂着铁夹飞翔的著名照片，空中的那块"黑斑"，刺痛过很多人的眼睛。那些工具的背后是五花八门的捕猎方法：插天网、下滚钩、放铁夹、布套索、电击、枪打、投毒。这当中数投毒最危险也最常见。百分之七十的水鸟死亡皆为毒杀，它们几乎全都上了餐桌，在食客的齿缝间吞吐出被啃碎的骨头。

"没有买卖就没有杀戮。"印在环保宣传册上的口号，从没让猎鸟者的贪婪自觉收敛。

飞

老张突然跟我谈到红旗湖的老鹿,这个我前面提到过的"神枪手",他又被人唤作"老鹤",其外号的来历并非源于恐怖的猎杀纪录,而是他对一只受伤白鹤的救护。我在记忆里翻找老鹿瘦弱的身影,我们第一次见面的那个下午,他带我走在湖堤上,谈论着过去的时光。这个言语不多的老头,却爱说人与湖的变迁、鸟与人的爱恨情仇。

"这是不是人老后的标志?"他微笑着问我。水当时覆盖了整个湖洲,太阳钻进一块边缘被照亮的阴云里,发光的边缘像是熔化的铁水,涌动翻滚着。他指向足迹到过的地方,都是一片苍茫,而我的心里涌上来的是另一种隐秘的痛楚。这痛楚后来会突然从我眼前和耳边跳出来,发出大火的浓烟和刺耳的枪声。

风蹦起来,呼啸快一声慢一声。夹杂着的尖细如冰针的叫声,突然一下就消失了,像一根紧绷的橡皮圈猛然松绑,瞬间弹出,空余震颤。云的聚散完全被风牵引着,天空偶尔会剥下披着的外衣,露出身体上一片亮晃晃的白。太阳低矮,发出冰冷的光,晃人眼睛。前方像是世界真正的尽头,却又一无所有,没有归途。人与湖上万物的距离,被风吹走了,那些候鸟向我们走近,它们扇动翅翼,像一条新的地平线,在荒凉、空旷和苍白中拔地而起。

老鹿的故事,在冰冷覆盖的野外被讲述,就像燃起一堆小小的火焰,比灰烬多一些梦想的火焰,让寒冷的身体有了片片暖意。湖洲上每一位寄居者的生存能力都无法与脚下的土地分离，甚至有着内嵌的命运关联。

二十世纪八十年代初春天的一个黄昏，这位以猎鸟闻名的打鸟队长从野外归家，在芦苇丛中偶遇一只受伤的白鹤，那低哝的痛苦哀鸣，让那双长满硬茧的拿枪的手无端地抖动起来。特别是对视中白鹤眼神里的恐惧和绝望，突然勾起一种痛彻心扉的震颤。这种体型窈窕的鸟，对浅水湿地的依恋性特别强，绝大多数是飞往鄱阳湖越冬，只有极少数停留在洞庭湖区。在打鸟人眼中，这是可遇不可求的机会，但他放下了手中的枪，心中的震颤让他改变了主意。他怀抱白鹤回家，点燃酒精灯，给自己的刮须刀消毒，又缓慢地切开白鹤受伤的部位，取出嵌入体内的铁弹珠。这也许是曾从他枪口下逃生的一只鹤的后代，或者就是被他打伤的一只。看到白鹤渐渐柔和的眼神，眼见一个鲜活的被挽救的生命，他混浊的心顿时澄净下来。第二天清早，他破天荒没有背着铳枪出门，而是从野地采回一些植物的根茎、嫩芽，还有少量的蚌壳、螺蛳和小鱼。精心护理一个多月后，白鹤痊愈放飞，它展开一双狭长的白翅用力扇动，腾空而起，黑色的初级飞羽在明朗的空中发出黑金般耀眼的光，像颗流星沿着天际一划而过。

白鹤飞走了，老鹿的心也空了一块，他脱口唤出鹤的名字："飞飞！"冬去春来，很长一段日子，那个空旷的角落看不到影子，却总是有翅翼扇动的声响。第二年秋天，也是黄昏，有人在屋外大声叫喊着："老鹤，老鹤！"他立直身体，侧耳听到几声清悦熟悉的鹤鸣，走到外面，发现是带着伤疤印记的飞飞回来了。激动的他没有想到，一只鸟如此懂得人间的情义。他也在那一刻解答了那个久久纠结的问题，只要人停止杀戮动物，给它们自由安定的空间，它们很快就会忘记曾经发生在自己身上的血腥经历，与人重归和睦。

第三年，飞飞还带回通体雪白、喙脚红亮的白鹤伴侣小雪。"通人性的飞飞还'救'了落水的老鹿孙女。"这件事也是老张讲给我听的。

那一年，老鹿的孙女在湖塘玩耍，不小心掉进水里，呼叫声惊动了附近的飞飞和小雪。飞飞见此情形，拍翅一飞落到老鹿家，咬着他儿子的裤脚往外拽，呀呀地叫唤着。飞飞的奇怪举动让老鹿儿子有种不祥的预感，立即拔腿就往外跑，留在现场的小雪也是急得一个劲地扇翅膀。老张感慨："多亏了这对白鹤，孩子才得救。动物通灵，有时你还真不能不信。"

周边渔民开始交口相传这段温暖的人鹤情。也许最初的猎杀并非老鹿的个人本意，保护却成为他步入老年之后的生活注脚。从环保意识淡薄、声音微弱的年代走来，他无比执着地劝阻当年的打猎队员放弃捕杀候鸟，误解、敌意、反抗、冲突、伤心、坚定，在这条并不顺畅的护鸟路上，所有的荆棘和艰难被他独自消解了。这个远近知名的护鸟人，后来是国际鹤类基金会成员中的第一个渔民，多年的野外捕猎经验，让他对东洞庭湖鸟类的习性和生活区域了如指掌，如同一张候鸟保护的活地图。有多少鸟的死与生，在他的手里迁徙往返，如同梦幻一场。又一年，东洞庭湖飞来了三百多只白鹤，罕见的鹤群栖息吸引了很多国外研究专家前来考察，老鹿护鸟的故事也传到了世界。

逝

任何候鸟的迁徙之路，都是天空中一条没有端点的线。

蒲滚船吞吐轰隆的声器。毒鸟人的喉咙发出几声模糊的笨拙之音,被稀落的牙齿咬碎,有些像一只肥胖的赤麻鸭发出的。坐他身旁的我扭头寻找,这声音又受惊吓般跳走了。

电话通知的森林公安已经在前来的路上,审讯清楚情况后,最严重可判毒鸟人一年半载的狱中生活。每年的越冬水鸟调查,其实也是一次保护宣传。船舱的木板上贴着水生动物保护招贴画,大家有好长一段时间都沉默不语,死不瞑目的鸟让人心情压抑。我想象天鹅中毒时的惨状,扭动、扼喉、抽搐,如同波德莱尔在《恶之花》的诗中写到的:"几次伸出抽搐的脖子抬起渴望的头,/望着那蓝得可怕的无情的天空,/就像奥维德的诗篇中的人物,/向上帝吐露出它的诅咒!"

天地一片沉寂,浅水地带折射着光,这些水镜似乎一触即碎。我把手放在鸟的羽翅之上,五指艰难地滑动,过去的柔软与温暖消失了,取代的是棘手和冰冷。远处有鸟的鸣叫,拍打着天空,如同走到世界尽头的悲凉,大雨如注。

森林公安是老高领来的。老高人如其名,身高体壮,保护区内的猎鸟、毒鸟案件几乎都是他经手办理的。他说起二〇一一年的一个捕鸟案子,六人猎鸟团伙,分工明确,有人出资、收鸟、养鸟、销售,有人将猎捕的野生鸟分类、记数、记账,有人负责踩点捕鸟地、安排捕鸟人员住宿生活。他们购买了七十捆竹竿、捕鸟用粘丝网,用录音机、粘丝网、竹竿等工具进行猎捕野生鸟作业。猎捕野生鸟类期间,主犯还在村里租了一间民房和一块稻田,在稻田中搭成四间简易棚,将非法猎捕的活鸟放在简易棚喂养,养肥后销售至广东。案发时,这个犯罪小团伙共猎捕了野生鸟类两万多只。老高赶去囤积死鸟的现场,上千只已去羽毛的死鸟,看不出曾经是哪种美丽的鸟儿。

检验中心传来的检测结果，标注了这些鸟的种类：黄胸鹀、小鹀、灰头鹀、粟耳鹀、黄腹山雀、褐头鹪莺、白头鹎、树鹨、蓝喉歌鸲。

我哑然，这里面的鸟，我只在鸟类图鉴上见过。

回到管理站的临时驻地，等待已久的森林公安做完毒鸟人的笔录后，寒气早已将夜色凝固成冰。乡间小路弯弯曲曲，眼睛看不到车灯以外的视野。这个夜晚空空荡荡，我永远都不愿回忆。

伤害的贪噬从来没有停下过，那些怀抱侥幸心理、置律法于不顾的人，一次次冒险踏上杀戮的道路。老张在我离开后的第三天打来电话，半欣喜半愤怒地说，几个在矮围从事非法捕捞的渔民，外运大批毒死水鸟时被查获。他们把呋喃丹埋进剖开的小鱼肚内，沿鸟聚居的浅水泥滩撒落。

"鸟去湖空，是迁徙，也是消逝。"内心被毒蚀的人看不见候鸟的美丽，我再次深刻洞解这话的含义。

痛

二〇二一年盛夏，我从七星湖返回，特意绕道去了趟采桑湖。二十世纪五十年代末，钱粮湖农场围垸，隔出了一个万亩水面的采桑湖，成为东洞庭湖保护区内灰鹤、豆雁、小白额雁、罗纹鸭、须浮鸥、反嘴鹬等候鸟的主要繁殖栖息地和食源补给地。这里的人因湖聚居，在二〇一四年前是一个独立的集镇，下辖的村庄中有很多老地名，诸如乾隆、先锋、钱口、观音、烟墩、肖台等，慢慢从行政地图上合并消失了。

采桑湖大堤是一九五八年修筑的，两水夹堤，通往的钱粮湖农场是当时声名赫赫的粮食生产基地。沿着长堤，湖上的绿光晃眼，像从天而降撒下一张斑斓大网，网格之间，是鱼鳍般的小波纹，层层叠叠，湖水吃着岸边的碎石粒上涨，太阳炙烤着村庄的房屋、田野和浩瀚的湖面。这是与冬天迥异的景色，不同质地的开阔与空旷，不同感觉的生机与活力。夏季留余的鸟种类不多，有白鹭、戴胜、苍鹭等，多栖息在内湖、沟滩和林丛。它们躲在绿荫深处，发出悦耳的鸣叫，像是炎热中的一缕清凉之风。

到采桑湖，必定要落脚六门闸。这里的外滩水草丰美，是曾经的天然牧场，后来成为洞庭湖的吃鱼打卡地。前两年打造的洞庭湖生态渔村，为渔民上岸建设的安置小区，一楼全都改成门店。住六门闸一带的都是渔民，现在统一社区化管理，渔民身份变成了城镇居民。往西几公里的堤面又在修坝，坝址位于钱粮湖镇境内。钱粮湖是当年的国有农场，改制多年，这个名字至今还充满着通俗的寓意。路不通有好几个月了，没有过往车辆，生态渔村就没有生意，几个肯动脑筋见过世面的经营者，动手拍摄抖音，网络传播开来，竟有着惊奇的效果。十年禁渔，湖上看不到一条船，他们过去到湖上收鱼、卖野生鱼的历史也随之结束了。如果有人问，有没有野生鱼？立刻就会招来老板的一顿白眼。那些整齐码在大箩盘里的鳜鱼、翘白，是从紧邻长江的城陵矶码头上一个农产品物流市场买来的。经营户晚上开车一个多小时去那里挑选，买回的鱼被湖风吹上一天，进了冷库，没过几日就都走冷链物流送到全国各地。

我跟那些改变了身份和生产生活方式的渔民打探一个人，那个曾经轰动一时的毒鸟案的主犯何老四，能吹漂亮的哨音，模仿鸟声几近乱真。大家叙述的不同细节，总让我像听一个没有结尾的故事。于是朋友帮我联系了当上保护区副局长的老高。老高清楚那些人的底细，湖上的每一桩打鸟、毒鸟案，必经他手。

老高和我的一面之缘，还是七星湖畔押解毒鸟人回城的那个夜晚。我记得我们同车回城时，不是诗人的他随口诵出心中的悲凉："洲滩鸟飞绝，湖泊禽踪灭。空留镇江塔，独守洞庭雪。"

昔日"战友"重逢，说明来意，老高迟疑了一下，声音有轻微抖动。何老四，他当然记得这个曾被选入全国法院环境资源刑事审判十大典型案例和联合国环境规划署十大交流案例的主犯。他像是掀开覆盖在光滑之上的荫翳，唤醒藏于内心的尖锐痛楚。

"和湖上毒鸟人打交道，就是斗智斗勇。"这是老高的开场白。

与何老四交锋的前几天，老高颇为心神不宁，常常和人说话时开小差。线人密报，有大行动，但具体时间说不准。线人是一位有悔改之心的渔民，参与过何老四的多次毒鸟犯罪，被感化后决心戴罪立功。线报不会有假，但让老高忐忑的是，为了人赃并获，这个苦心等待的机会是否会因对手的狡猾而中途夭折。

何老四是见过风浪的"洞庭湖老麻雀"，他长年在红旗湖、白湖、七星湖交界区域，收鱼贩鱼及从事矮围非法捕捞，也常做投毒猎杀越冬水鸟的事。为了保密，老高小范围内研究了行动方案，安排人员在几处上岸地守株待兔。打探分析后确认，何老四上岸选择的地点是君山的后湖壕坝，这是非常重要的情报。老高暗中将分散的人员召唤回来，集中到壕坝布控。因为不确定对方何时上岸，只能在那里轮流蹲守。一天午后，蹲守人员发现有人使用蒲滚船将一条木船拖至香炉山水域，但人就是不靠岸。磨蹭了好一阵，才见到何老四露面，他驾着那条装了一些捕捞的鱼的木船，把鱼装上早已在岸边等候的两辆三轮车后运走。他的意图很明显，通过运鱼，观察岸上有无执法人员。蹲守人员假装随意靠拢船只搭讪，观察到空荡荡的船上并无毒死水鸟。老高意识到何老四是个警惕性很高的人，为了避免打草惊蛇，便安排蹲守人员撤离现场，只留一人继续在现场监视。

何老四是何等精明的人，磨磨蹭蹭，坐在船头抽烟，直到周围没有可疑人员后，他才再次将船划回蒲滚船停靠处。船上的两个身影趁着暮色，将装着毒死的水鸟的袋子搬到木船上，码放在第二舱室内，完事后，上面还用一床破棉被盖好。天色越来越暗，湖上一片沉寂，声影杳无，何老四拉响柴油动力，寂静被一阵嗵嗵的机声打破。船开到了离之前卸鱼处三百米远的地方，机声停歇，荡漾的涟漪一圈圈消失，湖面又沉默不语了。躲在暗处监视的执法人员暗喜不已，拨通电话通知老高，然后急迫地走过去登船检查。何老四看到有陌生人上船，先是蒙了一下，继而大声呵斥："看什么看，船上没什么东西，上来干什么？"遇到阻拦，执法人员亮明身份，何老四见势不妙，带着另两名毒鸟嫌疑人，趁着夜幕的掩护和复杂的地理环境，弃船而逃。老高带人赶到，立即锁定了船上的证据。

现场勘验：何老四驾驶的渔船上共有八袋毒死水鸟，袋子为黄色蛇皮袋，袋子里保护鸟类六十三只，均检测为克百威中毒死亡。分别为：小天鹅十二只（其中三只为幼鸟）、白琵鹭五只、赤麻鸭三只、夜鹭二十七只、苍鹭两只、斑嘴鸭十一只、赤颈鸭三只。

因涉嫌刑事犯罪，即日该案件被移送市里的森林公安局处理。立案侦查后查明，何老四组织的这个毒杀、收购、运输、销售野生候鸟犯罪团伙，涉及成员有十余人。一个多月前，他从邻县共购买毒药克百威十八大包，并将所购的克百威用船偷偷运至保护区内藏匿，多次用于毒杀野生候鸟。

这是典型的暴利驱动下的冒险，以身试法竟毫无畏惧。案件很快有了结果，法院对涉及此案的七名非法狩猎和非法杀害珍贵、濒危野生动物的嫌犯宣判，何老四被判处有期徒刑十年，并处罚金人民币一万元。最轻的非法狩猎罪参与者，被判处有期徒刑一年，缓刑二年。保护区还就此次涉案者对国家自然资源造成的严重损害提起民事起诉，追回八万多元的自然资源损害罚款。

那段日子，从一审到二审，法院依法裁定，驳回上诉维持原判。老高的心志忒紧绷，像一个人被按在水下，直到浮出水面，终于完成一次最酣畅的换气。

光

老高讲完何老四的故事，然后掰扯着这几年保护区工作的变化。

二〇一八年底，保护区购买了一艘空气动力船，可载六人，速度可以跑到每小时六十公里。以往一天往返的巡湖路程，眼下两个小时内可以完成。

二〇一九年底，长江、洞庭湖全面禁渔，湖上没有了渔民捕捞作业活动。

二〇二〇年二月二十四日,全国人民代表大会常务委员会审议通过决定,全面禁止食用国家保护的有重要生态、科学、社会价值的陆生野生动物,以及其他陆生野生动物,包括人工繁育、人工饲养的陆生野生动物。

二〇二〇年底前,湖上矮围全部拆除,"外来户"欧美黑杨在三年专项整治行动中被悉数除去,外滩湿地的八千七百四十四亩黑杨全部清理完毕。

《刑法》曾明确规定,对非法猎捕、杀害国家重点保护的珍贵、濒危野生动物的,或者非法收购、运输、出售国家重点保护的珍贵、濒危野生动物及其制品的,根据情节轻重,分别处五年以下、五年以上十年以下、十年以上有期徒刑,并处罚金或者没收财产。

二〇二一年三月一日,刑法修正案再度涉及野生动物保护:"违反野生动物保护管理法规,以食用为目的非法猎捕、收购、运输、出售第一款规定以外的在野外环境自然生长繁殖的陆生野生动物,情节严重的,依照前款的规定处罚。"

……

虽然我也像候鸟一样飞在外面,但这些"大湖消息"时常从各种途径传递到我耳畔。很遗憾我没能参加二〇二一年初的越冬水鸟调查,那次野外考察结果显示,冬季在东洞庭湖越冬地栖息的鸟有近三十万只。保护区内记录到鸟类有三百五十九种,其中国家一级保护的有白鹤、白头鹤、东方白鹳、大鸨、中华秋沙鸭、白尾海雕等十八种,二级保护的有小天鹅、白额雁等六十六种;淡水鱼类有一百一十七种……

"渔民上岸转产转业,候鸟保护意识深入人心,湖上已经没有了毒鸟人,人与自然的关系也因此变得友好。"老高的言语中流露出欣喜,"江湖儿女共同守护一江碧水"。

"如果生命以鸟的方式存在,会怎样呢?"

小余站长曾经这么问我,我也无数次问自己。这位年轻的管理站长后来从七星湖调去了红旗湖,继续奔波在巡湖一线。我发现在他朋友圈看到的更多是湖上风景,是柔和的风、安静的水,以及鸟在飞翔时的自由与美丽。老张虽已退休,但用老高调侃的话说,他仍"身在曹营心在汉,永远牵挂保护区"。有一天,老张发给我几首诗:

> 七星捧月映洞庭,鸟歌鹿奔沁人心。
> 卫士除恶泥泞搏,法网恢恢不容情。

> 踏雪破雾过洞庭,九路诸侯探鸟踪。
> 风餐露宿豪情纵,十万珍禽慰我心。

> 顶风冒雨入洞庭,日行百里觅鸟踪。
> 千难万险何所惧,悠然自得护鸟人。

诗有的是小余站长写的,也有外地的志愿者写的。这些常年疾行在湖洲上的人,心里始终燃烧着不会熄灭的、慨而慷的激情。我每次遇见他们,不论陌生或亲切,总有一股让人想起就会感动的暖流从生命所经历却看不见的低洼沟坎中淌过。

候鸟从哪里飞来,又飞向哪里?在我回眸这些经历并梳理思绪的时候,我有过的茫然已淡化为夜空一缕云霞的背影。

所有的候鸟都有自己的语言,有着与人类语言共通的表达。大自然的和谐、平衡在被打破的极端时刻,我如许多人一样忧伤。恢复和谐、平衡,就是守护一江碧水的奥义。大自然最别致的笔触是那些候鸟,它们在深邃的云霭中,用飞翔把自己变成天地之间的熠熠星辰。候鸟照亮清朗的夜空,候鸟是懂得这种奥义的……

(《人民文学》2022年第1期)

霞光映照之地

韩松落

霞光记

怎样才算"去过"一个地方,旅行家朋友尼佬的结论是:"至少待过一个白天或歇一晚。路过当然不算。"在我看来,"去过"仍然可以分出许多层次,有浅度的"去过",也有深度的"去过",深度的"去过"里,应该有一条硬指标:是不是看见过一个地方的朝霞和晚霞。因为,那都是可遇不可求的景象,只有在一个地方停留得足够久,才有可能遇到上天的馈赠。

在西部,尤其在敦煌以西的地方,例如新疆,常常可以看到朝霞和晚霞。因为,霞光是阳光和云层、水汽、尘埃联合生产出来的,西部的气候,特别适合生产霞光。晴朗往往特别彻底,暴雨也经常猝不及防,干燥和湿润的对比来得非常强烈,霞光就在这种动荡里产生。它是戏剧化的、激烈的、大开大合的,是天空最暴烈的情绪表达。我在沿海地区生活过很久,从没看见过西北那样的霞光，因为那里常年水汽蒙蒙，阳光不够强烈，缺乏这种暴烈和戏剧性。

记忆里最美的霞光，是十五岁时看到的，那时我读高二，每天要上晚自习，晚自习是晚上七点开始，而西北的夏天和秋天，太阳是八点半以后才落山。那天，我们在教室里自习，起初的一个小时，什么都很正常，落日的光芒，金灿灿地洒进教室里，和往常没有什么两样，八点刚过，天空之上，似乎有什么机关被启动了，晚霞开始变换各种颜色，金红、火红、淡粉、深棕、黑红、灰红，艳丽浓烈的云，翻江倒海一样地在天上翻滚，云层的缝隙里，金光像探照灯一样照下来。

起初，只有几个人发现了天空的异样，以为这异样很快会过去，只随意张望了几眼，十几分钟后，天空各种颜色的翻滚越来越剧烈，似乎有一场战争在天上发生。我们全都涌到窗前去，又惊又喜地凝望，别的窗户里，也传来叽叽喳喳的语声，整座教学楼，慢慢喧闹起来。直到九点，天彻底黑下去，天地交接的地方，镶着一点熔岩一样的金红色，算是霞光存在过的最后一点证据。

又一年的早晨，我醒得特别早，透过大大的玻璃窗，我看见秋天的天空，朝霞像疯了一样汹涌，微光中，什么地方的树在轰鸣，声音像海，鸟群惊慌失措，急雨一样从窗子外飞过去。那朝霞非常有力量，地上的屋子好像被那力量带着，歪斜了。向着一个方向斜过去，于是屋顶更尖峭，窗户变成菱形。这景象只持续了几分钟，很快，朝霞消失了，天上甚至连一点死灰一样的痕迹也没有留下。

后来，我再也没遇见过那种近乎礼遇的霞光。但一年四季，在这霞光地带里，我们还是经常会因为天空的暴烈戏剧，涌到窗前去，每一次都和第一次看到时一样惊奇。

天空的戏剧，还要地上的事物与之配合，所以，西部的最佳观霞点，应该是沙漠和丹霞地貌。朝霞或者晚霞，映照在金色的沙丘、红色和赭色的山崖上，是非常壮丽的，只是，很多人在西部生活过好多年，却从来都没有遇见这种壮丽，只在别人拍摄的照片上，看到过那种情景。都是因为，那是一种可遇不可求之景。

在这样霞光涌动的地方生活过，才会明白西部人性格的构成，那种幽暗和热烈共存，那种闷沌和激烈并具的性格，应该就是霞光、烈日、暴雨共同制造的吧。西部人的性格，就是霞光和烈日的结晶，是长空和大地共同雕塑的形象，是天上的景象在地上具体而微的呈现。所以丹纳在他的《艺术哲学》里提出"地理性格"这样的说法，用一个地方山川河流的形态，空气的温度和湿度，为人们的性格做注解。西部人和沿海人的性格差异，完全可以为这个论点提供证据。

只有见过西部的霞光，才算是"去过"西部，要见过一个地方那些近乎馈赠的景象，才算"去过"那个地方。在这个意义上，我只"去过"西部，何等浅陋，又何等有幸。我也只依恋那种被霞光映照的性格，熟知那种性格里的一切细节和缺憾，总有局限，却又让人心胸激荡。

石头记

在新疆的玉器店里，看着那些玉器的标价，内心深处有个声音在狂叫，去，去找个时光机器，去，去回到八十年代！

我生在于田，就在于田河畔。那个被寻玉的人挖得千疮百孔，犹如微型科罗拉多大峡谷的河谷，就是现在的于田河和玉陇哈什河（于田河的东源）。在八十年代，在于田两岸，玉石随处可见，玉石是我们的玩具，是咸菜缸里的压缸石，是土墙的基石，唯独不是现在意义上的那种玉石。

八十年代，属于孩子的玩法不算多，但好在贴近自然，健康绿色，既没什么花费，也不必担心成瘾成癖而被送去"杨教授"处接受电击。有些需要小道具：滚铁环、拍三角、弹玻璃弹珠、收集小人书、集邮、下夹子捕鸟雀、捕鱼、滑冰车；有些则不需要：捉迷藏、游泳、爬树；有些分明算是劳动，却也乐趣十足，比如扎树叶——那时候家在新疆，家家户户都养鸡养羊，即便是职工家庭也不例外，而新疆杨的树叶，又肥又厚，汁多味美，用来喂羊最好不过，孩子自然就负担起了收集树叶的任务，方法也简单，放学回家的路上，找一根竹竿，见到落地的树叶就扎到竹竿上，等到走回家，一支竹竿已经扎满了厚厚的树叶，足够喂两三只羊。扎树叶可以当作比赛，几个人一起来做，看看谁扎得多，也可以一个人做，总之，格外满足孩子的收集癖。

所有这些游戏之外，我还喜欢一项孤独的游戏：拣玉石。请勿将玉石理解为工艺品商店那种大块的、少有瑕疵的、流光溢彩的最终制成品，大多数时候，玉石是小的、碎的、灰扑扑的、有瑕疵的，混在石头堆里，也并不起眼。我最喜欢的游戏，就是把那些玉石从石头堆里找出来。

有时候是在河里找。从学校到家的路上，必然经过于田河，一年四季，只有春季汛期时分，河里的冰和水奔涌得让人惊心动魄，多数时候，河里的水只够没过脚面。透过清澈的河水，刚好可以看到那些石头的本来面目，回家路上，每到河边，我都小心地脱掉鞋袜，把鞋子提在手里，赤脚走到河水里，慢慢地搜寻着，把那些红的、米黄的、绿的、墨绿的、白的玉石选出来。

石头出水的那一刹那，心里特别高兴，但一离了水，石头似乎就失去了灵魂，特别是夏天，出水的石头，一瞬间就变得灰暗了，我一次再次把它浸在水里，确定它是玉石，就把它小心地装在口袋里。直到天变黑，才从河里走上岸，两个口袋沉沉地坠在身边。

有时候是在建筑工地的石子堆里找玉石，这样比较难，但一想到它们会被砌进水泥里，我就觉得非得找到它们不可。很多次后，我有了经验，我最后一个离校，把做值日用的喷壶带出来，用喷壶接满了水，去石子堆上冲刷，泥土灰尘被冲掉，玉石就显露出来了。我把它们拣出来，擦掉泥土的时候，心里非常快乐，因为它们由此避开了被砌进墙壁的命运。

玉石带回家，就被我养在玻璃瓶子里，很快，窗台上就摆满了我的瓶子，酒瓶，罐头瓶，瓶子里全是石头，浸在水里。

这种玉石都不大，不过拇指大小，再大一点的也有，瑕疵就格外多。但千挑万拣之后，终于给我找到了一块比鸽子蛋略大的玉石，非常圆润，完全没有瑕疵，颜色也近乎完美，从淡淡的黄绿色过渡到翠绿色，捏在手里，像捏着一颗凉凉的心脏。我用一个罐头瓶子单独养着它，每天拿出来看好几回。

1984年我们离开新疆，别的石头我都没有带，只把它装在了口袋里。经过石河子的时候，在沙漠深处的一个荒凉的农场里，在家人看望朋友的时候，我突然产生一个奇怪的想法，一种近乎毁灭的想法，既然连家都没有了，这块石头也不算什么，我要把我最爱的这块石头，留在这个荒凉的地方。我用手紧紧攥了它一会儿,然后把它从山坡上丢了下去,再也没有回头去找。二十多年过去,我一想到它肯定还在地球的某处,一种置身于宇宙的浩渺感觉就突然袭来。

那种自毁情绪,在此后多年,总是不时出现,就像张爱玲说的,一头咻咻的兽,来过一次,就记得地方了,总会再来。一旦你在成长的阶段,在大的面向上被摧毁过,丢失过家园、亲人和朋友,丢失过爱、信任,此后一切得失,似乎都变得微不足道,极易丧失,丧失也面无表情。

而那些石头,那些曾经被我把玩过的、和我产生过联系,最终丢失的石头,或许已经缀上天空,成为星星,炯炯地凝视我;或者,在未来某天,向我俯下身来。我丢失的一切,或许也都变成了星星,直到我也丢掉自己,变成它们中的一个。

刀

诗人唐欣的一首诗,写的是兰州,却很能体现整个西北人的气质:"在兰州,很多少女操着方言/多半小伙藏着凶器/每个街道拐/都会有人和你拼命。"带刀,曾是西北人的习惯,而现在,这习惯似乎也还被保留着,尽管有这习惯的人群,日渐缩小。

之所以有这样的习惯,多半因为,西北是农牧交会之地,还保留着许多游牧民族的习俗,即便是在城市里,也还是遗风尚存。饮食上,西北人喜欢吃牛羊肉,喜欢饮烈酒,随身带刀,有实际的功用——切割牛羊肉。例如,在吃烤全羊的时候,懂规矩的人,会掏出随身携带的小刀,切下一块腿肉,献给席间最尊贵的客人。还有一种说法,甘肃等地的汉人,是明朝边军的后代，有习武的传统，随身带刀，也是这种传统的遗留。游牧民族和边军，在带刀上达成了一致，最终汇成风俗。

时至今日，刀子的实际功用，其实已经不那么重要了，带刀，似乎更像一个仪式，充当装饰，显示自己的勇猛，或者，什么也不为，只因为别人也带刀。诗人海杰曾经说："其实，刀就是男人的面具。"而另一位诗人张海龙的网络 ID，就叫"横行青海夜带刀"，他有一本写西北故事的随笔集，名叫《西北偏北，男人带刀》。

所以，闻名天下的新疆英吉沙匕首，在今天看来，不像利器，更像工艺品。牛骨或者金属的刀柄，镶嵌着宝石，蓝或者红，银灰色的刀身，有一种并不工业化的粗粝，刀鞘往往是牛皮制成，刀身入鞘的刹那，有一种光芒渐次收敛，暴力臣服于敦厚的感觉。

我有个朋友，是羌族人，自小在羌族聚居的地方长大，后来读了中医，留在西北生活，并且安家立业，他在喜欢摇滚、喜欢诗歌之外，还有带刀出行的习惯，有许多次，在醉酒之后，他斜躺横卧，露出系在腰间或者脚踝上的小刀，不是不触目惊心的。我们不停地劝他，刀毕竟是凶器，带着凶器，就有用凶器的念头，或者一语不合，或者一念骤起，没准就拔刀相向，所以，不如不要带刀的好。我们甚至搬出了他的女儿来循循善诱，如此这般，许多许多次，他终于将这习惯改掉。只是，有朋友去新疆大巴扎，他仍然会请对方帮他买刀来收藏。

并不是所有的西北小伙，身边都会有一群劝他们不要带刀的朋友，所以，我们时常会听到举刀相向的事情，尤其在夜色来临之后。

朋友 S，是夜店达人，每天混迹在大大小小的酒吧，某年春节，他和一群朋友去了家新开的酒吧，那酒吧设计不大合理，使用的是一种低靠背的沙发，坐沙发的人，稍微往后一靠，没准就和另一个沙发上的人撞了脑袋，纠纷就这样起来了，由酒吧撕扯到酒吧外，终于在混乱中，对方有人拿出刀子，尽管是小刀，却也在S的肚子上戳了一个洞，于是报警，做笔录，该进号子的进了号子。但第二天，S依然出来喝酒，并且到处给人看他肚子上的伤口——他甚至没去医院包扎，就在伤口上贴了一块创可贴。

当然，刀也未必都是用来伤人的，诗人张海龙，曾经遇到过另一个让他终生难忘的场面。有一次，他和一位少数民族兄弟喝酒，对方掏出随身带的刀，划破掌心，把血抹在每个人的额头上，然后说："今天我们就是兄弟了。"

也是他，用了诗意的语言，来解释西北人对刀的态度："一个深藏于西北腹地的不发达城市，暴力几乎成了世俗生活中的一种传奇，或者神话。……没有人有安全感，于是每个人都用自己的方法制造安全感。"

惊起千只白鹤

是在青海盐湖附近的小镇上遇到马格的。

那是2001年秋天，我们依照单位的安排，组织了一个文艺演出队，深入青海腹地，去驻扎在那里的工地慰问，前后行程一个月。到达盐湖的那天，是九月中旬的一个晚上（后来我们才知道那几天发生了一件让全世界震惊的事）。在附近小镇的饭馆吃饭的时候，我的同事们开始商议回去的路程，对于该怎么走产生了一点分歧，这个时候，旁边有人插话了："你们可以往南走,穿山,到甘肃的永昌,然后回省城。"

说话的人就是马格,其实刚进饭馆的时候就看到他和他的同伴了,他们的穿着打扮很平常,没有穿冲锋衣,也没有戴那种旅游者的帽子,形貌和本地人竟也有几分相似,在一群穿着灰色和黑色衣服、皮肤黧黑的本地人中间,并不显得格外触目。其中那个剪平头穿黑色绒衣的,就是马格。

就这么搭上话了。让烟,喝酒,各报家门,知道他们是从河北开车过来的之后,大家索性把两桌人凑成了一桌,边聊边等大盘鸡。在生人面前,我年轻的同事照例抱怨自己常年在外做工程,没有自由,"不像你们做生意的,想去哪里去哪里"。马格听到了,他迅速抬起眼睛,说:"其实没有人是自由的。"

就在饭馆里那个编着大辫子的大眼睛姑娘,陆续端上蒜苗炒洋芋片、西红柿炒鸡蛋的过程中,他给我们讲他的故事。

接到父亲病危消息的那一年,他二十八岁,正在外地做生意,名下已经有了三家公司。接到家里的电话,他昼夜兼程地往家里赶,生怕见不到父亲最后一面。

到了家里,父亲因为抢救及时,转危为安,但是,从那以后,就再也没离开病床,整整九年。缠绵病榻的父亲,和所有的老人一样,最担心的就是他"没有稳定的工作""还没有成家"。为着能让父亲病床前有人,也为着让父亲安心,他把公司转了出去,回到家里,找了一份所谓的稳定工作,陪伴父亲。

说到这里,他说:"你知道这种单位吧?"我笑了:"我们单位就是你说的'这种单位'。"他也并不尴尬,哈哈大笑起来。在那个稳定的单位里,一千年也和一天差不多,又是女人居多,办公室里充满家长里短,大家在地板上砸核桃,敷面膜，偷空结伴出去购物，即便是有谈话，也不过是"某某是某某人物的侄儿"，"某某娶了某某人物的女儿"。

因为无所求，所以他在那里非常低调，不争职称职位，也从来不提自己以前的事情，偶然提起来，也只说自己以前是在私人的公司工作，他们则啧啧称奇，似乎那是最不体面的一件事，还惊讶地问"工资能按时发不？"上司要他把一份文件反复改来改去，他就照办，只当是消遣；她们敷面膜，要他在门口守着，他也照办。

父亲的病时好时坏，但精神却慢慢好了起来，因为他"有了正式的工作"，他们那代人，根深蒂固地把正式的工作当作天，他只要父亲安心，所以根本不去解释当初他的事业已经做到了什么份上，也不说买那些非公费医疗的药的钱是哪里来的。

一耗就是九年。九年后，父亲安详去世，他冷静地办完丧事，去辞了职，把他们的"不如办个停薪留职""将来可怎么办呀"之类的话丢在了身后。

他像是要把这九年的隐忍、期待全部释放出来，他找了几个伙伴，开着车，开始往西部走，沙漠、雪山、湖泊、草原，一路走过去。那些景色让他的血液又开始沸腾，让他逐渐苍白的灵魂又丰盈起来。他永远也不会忘记，暴雨将至的高原上，一大片麦子地里，一群戴着红色头巾的女人挥着镰刀；明净的湖水旁，金黄色的白杨像一排羽毛绽开的金雀，把倒影投在湖面上；藏民聚居的小城里，夕照下，一群孩子的笑声在石头筑出的广场上回荡。

让他至死也不能忘的一幕，出现在新疆。那天，他们在八月炎热的沙漠里奔波着，忽然看到一片芦苇荡，有人提议去那里看看,大家本都很疲倦了,却都奇怪地默许了。当他们穿过那片芦苇荡,拨开最后一片芦苇,一个浩荡的湖泊展现在他们面前,他们的到来,惊动了栖息在那里的鸟,成千上万只白色的鸟,突然拍着翅膀飞了起来。"那会儿什么感觉你知道吗,就完全是书上说的濒死体验的那种感觉,呼吸没了,思维停止,身体里有个啥东西'哗'一下飞了出去,飞得老高,是灵魂出窍了,还往下看,看着自己呆站在那里。"

他挥舞着一根筷子,脸上有微醺的颜色,激动地挨个问过来:"你知道那是啥感觉吗?你知道吗?没有人是自由的,有钱没钱,其实都是个忍,但只要有这么一下,就够了。"

我们似懂非懂地听着,却不约而同地安静下来了,似乎有群鸟拍动翅膀的声音,从耳边呼啸而过。

此后多年,在最难忍受的那些时刻,我常常奇怪地想起那个从未曾经历的场面来,却又觉得,那比亲身经历过还真切:大群的白鸟飞起,胸怀一荡,半生的隐忍都有了着落。

(选自《浪游记》北京大学出版社 2022 年)

行走在苍茫的大地上

安 宁

大地

乌兰浩特的天空，有时也是红色的。那红色汪洋恣意，一泻千里，铺满整个辽阔的大地。于是一切都燃烧起来，宛若一场隆重的婚礼即将开启。人站在黄昏永无绝灭的天地之间，犹如宇宙中飘浮的一粒尘埃，渺小而又决绝。夕阳用尽最后的力气，迸射出苍凉的激情，染红即将逝去的此刻世界。一切都在消亡中焕发生机，仿佛婴儿初降尘世，散发神圣寂静之光。

这个时刻，"红色之城"乌兰浩特不再是曾被战争风云席卷的血腥城市。一切动荡的烟尘都被广袤的草原过滤，而后下坠，化为泥土。空气中散发着独属于秋天的清甜，草捆躺倒在大地上，向着苍天发出深情的呼唤。每一棵草都与另外的一棵拥抱在一起，似乎生前它们就曾这样亲密无间。草地宛若没有边际的河流，从高山上倾泻而下，并在秋风扫荡过的大地上，现出黄绿相间的斑驳色泽。就在这清瘦的草地上，归流河正如回家的马群,缓缓经过。牧羊人轻轻挥舞着鞭子,驱赶着羊群下山。金色的夕阳洒在一只孤独的奶牛身上,将它化作一尊圣洁的雕塑。河流、草木、风车、行人、昆虫、花朵,一切事物都在这动人心魄的光影中熠熠闪光。

在乌兰浩特,我想随便找一个山坡停留下来,化作一株草,一棵树,一片云,一只蚂蚁,在四季的风里度过短暂却又自由的一生。或者,只是停留一个闲散的下午也好。大道上什么人也没有,空空荡荡的,仿佛这片草原从未被人发现。偶尔,有汽车疾驰而过,扬起的尘土在阳光里飘浮片刻,随即消失不见。

一个围着粉色碎花头巾的女人,蹲坐在交叉路口,平静地等待人来买她的沙果。沙果是从不远的村庄里,自家庭院的树上采下的。大道上走过的人,隔着低矮的院墙,会看到一株被累累硕果压弯了枝头的沙果树,正满面红光地探出秋天。沧桑的枝干让人知晓它在世间存活的年月,比女人嫁来的时光还要久远。它与进进出出的奶牛、绵羊、母猪、公鹅、猫狗,一起构成家园温暖的部分。

秋天,满树沉甸甸的沙果点燃了女人的心。她站在院子里仰头采摘的时候,想到的不只是缀满枝头的收获,还有更远一些的幸福,沙果一样酸甜多汁的幸福。因了这些琐碎又明亮的幸福,她担着两筐红艳艳的沙果,走在阳光温煦的大道上,觉得人生静寂美好。只有影子陪伴着她。有时,她会低头跟影子说一会儿话,倾诉生活中那些细碎的烦恼,还有茂密丛生的渴望。大道沿着草原伸向无尽的远方,那里有一些什么,女人并不关心。此刻,她只想遇到一个陌生的路人,买下挂满整个秋天的沙果。她也会抬头看看远处的山坡,自家的牛羊正在那里欢快地觅食。邻家放羊的男人挥舞着鞭子，赶着羊群前往阳光丰沛的草地。大大小小的村庄静卧在乌兰浩特，犹如乌兰浩特横亘在蒙古高原。

　　秋天的乌兰浩特，万物因成熟而趋向谦卑。夏日怒放的繁花，此时也舒缓了节奏，它们不再亲密地簇拥起舞，而是在清冷的虫鸣中思考即将抵达的死亡。一朵曾经在夏日草原上傲然绽放的曼陀罗花，此时以倾听的谦逊姿态，向着大地慢慢俯下身去。它不再关心猎猎大风如何刮过山岗，掠过树梢，吹过田舍，扫过群马；它也不关心有多少果实在秋天里炸裂，轰隆隆开来的打草机，又将把紫色的苜蓿带去何处。此刻，它只想用尽生命中最后的力气，低头亲吻赐予它生命的大地。对于一株花，死亡不是终结，而是沉寂一冬的睡眠，是一场风雪中漫长的梦。数以万计的花朵都将在秋天的乌兰浩特，奔赴这一场浪漫之约。它们以枯萎凋零的极简姿态，重新汇聚在一起。正如此刻陷入黄昏的北半球，旧的太阳即将消失，而崭新的一轮，又会在漫漫长夜后升起。

　　一株草仰卧在成百上千的草捆中间，并不觉得悲伤。在它与一大片草丛根系相连、翩跹起舞的时候，云朵曾将好看的影子落在它的身上，宛若一幅关于爱情的剪影。清晨的风掠过雀跃的草尖，带走一颗正在睡梦中的晶莹的露珠。一只小鸟在它轻柔的枝叶上舞蹈，并用纤细的双脚，为它写下一首爱的赞美诗。它还亲吻过一粒新鲜饱满的草籽，一片闪闪发光的草茎，并将尖细的嘴唇深入缠绕的根须，追寻一只肥胖的虫子。它也一定卧在湿漉漉的草丛里，倾听过大地的声响，从星球的另一端传来的遥远的声响；或者仰望星空，追逐一颗亿万光年远的星星瞬间划过的痕迹。一只鸟从不关心人间的事。一束离开了泥土的草，也不关心身后的事。它只偶尔怀念过去，追忆一生中葳蕤繁茂的夏日，它曾与无数株草站立在大地上，迎接每一个晨雾弥漫的黎明，也送走每一个万籁俱寂的夜晚。

一株草与另一株草会说些什么呢？在秋天的打草机进驻以前，它们从未离开过脚下丰茂的草原。许多年前，它们的种子被大风无意中刮到这里，便落地生根，并与另外的一株草生死相依。成千上万株草，被神秘的力量聚合成宇宙星空下起伏的汪洋。没有人关心一株草与另外的一株草有什么区别，甚至它们的名字，是叫针茅还是冰草，也无人知晓。只有母亲般苍茫的大地，环拥着无数株草，从一个春天走到另一个春天。

在乌兰浩特，两株草依偎在一起，在春天的阳光里亲密地私语。它们说了很多的话，仿佛要将前世今生的思念，全在这个盎然的春天说完。这样，当它们被打草机带走，去往未知的庭院，一生永别，就可以了无悲伤。一朵鸢尾即将绽放，它在两株草的情话里有些羞涩，于是它推迟花期，只为不争抢这份爱情的光环。途经此地的人们，会惊喜地发现，无数的草汇聚成一条黄绿相间的河流，伸向无尽的远方。荡漾的水面上，还夹杂着去年冬天残留的一点雪白。春风掠过乌兰浩特，两株草发出细微的碰撞，仿佛柔软的手指抚过颤抖的肌肤。要等到夏天，归流河化为脱缰的野马，在草原上撒欢奔跑，两株草的爱情才会迸发出更热烈的声响。它们根基缠绕，枝叶相连，舌尖亲吻着舌尖，肢体触碰着肢体。它们在无遮无拦的阳光下歌唱，它们在漫天星光下歌唱，它们要生生世世，永不分离。如果秋天没有抵达，两株相爱的草并不关心牛羊踩踏或者啃食它们的身体，只要一阵风过，它们又施了魔法般恢复如初。它们在疯狂地生长，它们也在疯狂地相爱。它们要将这份爱情，告诉整个的草原。

可是，秋天还是来了。它从未在这片大地上迟到。每年的八月，夏日的欢呼还未结束，旅行的人们还在涌向乌兰浩特。阿尔山云雾氤氲的天池里，也映出无数行人的面容。就在这个时刻，打草机列队开进草原。两株草即将分离，它们茎叶衰颓，容颜苍老，但它们依然没有哀愁。风慢慢凉了，深夜隔窗听到，宛若婴儿的哭泣。两株草在夜晚的风里温柔地触碰一下，便安然睡去，仿佛朝阳升起，又是蓬勃的一天。死亡与新生在大地上日夜交替，一株草早已洞悉这残酷又亘古的自然法则，所以它们坦然接受最后的生，正如它们坦然接受即将抵达的死。

此刻，我途经乌兰浩特，看到星罗棋布的草捆，安静仰卧在草原上，仿佛群星闪烁在漆黑的夜空中。一生中它们第一次离开大地，踏上未知又可以预知的旅程。一株草与另外的一株，被紧紧捆缚在一起，犹如爱人生离死别的姿态。秋天的阳光化作细碎的金子，洒满高原。泉水从绵延起伏的山上流淌下来，在大地肌肤上雕刻出细长深邃的纹理。空气中是沁人的凉，牛羊舒展着四肢，在山坡上缓慢地享用着最后的绿。

我们将去旅行。一株草嗅着熟透了的秋天，对另一株草深情地说。

是的，我们将穿过打草机、捆草机、车厢、草叉、牛羊的肠胃去旅行。另一株草看着高远的天空平静地说。那里，正有大朵大朵的白云，在幽深的蓝色海洋上漂浮。

最终，我们还会回到曾经相爱的大地。那时，我们的身体将落满干枯的牛粪，绽开烂漫的花朵，也爬满美丽的昆虫。它们这样想，却谁也没有说。

我注视着这一片秋天的山地草原，知道冬天很快就要到来，大雪将覆盖所有轻柔的絮语。而后便是另一个春天，那时，会有另外的两株草开始相爱。就在过去两株草曾经栖息的家园，它们生机勃勃，宛如新生。

少女

在科尔沁草原上，因为爱情，少女们热烈地起舞，痴情地歌唱。

千百年来，自遥远的地方赶着马车途经此地的人们，都会被这里爱情的深沉歌咏打动。每一个被民歌记录下的少女，都在代代相传的歌唱中，化为永恒的星辰。她们有着相似又迥异的楚楚动人的面容。草原上每一朵娇嫩的花，每一株摇曳的草，每一只飞过的鸟，都知晓她们浓郁的思念。她们对着天空倾诉，追着云朵呼唤，绕着松树追问。她们是乌尤黛、万丽姑娘，她们是达古拉、乌云高娃龙棠。她们犹如大地上叫作马兰、格桑、杜鹃、山丹、金莲、柳兰、雪绒的缤纷花朵，用绚烂的爱情，点燃夏日狂欢的草原。她们是科尔沁大地上无数善良纯真的女子，她们又是独一无二的个体，在永无绝灭的歌声里，散发着野性蓬勃之力。

爱是原始的激情和欲望，是生生不息的繁衍，是火山爆发般灵魂的冲撞，是绵延一生的牵挂，是人类在尘世间永不厌倦的追寻，是至死不休的人生理想。每一首爱情民歌的源头，每一种舞蹈的起始，都有一个火热的思春的少女。

在库伦旗，人们这样讲述安代舞的源起。草原上与父亲相依为命的少女，爱上了一个俊美少年，可是她不知与谁分享这个每天都在疯长的秘密。父亲已经老去，在人烟稀少的草原上，她走出百里，也找不到一个人倾诉内心的痛苦。这个少年，或许只是途经这片寂寞的草原，借宿几晚。他踩着清晨的露珠，看少女早起挤奶、喂牛、打扫、择菜、熬茶。少女在忙碌的间隙，恰好捕捉到这让她心旌摇荡的视线。对视的瞬间，一粒叫作爱情的种子，怦然打开，并迅速地抽枝展叶。当他离去，她的身体留在了故乡，心却跟着他在茫茫的草原上日夜兼程地行走。不懂少女心思的父亲，已经忘了那个偶然路过的少年，他只知道心爱的女儿病了，精神恍惚，茶饭不思。他眼看着她日渐消瘦，眼神空洞，仿佛她在人间已经枯萎。他请来医生，几经治疗，仍不见起色。忧心忡忡中，老人用牛车拉起女儿，前往他乡寻找名医救治。可是牛车太慢了，少女孱弱的身体追不上走失的心，又因漫漫长途颠簸劳累，终于在行至库伦旗时，病情加重，奄奄一息。老人围着车子长歌当哭，悲伤起舞。路过的人们看到一朵尚未绽放的花儿即将夭折，无不潸然泪下，并情不自禁地跟着老人一起甩臂顿足，绕车哀歌。昏迷的少女在歌声中苏醒，悄无声息地下车，跟随众人忘情起舞。等到人们发现时，少女已大汗淋漓。更惊讶的是，这样纵情地歌唱起舞，竟让她的病大为减轻。一颗疾走的心，终于被天地间自由不羁的歌舞打动，告别少年，返身回到少女的身体。

　　自此留在了科尔沁草原的少女，究竟有没有等到让她失魂落魄的少年呢？此后她的一生，又是否与少年相遇？当她终于嫁人，在那些辗转反侧的夜晚，她是否依然会想起那个载歌载舞、重获新生的神秘午后？而当她老去，忆起少年骑马经过栅栏向她问好，她就在那一刻被爱的神箭射中，她的心底，是否还有涟漪漾起？

用民歌讲述故事的人们，很少会将一个少女的一生，如此细致入微地描述与记录。她们在民歌和民间故事里，只有最闪亮的瞬间芳华。但恰恰是这闪亮的瞬间，让她们成为科尔沁草原上的传奇。当我走过这片草原，听到人们传唱这些少女忧愁又明亮的爱情，她们便不再只是一个个抽象的名字，而是化作呼之欲出、有血有肉的天真少女，和我牵手走在云朵的影子里，嬉笑追逐，亲密耳语。

叫乌尤黛的姑娘，一个少年沉醉于她的一笑一颦，他日思夜想，无法入眠，于是"半夜起来把白马刷了一遍"。可是这样依然不能解除他的烦恼。思念在他的身体里，犹如神奇的酵母，迅速地膨胀、生长，直至侵蚀了他身体的每一个细胞。他再也找不到那个骄傲的自己，他变得无比卑微、敏感、惆怅，于是他刷完了白马，又在第二天深夜，"把青马刷了一遍"。他的心早已夜行千里，飞越科尔沁草原，抵达心爱的姑娘身边，跟乌尤黛缠绵悱恻，诉说无尽的相思。可是他的人啊，还留在青马和白马中间。他看着睫毛浓密、双眸清亮的白马，觉得它真像亲爱的乌尤黛；他看着高大伟岸、鬃毛发亮的青马，觉得它真像梦中的自己。他羡慕这一对日夜厮守的伴侣，恨不能将自己变成其中的一个，马不停蹄地奔跑到乌尤黛的身边。他还想告诉乌尤黛，希望自己变成"一只能飞翔的蝴蝶，落在你的胸襟上，永远望着你"。他嫉妒乌尤黛视线所及的每一个细小的生命，比如一束马兰，一枚浆果，一只蝴蝶。被这嫉妒日夜折磨的他，终于在某一天，借着皎洁的月光，飞身跃上刷得洁白如雪的白马，一声令下，赶去寻找快要将他燃成灰烬的爱情。可是啊，他陷在浓烈的思念中已经头脑昏沉，看不清月夜下的大道朝向哪个方向，于是一头撞到粗壮的杨树上，"躺了一月还没起"……

乌尤黛的家,究竟隐匿在科尔沁草原的哪一个角落,是临近蜿蜒曲折的西辽河,还是坐落在每日有云朵飘过的山坡,再或铺满野花的山谷,无人知晓。我们只知道有个愣头青一样的少年爱上了她,他的爱炽热到可以击退漫天的乌云,让飞舞的尘埃重现光芒,可是,他却只能"从那远方呼唤"着乌尤黛。他爱得从马背上重重摔下,一月卧床不起,还痴心妄想化成翩翩飞舞的蝴蝶,日行千里,抵达她的裙边,亲吻她的胸口。他在乌尤黛诱人的微笑里,迷失了自己。但他甘心于这样的迷失,因他爱她,至死不渝。

思念乌尤黛的少年没有名字,痴恋云登哥哥的少女也丢失了姓氏。或许她叫阿纳日,明眸善睐,宛若榴花。或许她叫格根哈斯,冰清玉洁,娇小玲珑。或许她叫多丽雅,嫣然一笑,动人心魄。其实无论她叫什么名字都不重要,因她情真意切的呼唤,早已杜鹃花一样遍植科尔沁草原。她带着一丝温柔的嗔怨,向远方的云登哥哥无休无止地倾诉:"从三月到五月,你为什么不回来?"可是刚刚埋怨完,她又迫不及待地表白:"从白天到黑夜,我等着你回来。"她盼了两个月,云登哥哥都没有回,可是他在她的心里,依然像"云在高处它轻轻地飘啊飘",每一朵无声无息经过的云,都是与她在梦中缠绵悱恻的云登哥哥。

因为梦到云登哥哥就不愿醒来的少女,"见到石头哥哥就扭扭捏捏"不知如何是好的喜吉德姑娘,盼着情哥哥宝音贺希格达路过时来家相聚的万丽姑娘,把飘着麝香的红绸衣一针一线地缝好,却又因情哥哥迟迟不来而任性扔进火中烧掉的满晓姑娘,远嫁他乡却期待着五日后情哥哥能来与她相会的乌云高娃龙棠姑娘，每逢思念即将奔赴战场的恋人便双眸闪亮的正月玛姑娘，搅乱了无数少年梦境的美鹿一样的梅香姑娘，日日盼着达那巴拉哥哥回乡探望的金香姑娘，一场阴雨过后便要和恋人分离的达古拉姑娘，她们是科尔沁草原上永不凋零的花。多少风雨途经这片大地，带走枯败的草木、夭折的鸟兽、老去的人们，唯有民歌中的少女，穿越漫漫时光，却依然闪烁琥珀般永恒的光芒。

大地上游走的人们，他们听到这些歌声，就会想起一生中最甜蜜的那个午后，高原的阳光照耀着虚掩的门扉，一个俏皮的红衣少女迎面走来，一颗心便瞬间坠入爱情的河流。他愿跟随红衣少女在草原上纵情流浪，生死相依。她是他生命中的火焰，是他存活于世的所有的意义。他如此爱她，只愿人间所有的光都洒落她的身旁，而他就在黑暗中，向着这世间唯一的光，一生奔赴，至死不休。

河流

你若去过巴彦淖尔，走过阴山脚下，一定不会忘记一粒小麦的芳香。那是几十万年以来，奔腾不息的黄河，浇灌滋养出的河套平原的芳香。

所以我在巴彦淖尔，只想看一眼黄河。这条奔腾不息的河流，裹挟着孕育了我生命的一粒沙子，流经九省，浩浩荡荡，最后在我的故乡——齐鲁大地注入渤海。当我想起它，我的心便会生疼。这被一粒沙子硌出的疼痛，时刻提醒着我的来处，我出生成长的华北平原，也时刻提醒着我的归处，最终将会把我埋葬的蒙古高原。

夜色缓缓下沉，仿佛一滴饱满的墨汁坠入黄昏。就在天地温柔交融的瞬间，我透过飞机的窗户，瞥见广袤无际的库布齐沙漠，在幽静的月光下，犹如巨大的魔毯，铺展在大地上。被长年累月的大风吹出的每一道褶皱，似乎都在向着夜空呐喊：荒凉啊荒凉！卧龙般蜿蜒向前的黄河，随即出现在面前。它横亘在洒满月光的蒙古高原上，静寂无声，似乎早已陷入混沌的睡梦之中。广阔无边的河套平原与绵延起伏的库布齐沙漠，被闪电般的黄河倏然劈开。漆黑的阴山山脉化作一头猛兽，在乌拉特草原与河套平原的夹缝中匍匐向前。微弱又恒久的星光，正穿越距离地球几万光年的神秘宇宙，抵达裹挟着泥沙滚滚东流的黄河。

这月光下恍若梦境的高原，让人心醉。一切正在下落的声响，都轰然消失。只有陷入黑夜的大地，在暗涌中闪烁着隐秘的光泽。

多年前的夏日，在从内蒙古开往故乡的火车上，我以同样惊鸿一瞥的方式，途经过黄河。携带着几千公里的泥沙，浩浩荡荡奔赴生命最后一程的黄河，在烈日炙烤的平原上，蒸腾着雄浑磅礴的力。水汽裹挟着热浪，以一览无余地荒蛮推进的方式，扫荡着一切阻挡一条巨龙般的长河成为汪洋大海的障碍。夏日的风黏稠、窒息、浑浊、干燥，带着一种巷口枯坐的百无聊赖。人在缠搅上升的热气中，仿佛因缺氧而探出水面大口喘气的鱼。只有站在黄河岸边的人，能够在干热中沐浴清凉潮湿的风。这源自青藏高原又洗去一路尘埃的风，这行经过我迁徙并定居的北疆大地的风，这遥远的带着远古祖先梦中呓语的风，飞过巴颜喀拉山，穿过秦岭，越过阴山，行经黄土高原，掠过华北平原，最后在渤海上空缓缓停驻。当火车穿越黄河大桥，我看到生命中血液一样奔涌的河流，它因行经过阴山脚下肥沃的土地，而在华北平原愈发沉郁、舒缓；仿佛它正与我一起，抵达人生的中年，不再愤怒，远离嗔怨，祛除锋利，剪去欲望。被盛夏烘烤着的黄河，在没有波澜也无起伏的大地上，抛去万千的沙尘，只让最洁净的魂魄融入大海。

这是我第一次与黄河相遇，并看到它以悬浮大地的轻盈姿态，汇入深蓝的海域，义无反顾地终结自己作为一条长河的命运。它依然以河流的名字，在大地上日夜不息地歌唱，仿佛北方的流浪歌者。但它又神秘地消失于波澜壮阔的汪洋之中，杳无踪迹。它的"消失"，又是某种意义上的新生。生命以更为开阔的方式，存在于宇宙中的一个星球。它不再记得青海的花儿，黄土高原上苍凉的呼喊，也不记得阴山脚下猎猎大风中的苏勒德，华北平原上翻滚的金黄麦浪。当它忘却生命的形态，以一滴眼泪的咸，离开大地，汇入深海，它便凤凰涅槃，获得永生。记忆与忘却，咆哮与寂静，存在与死亡，就这样消除了对立，化为浩瀚无边的宇宙。

几年后，我站在内蒙古河阴古城附近的黄河浮桥上，仿佛看到两千多年前，与我同样迁徙到这片北疆大地的王昭君，在渡过浮桥前，内心涌动的对于命运的敬畏与不安。北地大风凛冽，卷起漫漫黄沙，沙蓬草裹挟着尘埃在大地上流浪奔走，天地化作呼号的野兽，发出震动山林的吼叫。这塞外的苦寒，让一个女子对遥远的故土生出无限的眷恋与哀愁。命运在酷寒中张开巨大的手掌，一段渡桥，化为命运之手的两端。走过去，一切历史都将改变，而那草原上不停迁徙的命运，也将自此相伴一生。命运站在河流的对面，露出钢铁般的冷硬与威严。最终，一个南方的女子，选择了顺从命运的召唤。

而我，站在浮桥的一侧，注视这古老又生机勃发的黄河，在风中发出激越声响，仿佛听到跌落平沙的大雁跨越千年的动人的歌唱。青冢上的草黄了又绿，绿了又黄。树木在秋天从容地死去，又在春天安静地苏醒。河边的芦苇，在蒙古高原无尽的长空下，自由地起舞。这空灵不羁的舞蹈，与奔涌不息的河流，追逐着飞沙走石、日月星辰，在大地上永不疲倦地歌唱：长乐未央，长乐未央……

塞外大风日夜不息地吹过黄河，仿佛一头永不被驯服的猛兽，它带走了无数昌盛或者衰败的王朝，却将一个西汉女子的哀思，刻进大漠平沙，并跟随一条漫长的河流，抵达她的生命从未抵达的远方。长夜叩响着门窗，河流撞击着两岸，出塞的女子在哀怨的琵琶声中慢慢沉入梦乡。这北方河流掀起的浪涛，与南方江水激荡的回响，缠绕相生，不弃不离。它们从西部遥遥相望的两座山脉一起出发，行经万里江山，共同谱写出荡气回肠的民族生存史。这历史的瞬间，沉入一个弱小女子的梦中。她在击穿黑夜的浪涛声中醒来，知道迁徙的命运早已融入血液，纵使她百般不舍，终将走过浮桥，化为历史悲壮又闪烁的某个部分。

在阴山岩石上刻下人类崇拜的先人，他们雕刻出的犹如面临末日审判般惊惧的双眸，一定也曾注视过荒凉的大风席卷起这条翻滚的长河。在严苛的自然面前，他们无能为力，只能祈求上天。于是他们刻下山川，刻下河流，刻下飞马，刻下日月，也刻下生死。他们仰望星辰，也俯视大地。洪荒宇宙中盛满先人的敬畏，荒蛮的大地上江河游龙一样咆哮。无字天书烙刻在红色的砂石上，仿佛巨人朝着远古在仰天长啸。古老的黄河日夜冲刷着阴山脚下的大地，带走无数的王朝，也留下肥沃的泥沙。逐水草而居的人们,犹如被大风吹散的蒲公英,在黄河滋养出的河套平原上野蛮生长。月亮高悬在阴山上,将一半微寒的光,洒在乌拉特草原,又分另一半温暖的光,给万物蓬勃的河套平原。它也不曾忘记乌兰布和沙漠,一千多年前,这里曾是人类繁华的家园,城池遍地,牛羊满坡,而今,只有大风吹出的流沙下埋葬的坟墓与朽骨,在清冷的月光下,讲述着白云苍狗,沧桑变幻。

这浮天载地的长河,曾因凌汛决堤,带来遍地阴森的死亡,也因缓慢深情的"几"字改道,冲击出水草丰美的万里沃野。就在这里,我吃下一口面食,整个被黄河浸润的瓜果飘香的秋天,便都回荡在我的齿间。夏天里千万亩葵花追随着太阳,在河水中投下绚烂的笑脸。秋天里它们与无数的庄稼一起谦卑地低下头颅,身体自由地舒展在大地上,以深情的目光,最后一次注视风起云涌的天空。野草抚过它们枯萎的身体,发出窸窸窣窣的温暖声响。一粒饱满的种子在阳光下炸裂,跌入草丛,一队出巡的蚂蚁迅速捕获住上天的恩赐,在涌动的黄河浪涛声中,浩浩荡荡拖回岸边的巢穴。秋风从遥远的某个地方吹起,带来一缕若有若无的花香。就在这个时刻,桂花迷人的甜香飘满长江沿岸的大街小巷。人们走到落满银桂的树下,抬头看看澄澈明净的天空;人们又走到撒满金桂的树下,低头看看落叶纷飞的大地。就在落花的私语声中,一条蜿蜒北方的大河,与一条横亘南方的大江,听到彼此的召唤,朝着浩瀚的太平洋奔涌而去。

刻下阴山岩画的先人,用惊骇的眼神,向万年后的世人呈示着远古时代,人类对于宇宙星空、生命万物、咆哮江河的惊惧与好奇。生命从何处来,又将去往何处?河流隐匿在哪儿,又消失在何方？肉体与灵魂，哪个更接近真实？死亡与新生，谁是开始，谁又是终结？天空与大地，会不会在人类永远无法抵达的边界处相接？落入河流与葬入泥土的生命，谁会腐朽，谁又会永生？一只从恐龙时代飞来的蜻蜓，如何穿过几亿年的沧海桑田，抵达苍茫的蒙古高原？

在巴彦淖尔，阴山下的先人没有告知我们答案，只有一条人类永远无法驯服的河流，穿越今古，生生不息。

(《十月》2022年第1期)

所感

南京风景（二）

丁　帆

你永远永远不能忘记以一个儿童的眼光来看世界。

——亨利·马蒂斯

在勾画风景隐喻的悠久历史时，我竭力不让这些因时空不同而产生的巨大差异遭到毁灭。

观看和重新发现我们早已拥有但却忽略和漠视的东西，我并不打算再次论述我们已经失去的，而是要探索那些我们可能发现的东西。

——西蒙·沙玛《风景与记忆》

躺在毛茸茸的绿色草坪上，大操场是如此宽阔无垠，一个五岁的儿童望着湛蓝的天空中飘过那棉絮般的朵朵白云，听着大喇叭里播送出来的《草原上升起不落的太阳》和《彩云追月》，除了惬意，他不会产生任何诗意的感动。他从那个空间狭小的城市街巷古老的旧房子里搬迁出来，住进了大院，此刻，获得了自由的幸福。这个地方叫作"黄瓜园"——如今的南京艺术学院所在地。

1957年江苏省供销合作干校在此安营扎寨，缘于父亲的工作调动，我也就可以在这个偌大的空间里驰骋了。虽然那时候的大院都是竹篱笆圈起来的，但毕竟是外人不得私自入内的天地，有了足够的安全感，因此只要在大院里玩耍，大人也就不再限制，加之紧接着省公安学校也搬了进来，安全系数就更大了。

我清楚地记得，我们住的是一栋两层的筒子楼，房间倒是挺大，家具都是公家配的，吃饭就在食堂打，倒是不用自己开火，生活极简，很是清爽。筒子楼的侧面是一座小山，说是小山，一个儿童眼中的巨物，其实不过就是一个大土丘而已。祖父经常阻遏我和哥哥上山，谎说山上有狼，其实，我们的发小就住在这山上的几间平房里。山间竹影婆娑，鸟虫齐鸣，犹似世外桃源。

童眸中的风景是什么样的呢？

带着一种猎奇的童心，我们爬上高高的土坡，透过竹篱笆去看大人们说的长江，长江没有看到，倒是看到了满天火红的彩霞中飞翔着的一群大雁，那是儿时的我第一次对色彩有了感觉的悸动。多少年后，当我读到王勃《滕王阁序》中"落霞与孤鹜齐飞，秋水共长天一色"时，立马想到在南京城西草场门附近那个种黄瓜的地方看到的这幅自然风景画。

于是，在我的童年记忆里，霞光都是红色的，红色代表着一种美，也象征着一种英雄气。最典型的范例就是儿童之间动物本能的斗架行为，造就了我的一种嗜血的英雄本能。械斗中，头被打破，血从额头上流下来，吓得敌手退缩了，我却一抹鲜血，继续格斗，把"挂彩"当作一种美丽的流淌。站在一旁的食堂大厨们，手拎着马勺指指点点，多少年后，当我成长为一个少年时，其中一个一直随单位搬迁的食堂大厨告诉我，当时他们议论的是：这小子有种，挂彩都不松手。反思这种嗜血的动物性，直到经过六七十年代轰轰烈烈的动荡岁月，见出了人性恶的种种弊端，才对这种色彩开始产生异样的感受。

出了黄瓜园的大门，外面就是黄泥土路。我童年最刺激的事情，就是穿着一道杠或两道杠的警察学员们用三轮摩托车带我们上街去兜风。他们也是二十岁左右的大孩子，但于我们这些小屁孩而言，他们都是英雄。坐在英雄的车斗里风驰电掣出行，自豪感油然而生。虽然不是亭午暗阡陌的绝尘而行，灰尘卷起一派豪情，但如此豪横的风景根植在我的童年记忆中，直到永远。

那时鼓楼岗下许多地方都是菜地，南京大学也是竹篱笆围着，60年代改用水泥柱的铁丝网围着，直到20世纪70年代后才用砖墙围起来。北京西路两旁既有民国时期达官贵人居住的花园洋房和美国大使馆旧址，又有活色生香（臭）的农田菜畦——难怪陈西滢在那篇题为《南京》的散文中说："也许有人觉得乡村与城市应当划分得清楚：乡村得像乡村，城市得像城市。可是我爱南京就在它的城野不分明。"我未必同意他的观点，但是50年代末的北京西路一带就是这样的特殊风景，那是都市文明与农耕文明并置在一个时空中的景观，反差极大，形成了一种罕见的都市文化特色。作为民国首都的南京，那里潜藏着的文化韵味足以让你沉思。

一个儿童在每次出行的路上，注意力总集中在路边树上的鸟儿与菜畦里可直接采摘食用的果实，他看风景的眼光往往流连在自然界的动植物身上，即便是在课堂上开小差，也总是被活物所吸引。窗外的一只麻雀的叫唤会引起他极大的兴趣，看它啄着自己身上的羽毛，看它衔着小虫子喂着窝里的小麻雀，都比老师让他们念"一群大雁往南飞，一会儿排成个人字，一会儿排成个一字"有意思多了。哪怕是几只蚂蚁在地上爬行，都能看得津津有味。从小学到中学，我都是班里的开小差大王，小学老师的教鞭时常抽打我的手背，一道道紫痕都无法让我放弃窗外的风景，中学老师严厉的呵斥，也没能让偷窥窗外城墙上风景的我惊觉。在童年和少年时代，我总觉得室内的风景远没有窗外的风景更有诱惑力。

黄瓜园的童年生活很快就结束了，一年多的时间转瞬即逝，那里的风景却在我的记忆驿站中留下了深深的印痕。虽然告别了此地，我却时时惦记着这个园子，那是比百草园大上百倍的童年乐园。后来那里成为省委党校，60年代成了南京艺术学院。"Ade"！我的黄瓜园。

如今的黄瓜园已然不复昔日的景象，城西已经变成了富贵的天堂，陈西滢笔下的半城半乡风景早就湮没在鳞次栉比的城市水泥森林之中。历史的风景线已经被埋葬在垂垂老者的记忆底片之中，新一代城市人对这些泛黄的旧时夕影会感兴趣吗？历史在这里沉思！

1958年秋冬之交，我家又一次搬迁，搬到了光华门下面的石门坎江苏省商业干部学校。那是一所新建的专门培训各个县市商业局长和供销社主任的学校，从此，我在这里度过了二十几年，跨越了童年、少年和青年时代。

那时我已经开始有了完整的记忆，活动范围也大大地扩展了。以光华门为中轴线，西至通济门、大中桥直达夫子庙；东至高桥门；南至宁芜铁路、外秦淮河与大校场；北至中山东路与新街口，这些地方成为我这以后二十多年经常溜达的去处。

从光华门护城河的陡坡下来，右拐向西，经过空军009部队，直达通济门；正南是南京制药厂和紧邻的宁芜铁路线；左拐向东的马路两侧依次是华东冶金局的冶金机械厂、南京炮兵机关学校、南京钢铁厂遗址（后改为南京铸铁厂，与之紧邻的南京水泥预制厂中间有一条马路，一直向北就是环卫所的大粪池，再向北就是农田与护城河，隔河相望的是光华门一带的城墙）、观门口农民居住区以及一家"单干户"的农民田地、江苏省商业干部学校、南京市天堂村小学、空军牛奶厂、将军塘、海福庵小街和343工程兵学校、将军塘、前方村、后方村……

出了光华门就是南京郊区了，是农田、工厂和大院交错在一起的城乡接合部。我们从小就嫌弃这些地名太土，什么石门坎、天堂村、观门口、将军塘都充满着土气，直到20世纪90年代我给北京出版社编写《老南京》一书查阅有关资料时，才知道此处乃为宋明两朝的繁盛之地。

光华门乃明代正南宫门——正阳门，沿着这一中轴线一直向北建造皇宫是啥模样呢？你去看如今的北京故宫即可，朱棣迁都北京后所建皇宫图纸均是按此复制，至今南北两京的许多宫地名称都相同，这是不越祖宗规制留下的遗产，尽管朱棣是窃国篡位的皇帝，这一点他还是懂的。想当年，官员们穿越午朝门两侧的各大殿，朝衣朝冠，秉笏披袍，鹭序鹓行，云合景从。如今这残垣断壁、杂草丛生处却是我们从小玩耍嬉闹的好去处，而当年谁都不知道这样的风景里所承受着的历史之重。

石门坎一带则是开国皇帝朱元璋"建圜丘于正阳门外，钟山之阳"的祭祀大典之地——天坛。"明初,建圜丘于正阳门外,钟山之阳……外周垣九里三十步。"可见天坛建筑规模之大。据说有四个门,南面就有三个门,这就是"观门口"的来历吧,其实一直沿革至今的天堂村也是"天坛村"之讹传,那是明季"金陵四十八景"之一"神乐仙都"也。想当年,观门口的亭台楼阁和周围的人工树木形成的风景线,与鼓乐齐鸣的皇家祭祀才是这个王朝的盛典风景。而朱棣迁都后这里遭冷落,坊间一说是,明末天坛门倒塌,巨石柱倒下横亘在路上,成为一道拦路的坎子,因而得名石门坎;史家却认为是明末清初天坛的地面建筑被毁,仅存石制的门坎台阶,故名石门坎。我从情感上更相信坊间的传说。

诗人朋友李森多次和我说起他的老家是南京,推测是当年朱元璋把驻扎在皇城附近的那些他不放心的军队和居民,由沐英发配到云南垦边的。这些戍边的南京人恋乡情结赓续了近七百年,至今不衰。有的村寨至今的语言服饰还保留着明朝遗风,他们都认为自己曾经是柳树湾高门坎南京居民的后裔,经一些南京明史专家考证,那应该就是当年兵马司一带从标营到石门坎方圆十里内的居民和军人,而高门坎乃石门坎之误传也。

2020年石门坎一带发现了大量的墓葬群,由考古论证可知宋代南京发达繁荣的景象。呜呼,到老才知道这石门坎被历史尘埃埋葬的昔日辉煌。

整个青少年时代我就是在这个城乡接合部长大,可那时我看到的风景却是一片萧条。

在我的记忆里,我是看见过光华门的城门的,脑海里深深地印刻着那个城门的形象,它也经常出现在我的梦境中,会让我陷入一种现实与幻觉混淆的情境，但是，南京出版社卢海鸣先生把杨国庆、王志高所撰的《南京城墙志》翻检给我看，其中赫然记载着光华门城门至通济门1450米长的城墙，是由市人大1957年12月批准拆除的。开始拆除的时间是1958年1月，显然，这与我抵达这里的时间有点出入，是不是因为城门是最后拆除的，因而让我的记忆底片中留下了梦中反反复复显影的城门楼的最后影像？

60—70年代进城的交通工具中，只有光华门的4路车可通往健康路的终点站，况且我的初中时代天天都是从石门坎步行到光华门中学，所以，那个城门对我很重要，它是我灵魂的通衢，是我精神的驿站。尽管我在青少年时代并不知晓它是正阳门，也不知道南京保卫战中易旅长带领将士浴血抵抗日军的故事。多少年后当我看到那张日军在千弹百孔的城门前拍摄的胜利者照片时，心里暗自怪罪光华门中学的历史老师为什么不把这一幕民族的耻辱告诉我们。

我终于找到了那张梦魂牵绕的光华门照片原图，那是1889年拍摄的，高大宏伟，与我记忆和梦境中的一致，唯一与照片不一样的感觉是：光华门虽面向正南，却很阴森。

光华门，这个我走过千万次的地方，从童年到中年，让我看到了这片风景画历史年轮里不同的色彩变幻。多少年后，我才真正认识了这个山水园林城市当年在工业化过程中发生的风景变化的历史涵义。

在这方圆十里路之中，许许多多高大烟囱冒着滚滚的白烟和黑烟，彰显出一道工业文明挤对农耕文明的风景线，诗人们歌咏黑白浓烟，亦如今天有人颂扬高楼林立的水泥森林一样激情澎湃。如果把《红旗歌谣》中形容农民的稻囤堆上了天的诗句"撕片白云揩揩汗,凑上太阳吸袋烟"移植过来,工厂检修工爬上高耸入云的烟囱"撕片白烟擦擦汗,就着火星吸口烟",那也是当年最有诗意的风景画。

明代正阳门的护城河是很宽阔的,周长 30 多公里,这在我所见到的中国任何一座城市的护城河中都属独一无二,其最宽之处可达 200 米,一个疑问从小到大也长久地盘桓在我的脑际——那正阳门的巨大铁索吊桥是如何放下吊起的呢?

从光华门护城河的陡坡下来,制药厂、冶金厂、钢铁厂、水泥厂的烟囱在"大跃进"的锣鼓喧天中赫然醒目,尤其是绘制在冶金厂围墙上的那幅水彩画,在我的童眸里留下了深刻的印象。那幅画由四个画面构成:一个人走在朝阳之中;一个人走在烈日当空之中;一个人走在晚霞之中;一个人走在一轮新月和满天星斗之中。我不知道这些画是什么意思,直到"三年严重困难"过后,我在初中课本里读到"披星戴月"这个成语时,才领悟了这些画面的真实含义。

让我感到十分惊讶好奇的是,冶金厂对面的一个建在陡峭的护城河岸边上的低矮阴暗小破屋里,一个修鞋的老皮匠竟然养了一只雪白的山羊,据说是为了治愈浮肿挤羊奶喝。我经常跟着祖父去修鞋,看着老皮匠那布满皱纹的苍老面庞和那双漆黑开裂的手掌,一种同情和怜悯的心情就生长在一个孩童的心里。二十年后,当我第一眼看到罗中立油画《父亲》的时候,立马就想起了这位老皮匠的形象。70 年代,我还见到过这个比汤姆叔叔的小屋还狭小的屋子矗立在风雨飘摇之中,不知什么时候那个小屋被这个城市所吞噬了,于是,那老皮匠的形象也就永远定格在我的记忆里了。

再向东走几百米是钢铁厂。那是一座 1959 年就已经开始落寞而废弃了的工厂,却是我们童年的乐园,厂里已是杂草丛生,常见黄鼠狼穿梭于此。穿过路南,越过路边单干户的菜畦,在一片三角地带中有一块小小的湿地,芦苇杂草和一汪水塘构成的自然风景线成为我们童年的天堂,我们在水边嬉戏,钓得整桶整桶的大龙虾当开荤的下饭菜。

更令人开心的是那条一直延伸至光华门火车站的蜿蜒曲折的小火车道,那是我们最好的玩乐逍遥处。那是钢铁厂运送铁矿石的废弃小铁路,火车头早已是飞走的黄鹤,而留下的几节车皮还恋恋不舍地躺在已经生锈的铁轨上。我随着大孩子们高唱着电影《铁道游击队》的主题歌扒火车去,一拨人推着小火车,另一拨人坐在车皮里,像苏联电影《以革命的名义》中的少年瓦夏和彼加一样,俨然就是摇旗呐喊的英雄。当小火车驶过那个"单干户"的菜田时,远远瞧见父女三人在田里干活,我们就齐声高呼"单干户!单干户!""单干好比独木桥,走一步来摇三摇。"在工业文明和农业文明的交界处,我们的童年是在向往工业文明和仇视农耕文明中度过的,去钢铁厂,去铁道线上,谩骂"单干户"成为我们童谣里的一道生活风景线。

我已经不清楚"单干户"是何时消失在石门坎那片土地上的,大概是我1968年插队到苏北宝应县后的几年间吧,当我每一次从农田里爬上来的时候,我便时常想起那父女三个人在农田里蠕动的身影。当改革开放从小岗村的包产到户开始,我路过这片已然被华东冶金局仓库所覆盖的消逝的单干户土地时,被一行苍凉的历史泪痕所迷离。

西蒙·沙玛在《风景与记忆》中说:"将郊区庭院当作医治城市生活痛苦的良药,这一观念便是古老田园梦的遗风,虽然牧羊人和打谷者已经被杀虫剂和工业收割机取代。正是由于古老的地方总是不断地披上现代性新装,深藏于其核心的古老神话有时便难以发现。"我却以为并非如此简单,我们在记忆的历史年轮风景画中,不单单是要攫取诗意审美的田园之梦,更重要的是未来世界的风景用什么样的价值观去审视。

(《雨花》2022年第4期)

悲伤是黑镜中的美

陈 冲

最后一次跟母亲一起，我们并排坐在病房里，我在用手机匆匆忙忙给人回邮件，余光里，我感觉母亲在看着我，就跟她说，这是工作，我马上就好了。她开始轻轻拍我的腿，好像在安抚我，唱起一首摇篮曲："睡吧，小宝贝，你的黑妈妈在你身边，梦中你会得到礼物，糖啊糕饼啊随你挑选，等你睡了，我就带上你去到天宫……"她拍我的手因风湿性关节炎变了形，却仍然那么温柔，我眼睛湿润了，情不自禁放下手机跟她一起哼唱。这是我记忆中的第一首歌，我大概三岁，躺在父母的床上，昏暗的光线里母亲的轮廓模模糊糊，只有她的温度、气息和轻柔的歌声在回旋……那令人迷幻的时刻，是我最早的对美的体验。

另一个儿时的幸福记忆是母亲为我挖耳朵。我们坐在大床上，母亲附在我的身边，一只手轻轻把我耳朵拉高，另一只手用一把竹制的耳耙子全神贯注地掏。她的动作很轻，弄得我很痒，但是我无比享受那些时刻她给我的百分之一百的关注。

后来"文革"开始了，母亲变得忧伤，走过我的时候好像没有看到我。见她这样，我也会忧伤起来。偶尔母亲在快乐些的时候，会为我和哥哥剪纸、叠纸工、做动画。她会从本子上撕下一张纸，折叠以后用剪刀剪，再打开时就出现一长串牵着手的小人，接着她教我们为小人画脸、上色；她会用纸叠出层出不穷的飞禽走兽、桌子椅子、房子小船，再把它们编成奇妙的童话故事；她还会让我和哥哥把本子裁成一叠厚两寸的方块纸，她在每一张上画上一个男孩和一只皮球，然后拿起那叠纸，用拇指像洗牌那样拨弄，一个孩子在拍皮球的动画就奇迹般地出现了。

一位母亲过去的同学和同事告诉我，你妈妈最突出的是她的想象力、她的创造性思维。她一分配到教研组就把"传出神经系统药理"编成一本剧本，跟另外一位同学合作拍了一部动画片。因为拍得好，所以后来在全中国使用。也许我长大后对用声画讲故事的兴趣，就是母亲从小在我心灵里播下的种子。

二〇二一年十二月赶回上海前，母亲的主治医生给我发来微信："我们照顾张老师那么长时间，对她都是有感情的。张老师喜欢音乐，隔壁床位沈老师出院前一天，她们一起唱歌，我们特地为她拍了录像。张老师很不容易，生病至今，直到生命最后时刻都很坚强。我们表扬她，她还露出腼腆的微笑……

"前些天，我问她痛吗，她摇摇头，说不。问她难过吗，她点点头，我们除了推吗啡，又给她用了镇静的药让她睡觉。后来她病情再次加重，您哥哥看了很难过，我们又给她加强了镇静和止痛，病人在那种情况下是没有知觉了，所以最后时刻她不会有痛的感觉。最后的几天，因为病情太重，我们用药物维持了生命体征，对陈院长来说，那些天也算让他有个接受的过程。对张老师来说，走也是解脱，否则，后面还是痛苦……

"我不知道如何来安慰您。张老师最后自己拉空了宿便，加起来一公斤多，她是自己做好了准备的。我们帮她把嘴巴里的痰吸干净，身上皮肤破损的地方也都愈合了，人走的时候很干净。"

我向主治医生道谢，也向她道歉，请她理解和原谅父亲。

父亲在华山医院当过很多年的院长，也是一名业界威望极高的医生，他一辈子都是看到问题就去解决，无法接受母亲的病没得救了。他每晚在家里奋力查阅全世界最先进的治疗方法，摘选后印出来，第二天一大叠一大叠地送给医院的领导和医师们，大声教育他们去好好学习，救治母亲。父亲不善于表达悲伤，看到亲人在死亡线上挣扎，他唯一能表达的情绪是向整个宇宙举起愤怒的拳头。

主治医生回信说："没有任何需要原谅的，陈院长对张老师感情深厚，我们理解的。"

我从隔离酒店回到家时，父亲跟往常一样，坐在电脑前看文献写书。书桌另一端，母亲的《Goodman & Gilman 药理学和治疗学》仍然打开着，但她不会再日复一日坐在父亲对面，反复阅读同一页书，反复把重点写在笔记本上。

父亲耳聋，没有听到我进门的声音。我走到他身后，站了一会儿，然后拍他的肩膀叫了一声爸爸。他看到我，慢慢起身打开橱门，递给我一张他放大了打印出来的照片。他和哥哥坐在已故的母亲病床两边，照片底部写着：我和川儿跟阿中告别。我感觉他是在无声地谴责我的缺席。

接到病危通知时哥哥跟我说，妈妈等不到你隔离三周后出来了。那之后母亲在生不如死的折磨中坚持了一个礼拜，也许她在等我，这个想法让我悲痛欲绝。

我能看见死神穿着黑色斗篷的身影，坐在母亲的床边，我也好想去坐在她的床边，拉住她的手。此生第一个爱我的，也是我第一个爱的人在水深火热中受难，我却没有在她身边。人怎么可能从这样的遗憾中走出来？

父亲指着母亲的骨灰盒说，这个就留在我这里，等我死了，一起撒到大海去。他的声音沙哑疲惫，说完后转回到电脑屏幕前，继续写作。我呆立了几秒钟，最后无力地离开了他。

母亲住院期间，父亲曾反复跟我讲起他和母亲在上海医学院相识时的情景，八人一桌的晚自习，他俩坐同一个桌角，低声说话……母亲去世后，他几乎一直沉默。只有一次，我企图跟他商量他往后的生活，他对我大声咆哮。

记得狄金森写过许多关于悲伤的诗歌，有一首是用了拟人化的比喻——悲伤，惊慌失措的老鼠；悲伤，鬼鬼祟祟的小偷；悲伤，自我放纵的狂欢者……其中最沉重的悲伤是个被割掉了舌头的人。父亲的悲哀是一座无声的孤岛，令我为他心痛，但是我与他都没有能力跨越这道无形的深渊，去抚慰对方。

英文里的 bereavement——丧亲之痛——是一个词，也意味着一段无法绕过的时间，也许我写母亲的故事是为了度过它；也许悲伤是黑镜中的美，看到了美，就能瞥见更深远的东西……

我望着一张母亲婴儿时的照片——其实并不是她的照片，是一张苏式庭院的全景。当年照相是件隆重的事，每次看到家里的老照片，我都会好奇，是什么契机让他们决定在那天拍一张？对焦、构图、按快门的是谁？在我的想象中，这是一张全家福。我姥姥、大姥姥和三姥姥——三个各奔东西的女儿——回来探望她们的父母。画面里没有三姥姥，是因为她在镜头的另一面。那个年代摄影是一门手艺，家族里都知道三姥姥继承了史家的艺术细胞，是一名优秀的画家。

假山、树木、花草丛中，我的曾外祖父母身着长衫，站在两侧，姥姥和大姥姥身着短袖花旗袍，各自怀抱婴儿站在中间，大姥姥身前还站着她另外两个三五岁的孩子，他们的身后是黑瓦白墙的矮房和长廊——母亲出生的地方。

记得小的时候，家里的户口本上张安中出生于一九三四年。母亲说，那是姥姥为我报户口的时候填错了，我是一九三三年出生的。我问她，姥姥怎么会记错她哪一年生的你？她说一九三四年，那肯定就是一九三四年啊。母亲说，"矮好婆"（母亲的外婆）讲我是一九三三年出生的，她跟我最亲，不会记错的。

手机录音里，母亲的声音恍惚就在我的身旁……那天她坐在病房的小沙发上，用标准的溧阳话，给我模仿她的外公外婆："公公"（母亲的外公）总是骂矮好婆蠢么蠢到哉，一点用都没有，只好看看——她年轻时候是个美女——所以只好看看。矮好婆耐心听完他的一长串抱怨，慢吞吞说一句，你一遭说的是你自个。公公气煞。公公有位跟他交流文学艺术的常客，总是吃饭的钟点过来，矮好婆就跟来客说，培基兄啊，今天我淘米数过了，只有四条米虫，你放心吃好了。公公又气得要命，说她蠢。矮好婆听过后就唱《自从嫁了你》，公公气死，拿她一点办法都没有。

自从嫁了你呀，幸福都送完。
没有好的穿呀，好的吃。
没有股票呀，没有田地房产；
没有金条，也没有金刚钻。
住的也不宽，用的也不全，
哪一件叫我过得惯？
这样的家庭，简直是殡仪馆……

以前逢年过节，家里总是有些对我来说关系不明确的亲戚来访，母亲有时也带我去看他们。她跟亲戚们常聊到"辛宝阿姨""祥庆村""美华里""大舅舅""小爷叔"……几十年听下来非常耳熟，但并不清楚那些是什么地方，什么人。

随着母亲渐渐失忆，眼前的事情变得越来越空白，童年往事却越发历历在目，念念不忘。在病房里，我常把手机存的老照片给她看，让她讲小时候的事。

一天，她说起"辛宝阿姨"家——一栋在大沽路上的弄堂房。现在回想我很诧异，那时她偶尔会忘记我的名字，却记得两岁时住过的房子和里面的人。我问，辛宝阿姨是谁？母亲说，是矮好婆的外甥女，她全家都是虔诚的天主教徒，非常善良慷慨。他们把底楼的大房间给公公和矮好婆住，亭子间给我大舅舅和表哥住，我跟她家四个小孩住在楼上两个小房间，小英、小芳是女孩，小良、小平是男孩，辛宝阿姨和她丈夫住在楼梯转弯处一个小阁楼里面。小英、小芳常在弄堂里玩，我也想跟她们一道，但她们大我几岁，看我连"造房子"也不会，有点看不起我。辛宝阿姨就正式告诫她们，阿中的爷娘都不在身边，很可怜，你们要待她好点！

我问，你们怎么会住在辛宝阿姨家？母亲说，我们从苏州逃难到上海，寄居在那里。后来就搬进了"祥庆村"，那是上医在康悌路（建国东路）上的宿舍。弄堂对面沿着萨坡赛路（淡水路）向北走就是法国公园（复兴公园）的后门。公公每天早上带我去公园散步，他把两只手握在背后，我也照样把手握在背后。后来，我们一老一小一前一后变成法国公园的一道景色了。

我有一张母亲在复兴公园草坪上的照片，她看上去大概两三岁，穿着一件格子连衣裙，一双蕾丝边的白袜和圆头皮鞋，抬眼望着远方的什么东西，一脸严肃的问号。我在别的相片里看见过她穿同样的裙子，后来她长大了，裙子还穿到了妹妹身上。也许她跟我儿时一样，只有两套衣服替换穿，好一点的那件用来拍照。母亲说，公公常跟她坐在公园的长凳上谈生活，谈人生。虽然她听不懂，但是觉得倍受宠爱，因为在小辈里他只跟她一个人这样说话。

他对她表哥阿伦就不像对她那么好。阿伦是一个天才，在小学和中学的时候都连连跳级。他带母亲去街上走一圈，就能分毫不差记住每一栋楼有多少层、门前有几棵树，回家准确无误地画出来，半扇门窗都不多不少。母亲看到总是惊叹不已，但公公对那些精致的作品，非但不表扬，还要禁止他去"做这种没有用的事"。阿伦在大学期间发了精神病，毕业后有一天被精神病院的车接走了，母亲再也没见过他。

母亲的大舅舅也是一名才华横溢的画家，他冬天作画、教书、办画展，一到夏天就发精神病。发病时，他会把母亲放在脚踏车的前杠上，在大街小巷疯狂地转圈。他还会抱着她到阳台上去，问她，你想飞吗？我把你往下面一扔你就飞起来了。

她就紧紧地抱住舅舅的脖子不放。大舅舅跟自己的表妹青梅竹马，非常相爱，但是表妹的妈妈（矮好婆的妹妹）把女儿嫁给了一个当官的。

一天夜里，母亲在床上蒙眬听到大舅舅在盥洗室唱歌，很好听，歌声伴随她进入了梦乡。半夜她被公公和矮好婆的尖叫声吵醒，跑出门来看到红色的水从澡缸里溢出来，再从楼梯上淌下去，大舅舅躺在澡缸的血水里，已经割腕死了。

那个毛骨悚然的夜晚，在母亲的脑子里打下了不可磨灭的烙印。

记得我哥哥少年时代多愁善感，爱写诗歌，还有很高的艺术天分。母亲不喜欢他写诗，也不给他钱买绘画材料。哥哥就把每周日去奶奶家的公车票钱省下来，去福州路买画画用的纸。他在长风公园跟少年划船队训练的时候，常溜去公园画海报的办公室，跟一个叫小潘的人要公家发的油画颜料。小潘多给几管绿色的，哥哥回家就画绿调子的；多给几管蓝色的，他就画蓝调子的。

一次，母亲看到他画的女孩和写的情诗，就要夺走没收。他们扭打起来，画和笔记本被抢过来抢过去，最后撕成了两半。母亲大声骂哥哥萎靡不振，沉浸在不健康的思想里。那时我还小，以为她发如此大的脾气是因为哥哥早恋。

成年后我才知道，她当时的粗暴来自恐惧。我们母系家族中的男性，有精神分裂症的历史。这个病遗传性很强，一般在青春期步入成年的阶段发作。母亲是研究神经药理的，从哥哥出生起她心里就埋下了这个隐患。当她看到哥哥传承了大舅舅和表哥的艺术细胞时，便更加愁肠百结。哥哥写得越好、画得越好，她就越觉恐惧。跟公公一样，母亲也非理智地相信，如果能杜绝孩子身上天赐的才华，就能把天赐的诅咒也一同拦在门外。

有幸地，那个精神分裂症的基因错过了哥哥。想想人的一生，能自主的事真的不多。一个小小的基因突变，在人还没有出生的时候就可以决定他的命运。

大舅舅去世后不久，公公病逝，矮好婆病倒，母亲只好搬去当时已经收养了她妹妹的"小爷叔"家。这位叔叔叫张一凡（原名张昌宣），是上海《正言报》经济版的主编。一九三二年"一·二八"事变后，他为了安全起见，在法租界巨泼来斯路（现安福路）的美华里，租了一栋三层楼的房子，并把他父母从嘉定望仙桥接到上海。记得我母亲和二姨管她们的奶奶叫"长好婆"，因为她个子很高。抗战爆发后，小爷叔又把住曹家渡（非租界）的叔父一家人也接来同住。

美华里那一大家子二十来口人，简直就是一个村庄。让我在这里梳理一下人物关系。

小爷叔的上面有三个哥哥：

大哥不接受父母的包办婚姻，婚后从未与媳妇同居，独自到嘉定娄塘镇去经营一家布店。这位没有文化又没有父母的大儿媳没有退路，只得留在张家伺候公婆。

二哥也逃脱了旧式婚姻，把妻子和三个儿子留给父母，移民去新加坡当了国学教授。二哥的大儿子由祖父母做主，过继给了大儿媳，也算是给她一点安慰。我母亲叫他"大阿哥"。大阿哥白天在大学念书，晚上到《正言报》工作，常常带小说回家，母亲爱读小说的习惯就是在那时养成的。后来，我和哥哥都不分辈分地也叫他"大阿哥"。他老了以后，母亲时常去探望他，总是跟我们说，大阿哥最好了，一有空就骑脚踏车荡我去矮好婆那里。

三哥就是我的外公张昌韶。

小爷叔自己有一女两儿，小儿子生下不久他也离婚。我母亲到他家的时候，她妹妹加上六位表兄妹都由大儿媳一个人照料，都管她叫"妈妈"。所有孩子和公婆的衣服鞋子，全由"妈妈"一手缝制，每年还得上别的亲戚家小住，去给他们缝制衣服。全家十几口人的被子衣服也都由她洗晒，还要给一群孩子洗澡洗头。小爷叔雇用了一位叫吴妈的姨娘，负责做饭和打扫。

我发微信问二姨，"妈妈"后来去了哪里？二姨回，你姥姥从重庆回上海后，把她接到平江路的房子住，搞些缝补和织毛线的活。她觉得太闲就回嘉定望仙桥张家老屋里，一人独居，拼命种田。我高中毕业看过她一次，她全靠咸菜度日，我去了就到街上饭铺点了麻婆豆腐招待我。我在清华大学的时候，她得肝癌去世了。

我总觉得，"妈妈"有点像鲁迅笔下的一个人物。

在美华里那个庞大的"难民营"里，我母亲失去了待她最亲的公公和矮好婆，生活得非常痛苦，没多久就得了梦游症。她每晚在睡梦中从孩子们混睡的大通铺上爬起来，打开门爬楼梯，上上下下里里外外转上几圈后再回到床上。二姨后来听"妈妈"和吴妈讲，阿中梦游的时候往厨房门外的米箱里尿尿。

记得在平江路的时候，母亲跟姥姥不管为什么吵架，最后总会落到那段日子：我那么小就被你丢在亲戚家，裤子后面破了用胶布粘，胶布粘不住用书包挡。你在英国看莎士比亚，我在课堂里想下课该怎么站起来，别人才看不到我屁股上的洞，弄得我功课全不及格！母亲一说到这些，姥姥就哑口无言，吵不下去了。

20世纪80年代的时候，姥姥给我看了两封母亲在"美华里"时写给她的信。姥姥不是多愁善感的人，也不看重物质财富，连她母亲留下的一个钻戒、她父亲篆刻的图章，都会一时高兴转手送掉。但这两张发黄的纸片，她一直用心保存着。它们从上海寄到伦敦后，又跟着姥姥坐船回到上海，再跟她辗转去了云南、缅甸、重庆，再带回到了上海。

也许因为战争时期货物紧缺，信纸很小且不规则，一张大约两寸宽十寸长，另一张大约两寸半宽六寸长，从右到左竖着写得密密麻麻，没有标点符号。

妈妈大人：我接到你的信心里很快乐我身体很好现在胖多了脸色也红了晚上不踢被子了我现在小考考得不好只有六十几分阿姨说她现在很忙没有工夫写信给你所以请我写给你我纪念妈妈又纪念爸爸你多写信来妈妈再会　阿中

妈妈大人：你近来身体好吗我身体很好我很牵记妈妈又很牵记爸爸我好久没有写信给你了你有空常常写信给我好吗我现在放学在家里写写字现在我写信给你了爸爸今年回来妈妈今年回来我很欢喜我的妈妈我也很欢喜我的爸爸你多写信来妈妈再会　阿中

其实，那个日夜渴望父爱母爱的小女孩，一直都潜伏在母亲身体里。在最后的几个月，她睡前经常亢奋，总是要阿姨帮她穿上整齐的衣服，说，今天安爸爸安妈妈要来接我了。有时早上一醒来的时候她也会说,安爸爸安妈妈说了今天接我回家(母亲是张家安字辈的,从我记事起她和两个妹妹都称父母为安爸爸安妈妈)。

记得有一天离开病房的时候,母亲问我,你去哪里?我说,回家,明天再来看你。母亲好像突然想起,她住的地方不是家,她想回家,泪水涌进她困惑的眼睛。她说,我真想睡到亭子间去清净清净,这里整天有人进进出出,给我插管子拔管子。我安慰她说,你好好养病,多吃点,好了就可以回家了。母亲接着说,从前有个上医的大学生住在亭子间,每天下课后就给我和阿邦(二姨)补习功课,我们才考取了中西女中。安妈妈希望我们可以在中西女中"轧好道",学穿时髦衣服,做名媛。

我意识到,母亲住了几个月医院,已经忘记自己早已搬离了平江路的房子,她在等爸爸妈妈接她回到那个家……

回到十二岁的时候。抗战胜利了,她跟爸爸乘军用货机从重庆回到上海。安妈妈带着矮好婆、长好婆(奶奶)、"妈妈",妹妹和一只叫波浪波浪的暹罗猫,在平江路房子的花园前翘首等待。见到她和爸爸的时候,安妈妈的眼睛湿润了,因为在他们之前已有两架重庆回沪的飞机坠毁。

妹妹拉起她的手,走进这栋窗明几净、空空荡荡的房子。虽然床和桌椅都是公家接收敌产时分配的家具,但是跟歌乐山的竹子泥巴房子相比,这栋花园洋房就是宫殿。一家人终于结束了多年的颠沛流离,在这里安顿下来。

安妈妈去寄售店,买了离沪侨民不得不廉价抛掉的高质家具和一架漂亮的钢琴。对面邻居王鹏万医师的夫人,开始教她和妹妹弹琴。

"美国救济总署"按户分配生活用品,她和妹妹都穿起太大太长的旧呢子大衣,吃着压缩饼干,给捐赠这些东西的美国孩子写回信。

春天到了,喇叭花爬上了篱笆,美人蕉在墙脚边开出花来,还有迎春花、紫娇花、喷雪花开了满满一院子……

夏天到了,安妈妈给她做了一条绿色连衣裙,没有袖子,领口镶了白色的边,让她穿了下楼跟隔壁沈克飞家的两个儿子喝下午茶。那两个男孩都喜欢上了她。

沈克飞从美国带回来一辆汽车,礼拜天只要有空,就带儿子女儿,还有她,到衡山路国际礼拜堂去做礼拜。偶尔,他还带他们去看一场好莱坞电影。她挑了一个自己最佩服的演员平·克劳斯贝,宣布做他的影迷。安妈妈反对她当影迷,但沈克飞在一旁帮她,说,这也是一种有趣的经历嘛。他自己选了多萝西·拉莫,当她的影迷……

如果人死了,意识还能自由地存在,母亲的意识也许会常常在祖屋徘徊。

整理遗物的时候,我看到一只四方的曲奇饼干盒,里面保存了一些光盘、照片、贺年卡和信件。光盘都是历年来圣光校友会的相片,信件也都是圣光同学写给她的。

第一封信:……我刚买了一本书,名叫《敲响天堂的门》(*Knock On Heaven's Door*),著者 Lisa Randall 是一位著名的现代粒子物理学家和宇宙学家,她在书中用非物理学家能够理解的语言,阐述现代物理的最新发现和它们对人类认识的意义……

第二封信：……你信上写了"看了一本好书会感动很久"，我也深有同感。嘉真最近买了《西方文明史》的碟，听得很"得劲儿"，你看，有了科技，就是瞎了也照样念书。嘉真和我现在也爱写，我觉得我们有责任把坎坷的人生记下来，不能让它被淡忘，也该把我们在全世界看到的美好事物和人物告诉大家。出生在知识家庭，最幸运的就是能赏识中国和西方的文学和艺术……我们没有你运气，我在北京，嘉真在山西，后来回上海。结婚后分开十一年，写了无数封信，都丢了，可也有的记在心里，永远丢不了。现在很少收到真正的信，有文采的就更如凤毛麟角，所以真希望你常来信，多交流……

是什么书让母亲读后"感动很久"？我突然想到，大约在十年前，她读纳博科夫的《洛丽塔》，感到震惊和兴奋，在电话里跟我感叹道，从来没有想过一本书能够这样写人的本质，这样写欲望，人真是一个悲剧动物啊。我听了哑口无言，同时也觉得骄傲——不是每个人的老妈读完《洛丽塔》都会有这样精辟的反应的。

经历了沧海桑田，母亲的善良、纯真和对美尖锐的感受，之所以得以幸存，我相信是因为文学、音乐和科学对她心灵的滋润和涤荡。

第三封信：……知道你平时不爱写信，加以生病，还给我写了一封长信，非常感动……我还记得一些当年张伯母为何宠爱你的事，以后再写下来寄给你……

第四封信：……在歌乐山，我们两家住在同一排简陋的宿舍中，两家中间隔的是吴征鉴教授家。记得在一九四三年上半年，张伯母历经奔波，辗转数月回到已沦陷的上海，去接你来重庆。张伯母不在的期间，张伯伯几乎每天晚饭后都到我们家中来坐坐。他除了跟父亲聊天以外，也和我谈谈话，想来是因为我们年龄相仿，令他想起女儿吧。张伯父非常喜欢我家的小黄狗，每次来都要把它高高举起来，按在墙上逗它。

你来到歌乐山后，张伯伯就很少到我家来了。但是我们成为玩伴，我叫你张妹妹，你叫我何姐姐。张伯母是一位风趣幽默的人，她说既然我叫你"脏"妹妹，就要你叫我"干净"姐姐。你也果真那样叫过我几次……有一次，我们走了很远的路，到当时也迁在歌乐山的上海医学院，逛到了一间很大的尸体解剖室外面。门是关着的，我们就贴着玻璃窗往里看。里面的几个大学生正在温习尸体，看到我们后，就挥手示意要我们走，我们不听，还继续往里看。结果一个大学生开门出来，手里的镊子夹了一块像肌肉一样的东西，挥舞着吓唬我们。我们逃走后都说学医太可怕了，没想到后来都学了医！接着我们同时进了圣光，因为在不同的年级，从此各自有了新的朋友……

有多少童年的同窗，七八十年后还在这样通信？还有这样的精神交融？我突然很想读到母亲写的那封"长信"，和那封"有文采的信"。她保留了他们的信，他们会不会也保留了她的信？

我在二〇〇五年的《圣光校友通讯录》中，找到了"何姐姐"何燕生。二〇〇五年时她住在美国宾州，但是在二〇一一年的信上，她说已经搬到了加州。我怎么才能找到她？怀着侥幸心理，我给通讯录中十来个耳熟的名字写了信，然后又加了二三十个完全陌生的名字——好像把几十只装了信的玻璃瓶扔到了大海里。

您好！

我是陈冲，张安中的女儿。

母亲于去年十二月病逝在上海华山医院。整理遗物时，我看到一本圣光校友通讯录，还有校友聚会的照片和通信。母亲生前常说，圣光年代是她一生最快乐的时光，记得她常模仿她热爱的姚牧师说重庆话的腔调。

母亲走后，我才意识到有那么多问题想问她，却再也没有机会了。眼下我在搜集母亲的资料，希望把它们写下来。也许，我只是想在这个过程中重新找到她，留住她。

我记起一首美国诗人 Lisel Mueller 的诗：
How swiftly the strained honey
Of afternoon light
Flows into darkness
And the closed bud shrugs off
It's special mystery
In order to break into blossom:
As if what exists, exists
So that it can be lost
And become precious.

……似乎存在的事情

存在只是为了

它会终将逝去

而变得珍贵……

如果您有任何当年圣光学校的照片或记忆，请与我分享，我将十分珍惜。

等了两个月，几十封信仿佛石沉大海。正觉穷途末路时，我想起母亲在多年前讲过,她在圣光的闺蜜刘广琴有个女儿,叫 Andrea Jung(钟彬娴),是雅芳的总裁,还上过《时代》的年度人物封面。我上网查到,钟彬娴离开雅芳后,在一家叫 Grameen America 的慈善机构当总裁。Grameen America 是美国最大的小额信贷机构,服务于少数民族和妇女办的企业。我在机构的网页上找到她的邮件地址,发了一封信和一张圣光同学聚会的合影,请她转达。

几天后,我惊喜地收到了回信——

亲爱的陈冲:

收到你的来信,让我很感欣慰。

自从读了你缅怀母亲的文章,我一直很难过。

我在重庆山洞镇的圣光学校遇见了你母亲。圣光是一所不到一百个学生的学校,大约有一半是寄宿生。我和你妈妈同班,又同住在一间女生宿舍。从起早睁开眼睛到睡前"枕头大战",我们形影不离。周末,你姥姥来接你妈妈回歌乐山。我家在重庆,离得很远,所以总是被邀请去做客,吃你姥姥用自制烤箱烤的面包。我会永远记得那些快乐的周末。

一九四八年我离开了中国,直到七十年代你母亲来美国做访问学者,我才再见到她。你发给我的照片,是我们在中国驻纽约领事馆,第一次团聚时拍摄的。她在美国期间,我们有过很多非常美好的团聚。

最后一次见到她是在二〇一〇年。我真遗憾后来和你妈妈失去了联系。

过去的几年,我和丈夫的健康日益走下坡路。去年七月我心脏病发作，随后动了手术，恢复得非常艰难。我的两个孩子建议我们卖掉公寓，搬来和 Andrea 同住。我公寓里的大部分东西都只好扔掉，珍贵的相册都被装进了盒子，不知道放在 Andrea 车库里的什么地方。

同学们都老了，许多人已经离开了这个世界。合影里的另一位，邹永，十多年前在上海病逝。他没有孩子，太太在美国。在他病重的日子里，是你妈妈和我们的同学张滋生，一直在帮助和照顾他。圣光同学真的是一个大家庭……

刘广琴趁我在新泽西拍戏，约了另外两位同学跟我在曼哈顿聚会，但好几次都因有人身体不适而取消。我决定先去拜访一位叫林珊的阿姨，她上世纪八十年代去英国探望姚牧师时，从他相册里翻拍了许多圣光的照片。

趁不拍片的一天，我从新泽西城坐了一个多小时的地铁，来到她居住的皇后区。一进门，这位精力旺盛的九旬老人就大声告诉我：我去过你家好多次——不过都是十年前的事了，你们家几只猫都认识我。你爸爸下班回家，猫就在橱顶上撩他头发，你爸就把它抱下来，跟你妈说，帮我拿两根棉签来，一根湿的一根干的。然后他就抱猫坐在沙发上，用棉签给它擦眼屎，你爸是医生的手，很温柔的，那只猫很信任地让他擦。

说着，她拿出相册给我看："这是尹任先校长，这是张治中将军——他是我们校董，这是姚牧师——我不在他最宠爱的几个人里，他喜欢你妈妈，她英文好，每天下课就去姚牧师那里听唱片，学歌。"

我一眼就从一群孩子中认出了姚牧师，他个头瘦高，又是欧洲人，所以容易辨认。孩子们在教室里听课、唱歌，在操场上打球、舞剑，或在树上、河水里玩耍……他们的脸模糊不清，但我知道母亲也在他们当中。一股强烈的思念涌上心头——如果她能跟我一起看这些照片该多好啊。她可以告诉我，那群穿救世军服、野营扎帐篷的孩子中，哪一个是她。

我仿佛能看见八十年前的那个校舍：一栋方正的两层楼瓦房，中间大门上方写着"圣光"，一片泥土的操场，上面竖了两个简陋的木制篮球架，边上有几间茅草屋，背景是一条山脊和葱郁的树木。这个貌似平凡的地方，曾让母亲一生难忘。

有一张相片，学生们穿着冬天的衣服，沿着楼墙坐在板凳上。我问，你们在干什么？林珊阿姨笑了出来，说，上姚牧师的课，外面天气好，我们就要求晒着太阳上课。

她指着另一张相片说，这个是我，我们每天的朝会，唱赞美诗，讲《圣经》故事。照片里，宽敞明亮的窗边有一位老师在弹钢琴，还有一位坐在琴旁，孩子们面朝老师站立着。离镜头最近的穿白衬衣梳两条辫子的背影可以是任何人，但林珊阿姨知道那是自己，幸福的怀旧洋溢在她脸上。

姚牧师珍藏的照片里，还有几张母亲学龄前的，和几张她在祖屋廊亭的。不知是姥姥送给他的，还是母亲回上海后寄给他的。其中一张母亲抱着一条温顺的大狼狗，原来这就是"查理"！

我脑子里浮现出月光下平江路的草坪，一条孤零零的瘦狗站在当中对天哀鸣。母亲曾多次讲过这个伤心的景象。一九四九年，院子里进驻了一个排的国民党新兵，领新兵的排长带着他的狗"查理"，住在我家的廊亭里。每天士兵们在草坪上歪歪斜斜操练，母亲和二姨就在一旁跟查理玩。一个月后部队要出发了，排长跟姥姥说，查理就不要跟着我去当炮灰了，让它给你们看大门吧。那以后，查理开始绝食，夜晚对月号哭。无论母亲怎么呼唤，它都不听，每天如此。最后，姥姥把它送去了上医的动物房。

母亲少儿时代的照片大多在"文革"中被烧掉了，而它们却被姚牧师完好无损地保存了，又被林珊阿姨翻拍下来。可惜原件本来很小，再隔着一层塑料纸翻拍，质量很差。我怎样才能看到姚牧师的相册呢？它们还存在吗？

我在网上搜索很久，只找到了一点最基本的信息：姚如云出生于一九〇五年，英文名是 Gordon Aldis，他一九三一年来到中国"内地会"当传教士，一九四三年开始在圣光学校当老师，一九五一年离开中国，一九八八年在英国去世。

正在我千方百计寻找那本相册的时候，朋友发来一篇文章。一位移民国外的中国人，父母在疫情期间过世。他远程将他们在国内的公寓出售了，并请买家将一切遗物当垃圾处理掉。买家在遗物中看到老人的相册，幼儿时代、学生时代、恋爱中的、孩子们出生后的……面对老人一生的记忆，买家感到沧桑。在扔掉之前，他把照片刊登在网上作为一种纪念。

好友海伦是个出名的孝女，她看了这篇文章后跟我说，其实我理解那个人的，我爸爸妈妈也有很多老照片，里面有的人我根本不认识，你说我留着它们有什么用？

我给朋友写信说，难道我那么不正常吗？我如此想知道和留住母亲的一切。他回，因为你是个艺术家吧。

这话让我想到，创作的饥渴和激情，常常来自某种基于哀思的记忆和想象——那个用清澈双眼望着你说"我爱你"的孩子，终将长大离家去寻找别的爱；那段令你神魂颠倒死而后已的恋情，终将这样或者那样地结束；那个晨光里完美的蜘蛛网、蒲公英、凤尾蝶，那道划过夜空的火流星……一切穿刺到你灵魂的美都与母亲一样，终将逝去。这不可名状、无法安慰的渴望和骚动便是艺术的源泉。

我放到大海里的瓶子中，有一只奇迹般地漂到了彼岸——尽管它到得晚了。我收到了一封与我素未谋面的人发来的邮件：

> 陈冲女士你好，我母亲张恩美也是圣光的校友，最近她仙逝了。我在整理她遗物时发现了你写给她的信，还看到了她和你母亲参加上海圣光校友会写的条子。我也很想知道自己母亲在圣光那段美好的时光。母亲故去，我和你感同身受了……
>
> 母亲说过她们躲日本飞机轰炸的经历，一个灯笼不用跑，两个灯笼慢慢跑，三个灯笼飞快跑。还有就是孔二小姐也在圣光上过学，每天带枪上课，枕头底下也有枪。还有就是圣光很自由，都是基督的孩子。记得母亲清醒时，会唱圣光校歌。我就知道几句，美哉圣光，荣哉圣光，旭日东升即辉煌……

我也记得一段歌词：英才济济，惜阴如金，春风化雨气象新；四育并进，业精于勤，日就月将培天真；诚朴无私，光明真纯，无愧堂堂大国民。

是什么让炮火连天的岁月、艰苦朴素的条件，成了母亲和她同学们记忆中最快乐的时光，以至于他们的第二代都能唱出校歌，以至于一位毕业生成年后为儿子起名为"圣光"？

经过了几个月的搜寻，我终于找到了一条线索。伦敦大学有一个资料库，收藏了英国传教士在非洲和亚洲的资料。翻阅目录，那里居然真的有姚牧师生前的文件和照片！我给资料库发邮件询问，第二天得到回音说，我们的确有 Gordon Aldis 的一些文件，但非洲亚洲馆正在装修中，要等到秋天以后才能入馆。我开始期待秋天。

有时蒙眬醒来，我会片刻忘记母亲已经不在，清醒过来再次震惊——确实永远见不到她了。死去的人是去了哪里？母亲生前是基督徒，或许她去了天堂？

我不是基督教徒，但觉得耶稣受难——十字架上他伸展的双臂、下垂的头颅和塌陷的脸庞——是一个动人的形象和概念。

在西方旅居的生活中，我常与教堂擦肩而过，只是非常偶尔地，我会为某个耶稣受难的雕像或画像驻步、触动。它们并不是什么世界闻名的作品，也不一定是工艺最娴熟的，有时候我猜，也许那些令我感动的作品是出自信徒之手？就像母亲的琴声和歌声。

我企图回忆书中、绘画中、电影中描绘的天堂，但觉得它很空洞，远不如牺牲精神那么有感染力。我很难想象母亲在天堂的样子。

我想起一本叫《g 先生：关于宇宙创造的小说》，作者 Alan Lightman 是一名优秀的物理学家。他写到一位垂死的老妇人，看到自己美丽而艰难的一生像电影那样闪回，她无法相信这就是一切，这就是尽头。然而在死去那一瞬间，老妇人脸上露出了一丝神秘的微笑，也许她瞥见了宇宙与时间之前的虚无，知道了生命的奥妙。

当时，她的体内有 31470103497276—498750108327 个原子，她的实质中，63.7% 是氧气，21% 是碳，2.6% 是氮，1.4% 是钙，1.1% 是磷，外加少量在恒星中产生的九十种其他化学元素。火化时，她身体里的水分蒸发了；她的碳与氧结合后，形成了气体一氧化碳与二氧化碳，飘浮起来跟空气混合；她的大部分钙和磷燃烧成了红棕色的灰烬，随风散落在土壤里。

曾经属于她的原子就这样被释放和蔓延开来。六十天内，它们便波及全球的空气；一百天内，她的部分原子——那些火化时蒸发了的水分——便凝结成雨水降落下来，被动物和植物酣饮吸收，转化成器官、骨骼、枝叶和花朵；孕妇们吃了那些动物和植物，十个月后，含有她原子的婴儿们便呱呱坠地……

在老妇人去世的几年后，地球上会有数百万含有她原子的孩子；再过几十年，那些孩子的孩子身上也将包含她的一部分原子，他们的思想将包含一部分她的思想……曾经暂时属于她的那些原子，将永远循环在风里水里土壤里，在世世代代的生命与思想里。他们能传承她的记忆，感受她经历的痛苦与欢乐吗？当然不能，但也许我们每个人，都积累和融汇了所有生命的记忆；也许我们所体验的无常，从来就是永恒。

母亲将存在于万物中——这个想法给我带来安慰。

(《上海文学》2022 年第 9 期)

灵猴

傅 菲

放下铳的一刹那，旦春傻眼了，只见一只短尾猴跪在地上向他作揖。一溜肠子血糊糊地从裂开的下腹淌下来，血水不停地往下滴。短尾猴把肠子撩起来，塞进腹部，继续对旦春作揖。旦春匍匐在大石墩上，感到有一股血腥气从喉咙冒上来，冲溃了堤坝的河水一样冲出了自己的口腔鼻腔。他狠狠地扇了自己两耳光。

这是一只老母猴，头发稀稀，脑壳露出红红的肉斑，宽阔的脸廓盖了一层紫红色，两道眉脊凸起。它的眼睛通红，血冲涨上来的红。它眼睛眨也不眨，怔怔地瞪着旦春。它的眼睑薄薄，如瓜片垂拉下来，很让人哀怜。可以看出它来自良善的族群。它的耳朵大而薄，如两把小蒲扇插在头部两边。一撮短短的尾巴缩在臀部。它身上的毛是淡黄色，荻草经霜秋后的那种淡黄色，淡黄中有泛青的白。它扁塌的鼻子皱起来，可能因为恐惧和惊吓，它的嘴唇在抖动。空气里还弥漫着炭硝的刺鼻味。硝尘发白，一丝丝往树上绕。猴群往后山跑去，边跑边吱吱吱地叫着。

旦春放下铳，往树下走过去，想抱起它。老猴子龇起牙齿，吱吱吱地叫。小猴子缩在老猴子后面，吱吱吱叫。旦春和它对视着，想以眼神震慑它。他父亲曾对他说过，兽最惧怕的是人的眼神，而不是人的拳头或手上的刀具。眼神会露出人的胆魄和心智，眼神是人精气外泄的一道光。和兽对视，得凝精聚力，凝出刀具的锋芒。老猴子的眼睛滑下了泡泉一样的液体。老猴子侧过身，把小猴子抱在胸前。

　　血水还从它的下腹淌下来。老猴子望着他，以哀求的眼神望着他。

　　他扭头跑下山。他的心针扎一样痛。他杀过多少野猪、多少兔子、多少果子狸，他记不清楚了。每一次猎获回来，他都扬扬自得。他曾多自豪啊，他是方圆三十里最好的猎手。没有他杀不了的野兽，没有他辨不了的兽迹。

　　在十七岁那年，旦春第一次独自杀了一头野猪。在灵山以北山区，哪个大山坞没有野猪呢？野猪成群结队来到山边的瓜田，一夜糟蹋，瓜瓤四裂。乡民种下的花生也被野猪糟蹋。他父亲斜吊着眼睛，睥睨他，对他说：毛湾坞有一大块番薯地，野猪肯定会去吃番薯，旦春啊，你有没有胆量去杀野猪啊。

　　在他父亲眼中，旦春一直是个胆小的人。他多年跟随他父亲上山打猎，每次都是他父亲开铳杀猎物。他父亲背一杆散眼铳，斜挎一个黑色麻布硝弹袋，腰背插一把弯口砍刀，穿一双高帮帆布鞋，低弓着身子走路。

　　他父亲走路快眼力好，在山中转十几个山头，也不气喘。在路上遇见动物粪便，他父亲蹲下来，捏起粪便，慢慢摩挲，微微一笑。他父亲知道是什么野兽在什么时间来到了这里。他父亲在草径寻找野兽足印，一路追随。有时追随了二十余里，足印没了。他父亲默默地站着,看四周的山形、森林形态、溪涧流向,然后往森林里钻,把野兽猎杀回家。

大多时候他父亲空手而归。

毛湾坞是一个偏远的山坞,有一块黄泥地,种了十几担番薯。霜降前后,番薯甜熟。这个时节,野猪每年都会来拱地。他父亲睥睨的神态,让他受不了。他说,杀死一头野猪有什么难呢?山里的男人杀不了野猪就成不了男人。

旦春背上铳、硝弹,手上捏了一把砍刀,一个人上毛湾坞了。他在草棚坐了一夜,也没等到野猪出来。野猪大多在夜间或凌晨出来活动。

他父亲见他垂头丧气地回到家里,说:守猎物就是磨耐心,练胆子,没有耐心和胆子,当不了猎人。

在毛湾坞守了十三个晚上,旦春才守到野猪出来。这是一个野猪群,有三十多头,在溪涧喝足了水,穿过一片灌木林,进入番薯地。旦春从没见过这么大的野猪群,大野猪在前面带路,小野猪在后面哼哼哼地叫。野猪分散在番薯地,肆无忌惮地拱地。旦春端着铳,不知道如何下手。野猪是十分精明的动物,听觉尤其敏锐。旦春紧张地在草棚站了几分钟,悄悄地爬上草棚边的乌桕树。受伤的野猪会发怒、疯狂,对人发起攻击。一枪毙不了野猪的命,自己的生命会受到很大威胁。

野猪拱着拱着,拱到了草棚这边。一头三百多斤的野猪拱着地,时不时地仰起头,昂昂昂地轻叫。旦春把铳架在树丫上,扣了拉栓,砰砰砰,硝弹飞出,大野猪脑壳炸裂,当场倒地。野猪群四散,号叫着逃向树林。旦春站在树上,脚一直在打抖。他感到自己的身子都发软了。当他看到硝弹轰开野猪脑壳,他又有一种无比的兴奋。庞然大物在自己面前,轰然倒下去，那是一种什么感觉？

这种感觉，他从来没有体会过。他随自己父亲打猎，很多次目睹大野猪被射杀，但体会不了征服大物的感觉。只有猎杀者才可体会。一个卑微的平凡人，猎杀了大物，突然感觉自己成了征服者，成了悍然主宰大物生死的人。他觉得自己是山林之王。

现在，旦春颓然地坐在门前的石阶上，双腿忍不住地发抖、酸痛。他使劲地搓揉双腿，也缓解不了那种酸痛。

吃了饭，旦春坐在门前的无患子树下，遥望着对面的灵山。灵山由东向西横亘，如一簇抛起的巨浪。晚暮的云层飘飘浮浮，遮盖了山峰，青黛色的山峦如鼓胀的马臀肌肉。鹞子在屋前山坳盘旋，一圈又一圈，嘘嘘嘘地叫。

无患子树簌簌簌响，树叶被风翻动。树叶半青半黄。风翻动一次，树叶飘落几片。叶落在旦春头上。旦春感到浑身乏力，他从来没有这样疲倦过，便早早进屋睡下了。

可入睡不了。他想起了老猴子作揖的神态，那是一种无望的哀求，似乎在对他说：放过我吧，放过我的家族吧，放过我弱小的孩子吧。老猴子把肠子塞进腹部、抱紧小猴子的那一刻，旦春在溃败，像马蜂飞出捣烂的马蜂窝。他强烈地想自己的母亲。他活了四十余年，母亲仅仅是一种称谓。

在他四岁，他母亲因车祸走了。他对母亲毫无印象。除了一堆泥土坟，他母亲什么也没留下，照片也没留一张。十六年前，他娶了老婆，他父亲入赘了山下的张家桥头李氏。他父亲对他说：我们山腰人家谋生不容易，来不了钱，打个短工还找不了东家，以后你也来山下安个窝。

父亲下山了，把铳交给了他。这是一杆八尺七寸长的长铳，铳眼直径三厘米，铳管两尺一寸长，铳托是棠棣老木刨出来的，有两条深黄色的溜肩。他父亲喜欢这杆铳，他也喜欢这杆铳。因为多年的油布擦洗，棠棣老木溢出了松脂色的包浆，铳管是生铁铸的，乌黑发亮。旦春每次摸铳管，似乎能听到硝弹在里面发热、呼啸。

他在床上翻来覆去，想着下午的事。为猎短尾猴，他准备了半个多月。这是一群迁移来黄茅尖的猴群，有十几只。

旦春还没看过野猴。他去了黄茅尖。黄茅尖是一座高山的尖峰，野路都没有一条。在山上寻迹了半天，他才摸到猴群的行踪。猴群在丛林活动，以一棵高大栲树为中心，在树林跳来跳去，在崖石上嬉戏追逐。

他去了三次黄茅尖，还蹲守了一天。

第四次，他背上了铳，拎了半蛇纹袋玉米棒，上山了。他把玉米棒撒在涧边的一小块空地上，然后隐藏在一块石磴背后。他戴着树枝编的帽子，等猴子下来捡玉米棒吃。等了两个多小时，一只猴子下来，捡了一根玉米棒，往大栲树跑去，吱吱吱地叫。叫了几声，猴群下来了。有的猴子荡着树枝下来，有的猴子小跑着下来。猴子捡了玉米棒，扎堆地蹲着掰开吃。

旦春站直了身子，举起铳，瞄准了猴群。旦春想，这一把硝弹放出去，至少可以杀三五只猴子。

这时，一只老猴子发出了吱吱吱的叫声。它警觉到了危险迫在眼前。它站了起来，发现了旦春。它举起了前肢，拦在了猴群前面。砰砰砰，铳响了。硝弹散射而去，击中了老猴子腹部，还击中了一只小猴子的前右肢膝盖骨。

其他猴子在四处张望，铳声突然响起，它们惊慌失措，四处乱跑。旦春拉开铳管，往里面灌硝弹，推实铳管，举起铳瞄准。他惊呆了。老猴子在作揖。它多皱的脸在痛苦地扭曲，嘴角往两边拉动，不停地拉动，露出粗粝的尖牙。

红肋蓝尾鸲咕吟吟鸣叫了。天麻麻亮，山脊翻出如絮的白云。旦春从迷迷糊糊中醒来。他吃了碗泡饭，握了一把柴刀，上山了。他去黄茅尖，去找那只老猴子。假如那只猴子还活着，他要抱它去医院，缝合伤口，医治它。人有冤孽。有时候犯下的冤孽，自己还不知道。像他这样杀生重的人，犯下的冤孽更重。他是一个猎人，他的职业就是杀生。见生杀生。

他的胸口在隐隐作痛。猴子怎么会像人一样作揖呢？它没法说出人话，没法和人争辩。它没有铳，它只有作揖。它用它的身子挡硝弹，它期望用它将死的肉身换取族群的生命，它只有作揖。它用它的命在哀求他。

在黄茅尖不见猴群了。旦春不知道猴子去了哪里。他找了方圆五里的尖峰也没看到猴群。他也没找到受伤的老猴子。

他老婆见他垂头丧气的样子，脸色如打蔫了的菜叶，说：丢了魂的人也没这样难看的神色，你杀它又要救它，何苦呢？

旦春扔下手上的事，又去黄茅尖。老猴子跑不远，应该是躲在一个不容易被人发现的地方。再不施救，它会死去，那么大的创伤面，血一直在滴，它熬不过去。还有，那只受伤的小猴子去了哪里呢？他心里这样想。

去了泉水潭，他仔细地察看了四周。四周是一片葱郁的灌木林，在林下有一棵粗壮的苦槠树，树冠如席。这是一棵几百年的老树。旦春穿过灌木林，一股腐肉的气味冲了过来。他忍不住捂住了鼻腔。

苦槠树根部有一个笸箩大的树洞，老猴子斜躺在树洞里，腹部溃烂，流出白白黄黄的腥水。小猴子伏在老猴子的头上，干瘪的身子有蛆虫在爬。小猴子可能是饿死的，它的脸塌陷在颧骨下面。它守着老猴子而死。它的手（前肢）抱着老猴子的脖颈子。

旦春在泉水潭边掏泥，用柴刀掏。泥是黄泥，抱在手上有黏湿感。他脱下劳动布外衫，包着泥，埋在洞里。他一包包地拎下去，封住树洞。他的衬衫盖在猴子身上。

在苦槠树下，他坐了一个中午。他有一种虚脱感。他已打猎二十多年了，他的铳声震动山野。他凭一杆铳在山林行走。他从不给猎物下套子，他鄙视以套子或陷阱狩猎的人。他有力气有胆识有脚力有耐力。

在看到老猴子下跪作揖的那一刻，痛苦袭击了他。

旦春泪流满面地回到家，取下铁锤，颓然地坐在门前石阶上，狠狠地砸铳管砸铳托。砸了十几下，铳砸烂了。他看看自己的手，摸了摸，把右手食指压在石头上，左手举起铁锤，狠狠地砸下去。"嚓"，指骨碎裂了。该死的扣扳机的手指。

又一年。

旦春去双河口喝喜酒。他堂姐的女儿在腊月初八出嫁。大寒即将来临，大雪飞舞，飘了一日又一日。雪从山尖往下盖，村舍如从雪地浮上来。吃了午饭，旦春沿公路闲走。往北走了四里，有一个大山垭，溪流从桥下弯过一块稻田，潺潺而去，没入狭窄的峡谷。十几个村民聚集在桥头，围着一辆大货车，议论着什么。旦春近前看。一只大猴被货车碾轧，肉身四裂，满地血水。一只小猴子被压断了后左腿，瘫倒在地，吱吱吱地叫，可怜巴巴地看着人群。

双河口的高山上，有一个庞大的猴群，已盘踞多年。山高林密，谁也没上山追过猴，也不知道猴群里到底有多少只猴。

但猴群会下山,来村子找吃的。

旦春脱下毛衣,包起了小猴子,对村人说:我抱它去医院,看看骨头能不能接起来。小猴子看着地上的"肉饼",吱吱吱,叫得更凶更悲凉了。

小猴子来到了旦春家里,裹着纱布,撑着支架。医生说,小猴膝盖粉碎性骨折,会落下残疾,会瘸腿。小猴只有一尺来长,四斤来重,皱起的嘴巴像两个锅盖。旦春从楼上取下摇篮,给猴子睡。旦春对老婆丽晴说:每天熬点骨头汤给小猴喝喝,伤筋动骨一百天,补一补,恢复得快一些。

"又不是你儿子,哪有那么多骨头汤给它喝。"

"好升在外读书,家里有一只猴子多好啊,有很多欢乐。"旦春掰玉米棒给它吃,一粒一粒搓下来,塞给它。小猴子一把抢过来,自己捧在手上吃,一边吃一边防着旦春抢回去。

天热了,旦春爱喝啤酒。他骑一辆摩托车,从山下杂货店买两箱啤酒放在香火桌下,他餐餐喝一瓶。一个大碗,倒半瓶啤酒,余下的半瓶被猴子抢去,举起酒瓶,喝得点滴不剩。猴子喝了啤酒,满脸通红,晕乎乎,从长板凳上栽下来。

旦春养了二十多头牛,早上赶牛进燕子坞,傍晚牛自己回来。猴子也跟着去。猴子有时坐在牛背上,有时坐在旦春的肩膀上。猴子蹦跳到牛群前面,蹦跳到路边的树上。

有一次,旦春在山里栽芝麻,栽到响午了,还没栽完。挖出的秧苗不及时栽下去,会脱水而死。他不想来回走路,便空着肚子继续栽。猴子来了,脖子上挂着一个饭盒,叮当叮当。旦春鼻子一酸,说:你怎么知道走这么远的路送饭来呢?他抱起猴子,给它理毛,说:你怎么赖在我家里不走呢?

猴子看着他,龇牙。

每年的农历九月廿三，旦春都要提一个篮子，带上玉米棒、苹果、香蕉、橘子，去黄茅尖，来到那棵苦槠树下，搭一个矮石台，摆上果品，拜祭老猴子小猴子。他跪在石台前磕头、上香。黄泥已经长满了斛蕨，蕨衣一层层地黄。他的脸也有了蕨衣般的皱纹。每次来到苦槠树下，他忍不住哽咽。他不知道是什么唤醒内心的伤痛，而无法自抑。他甚至不知道他的伤痛是什么。

瘸腿的猴子也跟他去黄茅尖。他带它去看那个泉水潭，去看那棵高大如九层塔的栲树，去看广阔的丛林。每一次去祭祀，他像受难，又像从内心的废墟中解脱。

有一年，他和猴子一起去黄茅尖，第二天，猴子不见了。他到处找，去燕子坞，去羊角湾，去梨花坞，都没找到猴子。村子周围的山梁，他走遍了，也没看到猴子的踪迹。他天天失魂落魄，脸色敷了盐霜一样难看。他老婆丽晴劝他：猴子是精怪的野兽，走了就走了，千万别为它着了病。

屋前屋后，旦春种了十几棵梨树。九月梨熟。梨是大雪梨，小饭碗大。他年年摘梨去街上卖。一棵梨树结两担梨。猴子喜欢吃梨。猴子一天吃两个。它三跳两跳爬上了树，坐在树丫上吃。采梨了，猴子上树摘，一个个递给旦春。看到满树的梨，旦春又想起了猴子。

来年三月。旦春去街上卖石耳，买了两块蒸糕回来。丽晴喜欢吃蒸糕，每次上街，他都买蒸糕。过小木桥的时候，他看见一张浅斑红的脸，从家门前的桃树上露出来。他扬起手，举着蒸糕。猴子跳下树，蹦跳着跑向他。他把一块蒸糕塞进了它嘴里，抱住了它。猴子跳了起来，站在他肩膀上，抚弄他的头发。

猴子腹部圆鼓鼓，奶头红胀胀。他摸着猴子的头，说：你要当母亲了。

过了半个月，母猴生下了小公猴，青黄色体毛，嘴唇下塌，眼睛眯起来。

过了四个月，旦春挑起箩筐，把两只猴子挑去了黄茅尖。他不想这一对母子生活在家里。人居之家，不可能繁衍出猴子的家族。

在尖峰下，旦春搭了一个木架棚，两只箩筐放在棚里。他下山了。两只猴子追着他，吱吱吱叫。他用竹梢凶它们，猴子又退回去。他继续走，母猴带着小猴又追上来。他用竹梢狠狠地打在树上，骂它们：你是不是要我留在黄茅尖，你们才了心愿啊！母猴怔怔地看着他，眼里流出了液体。露水一样的液体。

两个多月了，旦春再也不去黄茅尖。

农历九月廿三，旦春提着果品去苦槠树下拜祭。他避开了崖石下的丛林，往另一条山腰上去。他还没到泉水潭，便看见母猴带着小猴坐在苦槠树下。母猴感觉到了他的气息，荡着灌木枝条，爬上了他的肩膀。他抽它，骂它：谁叫你爬上来的？我又不认识你。

他又抱它，骂它：你这个猴精，怎么知道我今天会来这里啊。

旦春的父亲死于七十三岁。

虽是父亲，旦春去山下父亲家却很少。不是父子不和睦，毕竟是两个家庭有了各自的生活。旦春把父亲安葬在母亲墓地侧边，也是对母亲的告慰。下午圈坟的时候，母猴带着小猴子来了。这让旦春非常诧异。

墓地和黄茅尖隔了四个山头，猴子怎么知道呢？旦春觉得十分悲酸。自父亲去世，剃头、洗身换衣、入殓、出殡、落棺、筑坟、堆坟，他都没流眼泪，可猴子出现在坟地，他哗哗哗地哭了。

他父亲满七之后，他挑沙挑水泥去黄茅尖，挑了十多天。

一个月后，苦槠树下，有了一座矮小的石头庙。

庙叫"母子庙"。

旦春一个月来黄茅尖两次，他既是失魂落魄的人，又是意气风发的人。他戴着圆顶草帽，穿一双翻毛的黄牛皮鞋。牛皮鞋穿了六年了，他还穿。他说：这双鞋子很适合爬山。他去黄茅尖干什么，他自己也不清楚。但去了，他心情舒坦很多。他把自己心里的废渣，排放了出来，他获得了安谧。在黄茅尖，春天来得迟一个月，冬天又来早一个月。他似乎推迟了或提前了季节的循环、转换。森林是寂静的，除了风声、鸟鸣。

（《长江文艺》2022年第3期）

绿绒蒿的前世今生

龙仁青

第一次见到绿绒蒿是什么时候？我已经记不太清楚了。只记得是在十几年前，我还是一名媒体记者的时候。那一年，到了冬虫夏草的采挖季节，我去果洛草原采访，在海拔四千多米的阿尼玛卿山下，第一次见到了绿绒蒿。我是从车窗里看到绿绒蒿的，当一抹金黄就像一颗流星，忽然划过车窗，我的目光急忙追随着流星划出的弧线向后看去。当我的头随着目光转了四十五度角，我的上身也随之倾斜过去时，我看到那一抹金黄的弧线幻化成了一朵小小的花，与我们的汽车相向而去，迅速消失了。而就在它消失了的荒野左右，出现了更多金黄的花朵，它们就像是紧紧跟随在我第一次看到的那朵金黄花朵的后面，同样迅速地向后划去，就像是奔赴着同一个目标——也许是去奔赴春天的盛宴吧。当车窗外再次出现金黄花朵，我急忙喊司机师傅停下车。就在我们的车就要停下时，在路的左边，一朵迎面而来的金黄花朵也减慢了速度，缓缓停了下来。我拉开车门，径直奔向了那朵花儿。

此刻，这朵花儿就在我的面前，她低垂着她金黄色的头颅，显得安静而又羞涩，面对我满眼的惊奇，她却若无其事，一副见惯不怪的样子。我蹲下身来，开始仔细地打量起这朵花儿：正是高原五月初，草原还一片荒芜，"草色遥看近却无"的样子。这朵金黄色的花儿就站在这片荒芜之中，被细小柔嫩的茎叶托举着，茎叶上满是纤细的茸毛，整个花儿显得孤傲又安静。刚刚下过一场阵雨，一粒晶莹的雨珠挂在花瓣上，这让她看上去像是刚刚哭过一样，显出几分楚楚动人的柔弱来。我从她的身上抬起目光看去，便看到草原上四处散落着这样的花儿，那灼灼的金黄色，就像一盏盏酥油灯，点亮了整个荒野，耀眼而夺目。让这刚刚走出漫漫寒冬，满眼枯黄，色彩单一的高寒草原，有了几分金灿灿的生气。

那时候，我并不知道这金黄色的花儿叫全缘叶绿绒蒿，但与她初次相见，她带给我的惊奇却永远留在了我的心底。她就那样轻而易举地打破了我心中一个固执的认知——我的家乡在青海湖畔的铁卜加草原，那里的海拔三千五百米左右，比果洛草原低了四五百米，但同样已经过了"树线"：除了在河岸、低洼以及背风的山麓偶尔有一些灌木丛之外，四野看不到一棵树，大片的牧草透迤着伸向远方，在目光所及的远处，便是连绵的山脉，山脉间最高的山峰高昂着孤傲的头颅，终年不化的积雪是他洁白的银冠。那时候我固执地认为，海拔越高的地方，生物的物种就会越稀少，这几乎是一种自然规律，所以，果洛草原上的花草树木，一定会在我的认知范围之内。果洛草原上有的，我的家乡一定也有，而我的家乡有的，果洛草原上就不一定有。可是，我错了，这朵金黄色的花儿就盛开在这里，我在我的家乡从来没有见过她。也就是说，这种花儿完全颠覆了我的认知，不动声色地就让我把藏着掖着的无知自个儿祖露了出来……她居然生长在了比我的家乡海拔更高、气候更严酷的地方！她们为什么要盛开在这么高的地方呢？似乎就是从那时候起，这样一个海明威似的质问就盘踞在了我的脑际。

时过境迁，这个问题至今依然盘踞在我的脑际。虽然此后我曾查阅过一些资料，也向相关专家请教过，但这个问题依然扑朔迷离。有资料说，因为喜马拉雅山的隆起，冰川的出现和气候的骤冷，让她们不得不学会在高海拔地区生长。但这样的解释并没有解除我心中的疑惑，因为造山运动牵动着整个地球，她们在不断衍化、选择生境的过程中，为什么偏偏遗漏了我的家乡？依我的想象，她们因为太过美丽，鲜亮的颜色总是吸引人类和动物不断采摘、啃食她们，使得她们不得不放弃条件更好的生境，退居到一个人烟更加稀少的所在地，使她们能够在相对安宁的地方开花结果，繁衍后代。就像原本遍及西藏、青海、新疆等地的藏羚羊难以忍受人类和一些猛兽的杀戮，毅然决然地退居到高寒缺氧、植物稀少的可可西里荒野一样。

那次果洛之行，让我见识了采挖冬虫夏草的艰辛——那些远道而来的农民和当地的牧民，匍匐在海拔近五千米的高地上，肌肤紧贴着尚未解冻的泥土，在呼啸的寒风和不期而至的冷雪中，手持一把小镢头，目不转睛地紧紧盯视着前方，希望从刚刚萌芽的青嫩牧草中辨识出一只冬虫夏草来。而在此时，一只冬虫夏草从众多牧草中闪现出自己的身影，让这些在苦寒中等待希望的人们眼前忽然一亮。这也几乎顺应着绿绒蒿们的用心——她们攀缘到更高的高处，把她们的美丽，留给了空寂的天空与大地，谢绝了人们的欣赏和赞美。而愿意追逐她们的人们，则要历经路途艰辛、高寒缺氧，以及刺骨的风雪，才能够碰触到她们的美丽。

那次果洛之行的另一个收获，是知道了那种金黄色花儿的名字——全缘叶绿绒蒿，以及她的藏语名字——欧贝勒。已经不记得她的汉语名字是谁告诉我的，只记得他还告诉我全缘绿绒蒿的一个秘密：她们之所以选择在草原一片荒芜的季节开放，让花瓣闪耀着酥油灯一样醒目的金黄色，就是想着让那些经过一场冬眠，与她们一起苏醒过来的昆虫们——那些熊蜂、蝇虫和蓟马能够在第一时间发现她们，给它们提供花蜜花粉，让它们辘辘饥肠得到温饱的同时，也帮助她们传粉。为了达到这个目的，她们也是煞费苦心，她们让太阳为她们帮忙，用强烈的紫外线照射她们，让她们个个有一副色彩鲜艳的容颜。

绿绒蒿的藏语名字，则是一位正在采挖虫草的牧民告诉我的。当时他刚刚采挖到一只虫草，满面欢喜，一边轻轻搓揉着沾在虫草上的泥土，一边指着不远处的一朵全缘叶绿绒蒿，用带有四川色达口音的藏语对我说："这是欧贝勒，是欧贝勒赛布，等到了夏天的时候，还有欧贝勒玛布、欧贝勒昂布盛开起来，太好看了！"我知道，置于欧贝勒后面的赛布、玛布、昂布是藏语黄色、红色、蓝色的意思。也就是他的这句话，促成了我在次年的六月中旬，再次来到果洛草原。这一次，我专门带上了相机，也带上了我通过查找资料获得的知识，记事本里还夹着刚刚发行不久的一套特种邮票《绿绒蒿》。正如那位采挖虫草的牧民所说，我见到了开着红色花儿的红花绿绒蒿、略微泛紫的久治绿绒蒿。那是一种单纯的红，没有一丝杂质，恰如牧人身上佩戴着的珊瑚玛瑙，有一种坚定和果断的美，但她却又薄如蝉翼，阳光照射在花瓣上，瞬间变得通透，难以想象这样单薄的花瓣是如何抵御高原上的风雪的；也见到了开着蓝色花儿的多刺绿绒蒿、总状绿绒蒿。那是高原紫外线把蓝天融化之后，注入了她的花瓣，我也打开我想象力的阀门，想象她们是喜马拉雅古海洋遗落在草原上的宝蓝色浪花。而此时，金黄的全缘叶绿绒蒿正在退场，花瓣已经消散，花萼的地方结成了果实。显然，作为一朵花，她已经完成了她的使命。她们的颜色，也变成了她们刚刚开放时，围拢着她们的牧草枯黄的颜色，有一种功成名就之后，完全放弃了对盛名的执着的随意和轻松。我拿着相机不断对准一束束花儿，把那一抹抹红和一抹抹蓝都留在了我的相机里，也把干枯了的全缘叶绿绒蒿定格在了相纸上。

这一次，我还把"欧贝勒"这个名字记在了我的记事本上，也记下了她们各自不同的颜色。回到省城西宁，我开始按图索骥，查找资料，猛然发现，"欧贝勒"这个词来自梵语，也就是在汉译佛经典籍中时常提及的"优钵罗"（亦写作沤钵罗、乌钵罗等），也就是说，"优钵罗"是"欧贝勒"的汉语谐音写法！然而，在梵语里，"优钵罗"指的是睡莲，是一种水生草本植物，一般适于生长在热带或亚热带地区，在青藏高原高寒地带难见其踪。在汉译佛教典籍中，"优钵罗"也被译作青莲华、红莲华等——佛书认为"花华不二"，所以一般称花为华——那么，她在牧民的口中，怎么变成绿绒蒿了呢？绿绒蒿是罂粟科绿绒蒿属植物，与水生植物睡莲相去甚远。此前，绿绒蒿缘何选择了海拔更高的地方生长这个问题还没有明朗，这样一个问题又接踵而来。

一次，也是在果洛，与藏族母语诗人居·格桑闲聊，我便向他请教这个问题。他的一席话却让我豁然开朗。他提及了佛教从印度传入青藏高原的那个久远年代。

佛教传入西藏，大概是公元5世纪的事儿。先是一批佛典从天而降的传说，接着是在松赞干布时期，唐朝文成公主和尼泊尔赤尊公主分从两地远嫁吐蕃，两尊释迦牟尼佛像伴随她们的嫁妆进入西藏，西藏为此修建大昭寺和小昭寺，供奉两尊远道而来的佛像的历史。在同一时期，松赞干布选派大臣吞米·桑布扎前往印度学习梵文，这位聪慧的大臣，在印度经过七年的寒窗苦读，返回西藏后，仿照梵文创造发明了藏文——这也是在藏语藏文中大量存在梵语词汇的一个原因——并且把那批"从天而降"的佛典翻译成了藏文。接着又是从中原和印度迎请诸多传教士，开始佛经的翻译和传法，如此，佛教开始在青藏高原传播。

任何一种文化，当它从彼地进入此地，其实都会有一个本土化的过程，佛教也不例外。伴随着佛教传入西藏，那些"从天而降"的佛典落地的地方有了一座名叫桑耶寺的寺庙，几个刚刚改信佛教的藏人便剃度出家，穿上了绛红色的袈裟，一些佛教仪轨仪式也被移植过来，诸如供花、供水、供灯等供奉仪轨也一并传入。这其中，供水、供灯的仪轨通过一番本土化的改造，遗留在了青藏高原，而供花的仪轨却没有得到顺利传承。原因也显而易见：佛教的原产地印度气候温暖湿润，四季开花，特别是梵语叫"优钵罗"的睡莲，不分春夏秋冬都在开花，且色彩鲜艳，有红黄青紫等诸种颜色，佛前供花，对佛教诞生之地的印度来说轻而易举。然而，佛教到了西藏，气候高寒，在海拔四千米的地方，别说睡莲，开花的季节也只有短短两个月左右，剩下的十个月不见花卉。在这样的情形下，供花仪轨如何延续？

显然，为了传承供花仪轨，刚刚改信佛教的藏族信徒也是煞费苦心，做了一番努力。他们试图从青藏高原的野生花卉中找出一种可以与睡莲媲美的花儿，作为她的替代品，如此，与睡莲一样有着艳丽色彩的绿绒蒿便脱颖而出，他们赋予了她睡莲的名字——欧贝勒——优钵罗。

也就是说，伴随着佛教供花仪轨的传入，以睡莲作为主体的供花仪轨演变成了绿绒蒿，原本出现在佛经里的睡莲的名字"优钵罗"，也从经卷里走出来，走进了牧民们的口语里，高原野生花卉绿绒蒿自此更名换姓。如此，对青藏高原来说，睡莲，便成了绿绒蒿的前世，或者说，初传佛教的青藏高原借此完成了一次"借花献佛"。

那么，作为一种高原民族耳熟能详的常见高原花卉，如今被藏民族广泛叫做"欧贝勒"的绿绒蒿此前叫什么名字呢？出于好奇，我曾向被人们称为"鸟喇嘛"的扎西桑俄堪布请教。扎西桑俄先生稔熟高原生物，曾经参与编写《三江源生物多样性手册》汉藏文对照本。没想到，我的疑惑，也曾经是他的疑惑。几年前，他就曾通过实地和网络在西藏、青海、四川等有藏族民众聚居的地区进行探询和调查，得到了答案，他把他的调研结果发给了我。绿绒蒿"欧贝勒"果然曾有过她们美丽的名字：全缘叶绿绒蒿叫嘎玉金秀，红花绿绒蒿叫阿达喜达，蓝花绿绒蒿叫喜达昂波……

然而，高寒的青藏高原不可能在一年四季里持续满足供花的需求，即便以替代的方式解决了高原不生长睡莲的问题，但在漫长的冬季里，包括绿绒蒿在内的众花衰败，这一仪轨依然难以为继。

如何让供花的仪轨保留下来，让那些信奉佛教的信徒们在佛前表达虔诚之心呢？

多年以后，我去塔尔寺采访。春节刚过，元宵节就要来临，塔尔寺的两个花院——上花院和下花院正在马不停蹄地加紧制作酥油花，以便在正月十五月圆之夜，向游客和信徒展示他们的酥油花工艺，得到他们的观赏和瞻仰。我被特许进入了制作现场。

酥油花，最早起源于西藏苯教，一种叫"多玛"的祭祀品系用青稞糌粑捏制而成，其上粘贴着工艺简单的酥油贴花。因为只是用于祭祀，这种叫"多玛"的制品也是在很小的范围和场域存在，所以并不为人所知。然而，它又是如何成为塔尔寺等各大寺院一种专门由艺僧制造、广为展陈的佛教艺术品的呢？

我曾想象，那应该是一个曾经制作过"多玛"的艺僧，改信佛教后，他对佛教虔诚有加，经常奉行着供灯、供水的仪轨，但也对高原隆冬季节不能在佛前供花耿耿于怀。一日，应该是清晨，这位艺僧起床诵经，接着便开始用早餐，那天他吃的是用酥油和炒青稞粉拌制的糌粑，当他从糌粑木箱里拿出一块酥油，就要放入碗中时，早年制作"多玛"的技艺在他的指尖复活，他随手就捏制出了一朵酥油的花朵。看着在指尖上忽然盛开出一朵金黄的花朵，这位艺僧忽然想到了什么。"梅朵乔巴！"艺僧忽然叫了一声，放下了还没有吃完的早餐，便出了僧舍，径直朝着大经堂走去，出门前，带上了他仅有的一坨酥油。

"梅朵乔巴"便是供花的意思，这位艺僧到了经堂，便用酥油捏制了几朵花儿，供奉在了佛前。如此，酥油花应运而生。藏民族至今把酥油花叫做"梅朵乔巴"。

酥油是从牦牛奶中提炼出来的，是高原上营养价值极高的一种食材。牦牛的产奶量本来就没有多少，从牦牛奶中提炼出的酥油也就显得极为珍贵。然而，用酥油制作酥油花，再把它供奉在佛前的习俗一经开始，便得到了青藏高原广大寺院和民众的纷纷效仿、响应，很快，每一座寺院都有了供奉酥油花的仪轨。这是因为，酥油花的出现，解决了深冬季节不能用自然生长的花卉供奉的遗憾。即便这种食材是那么金贵，但比起他们内心对佛法的虔诚，这又算得了什么呢？如此，酥油花便成了欧贝勒——优钵罗的像生花。

然而，酥油花的制作，也不是那么简单的事。

那天，在塔尔寺，我在一位小僧的陪同下，走进下花院的酥油花制作作坊，第一眼就看到靠墙立着的酥油花，酥油花占据了整个墙面，色彩艳丽，耀眼夺目，整个作坊，就像是一个花团锦簇的夏日花房。几位艺僧还在做着局部修改。作坊里的温度却极为寒冷。这是因为艺僧们怕酥油花融化，有意没有在作坊里生火，在他们身旁，还放着两只盆子，一只盆子装着冰凉的冷水，一只装着掺和着豌豆面粉的热水。在给酥油花上色时，艺僧手上的温度会引起酥油花表层的酥油微微融化，他们便把手放入冷水中降温，而当手上沾染上太多的糅合了矿物质颜料的酥油时，又将手放入热水中清洗。隆冬的高原寒气袭人，艺人们便是在这样的环境下，满怀虔诚，心无旁骛地工作着。

如今的酥油花，也不单单只有花儿——酥油有着极强的可塑性，于是那些艺僧便用酥油捏制成了更多的工艺形象，其中，有人物，有山水自然，有亭台楼阁，整个儿构成了一段故事，就像连环画一样，讲述着佛经中那些耳熟能详的故事。而在各种内容的间隙里，依然布满了各种花卉。每一朵花儿都富丽、繁盛，就像是自然界的花儿恰好盛开到了极致，把自己最美的瞬间展示了出来。

那一天，我看着那些花儿，问我身边的小僧：这些花儿都是什么花儿？小僧不假思索地回答道：欧贝勒！

听着小僧的回答，我感到我的脑际忽然嗡嗡作响。欧贝勒——优钵罗，这是绿绒蒿从印度睡莲那里"盗取"的名字，但她又不能像睡莲那样四季开花，时时供奉在佛前案上。于是，酥油花替她完成了广大佛教信徒的心愿。或许，我看到了绿绒蒿的今生，或许，这又是另外一种意义上的借花献佛。

藏民族生活在世界上海拔最高的地方，长期与高寒缺氧共存，形成了独成体系的生存智慧。他们深知高原生物在这样的环境中生存的不易，并且也敏锐地察觉到大自然诸种物种之间相互共生又相互制衡的道理，所以轻易不会破坏自然生态，形成了自己朴素的生态理念。小时候，父母从来不让我们摘采野花，说那是大自然的头发，"如果我薅了你的头发，你不疼吗？"有一次我摘了一捧野花带到家里，母亲看见后，便说了这句话，这句话我至今记着。记得在我的家乡，每每到了盛夏季节，野花盛开，那些牧民和僧侣面对着漫山遍野的鲜花，便开始虔诚地诵经祈请，口中低呼"供奉三宝"，但却不去摘采花儿，用意念把这些花儿供奉给自己信奉的神灵。这，也是一种借花献佛啊！

绿绒蒿到底有多美。这一点，从那些西方人第一次见到绿绒蒿后的惊讶和赞叹可以看出。一百多年前，许多的西方人——探险家、传教士以及植物学家等涌入喜马拉雅山地区，发现并采集了各种颜色的绿绒蒿，这其中有后来成为在世界上享有盛誉的植物学家的洛克、金登·沃德、威尔逊等，他们赞誉绿绒蒿是"喜马拉雅蓝罂粟""我的红色情侣"。苏格兰植物学家乔治·泰勒甚至说：没有一种植物能够像它这样享有最高、最奢华的名号。凡是能一睹其自然风采的人，都会歌颂它们一番，所有初次邂逅这种花的人都会为它疯狂。自此，西方人大量采集绿绒蒿的种子带回西方，并在西方园林驯化培育出了绿绒蒿，绿绒蒿很快成了西方园林里的最宠。

  如今我国许多地方也开始驯化和培育绿绒蒿，希望这种美丽的花儿也能成为我们城市园林的绿化和观赏植物，不要让她总是开在深山无人问津。率先传来好消息的是西藏和云南，但这并不奇怪，西藏和云南原本就是高原，让一种高山野花在高原园林得以开放，可能相对容易一些。而当我听到北京植物园成功地栽培出绿绒蒿的消息，内心还是掀起了欣喜的微澜——我一直有一个想法，比如我所居住的城市西宁，是青藏高原最大的城市，有朝一日能够以高山花卉作为城市绿化植物，以此吸引四方来客，而不是像现在一样，大多是引进一些毫无地域特色的外来花卉来美化这座高原城市。如此，也可以算是这座城市的一种生态标签吧。绿绒蒿在北京初次绽放，这是她首次在平原露地栽培成功，相对于北京，西宁应该更能够让绿绒蒿盛开起来。或许，这才是绿绒蒿的今生，抑或，是她的未来。

（《青年文学》2022年第9期）

燃爆记

江 子

1

她总是一副满腹怨气的样子。她这一辈子,好像很少有满意的时候。比如说,她对婚姻不满意,理由是,她嫁的人家,成分太高,是地主,而她是贫农的女儿,走起路来从来昂首挺胸,可一嫁进门,她就被迫跟着全家人低下了头。她的夫家,兄弟姐妹妯娌什么的多得很。人多,矛盾就多,眼高手低的地方就多,她因此受的气,用箩用筐都装不完。又穷,成分虽是地主,可穷得叮当响。他们新婚后不久按公婆的意思单过,她的婆家,除了一个灶和几个碗几双筷子,一个只有三四十平方米的房间,就什么也没有。她的丈夫也就是我的父亲,是个懦弱的、三棍子打不出一个屁的男人,受人欺负是经常的事,她当然要跟着受委屈。比如说,生产队时,村里分的粮食经常不够吃,以致青黄不接时,她要想方设法弄吃的,有时在米饭里搭番薯,有时在饭里搭叶子菜;后来分田到户,能多打粮食了，可因为孩子们尚小，姐姐十一二岁，我呢只有八九岁，弟妹更小，家里劳动力缺乏，父亲又因做篾常不在家，家中主要靠她操劳，她成天劳作，难得有歇息的时候。比如父亲干活儿太慢，老出不来活儿，而她力气又太小，干啥事都很吃力。每逢收割，她与父亲扛着打谷机，父亲扛着最承重的那头，她扛着轻的那头，依然觉得不堪承受，常常腿脚一软摔在了田埂上。比如她的孩子们，要么愚笨，要么顽劣，一个都不让她省心。

她总是寡着一张脸，皱着眉，嘴巴嘟起老高，要么长时间沉默不语，要么骂骂咧咧或嘟嘟囔囔。这使得她的脸看起来好苦，在她还算年轻的时候（三十来岁的时候），她给我的印象，就是特别老相，有很深的法令纹和嘴角纹。她的眼神看起来好凶，很少有柔和的时候。她的身体总是不平衡的样子，趔趄的、跌跌撞撞的样子。

她总是怨自己命不好。但平心而论，她不是村里最歹命的女人。我家隔壁铁匠细五家，也就是我小学同学、身体瘦削外号叫"鸡骨头"的和平的家，境况比我家好不到哪里去，子女跟我家一样多，房子不一定比我家大，和平的妈，怎么就能整天没心没肺，走到哪儿都能欢声笑语？她怎么就像所有人都欠了她似的，总是让人感觉阴影深重？她嫁的人，除了性格懦弱些，没多大的毛病，比跟他儿子和平一样瘦得全是骨头的邻居铁匠细五好看多了。父亲身高一米七六，眉清目秀，轮廓分明，算得上是相貌堂堂，而且性格好，从没见他发过火，可以任由她欺负，而不像隔壁铁匠细五，脾气暴躁，动不动打老婆。而她才一米五出头，脸黑，相苦，脚还内八。父亲是个篾匠师傅，活儿好，带不少徒弟那种。她呢，其实一点儿也不能干，做的饭从来就没有好吃过，纳个鞋垫都没个样子。她凭什么整天寡着个脸？

可她从不这么想。她总认为她的生活全都不对。她是在深渊里，在看不到尽头的甬道上。她因此很容易生气，动不动就暴跳如雷。做晚饭时，一摸原本搁放火柴盒的灶角火柴盒不见了，她的火气就会上来，就会无来由地骂人，最终把火力集中在我身上，污蔑是我偷了，我百般辩解她完全不听。天变冷了，或者下雨在外淋湿了身，要她找出衣服加上或换了，她一下子没找到，就开始嘟嘟囔囔；再过一会儿，就会骂骂咧咧。父亲沉默，我们一个个不敢出声，整个家就会极度压抑，像是一个火药桶。有一年端午，我不记得是要蒸个什么东西，她安排了我烧火。她看火候未到，又提着桶子舀了猪食去喂猪。可能喂猪的时间有点儿长，等她回来，发现锅里的东西蒸老了。她不怪自己喂猪太久，倒怪我当止没止，火候没控制（我一孩子哪里知道），嘴上就开始烈火烹油，用尽了赣江以西家乡最狠毒的话语。我忍着，不想跟她一般见识，结果她越骂越来劲，抄起菜铲刀，将菜铲刀的木头把把，重重地砸在了我的头上。

她是我的母亲，1946年生，是离我家三里路的积富村人。1965年，她嫁给了我的父亲，从此成了我们一家的女主人。

2

她不仅怨气重，还格外吝啬。我没有见过比她更小气的人。她这一辈子，把钱看得太重，好像钱才是她的命根子，我们却不是。我们一家，经济来源主要靠种地、父亲偶尔出去做篾挣点儿工钱，还有她养猪。我们村地少，每人八分地，一家人五六亩，打不了多少粮食，卖不了多少钱。父亲做篾，挣到的工钱也不多。她每年养猪，顶多出栏两头，也收益甚少。进账不多，要安排一家人的开销，就得靠节省，这个道理谁都懂。可她的节省，完全到了不可理喻的地步。举个例子，从小到大，我们一家人，没有谁过过生日，我们兄弟姐妹四人，过年从没有得过哪怕一毛钱的压岁钱。因为在她的观念里，这些都不是必需，没有必要白浪费钱。

她还不让姐姐读书。姐姐读了一年级就辍了学。这表面上是父亲的决定，但我们知道，当家的是她，没有她的点头，父亲的话顶个屁用。姐姐不读书，就可以省了钱，还可以帮她做事情，看看她的算盘打得有多精。虽然那时候，学费低得很，小学一年级只要一块五，可如果一直读，还不得花一大笔费用？她的观念，女孩家的，早晚是别人家的人，浪费这钱做啥。然后是妹妹，读到三年级也辍了学。他们甚至想让弟弟也不读了，跟着父亲去做篾。因为家里刚刚盖了新房，欠了亲友们好大一笔钱，让他们觉得负担太重。那时候我刚参加工作，听到他们的打算，立马把弟弟带在身边读书，并且承担了他所有的费用，最后他读到了高中毕业。

她有没有让我也辍学的念头，我不能确定。但有一件事我是记得的，我小学升初中，到了开学的日子，要去十几里外的乡中学报名，学费是六元五角。我向她要，她没理我，去田里做事。我追到田里，一直不依不饶向她讨。她的表情很不好看，拉长着脸，嘴巴嘟起老高，偶尔望着我的眼神充满恼怒和怨恨。同村相邀一起去报名的小伙伴们在远处喊，说再不动身他们就要走了。我求着他们再等等，然后继续死皮赖脸地缠着她。我猜她是希望我知难而退，她就可以省下这六元五角。这对她来说，是一笔巨款，她心头上很大的一块肉。可是我不依不饶的态度让她也没办法。她终是狠不下心，停下了手里的活儿，从裤袋里掏出一个精心折叠的原本装洗衣粉的塑料袋，从中找出钱递到我手上，一句话也没有说，脸上是被剜了肉的疼。拿到钱，我顿时飞奔，加入一起去报名的队伍中。

一方面是吝啬，另一方面遇到不得不花的钱，她就希望回报最大化，甚至希望有超值的收获。村里的屠户最怕看到她。她到屠案上买肉（那多半是年节、农忙或来了客人），肉要部位好，上面不能有一点儿骨头，秤要翘得高高的。屠户说哪有肉不长骨头的，她说她可不管，她买的是肉，骨头不能吃，就不能算肉。付钱的时候，她都以种种理由，少付一毛两毛。有时她忙不过来，派父亲去买肉，提回来的肉部位不对，又好大一块骨头，还搭了杂七杂八，她会先把父亲骂一顿，然后提着肉到屠案退换，指着这里那里，挑肥拣瘦，直到她满意为止。

她的吝啬不仅对我们，还对自己。她几乎从不添置衣服，记忆中她身上的毛衣，花花绿绿，是几件坏了的毛衣拆了凑着织起来的，丑得很，可她毫不在意。家里来了客人，有限的荤菜的碗，她几乎从不下筷。她身体不舒服，比如消化不好胀肚子，比如牙疼，比如感冒发烧，也从不去医院，都是自己熬过去。我们劝她看医生，她说不要紧，自己的病自己知道。其实她根本不知道，只是舍不得看病的钱财。亏了她运气不错，每次都能熬过去，没有越病越重。家里的剩菜剩饭她都舍不得倒掉，第二顿接着吃。在桌上，我们看她只吃剩菜或蔬菜，就会给她夹新鲜的荤菜。她会配合，伸出碗，但才夹两下她就会把碗缩回去。

她不仅自己舍不得花钱，还干涉我们的花销。过年时给家里的老人拜年，或者探视生病的亲友长辈，她会告诫我们这个东西不要买，那个费用可减半。我们当然不会听她的。我们早已不是孩子，要屈从于她。她也知道我们不会听她的，但就是忍不住要说。

3

很早的时候我会认为她没有热度。我很少见到她与谁特别要好。她几乎没有朋友，没有说得来的人。也没见她对谁特别好，无论父亲、我们，还是我们的祖父、祖母、叔叔婶婶，甚至她的父母兄弟，她总是冷冷的。我怀疑她对这世界并无爱意。我们于她只是她前辈子欠下的债务。她生下我们，只是被动地、认命地接受母亲这一角色，勉为其难地完成养育之职。从小到大，她几乎没有对我温存慈蔼过——除了生病了，她会伸手摸摸我的额头试试体温。我小时候的记忆中，她从来是沉默的、怨恨的、寡着脸的，或者是骂骂咧咧的。她几乎没有和颜悦色地对我说过话，或者用无限温柔的眼光注视过我。她更不会告诉我们说她爱我们，我们是她的命，不会说万一我们有什么三长两短她肯定不活了。我犯了事，比如偷了家里的钱，跟别人打了架家长带着孩子告上门，她打我，下起手来真狠，棍子鞭子凳子，手里有什么就使什么。我的身上经常是青一块紫一块。我畏惧惩罚不回家，偷偷躲到村里人的猪圈里睡觉，第二天从猪圈里赶去学校上学，她也从来不会找我，巷子里，从来不会响起她焦急的唤我的声音。她不疼我们倒也罢了，还经常恐吓我们，说日子万一过不下去了，她就喝两口农药一了百了。这恐吓极其管用，我们经常听到农村女人喝农药自杀的消息。每次她生气,我们就大气不出,战战兢兢,然后盯着她的一举一动,生怕她打开一瓶农药咕噜咕噜喝下去。她要拿到农药一点儿不难,我们家床底下、墙角边,到处都是农药瓶子。

我们甚至觉得她对她喂的猪都比对我们要好。有一年栏里的猪生了病,不吃不喝,哼哼的声音听起来难受。她请来兽医,治了好几天都不见好。每次她提过来多少猪食,又提回去倒掉多少。她的脸一天比一天暗下去,眉头皱得一日紧似一日。到后来,她干脆搬来一个凳子,对着那头病猪说话,完全是哀求的语气,求它早点儿好起来,好好吃东西,好好长膘。到最后,她竟然哭了起来,边哭边说,说她多么不容易,哭猪养了这么久,哭家里的开销大全指望着它卖钱……她哭了整整一个上午!她对猪的好让我们妒忌,猪好起来后,我们趁她不在,偷偷到猪栏边,用鞭子把猪狠狠揍了一顿。

然而有件事让我动摇了她对我们全无温情的判断。那是20世纪80年代末,我的远房堂姑在上海生了娃,想从老家找一个人去帮忙看护孩子,理由是老家人知根知底来路正,安全可靠。那时候妹妹十四岁,为人乖巧,做事麻利,族里的人觉得是个不错的人选。她也觉得没有问题,堂姑是自己家人,肯定亏待不了妹妹,妹妹可以挣一份工钱,还可以见世面长见识。等妹妹跟着护送的族人去了上海没几天,我们发现她神态不对了。她开始落泪,做饭的时候落,吃饭的时候也落,在桌上用饭团一层层粘布做鞋底时也落。泪落在锅里、碗里和鞋底面上。我们知道她是担心和想念妹妹了。那时是大冬天,天冷,人很容易受寒,而且一个人到一个完全陌生的地方,怎么习惯?妹妹才十四岁。以前她没有预料到这些,没有预料到分离会让她的心这么痛。这是我们猜想的，至于她真正的心理是什么，她也从来没有说起。她只是不停地落泪，一句话也不说。每当有人来家，她马上就把眼泪擦了，装作什么事也没有的样子。事儿是她应下的，她当然不能让人发现她的难受。可只要来人一离开，她的眼泪就又止不住流了下来。

半个月后，妹妹回到了家里。堂姑见到妹妹，还是觉得妹妹太小，也没有带孩子的经验，就让人送了回来。她看到"完好无损"的妹妹，那张苦脸竟然绽放出了难得的笑意，好像一块贫瘠的田地里，开放出了绚烂的花朵。可这样的时候没有多久，她就又恢复了满脸怨气深重的表情。

4

摊上这样的母亲、这样的家庭，我很小就懂事得很。毫不讳言，我是个特别早熟的人。很小我就知道，这个无力的家给不了我任何的保障。它如同深渊。很小的时候，我就想着如何逃离它。小学五年级，我十岁，要去五里外的村庄寄宿上学。很多比我大的小伙伴告诉我，去那里读书会特别想家，会想得哭。及我上学，甚至长大，我却从来不知道想家是何滋味。很小我就知道，要逃离这个家最好的出路是读书。我拼命读书，结果我成功了，我考上了师范，成了一名教师。后来又因为写作，去了县机关，又调到市里，然后调入省城工作。

我娶了妻，妻性格温和，面带微笑，完全是她的反面。从小我就发誓，要找一个与她完全不一样的女人做妻子。我生了娃，并且发誓要保护好她，永远不让她受我小时候受过的种种委屈。

我逃出了这个深渊一般的家，并且过上了自己想要的生活。然后我想着反哺他们。他们太苦了，我希望凭我的力气，能让他们有所改变。我帮他们养儿子（带弟弟读书）；他们建房，我想办法帮他们还债。我一辈子反抗她，可最终还是无可奈何地遗传了她的缺点：内八字脚，节俭成性。我舍不得花钱，更舍不得为自己花钱。自己出门，舍不得住高档酒店；平日出行，能坐公交地铁就不打车。我承认我有轻微的自虐症。

　　她与父亲越来越老了。村庄荒凉，留守的人越来越少，他们的身体也越来越不好。为了让他们有个好一点儿的晚年，我提出在县城买一套五六十平方米的房子给他们住。这样花钱少，姐姐和妹妹都住在县城，也方便照顾他们。可她说，五六十平方米的房子，那么小，不要。过年你们回家，怎么住？住酒店，不好，没有气氛。要买就买大房子，过年我和弟弟两家人回来都住在房子里，多热闹。没办法，我调整计划，其他地方挤挤，拿出更多钱，与弟弟一起买了一套一百多平方米的二手房。房子在中心区，离姐姐妹妹家都近，离医院也近，又在二楼，方便腿脚不好的她进出。房子有三个房间，我和弟弟各一间，她与父亲一间。依她所愿，过年回来，我们都住在了一起。

　　可即使这样，我依然不能让她满意。她依然怨气深重，认为我对家人亲友们不够尽心。当有人告诉她我的职务跟县长一样大时，她竟然认为我权力不小，当面指责我没有荫庇好弟弟一家，没有为弟弟招揽生意，让弟弟过上更好的生活。她认为弟弟在广东打工，办厂，折腾多年依然没有挣到钱，罪魁祸首是我。她甚至说，村里很多人都因此笑话她。我让她在村里脸面全无。

5

我早已学会无视她的怨恨,经常心平气和地从省城赶回县城那个二手房的家中,为她与父亲处理生活中的种种。我给他们买常用药,做饭。烧水壶有锈斑我给买新的,水龙头坏了我给换水龙头,卫生间漏水我请师傅修理,下水道堵了我叫师傅疏通,地板脏了我给拖地……我不时地催促在县城的姐姐和妹妹给他们清理冰箱,及时处理变质的食物。隔三岔五去看看他们,陪他们说说话。我希望这两个可怜的长期在底层挣扎的人,晚年能多一点儿幸福。

可我与他们究竟不是同类人。他们对我的了解微乎其微。他们不知道我的爱好,我的饮食口味,我喜欢穿的衣服的品牌。他们不知道我的身体状况,哪些指标不正常,哪些器官有了隐疾,有过哪些病史。他们不知道我的工作情况,我每天干些什么,跟什么样的人打交道,我都有哪些本领,哪些又是我的弱项。他们不知道我的价值观,我对这世界的许多事情的观点和态度。他们大约知道我是个作家,是个靠写点儿文章维持脸面的人,但我写下的文章,他们一篇都没读过——虽然他们都有高小文化水平,足够看懂电视剧的对白。我出了哪些书,我的那些文章和作品集都有怎样的反响,他们根本毫不知情,也毫无兴趣了解。我和他们坐在沙发上,除了聊一些生活琐事,家长里短,就无话可说。电视屏幕上播放着电视剧,我陪他们看着,长时间不发一言,仿佛大海中几块彼此不相关的礁石。

他们的生活习惯越来越让我无法忍受:崭新的沙发,他们铺上旧的颜色不同的床单，说是防脏；重新粉刷过的好好的墙上，他们给打上了几个钉子，钉子上挂着帽子、公交免费卡等物件，或者是不晓得装了什么宝贝东西的塑料袋；垃圾桶里盛装垃圾的袋子经常不换，只倒换里面的垃圾，垃圾袋因此经常散发出一种难闻的气味；有个角落是搁放破烂儿的，说是积到一定量就拿去卖钱；厨房里到处是油腻腻的，原因是炒完菜就立马关了油烟机，说是要节省电费；洗脸洗脚的水舍不得倒掉，倒进卫生间的一个蓄水桶里，说是要用来冲厕所（卫生间也因此弥漫着一种难以言传的气味）；不爱洗澡，常常好多天才洗一次……整座房子里，色彩驳杂，五味杂陈，令人欲言又止。他们两个老人，衣衫褴褛地出入其中（妻子、弟媳、姐姐和妹妹给他们买的新衣服他们都压在箱底，舍不得穿）。这样的人家，如果与我不太相干，我去了一次就不会再去第二次。

可他们是我的父母。他们逐渐老去。我不得不一次次往家里跑。从省城到县城，两百公里路程，开车两个多小时。最近通了高铁就更快了，火车上只要一小时。以前我大约一个月回一次家，然后加上春节、清明、五一、国庆等相关节假日。而最近我回去得越发勤了，原因是父亲的颈椎病复发了。

父亲患上颈椎病简直是必然的：他是篾匠，又是农民，性格又懦弱，低头是他的常态。六十岁时，他的颈椎病开始发作，眩晕，呕吐，全身大汗，肌肉僵直，面色惨白。那时他们还在村里生活，她慌忙请村里的野德医生来治疗。野德医生给他挂了几天扩充血管的点滴症状才消失。我从省城回家，带着父亲到县城医院拍片，又带着片子去省城找骨科专家。骨科专家说，父亲的病有两种治疗方案：一种是手术，但如手术失败可能终身致残瘫痪在床；另一种是保守治疗，就是采取输液等方法，但以后病情会逐渐严重。我们经过商量，最终选择了不开刀，不冒风险。

从此父亲的颈椎病经常复发。有时两年发作一次，有时一年发作两三次。我们已经摸出了规律，每次都找已经对他的病熟悉的野德医生给他治疗。每次输液或三五天，或七八天，父亲就会慢慢缓过劲来。

而每一次发作，她当然是陪护左右的。随着年长，他们已经变成了一个整体。他的病当然也是她的病。她对这一疾病早已熟悉，一看父亲的神态就知晓是否为发作前兆。她就会把枕头放平让父亲到床上躺好，准备好塑料盆供父亲呕吐，用毛巾给他擦脸上沁出来的汗，给野德医生打电话，请他过来输液。守在父亲身边，看点滴快慢和进度。侍候病人是个系统工程，包括营养、护理、情绪管理，等等。她很难说是无微不至，但大致可以说差强人意。

然而这一次与以往不同。开始我们没有当一回事，以为不过是很多次发作中的一次而已，按照老步骤给他治疗。可断断续续地，入冬以来发病已经三个月了，父亲的病一点儿也不见好。检查什么的也做了，除了老毛病没新毛病。我们指望着老办法会慢慢起作用，认为这次需要的时间不过要长一点儿而已，可是一直没有改善的迹象。他依然眩晕，呕吐，吃不下东西，身体在不经意间消瘦了下去，脸上的皮肤松弛了下来，看起来毫无光泽，走起路来有了些晃荡的意思。我以前给他买的金属拐杖他终是用上了。他偶尔强撑着从房间走到客厅，脚明显打着抖。坐在沙发上，他眯着眼，皱着眉，龇着牙，跟他说啥他都不回应，感觉说一句话都嫌累。而母亲的脸，一直阴着，像是谁向她借了钱不还似的。

6

我给我的发小李乐打电话。他是县人民医院的医生。我问他怎么办，要不要去省城。他说老年人的病嘛，常见，但难治。去大医院也没用，治法都一样，老人家这种身体，经不起路上折腾，护理没有小地方方便。可以考虑西医，通过输液用药，改善他的颈椎环境，提高颈动脉的供血能力。他说他不是骨科大夫。他要我找他的同事、内科主任李昌东。他说李昌东对这类病人见得多，有经验，你去找他，就说是我发小。

我带着父亲找到了李昌东。李医生很热情，说李乐交代过了。他安慰着我们，说会好的，会好的。然后是拍片，验血。没有其他方面的问题，还是颈椎反弓退行性病变，伴随颈椎间盘突出，颈动脉受压迫，天冷，血管收缩，脑部供血就更不足，就头晕呕吐。李医生说，我开药，打十天点滴，一定会改善。

我交代了姐姐和妹妹排班送父亲去打点滴，然后返回了省城。

十天之后，父亲的颈椎病没有改善。父亲还是眼睛半开不开，饭吃不下，我为改善他的饮食结构买的小米、薏苡仁、黑米，经过她烧熬看起来很不错，可大都留在电饭煲里。原来上午时还会强撑着到客厅待会儿，现在根本不出来，一天到晚在房间床上躺着，每到下午，头就更晕，就吐。他吃得少，吐出来的东西就都是液体。他吐的时候，身体折转过来向着床边，喉咙里发出痛苦的声音，枯白的头发，宛如冬日寒风中的衰草。

周末，我又从省城赶回县城的家中。这段时间，她对我越来越不好。以前回家，我敲门，她打开，会说一声"回来了"。现在，她一言不发，脸上毫无表情，立马转身去陪父亲。好像父亲的病，是我害的，我不是她的儿子，而是她一家的罪人。

她不仅对我不好，还对生病的父亲不好。她一再地逼父亲吃饭，毫不掩饰她的坏脾气。她说你把饭吃下去，就会有抗病的力气。你这个不吃，那个不吃，你想折磨谁！

我看了父亲，然后坐在沙发上，想着接下来怎么办。可我听到他们的房间里传出了她恶狠狠的声音。她说怎么一点儿不上心。交的什么乱七八糟的朋友，找不到能治好病的医生。她说自己前辈子造了啥孽，摊上了这样的一个老公，也没生下一个靠得住的儿女。他这辈子受尽了苦，年轻时受人欺，年纪大了又老生病；她跟着受委屈不算，还要一天到晚侍候人。侍候人人家认也就罢了，可三个多月没见好，什么人！

我沉默。我让她撒气。我想她骂一骂就会好。可这次她明显不想停下来。她进进出出，嘴里越骂越欢，身体的动作越来越大。她踢倒了客厅的凳子，摔掉了沙发前茶几上的一个空了的铁皮瓶子——它们在家里发出剧烈的声响。她根本不打算控制自己。她警告说，这个老头儿如果有什么三长两短，谁都没有好下场。

她又来了老一套，说一点儿意思都没有，她早就不想活了。她随时准备买一点儿农药，咕噜咕噜喝下去。她怎么还不死，早死早埋，省得在这世上遭罪。她没过一天好日子！

我板着脸。我不说话。我想气撒了这么久，她总该要歇下来。可是她依然不肯停嘴。她骂得更难听了，就像我小时候犯了错那样，用了赣江以西最狠毒的话语。我顿时忍不住了。

我愤怒地望着她。我说你住嘴！我的声音大得很，吓了我一跳。我继续说，你怎么仗着你是长辈，就什么话都说得出口？这么多年，你怎么就一点儿长进也没有？我不是医生，我怎么知道该怎么治。总要让人慢慢想办法。你不要把什么事都堆在我身上。你有本事，你来给这个老头儿治一治！

这是我这辈子对她唯一的一次咆哮。与她完全不一样，我是一个温和的人。我很少生气。她让我知道，生气解决不了任何问题，反而会把事情搞得一团糟。她愣住了。她从没见我发这么大的火。她终于停止了叫骂，默默转到厨房里给父亲准备吃的。

7

问题总归要解决的。我想让父亲试试中医。我给县中医院的医生朋友王浩打电话。王浩说，他们院的康复科肖衍虎主任的针灸技术很高，很多老年人有腰腿疼痛、经络不通的问题经他治疗都有缓解。你愿意一试，我就先跟他打个招呼，然后你就带你父亲去找他。

联系好了肖主任，我给父亲戴了帽子，系了围巾，裹上了厚厚的羽绒服，然后背着他下了楼，让他坐在轮椅上。从家到中医院只有两百米左右，可是父亲即使撑着拐杖也已经走不动了。他已经瘦得不成样子。我推着轮椅，在寒冷的街道走着，内心是惆惶的：如果父亲得不到有效治疗，他可能撑不过这个冬天。

通过查看病灶影像和血检报告，肖主任为父亲制订了针灸、按摩加中药调理脾胃和祛风寒的综合治疗方案。我给父亲一层层脱了衣服，以方便肖主任扎针。肖主任给他的身体扎下了长长的密密麻麻的银针，头顶、颈部、肩部、腹部，甚至腿部。那些银针在父亲身体上显得横竖不一毫无章法，一盏红外线理疗灯罩着他的脖子，也就是病灶部位。我心里嘀咕：这些细如发丝跌跌撞撞的银针，能帮父亲打赢这场看似平常其实惨烈的战争吗？

我通过微信联系姐姐和妹妹，重新对送父亲去医院治疗进行了分工。我交代她们，要注意保暖，关注父亲的疗效，要不断地鼓励他吃东西，变着法子弄不同的食物激发父亲的食欲，要他不要怕吐，吃下去总会有吸收，就会长力气。我跟父亲说，不要怕，要有信心。这是我们要共同面对的一道难关。检查结果并不坏，您其他器官、身体其他指标都没有问题。要鼓起劲来，我们一起扛过去！

祖国传统医学真是博大精深，一段时间后，这看似毫无章法的针灸加祛风寒调脾胃的中药调理的治疗渐渐有了效果。父亲的症状在缓慢减轻。他的晕眩没那么厉害了，呕吐的频率越来越少。他慢慢能吃下一点儿东西。我前一阵子买的小米、薏苡仁、黑米已经告罄，我到超市又给他买了些。

他的脸慢慢有了些血色，眼睛也能睁开一些了。虽然依然不能到客厅的沙发上坐下，但在床上，他坐起的时间要多一些了。他依然不愿意说话，但他的饭量在增加。除了粥，他每顿能吃下半碗米饭了。

她的脸色愁云也在变少。过去，她的脸堆满了积雨云，甚至隐藏着雷电，现在，虽然依然不见太阳（太阳在她的脸上，从来就是稀有之物），但云层没那么厚了。每次回家敲门，她打开，见到我，表情虽是淡淡的，但已经不像是面对罪人的神色了。她有时会跟我打声招呼,说"回来了"。我嘴里含糊应着。我不想理她。

她跟父亲说话的声音柔和了许多。每次吃饭,都由她做好盛进碗里,再端进房间里喂给父亲吃。每次,她都像哄着小孩一样,要他慢慢吃,问有没有烫,干了还是稀了,菜是否可口,蔬菜要不要多夹些来,可不可以再吃两口。她边喂他,边鼓励说,吃了才有力气,有病也不怕的。这样的话,因反复说,早已让听的人觉得不新鲜,可她不管,每次喂食,都要来一遍。

说话间,年就到了。弟弟弟媳从广东回来,我带着家人从省城回县城。一家子又齐全了。我们都带回去了不少年货:除夕团圆饭和招待客人喝的酒,孩子吃的零食,大量的包装得夸张和彩艳的年货。它们堆满了家里的角角落落,让整个家显得拥挤不堪,也使得这个充满了老年体味的家,有了难得的春节喜气。我们一起买菜、做饭,以若无其事的口气说话,尽量让整个家显得与平常无异。

可是我们心里都清楚,这一次过年,与往年有了很大的不同。因为父亲病了。以前他在客厅来来去去,虽然背有些驼,但他行动利索,声音大,脸上总是带着与年龄远不相称的孩童一样的笑,让人安心。可现在,他瘦得很,脸色很差,没有精气神,也不愿说话。原来戴着合适的棉帽,现在就嫌大了,老从头顶滑下来,盖住他的眉眼。

除夕团圆饭,父亲没有上桌。这是我记事以来父亲第一次缺席年夜饭。母亲因为喂他,到好久才上桌匆匆扒了几口饭。我和弟弟心照不宣地喝酒,向大大小小家人说着祝词。我们一起敬母亲,感谢她在父亲病时对父亲的照料,祝福她和父亲福如东海寿比南山。她潦草应着，举着装着饭的碗，笨拙地回着祝福之语。

这一年的不同，还在于举国禁爆。可能是出于环境保护的考虑，上头要求春节期间不能燃爆。县里通过政府微信公众号、手机短信等平台，向所有人发出了禁爆的公告，通告说组织了警察、司法、城管等部门组成的检查队伍日夜巡逻，对有违抗者进行惩罚。因为禁爆，整个除夕显得冷冷清清。我和弟弟喝酒，掩饰着内心因父母老迈带来的寒凉。远处，有零星的爆竹声传来。总会有顽固的人，遵循古老的秩序，无视崭新的规则。我们担心着他，不知他是否会被逮住，是否做好了受罚的准备。

8

我的春节假期用完了。吃过早饭，我收拾好行李，与父亲告别。我跟父亲说，要听医生的话，继续做针灸治疗，按时吃药。身体逐渐向好，说明医生的治疗是对了路的。要相信他。我多次跟医生沟通过的，他说会好的。要有信心。要努力吃饭，不要怕呕吐。一切都会好起来的。我们会顺顺利利过这一关的。我交代母亲，要有耐心，对老头儿好点儿。

我领着妻儿下了楼。母亲跟在后面，是要送行的意思。这是我们家的一个仪式，每年我和弟弟春节后离开家，父母都会一起给我们送行。可今年，只有她一个人。

我看到她少有地把手背在后面。我大概猜到了，她手里拿着一挂爆竹。按照老家的年俗，子女春节后出门，父母都要给远行人放一挂爆竹以祝福平安。

可今年全国上下禁爆。这是旨在移风易俗的决定。放爆竹，太吵，也容易发生火灾和污染空气，我举双手赞成。是的，我认为这种在中国流传了几千年的风俗并无必要。春节时候的爆竹，跟一个人一年的运气有多少关系呢？每年每家买爆竹也是一笔不小的开支。是到了禁止燃放爆竹的时候了。

可是她要为我们的离开放一挂爆竹。我发现了她的企图。那红色的爆竹在她背后露出了尾巴。是呀，她个子太小，也瘦，怎么挡得住一挂贼头贼脑的、长长的爆竹呢。

我停下了脚步。我要她别送，上楼回家。我要她别放爆竹。我给她说理，说我是公家的人，当然要遵守公家的规定。我吓她，县里安排了好多个检查组，说不定检查组就在附近。只要听到响声，他们就会冲进来的。

她答应着，要我上车。可我看到她的神色，她根本不打算放弃。过完了年，儿子远行，她的祝福肯定是要送出去的。而以她的经验、她的理解，没有什么比一挂爆竹更能表达她的祝福了。政府的规定，根本无法阻止她。她铁了心要做一个违法乱纪者。检查组冲进来抓到了她又能怎样，任何的处罚她都愿意认。

——她多像这挂爆竹呀，早已不合时宜，其实也一无是处，可依然要虚张声势。她的心，也像这一挂挂爆竹，基本是实心的，也是沉默的。可她并非对这世界没有热情，对亲人们没有爱意。只是她拙于表达。而唯有春节，做了让她释放的引线和火苗。

我赶紧发动了车子。我希望尽快离开这个现场。如果她点燃了爆竹，正好有人冲进来，知道她是我的母亲，我该有多丢人呀。

我挂了挡,踩了油门。车徐徐开动。爆竹在后面不顾一切地响了起来。我侧过头来,从后视镜看到,她站在那里,身体歪斜着,既像是耗尽了全部的力气,变得虚弱无比,又像是完成了一件天大的事情,因此心满意足。硝烟升起,她的小小身体,隐没于硝烟之中,我无法看清她的表情。

(《广州文艺》2022年第8期)

日常的神性

张远伦

> 他是为神灵覯面的人
>
> 那个错手把墓碑上的神像划出了痕迹的雕师
> 是我的外公,他叫李国文
> 他是为神灵覯面的人
>
> ——《古镇匠人》

外公一生与石头为伍,石头是他的衣食父母,是他的儿女,还是他的知己。当然,石头也是他的敌人。

童稚时代起,我就经常在黄泥坡上,看到他藏身于石头之中,满脸黏着一层灰尘,蹲伏着,缓慢地雕刻石头上的每一个图案和汉字。他心无旁骛,在晨曦中隐身,直到暮晚,沉浸在石头的世界里,仿佛雕刻的是时光,是生命,是自己的心灵。

他首先要选取村子里上好的页岩,页岩薄薄的,一层一层的,便于切割打磨,还不易折损。它们有倾斜的取势,不是45

度朝地,就是45度朝天,最顶上一层,往往孤悬,显出危殆,却轻震不落。5·12汶川地震那次,村子里掉下的,也仅仅是一块垂石,像是下巴上终于除去一个小小的石瘤。石头与村庄成天然锐角,滑落下来轻而易举。

他一生都在违天道,违自然之道,把这些石头从本来的位置上取出来,耗费大量时间,为每一块石头"封神"。这个过程完成之后,他似乎又以一己之力,把对自然的索取变成了对自然的馈赠,他内心有满盈亏欠,手下有残缺完美。他用精细的技艺实现了这片山坡的奇妙平衡。

如今,取石头的顶盖,揭石成碑,仅需要电锯,那把我推为金属之首的老錾子,外公的家当,像一截被磨损过的时间简史,躺在他的工具箱里,已经很久了。

把石头分层,我不知是不是海洋干的。一层石头睡在另一层石头上,又一层睡了上去,我不知道这是不是叫沉重。外公是知道这种沉重的,他尊重这种力量的压迫感,用钢铁的利刃把它们慢慢地撬开。我在村里住了十多年,从未想过自己也睡上去,由于太过卑微,我害怕去离天更近的地方。有一天我看见麻雀睡上去了,我不知道那是不是叫作轻盈,或许麻雀在顶石上的出神,真是高贵的,也或许,她仅仅是因为饥饿,才去了高处。有一天,我看见外公也睡上去了,像麻雀那样,也很轻盈。他在顶层上休憩,入睡,鼾声传来像是在传递蓝天的信息。他睡了一会儿,忽而又翻身下来,像一块石头轻轻落在大地上,而后又开始凿石头。

外公不是需要石头,他只需要石头的一个截面,它满是凹痕和凸起,像是层石之间的咬合,或者叫吻合。木头这样的行为,叫作榫卯之交;石头这样的行为,叫作唇齿之交。我们要把这样的层面变成截面，无非就是去掉它们的咬合，或者吻合，我们要一个平面。外公是一个高超的整容师，他懂得石头的经脉和内心，因此他小心翼翼，像一个对村庄犯错的肇事者，动手前，反复抚摸这一块石头，像爱，也像祷告。

每一块石头的层面、截面、平面，在外公的手掌抚摸之下，都是柔软的。

像是他自己的面子。

他要精心地打磨它们，让这些石头，渐渐成为某一位神灵的表情，呈现伟大的人力所不能抵达的美和善。我知道石头的老幼，抑或是尊卑。在一名老石匠那里，是伦常，还是"道"。他似乎洞悉了另一种时间，用远古都不足以描述。可他的手指，无数次去过那里。

他的石头面子，有的粗点，粗到我能看见它的母体，里面尚有另一种石头做的纤维在游弋；有的细点，细到我误以为是石碑的裂隙，可它们有韵律，有动弹的迹象。这些石头截面上的痕迹，被学者称为古生物化石，被外公称为"石疤"。他说：石疤好，是块老石头。那些年，我会趴在外公磨平的石面上，好奇地欣赏天然的石头艺术品——那些有着美妙身段的古代小昆虫化石。

它的体形折磨过我的诸多词语，玲珑、修长、匀称、圆润。我会从它圆弧形的腰腹，看到它逐渐消失的触须，然后停留在巨大的想象里：它是一只在石头里睡着的虫子，石头让它变成了石头。一块小小的母性的石头。袖珍版的骸骨之美，源于低调的白色。这是真正的白骨。石质的白骨，与石头的青色，形成了绝配，那意味着两种时间，一种包裹另一种；也意味着两种骨头；一种包裹着另一种。老石匠要做的，就是从中吸出髓来；我要做的，就是停止对骨头的想象。

它从海洋里来，到石头里去，再到墓碑上，被看见，被磨砺，被当作修饰。它是最后被风化的石头，当名字变浅、消失，它们，作为有体温的石头，坚持到了最后。有时候，一个它，恰好出现在墓碑的一个字上，躲避不及，便碎屑纷飞，被老石匠用一把平錾削掉，代替它出现的那个字，成为石头的另一个意义，一个不完整的意义；有时候是姓氏，有时候是名字，有时候是虚词，但从来不是一个标点。它运动到墓碑的显要位置的时候，多么希望自己无意义，多么希望，自己是一个空白。

然而，有的石头是有欺骗性的。石头往往会成为外公的敌人，数次考验和折磨他的敬畏神灵之心。原本看上去上好的石材，常常会有难以觉察的杂质和缝隙。它们会造成外公心中神灵的破损，让数天的工夫前功尽弃。因此，仔细辨析一块石头显得尤为重要。裂隙往往看不见，抑或是看得见的纤毫，吹灰尘的时候，裂隙仿佛在动。这时候，老石匠需要一点水滴上去，有点像是滴血认亲。裂隙，渐渐露出深黑的底色来，蒙尘的时候，会形成一线水渍蜿蜒而下。裂隙会说破就破，一块石头就废了，一个优雅的平面就废了。

只不过，对于外公这样技艺精湛的老石匠来说，神灵的破损往往会带来另一种命运的转机。裂隙的形成，不是运程有了线条，不是石头老旧，而是石头有了新面孔。边角料，有时会做成一座墓碑的向山石，用来指向，成为石头中意义的代表。外公会变废为宝，变旧的残缺为新的完美。

打磨好石头的平面之后，外公要给石头上漆了。给光滑的一面上黑漆，一把刷子就够了。不需要多么精致，不需要多么虔诚，有时候他需要先给石头上一把火，烤干它；有时候他只需要阳光，和一场小梦，醒来就可以刷了。他满头灰尘，满身污垢，黑漆沾身，状如旷野之中的孤绝灵兽，在刷完碑面后，他站直身子，一声长嚎中，把体内无法言喻的气息释放出来。

然后他要给碑面打上格子。用朱砂窝取来的丹砂，放在墨斗里混合水，调至黏稠，又能被墨线弹开。他在手指轻轻拨弄之间，便把格子一个一个地弹出来。此时，老石匠从山间牵引出的线条，叫横；彼时，老石匠从山间牵引出的线条，叫纵。此时和彼时，交叉一下，就是方格；再交叉一下，就是网格。老石匠的每一个格子里，都会住进去一个字。老石匠弹出的网格里，住进的是一个人的命运简历，被称为墓志铭，抑或控告书。

我有时候会要求做一名小石匠。我内心那点动静，被冷峻的石头发现了。学徒最难学会的，是定出碑面上的中轴。尺子不能解决年龄和孤独的问题，我的颤抖，往往与自己的偏向有关，不是向左，就是向右，一个没有来得及恋爱的少年，很难做到不偏不倚。黄昏，我学会了在墓碑上打格子，标记、删除、清理，像虚妄那样。

这些格子里，会刻上我反复摩挲、反复欣赏的书法字体。有时候是外公自己写，有时候是请先生来写。无论谁写，都是对幼年的我的美的启蒙。

碑面只容得下方和圆，完成的方格子，往往只能完成一场叙述，比如碑序。而祝词进入石头，便会借用圆靠近永恒。比如："松柏长青"这四个字，在碑面顶部，只能取圆形，呈顶弧状，字体放大，显赫，关于活着的幻想，比关于死亡的现实面积更大。这不需要圆规，只需要一个土碗，覆盖上去，绕着画线条，就可以装下那四个字了，就可以在石头上，让一个比喻，成为祈祷了。

碑面是亡灵的自证，所以需要最先备好，雕刻时也须极其小心，不能错漏，不能破损。而辅助碑面，让整座墓碑得以成型的构架，往往更粗犷。

外公要雕刻一枚大小轻重恰到好处的向山石。它由于高居头顶，而会为飞鸟驻足。这唯一可以独立卸下来的石头，就连不断生长的千年矮树，也动摇它不得。根，从来不到高处去，特别是坟墓的高处；我，从来不到高处去，我怕看见跪拜的人间。而一名老石匠，必须到高处去，他要将另一世界的中轴线校准，要把人间的祭奠，调整到最为符合山脉走向的角度。

他还要雕刻"爪"。其实它更像是翅膀，老石匠叫它爪，左边一个，右边一个，身具飞行的波浪，延展开去的波浪。翅膀里面装着鱼，简单的图案，有了天上，还有了水里，而这个奇怪的爪，可能关乎大地。我是一个异想天开的人，却不及外公更能异想天开。特别是当他具备了艺术化的手艺，就会为死难者献上富于想象力的祝福。这个爪，堪称"封神"的结果，从未见过的物象，水火风雷，以及稼穑渔获，都像它。

他还要雕刻"向山石"。远处的山峰虽小，却可以搁笔，据说叫作笔架山。实际上可能叫作猴子山。这块石头的存在，指向就有了吉祥的意思，它不仅包含远方，还包含未来。有可能是三个字，比如：申山寅。有可能是四个字，比如：申山寅向。我小小的村子，既是四面，也是八方；我的亲人们，可以把这些方向用完，还可以把别人的山峰花光，把脚步去不了的地方，放在朝向石的前面，用几个字，奔跑而去。

　　他还要雕刻"盖瓦"。把石头做成瓦片，为神灵和亡灵遮阴，或者挡雨。我的亲人们都在死后上有片瓦，如果数得过来，可能有千片瓦。老石匠雕琢的寒石成为瓦状，其瓦连绵不绝。老石匠做的墓碑不能没有盖瓦，逝者的每一个雨天不能没有破帽。他雕琢得很细心，每一片都要露出光滑的背脊，所有背脊共用一个腹心，看不到的腹心。只有老石匠的錾子看到过，炫技，有时就是点到为止。

　　他还要雕刻"拜台"。新泥松软，有一个深深的凹痕，有人长跪不起。换成石头，变成拜台，石头，也需要一个凹痕，一个人的膝盖，无法完成，许多人的膝盖，也未必能完成。一个村庄所有悲伤的力量，都在那个凹痕里。这个痕迹，一旦出现，就是神迹。

　　当然，最主要的还是"主碑"。主流，不过一条；主碑，不过一行。石头越宽越是寂寥，写什么都是对的。在村里，人的一生，谋求一块主碑；在村里，一个村庄，只有一条主流；把墓碑立在江边，一块主碑，就有了一条主流。该动的不息于流淌，该静的不舍于昼夜，我在这里，不语。于身旁一条小河，于笔下一百主碑。一个老石匠，伫立在主碑旁，也无语。他的内心活动，略等于神灵的内心活动。我只能猜测，他想到了什么。也许是在用两千多个汉字，默默地念诵一篇祭文。

　　有时候，神，就是一种想不到，或者意外。

　　外公的技艺就是将这种"意外"进行到底。他会赋予墓碑上臆想出来的神的表情以各种丰富性。就连他们的体态、眼眸、衣袖等都有数十种变化。

而最让外公懊恼不已的，是偶尔会错手把神灵的面容刻出不必要的痕迹来，像是作为一个凡胎，对神灵施以黥面之刑，这绝对是僭越和不敬的。

然而这一部分里也有最细腻的雕工，在石头上，用叙述性的线条，对一个故事进行呈现。比如"二十四孝"，是外公雕刻得最多的。

孝感动天、百里负米、卖身葬父、卧冰求鲤、弃官寻母……我想每一个孝道故事都被他雕刻过，每一个故事都被他用石头演绎过。我不确定的是，他是否能在"石头语言"里讲清每一个细节，但可以肯定的是，故事一定是用细节讲出来的。石头造型中的细部镂刻，看似静止而又笨拙，但是用形象也能叙述出整体的情节。这依赖的就是细节的张力。外公显然洞悉了一切语言符号艺术的本质：用形象说话。

外公最喜欢雕刻的是"百里负米"。他会一边雕刻，一边微笑着向我讲述《孝经》：周仲由，字子路。家贫，常食藜藿之食，为亲负米百里之外。亲殁，南游于楚，从车百乘，积粟万钟，累茵而坐，列鼎而食，乃叹曰："虽欲食藜藿，为亲负米，不可得也。"现在想起来，他竟然能背诵，实在是他们那个年代的高级知识分子。当然，这种能背诵也有偶然性，我想原因无外乎：米，是他们经过饥荒之年的人最为刻骨铭心的记忆，背米养家，是最为朴素，当地亲人们最容易接受、最浅显易懂、最具有教育意义的碑刻故事。

"伦儿，我给你讲个故事，背米的故事。"

外公停下手中的錾子，坐在石头上，点燃一支叶子烟，吐了几个圈，然后慢悠悠地给我回忆起他当年的传奇经历：

"灾荒年，我到湖北大路坝去借米。"

"米还可以去外省借？"

"是啊，我开了集体的介绍信。湖北收成好，我们去借米，承诺来年加倍还。在去的路上，天黑了，我在途中的一个石洞里过夜，因为太困，很快睡着了。第二天早上醒来，发现身旁有一具死尸。我竟然挨着一个死人睡了一夜，把我吓惨了，但是我还是故作镇定地去了湖北，背回了几十斤米。回家后，很长一段时间都会想起那个死人。"

"你知道我为什么要雕刻很多背米的孝道故事吧？"

"嗯嗯。"我似懂非懂。实际上直到今天，我也没有完全弄明白他的意思。

我是为村民写墓志铭的人

我成为诗人实在是偶然。

我的"必然"应该是成为一名石匠。

在石匠的主业之外，我应该成为一名业余的"写碑者"。

于是，偶然与必然之间，似有某种血缘传袭，命定我必须以"写碑之心"去写诗。而我的诗做到了这一点吗？显然，没有。

1996年，我从酉阳民族师范学校毕业，来到一个叫作"诸佛村"的完小教书。因为写字略微有点规矩，我这个"土秀才"常常被周围几个乡镇的人们请去为他们"写碑"。在他们亲人的墓碑上书写生平序言，也就是"墓志铭"。

不像司汤达的墓志铭——"米兰人亨利·贝尔，活过、写过、爱过"这么简练而深刻，也不像辛波斯卡的墓志铭——"这里躺着，像逗点般，一个旧派的人。她写过几首诗"这么诗意。村子里的农人们往往更在乎被记录和流传不朽，平静的一生也要用很多汉字来表达，来展现他们的不平凡。我也常常绞尽脑汁，写出他们各自不同的命运轨迹。然而，他们的命运大多类似，一篇墓志铭的模板就可以代替很多人。然而我不能，我要让他们以不一样的面孔，活在石碑上。所以我调动了很多诗人才有的语言，用诗歌般的句子，来录下他们幸福抑或苦难的一生。

诸佛村的边缘，坡度渐大
在这里写碑，有时候，需要跪着

除了沐手，焚香，对一块石头足够的尊重
就在这个姿势上

由于跪书，我绝不可能用章草、狂草
也绝不可能把对生者的轻佻，用在死者处

请我写碑的人，有时候
会取下他身上的棉衣，垫在我的膝盖下

我挪一下，他们就去挪一下
而这个简单的动作，他们只对父母做过

在我的诸佛村，如有一个花甲老者为你垫膝盖

说明你写墓志铭上百块了

说明你已经向陌生人下跪上百次了
向冰凉的石头下跪，上百次了

——《跪书》

每次写碑，都要沐浴、净手、焚香，要先将对亡灵的尊重，调至最高频道。即使他不过是一位毕生脸朝黄土背朝天的文盲农人，即使她连一个完整的名字都没有而被记录为"某氏"，即使他坐过牢或是当过叫花子，即使鳏寡孤独或是非正常死亡，死后都应该获得基本的尊重，一块石头是对他们的尊重，石头上我写出来的文章是对他们的尊重。所以，我在书写的时候，必须要有仪式感，不得随便，更不能随意。

黑石头潜伏在村庄里，等着一块白布，舒展地，轻灵地，蒙上来。满身污垢的诸佛村人，希望一块石头是干净的。我在写碑的时候，借此防黑漆沾身，并把内心的圣洁，再温习一遍。在我的诸佛村，要是你是一个写碑人，千万别拒绝一块白布。在我的诸佛村，要是你是一个丧母者，千万要准备好一块白布。

入冬，诸佛村有更深的冷寂，一盆杠炭火出现在野地上，寒彻心骨的石碑，渐渐温暖。我僵硬的手指，逐渐灵活，然后，我就可以开始写了：

"恭序……"

似乎，那盆火的出现，就是"恭"字的一部分，也是苦难序言的引子。那时候的我，很容易忧伤，并未勘破穷困的命运，因此我感激，那些死者为我准备的那一盆火，似在照亮，也似在打开。我看见，鹑衣百结者，和一瘸一拐者，都朝我走来。确切地说，是朝这一盆火，走来。中轴线上那一列字，要写稳当。不能用行书，滑了；更不能用隶书，偏了；正楷，是唯一的体式。写一个不庄严的字，就是一次亏欠，我对村庄的亏欠，不止一次了。为此我深怀愧疚，像一个逃逸者。我的天赋，就像我的罪过，集满一身。

写碑十年，我记得最清晰的五个字，就是：生老病苦死。我在写中轴线上那一列字的时候，要反复默念这五个字。最后一个"墓"字，必须落在这样的顺位上：生、老，必须避开病、苦、死。生前遭罪，死后远离诸般苦楚。这五个字概括了诸佛村的人间，也超越了诸佛村的人间。

不写碑十年，我还在那五个字上念叨。生老病苦死，像佛语，也像巫咒。

天下大寒，适宜写碑。大寒节，立碑日。1999年诸佛村极寒，我的毛笔尖，从未结过冰。一夜大雪，我的木房子周围净是大雪压断竹子的声音，仿佛是我诗歌中的一些句子有承载不了的重量，在纷纷折断。大半夜未眠，凌晨竟然沉沉睡去。然而睡意正浓的时候，门外有人踏雪而来，重重地敲击我的木门。

"张老师，请你给我写碑。"

我穿衣起床，透过窗花格子，看到一个和我一样瘦削的中年人站在阶檐之下。

然而让我意外的是，他要给自己写碑。

"你是要为自己修建活人墓吗？"我问。

"是的，就是生茔。我要趁没有死，扭得动，先把自己的碑修好。我只有一个女儿，但是很小就走丢了。我现在是一个孤老头。我死后，拜托邻居把我拖进生茔。要是我的女儿还活在这个世上，她就能找到我。如果我还不赶紧修好生茔，那么我死后，女儿就可能找不到我了。"我突然觉得这个人的墓志铭不好写，而且很沉重。我该怎么给他写呢？便让他先回去，我枯坐在木房里想了大半天。

第二天，我去了他的生茔所在地，一个陡峭的山坡上。依旧是沐浴、净手、焚香，尊重这个活着的人，应该也和尊重亡灵一样；依旧是跪书，山势不平，不跪不行；依旧是他为我找来垫子——一件棉衣，并随时为我挪移；依旧是白布蒙碑，不能玷污他的脸面。

我写道：杨公胜成，生于乙亥，卒于未尽之时，少年擅射，为寨中猎户。及至弱冠，从军报国，退役后牧羊为生。妻早亡，膝下一女，于丁卯秋走失。后杨公南下深圳、广州，西行新疆，数次寻女未果。如蒙天怜，女当回归，见字如见父……

我写一遍他的碑序，仿佛在替他重新活一次。

接连不断的墓志铭，在凛冽中完成，其中一块，写好后即覆盖大雪。写完一个苦难的人生，就天下大雪。

他是为菩萨换骨的人

那个有意把墓碑上的火石，换成了石灰石的石匠
是我的外公
他是为菩萨换骨的人

——《古镇匠人》

外公十六岁时,患了疟疾,昏迷不醒,亲人们以为他不行了,就把他装在木匣子里,抬到山上准备草草掩埋,就在向坑里铲土的时候,匣子里有了动静,继而传出呻吟——他又活了过来。大难不死必有后福,他虽然一生贫困艰苦,但是高寿,算是奇迹了。

七十多岁的时候,他得了一场大病,便召集亲人们全部回去为他送终。然而,大家一直没有送到终,他好好地活着,又活了二十多年。

去年腊月,眼看着就要过年了。哥哥打电话来跟我说:伦,快回来,外公这次肯定是熬不过去了,赶紧来送终。我赶回郁山镇上,一个表弟也到了。他要从镇上开始,走路回村。而我觉得可能还是坐车快一些,却不想被堵在半路。走路的表弟刚刚到外公家里不久,外公就走了,他送到终了,而我反而没有送到,这似乎就是天意。

我成年以后,写字有那么一点功底,其实就是外公启蒙的。

他成为"刻碑人",我成为"写碑人"。

我们都是在石头上寻觅"神性"的人。他才是艺术家,我只是一个拙劣的模仿者。他是"神性"本身,我是着迷地用汉语言文字符号再现这种"神性"的诗人。

那天,我蹲在他身旁,听着叮叮当当的雕刻碑上文字的声音,突然对他说:我想写字。

他转过头,笑眯眯地说:写字啊,别找我学,找先生学。

先生指的是那位有文化的老人。他也姓李,就住在村里。他曾经是一位私塾先生,教过书,娶过童养媳,当过教师,成为过"右派",落实政策后依旧在村里为大家写写字,教教写字。我找他学书法的时候,才进入小学二年级。学习写字的那段时间,生活其实比较平淡,没有多少惊奇和兴奋。倒是有一次,外公告诉我:先生家有两本《易经》,你去借来读,然后你就可以算出自己的未来了。

这让我很感兴趣。但是,没有借到。直到我进入师范学校,先生觉得可以放心借给我了,才让我如愿。当我摩挲着手里两本光绪年间的泛黄的《易经》线装本,觉得那种神秘终于被我体验到了。然而我并未弄明白里面的文字,迄今为止也只记得简单的诸如"两仪生四象,四象生八卦"或者"见龙在田,利见大人"这样的句子。至于它们的含义,我实在没有兴趣去研究。我觉得,只有写诗才足够吸引我。这两本书后来辗转之间不慎遗失,不知去向,我内心充满了愧疚和遗憾。

然而外公是喜欢周易之道的。他常常会借此来阐释一些风水之道。刻碑人于"风水学",本身就是非常接近的一个行道。我对此毫无兴趣,觉得被夸大了,成了"伪科学",对一个具有现代价值观的"诗人"来说,这些是没有多大意义的。然而,他老人家常说的"天行健,君子以自强不息;地势坤,君子以厚德载物""天道酬勤,地道酬善",却是对我很有影响的。

在写诗的过程中,我常觉得,诗歌的修行,很大一部分是"善"的修行,天下诗歌,唯善不破。"善"的部分,就是"神性"的部分,就是信仰的部分,是灵魂干净的部分。

外公对石头的认识,就像认识自己的身骨一样。

哪些石头适合雕刻,哪些不适合,他一目了然。他告诉我:页岩中夹有火石的,绝对不能用作墓碑。因为火石易碎。

哪些是火石呢？他说：来，我教你燧石取火。只见他从一堆石头里随便翻了两枚出来，不断地摩擦，发出"啪啪"的声响，火星四溅，一会儿就把一堆白茅草引燃了。

然而当我拿出两块石头，将双手都擦出水泡了，也没能溅起一点火星。

"伦，来，看看什么是火石。"他把口中说的"火石"拿来给我看，上面质地粗糙，有颗粒感，不像可以雕刻的石头那样细腻均匀。"火石"拍断后，容易散，很像是玻璃破了碎片化的感觉。长大后，我才知道，那是一种氧化的石英石。

"当你在雕菩萨的时候，遇到火石，必须果断换掉，就像为菩萨换骨，不然你的菩萨永远不能成型。"这句话，我永生都记得。菩萨的骨头不能是易碎的，而应是坚实的。一个人的一生，像外公那样，活到成为全家的"活菩萨"，他也是有坚韧的骨头的。他的骨头是"善"。他活了接近一个世纪，从未害过一个人，从未与人为敌，他的境界已经是通透的了，澄澈的了。他的生命履历，本身就是一个小小的奇迹，带有"神性"的奇迹。

他为自己换骨。

默默地换骨。而我们浑然不觉。一个凡人的骨头，因为自我完善而悄然石化。当他躺在冰棺里，我去瞻仰的时候，看见他骨骼突出，像是一块块大大小小的墓碑，206块墓碑，沉实地坐落在一个叫"黄泥坡"的地方。

我转进他生前的卧室，在床底下，看到他赖以为生的錾子闪着锋利的光芒。多年没有使用了，应该是锈迹斑斑了。不，是光洁而白净的。显然，他在知道自己大限将至的前一段时间，磨砺过自己的錾子，就像磨砺过自己的傲骨。大的平錾是用来铲平大面积石面的，小的平錾是用来雕刻字迹的，中等的平錾是用来打制神灵和菩萨的粗坯的。大小平錾一起使用，便是为人间的菩萨造像。那么多的"封神"的工具，平静地躺在一起，一点不争功，谦逊地互相成就，并居住在黑暗之中。

然而，它们为外公换骨，为我的诗歌换骨。

当然也为我的生命换骨。

在石头上模仿救世主的人

在村里，每一块凸石都是有善意的。

它努力向悬崖的外沿用力，向扑来的云海，争取更宽的平面。这凌空腾出的虚位，带着悬崖最大的意义，让我错车时停得下摩托，安稳地看着身旁的大卡车驶过。要是没有这块凸石，我不知道自己会多胆战心惊。也不知道，那位卡车司机会怎样向宽阔处倒车，然而在这样的深山险绝处，能找到宽处多么不易。

这块凸石，能让拍云海的老人，放得下三脚架。这高山峡谷，最接近仙境的美，就是那蒸腾起来，弥漫开去，将整个低谷覆盖的白雾。这里，就是最佳拍摄地点。所以它最先沐浴到清晨的阳光，云朵也最先抚摸了它的嶙峋瘦骨，如是此刻云海溢出到路面上，我就是那个一念白头的人，我就是那个尚未来得及悲伤，一瞬间又佩戴金冠的人。

当我进入小镇，看到每一块石头，我都会心有所动，而后满怀敬意。它们都是菩萨，经过无数脚的踩踏，时间让它们变得光滑。一场雨水过后，石头上尘埃尽去，异常洁净。我看到它们的镜面上有打磨的天空，幸运的时候可以看到一点微弱的蓝,更多时候,我会窥见石头里的乌云。

蹲在那里良久,换着角度把玩异化的我,有时候狰狞,有时候温润,我沉浸于这存在和消失的谜面。人们都在内心,依照自己的样子雕刻新的菩萨,每一块石头都是半成品。你看,秋日暖阳中,那个微微闭上眼睛的人,一定是在最适合自己的石头上,模仿救世主。

那不就是外公吗?

所有我经历过的石头,最终都成为有灵性的动物。

所有我抚摸过的石头,最终都成为我的某一枚脏腑。

我感觉到它们的搏动。血液和大河穿过我的每一块石头。

依次地,我从村庄走出,经过小镇,抵达了我的都市。

没想到,像自身携带的骨头,它们也跟着我抵达。女儿的命是水做的,那男儿的命就是石头做的。石头笨拙无言,我们可以互相借喻,互相指出对方的硬和软,爱与恨,生存和毁灭。外公,他把弄的那些石头,如今在山间充当着精神的领袖,而他放过的那些石头,如今如影随形,来到长江之滨,成为我精神的导师。

毛重半斤,净重八两。这些石头行遍整个流域,千里河床,打磨和推敲,完成了一块石头的小叙事,很短:"磕碰。终。"它说。这般圆熟和光滑,只不过是石头学会了赶路。而它身上,冰川的体温犹在,我站在这块石头上,保持着一个金鸡独立的姿势,在草地上旋转起来,像石头的种子落在大陆上,它也跟着旋转,陷落,渐渐隐没了身骨。

我一直试图从一堆小圆石中,找出方形的那一枚。我一直试图从一堆五彩卵石中,从红、褐、黄、白、黑中,找出淡绿色的那一枚。大水自由奔袭,却是天下的规则和模具。极其狰狞的石头，在我手里，已经极致温柔。整个下午，我都匍匐在滩涂上，寻找那枚不存在的石头，也像一枚顽石，被幻想漫长地折磨。成片成片的荻花向谦卑的我扬着飞絮。

而有的石头落入小潭，洗自己的碎骨；我的影子落入小潭，洗自己的虚像。更多的石头相互洗涤石头。有一部分石头，划着水去了。更多的我洗涤着我。有一部分我，化成水去了。没有一条河承认我从它的源头而来。我拾起潭中一枚鹅卵石，老树上的喜鹊嚷着说，我拾起了她的小肾脏。好小的一枚石头啊。我交给女儿，她握了一下，旋即敏感地丢掉。水有凉意，石头让她吃惊。

这几天长江水更枯了，似是有意送我去江心滩，信步至江水边沿，小风暗生，点水雀的身影若有若无，有块干净的长江石可坐，却不敢久坐。我不能确定，河床为人类让出半边卧榻，会带来什么。人声喧嚣，巨大的沉默是谁的？

把自己静置在这些长江石上，薄薄的淤泥，经春阳一晒就成灰，抹一抹，露出这枚长江石的暗绿来，坐在上面，看江生縠纹，把自己，静置成一个迢遥的谜。我和石头浑然一体了，圆滑上附着孤绝，隐喻里藏着旁白。这时别猜我，余晖改变了人世的答案。

这些石头，没有一枚是普通的。无论成分如何、来自何地，都值得我歌颂。就像歌颂我的外公，就像歌颂我。

> 头顶一堆石头，头顶大量的斑纹
> 和色彩，腰悬玉玦，心口
> 还贴着白璧

> 它是一块顽石，经过语言符号学的洗礼
> 成为拙石——意义逐渐丧失
> 声带逐渐钝化，近于无语
>
> 掀开周遭的众美，取出独美
> 荣耀如此黯淡
> 用长江水，洗干净，贴在我的面颊上
> 为孤独者钤印
>
> 我相信它曾为万世开先河，并习惯忍受奚落
>
> ——《拙石颂》

有一段时间，我执迷于在九龙滩上寻找我的石头的独美，然而，我找到的是众美。

后来我一直往江心逼近，似乎近在咫尺的石头会成为某种内心的答案。

两弯白石嵌进青石里，我要把石头洗出月光来，然后扔在浅水中，我可以把整片江滩辜负个遍。浸润在水中的石头有万种面影，波纹浮动时，影影绰绰，随手抓一块都是陛下，冠冕上晃动着骨节般的珠子。向大河称臣的，还有更圆润的那轮天上月，它早熟，直逼落日。

然而在暮光下，我终于看到石头的幻之灵了，似乎"神性"的石头化成了鲸鱼。

水位逐渐下降，春天逐渐逝去，大水到来之前，会把自己的枯竭最大化，让我以为河流已然在谦虚地向天空致歉。仿佛水不是水，大石头一波一波的，才是水，它们延伸至江心，有

了水的形态和优雅。领头的那块，最先隐入暗浪里。

这些石头，带着大陆最后的劝慰，沉溺至此，只对大河的心脏保持臣服，它们推动着脉象，像一个鲸头领着一串锥形的骨头。我知道，这些石头，和武陵深山里的那些，本质上没有区别，都是为了扮演诗歌的灵魂而存在。所以它们遇见我，牵引我，开示我。

它们与外公的石头，领略过同一片暮光。

这些石头入水的鱼跃动态，也是静止的，看上去在动，实际上岿然不动。每块石脊上可乘坐两人，小女孩带着我，仿佛要去渡江。

我们缄口，无声，水面起伏。

分明是石之鳍，在身侧不停拍打河流。

尾声

当我和女儿在长江石头鲸鱼上静坐的时候，我们看到了鲸鱼的石眼睛。这些石头活着的原因，我们找到了。当石头们行走数万年，行走三千里，来到九龙滩的时候，我知道，它们来看我们了。一大一小，两块弯曲的鱼形石头，各天生一只凹陷的眼睛，小女孩的半瓶江水倒进去，它们就眼波荡漾了，瞳孔一般，与天空对视，与我们对视，像无声的对话：

你是张远伦吗？是啊。

你是谁？

我是李国文。

（《雨花》2022 年第 3 期）

我对不起郝美丽

鱼　禾

唯有死亡坐到了对面，你才能尝到生命的全部滋味。

——题记

病房

几乎在每个清晨，"小燕子，穿花衣"的电话铃声都会率先打破病房的寂静，孤零零地响起来。接着便是郝美丽的沙哑嗓音。又来了，又来了。她嘴上埋怨着，却也不急于接听，只是慢吞吞坐起来，摸索她的衣服鞋子。

这是一间格局特殊的病房，开在十七病区的东头，里面只有一个标准床位，朝东开了一面阔大的观景窗，门前的一截走廊恰到好处地隔离了来自普通病房的噪声。后来伊城新区分院投用，这间病房便加了两张床，成为"小病房"。小病房条件虽不如原来的单间那么优越，但比起挤了七八张床的普通病房，还是舒服了很多。

窗玻璃外面还是一派乌色，不过已经是早晨了，那一派乌色中透着隐隐的金属之光。我喜欢清晨,即便是病房的清晨。经过一夜饱睡,在枕头上睁开眼睛,有一种难以言喻的轻松。这是纯属身体的轻松,准确地说,是大脑感觉不到身体有重量。在病房,很多时候人只能躺在床上。即便这样,清晨特有的轻松也会准时到来。

我不知道究竟有什么事能让一部手机总是在天亮之前响起来。不过也无所谓,即便没有这电话铃声,这个点护士也会进来,随着啪的一声轻响,LED顶灯大雪般的白光就会霍然灌满病房。护士要给昨天入院的病号抽血,开灯是必须的。还有在走廊上打地铺的家属,也会在这个时候被要求收拾铺盖,把东西放回病房。反正也不用着急,等这点儿喧闹过去,尽可以再睡回头觉。

一个人进了病房之后就有了足够的时间。时间仿佛大河里偶然涌入岔道的水流,它会陡然减速,甚至停下来。除了在预约时间必须去指定地点做指定的检查,其他时间都可以用来睡觉。

我把眼罩推到额上,垫高枕头,看窗外那一大片剪影般的楼群。在清晨的暗蓝天色里它们是纯黑的,显得极其肃穆。这个城市的人们仍在酣睡,还没有一盏灯打破那一片错落有致的黑。那一片楼群所在的位置是这个城市最早的楼群之一,楼面破旧斑驳,其间夹杂着花花绿绿的广告牌,白天看上去,也就是伧俗市井的一角。这原本不堪入目的景象,被昼夜交替时分的天色掩去细节之后,竟也颇为悦目。

耐心惊人的郝美丽每次都能磨蹭到燕子回答完毕才去接电话。手机里的歌便兀自唱下去:我问燕子为啥来,燕子说,这里的春天最美丽。

马上就到春天了,天还冷成这个德行,漫天的雾霾让人觉得里里外外不清爽。燕子来这里为着个什么,谁知道呢?这穿花衣的貌似乖顺的小东西,其实是一种性情高傲的鸟儿。你若想像养鸽子一样把它们圈到笼子里据为己有,它们会愤怒,宁可把自己饿死也不会吃你喂给的食物。这样的灵物,会稀罕你所说的美丽吗?

躺在病床上的人闲得无聊,便常常把燕子的答案换掉——

燕子说,这里有个郝美丽。

燕子说,我们想念郝美丽。

燕子说,燕窝送给郝美丽。

因为这电话铃,来打针的护士总是逗她,美丽阿姨,这歌可是你的专属啊。郝美丽便敷衍着。她拍拍胸口说,你还别说,一听这歌呀,这心里头可安生了。在地道的老伊城口音里,这个"可"字念成拖长的去声,是整句话里的重音。被强调的字音像一道勒进泥墙的长索,引着人去细想里面的原委。

咋了?郝美丽的沙哑嗓音终于接续了唱歌的童声。噫,我还以为又是臭妞打的。郝美丽的声音陡然变得急切。那你等一小会儿,我现在下去。郝美丽边说边从床边站起来,两只脚倒腾着穿上棉鞋。

这两天伊城突然降温,这个点,室外温度大约在零下十来度。伊城冬天的冷分两种。一种是雪一般的冷,冷得松软、好商量,冷是冷,稍微焐焐也就化了。还有一种,是冰凌一般的冷,冷得生硬、锋利,直扎人的骨头。这两天的冷法,显然是后一种。郝美丽似乎很怕冷,里里外外的衣服有很多层,里面是保暖内衣,外面有暗红色的大针厚毛衣和花色凌乱的毛绒家居服。她晚上睡觉极少脱毛衣,都是鼓鼓囊囊穿着睡,出门的话，外面还有一层厚厚的大棉袄，再加上蓬蓬勃勃的大围脖、绒线帽，常把自己裹得像一大团没扎紧的包袱。

不过这一次，事情看来是很急。郝美丽没来得及一层一层往身上裹衣服，她拿了手机，披上大棉袄就出门了。

沙粒

窗外的天空转为含有光感的蓝灰。这是我最喜欢的色调，唯有在晴天，在清晨和傍晚的天穹边缘，才能见到这种玄妙的渐变色。偏执狂的脾气促使我试了许多次，企图调制出同样色调的电脑文档背景——由发光的蓝灰到沉郁的墨蓝。不过，我的模拟没有一次成功过。

黑色楼群剪影被一方白色洞穿。在这个凛冽的寒冬，那个位置，每个清晨都会第一个亮灯。约一刻钟后，它的左上方会出现第二个白色小方块。再过大约半小时，它们的正下方会零零星星出现一片小方块，白色的、黄色的、微蓝的。那也是一簇聚集的亮斑，沙粒状亮斑，它们在黑色剪影中一朵朵开放，犹如杂花生树。"沙粒"在楼群右侧八点钟方向，跟身体中的"沙粒"曾经所在的方位一致。

身体中的"沙粒"已经被拿掉了。在被拿掉之前它们的供血通道遭遇了药物阻断。被切断供养的"沙粒"坚持了两个多月。经历了三波药物阻击之后，顽强的"沙粒"们终于失去了生命迹象。"未见血流通过"的检查结果在我手上，被看宝似的看了许久。打扫沙场的手术已经过去一个多月。手术之后，为了巩固形势，又以药物消杀一遍。药物剂量每次只有九毫克，药力却是极其毒辣。这毒力对每个人造成的影响不一样。

我的反应算是轻微——用药后两三天之内，会有几个小时左右，骨头里有若电流穿过。那是从未有过的感受，难以用任何一种惯用的词汇去描述它，但它极其强烈，让人不可能移开心思去注意别的事情。

"沙粒"早已被歼灭，被同时切断的经脉却迟迟没有接通。有很长一段时间，创伤部位处于无痛觉状态。按照主治大夫的说法，人体神经有强悍的自我恢复能力，它们会慢慢"爬"到受创部位，在那里重新勾连成网。

伤口有一小截没有长好。有一厘米？我问。有两针，主治大夫说，剪开再处理一下就行了。像在讨论一件衣服。

在急救室，处置伤口的医用小刀在骨面上刮。能听到短促的、有节奏的沙沙声。站在旁边的护工金满箩嘶嘶地吸气，好像那几分钟的刮骨疗毒发生在她身上。她嘴里嘟嘟囔囔，对医生表达着不满。还大医院哩，都动刀了还不给麻醉，娘哎，叫病号干受着，啥医院哪！因为最初入院的时候我对检查和治疗程序完全没有概念，而用药打针紧锣密鼓，一项一项都卡着点，年轻的主治大夫按捺不住性子总是嚷嚷，金满箩对这个大夫很不满。她看这大夫的时候乜斜着眼睛，一脸的厌烦。我摆摆手，让她回病房等。她皱着脸，一步三回头地退出了急救室。主治大夫的手很轻。我的感觉是有只蚂蚁在那里徘徊，只有轻微的触觉，不痛不痒。

为什么不疼呢？

这里的神经还没有恢复。主治大夫说。

神经不知道，可是我知道啊。

主治大夫开始消毒，敷纱布。你知道它也不会疼。

我看着天花板，理不清这里的逻辑。我明明知道这件事，却不能激发我的痛觉，说明痛觉系统根本不能识别任何语言信号，而只能识别身体内部的生物信号。又或说，痛觉只是神经的条件反射，根本不是大脑反应。只是这么一来，我对于我的身体而言，又算个什么东西呢？一个旁观者？一间移动病房？

就是说大脑听神经的，不听我的？

这个……大夫把我扶起来。你也不能想疼就疼啊。

不需要再缝针吗？

不用，皮肤很快就爬严了

这一块的神经呢？会恢复吗？

当然了，大夫说，不过神经爬得慢一些，别着急。

金满箩战战兢兢等在门口，见我出来，赶紧来扶。我笑笑说不用，其实不疼。金满箩坚持扶着我回病房，嘴里嘟囔着，娘唉，铁人。

走廊上有几个术后恢复期的病号在锻炼手臂。我们被反复提醒，术后十天就要开始锻炼手术侧的胳膊，举手做"爬墙"练习。"爬"，不是一个比喻，而是实际需要的手部动作。病区走廊的几处转角墙上画着标高格线，病号背靠与标线墙垂直的另一面墙，"爬墙"的手臂与身体保持平角，然后上举，先爬到一米六，然后一米七、一米八……直到能够垂直向上，再能够绕过头顶，触摸到另一侧的耳朵。这是一个需要数月才能完成的过程。伴随着贯穿手臂的扯痛，被手术切断而蜷缩的筋脉被一点点拉开。那一侧的手要真的像乌龟一样往上爬，直到筋脉被扯开到某个适度值——到你忍受不了那种筋脉撕扯的疼痛为止。

医生告知，术后半年之内甚至更长时间内，受创部位会有类似针刺的轻微疼痛，不用紧张，那是你的神经正在"爬"

出末梢。

"爬"这个词一遍遍被重复，仿佛在描述某种有独立大脑且四肢健全的动物。手臂会"爬"，皮肤会"爬"，神经也会"爬"。在被"小燕子"叫醒的许多清晨，我都能感觉到它们在"爬"。微微的刺痛从重创区零星传来，犹如冬季常见的静电打击。这刺痛让我觉得安慰。这意味着受创的神经正在竭力"爬"向空白区，它们在倔强地不眠不休地恢复。疼痛充满了正能量。

窗外天色渐淡。黑色剪影慢慢褪色，变得形影驳杂。楼群现形，归入嘈嘈切切的市井之中。这时候，我可以睡个回笼觉了。

病房

郝美丽寒气飕飕地回到了病房。她脱掉外套，换上拖鞋，灌下几口热水，坐在床沿上开始数落她丈夫老朱。大约也是为了筹钱，老朱退休了也不歇着，天天跑到西郊一家什么加工厂干活，白天干完活，晚上捎带着晚饭来医院。为了陪郝美丽，老朱夜里就打个地铺，睡在医院的走廊上。

郝美丽的数落与刚刚下楼对付的事有关。老朱的电动车被"弄走"了。

在郝美丽嘴里，数落男人也是有章法有剧情的，悬念、包袱、卖关子一样不缺，像是说书。郝美丽说，从俺家门口儿到这儿，走路也就一小会儿，就是个老鳖，赖好动动腿儿，五分钟也爬到了，然后从这儿去他上班那地儿，看见没？出北门往前多少蛆蛹蛆蛹，37路公交，车都不用转，这边儿门口上，那边儿门口下,够方便吧?噫,他就不,他说他没时间等车,快七十的人了,非作妖,非骑电动车。郝美丽又灌了几口水,继续叨叨。一大早,路上黑黢黢的,让他开车灯,就不开,说是白天不用开。这是白天?郝美丽指着窗外求证,隔十来米就看不清人,这是白天?那片天确实已经是白天了。郝美丽转头一看,自己先笑了。奶奶!这天儿亮真快。

郝美丽说她有时候绷不住,就发动儿子劝老朱。郝美丽把儿子说成是"他儿子"。我跟他儿子说,你爹不听劝,非骑电动车,摸黑骑还老不开灯,还不让我管,我丑话说前头,他要是不让我管,出了啥事可别埋怨我。郝美丽手机响了一下。她拿过手机,一边划拉一边叨叨。你知道他儿子说啥?他儿子说他,老哥儿,你要是不听阿姨的话,非自己作,作出了啥事,可别指望我管。

儿子叫你"阿姨",这么说儿子的确是"他儿子"?

郝美丽看了一眼手机,摆摆手说,你是不知道。

异常能闲扯的郝美丽常常以一句"你是不知道"让她的家长里短戛然而止。"你是不知道",大部分时候相当于"不说也罢"或"一言难尽",有时候相当于"且听下回分解"。"你是不知道"犹如一道帘幕,会在某些难以启齿的当口,或者在她需要暂停的时候,随时落下。此刻的"你是不知道"相当于一个省略号,因为郝美丽突然意识到在老朱的种种可恶之外,还有电动车这档子事。

这辆一大早不知去向的电动车,让郝美丽整整折腾了一天。

郝美丽从楼下上来的时候,已经在外面问了一圈。问门口保安,保安说,昨天晚上他十一点接班的时候,门口的电动车就全都清走了，哪儿清的，不知道。问路口交警，交警摆摆手，意思是别问我，不知道。

  郝美丽拿起手机打电话。先打了两个，没人接。再打别的，对方接了，郝美丽便从床上下来站在地上，似乎是要表示接下来这番话的郑重。我跟你说，郝美丽对着电话急惶惶地说，你爹的电动车昨天晚上停在医院北门口，今天一大早没影了，一溜几十辆车都没影了，这不用说肯定是交警弄走了。郝美丽的声音低了八度。你能抽个空不能？能抽空那好，你先来医院吧，你找我拿钥匙，对，你不用上来，我给你送下去。郝美丽腾出一只手从包里找钱。然后你问问交警拖车都拖到哪儿，我把钱给你，你去把罚款交了，对对，还得麻烦你把车骑回来。郝美丽又套上大棉袄，套上棉鞋，把长围脖往脖子上绕了两圈，拎起包，倒着小碎步出去。

  回到病房的郝美丽看上去很放松。她洗漱，吃饭，然后窝到床上，把手机夹在支架上看视频。为了半躺着看视频方便，郝美丽的手机一天到晚在床头架子上别着。来了电话她也懒省事儿，就按下免提键，半躺在那儿接打电话。

  大约半个小时以后，"他儿子"的电话打过来了。"他儿子"说，我到三大队堆车的地方看了，哪儿有车啊，一辆车都没有。郝美丽欠了欠身又躺下去。"他儿子"又说，现在交警队不拖车了，说他们整改了，这几个月一辆车没拖。

  郝美丽只好另外想办法。她记得原来停车的地方有根立杆，立杆上有一串电话号码和某某街道的落款，她就顺手拍下来了。郝美丽找到照片看号码，看了一会儿，拿着手机直摇手。你说坑人不坑人，留个电话号码，他中间给你抹掉一个号，这叫咋打呀？我告诉她，直接打114问一下就好。郝美丽向我借了笔和纸，问了，记了，打过去，把原委拉拉杂杂说了。

那边接电话的人显然有点儿不耐烦，语气昂昂地说，我们办事处从来不拖老百姓的车。郝美丽怯生生地犟嘴，停车地方那立杆上不是写着你们电话号码吗，那意思不就是你们管吗？那边语气端肃，留电话号码是因为创文工作需要，那是我们的片区，知道吧？

电话是我们留的，不等于车是我们拖的。又高声道，我们办事处是给老百姓服务的，什么时候也不会拖老百姓的车呀。我拿过电话问，既然是你们的片区，几十辆电动车被什么人清走了，你们应该知道吧？对方顿了一下，支吾道，这个……要不，你可以直接问问城管，当然我们也可以帮你问一下。

电话又打了一个来回。城管方面称，拖车的事不归他们管，建议问问110指挥中心。110指挥中心则把电话转给了交警队。交警队说他们早就整改了，有仨月没拖车了，一辆车都没拖。

我说，要不要打一下市长热线？有时候还挺管用的。郝美丽连声推辞。那不敢吧？郝美丽说，为个电动车就能找着市长说话？市长会顾上搭理我？我解释说不是市长，是话务员接，接完了转到管事部门去处理。郝美丽说，那行，我要是说不全了你替我找补找补。我说好，打吧。

热线通了，郝美丽开始有点儿吞吞吐吐，待报了自己的姓名，便很快镇静下来，开始讲述这件事。大半天过去了，这件事仿佛也已经成为一件"往事"。郝美丽把从清晨到现在发生的枝枝节节，像说书一样说得一波三折。对方开始还问一两句，接着便是嗯嗯，然后索性没声了，只是听着。等郝美丽说完,对方说,请问这位女士,您需要我们做什么呢?郝美丽顿了一下,看看我,决然说,恁热线是代表市长吧,恁说话要是管用,那就把俺家老头的车给找回来。对方说,好的,我们已经记录了,回头会帮您查问一下,请问您联系方式是这个电话吗?郝美丽说,是是是,就是这个电话,我姓郝,叫郝美丽。

一条河

一沓校对稿撂在床头柜上。是最近待出的书稿,关于河流。

这条泥沙累累的河流,很早就以它的灾难感吸引了我。很早,一九八五年。那年秋天,我第一次出远门。绿皮火车经过黄河大桥的时候开得很慢。那是一个晴天的午后,河面上有白花花的反光。我看着被地理书称为"第二条大河"的这条河,有些出乎意料。"第二条大河"竟没有多少水。黄泱泱的沙洲一绺一绺分布在河床上,把河面切割得零零碎碎。但那河面又何其辽阔,辽阔得一眼看不到边,让我觉得没着没落的。火车减速了。印象中常常呼啸而过的火车,那时在车轮与铁轨摩擦发出的咣当咣当声中缓慢爬行。

我至今记得路过黄河时那种莫名所以的惊讶和紧张。

时日滔滔,人生张开又收拢,有多少过程与结局,都在时间的冲洗中淡去了细节,其中的绝大部分,连一点儿轮廓都没有留下。许多段落正如这古老的大河,有时候似乎是空的,却有什么在一刻不停地经过;究竟都有些什么经过了,又无从说起。回顾,意味着今天这个人凝神观看过往时日里那个人。那个人简直花了太多的时间在干蠢事,有时候干得很认真,干得扬扬得意。回顾往事意味着我只好眼睁睁看着她犯傻、干蠢事、得意。时间里面究竟埋藏了什么？它曾经诱导我做过什么？又给予过怎样的果实？回顾往事，常常让人不堪重负，偶尔会陷入莫名所以的内疚，觉得辜负了那个在已经定格的时光里茫然无措的人。

而河流，几乎就是往事本身。

书稿是在例行体检前交出的，不过三个月前的事。此时再看，观感竟是大改。三个月之前的书稿，亦如三年之前、三十年之前的我；看书稿，正如观看往事中的那人。我看着目录，一时竟看出此前多番修改视若无睹的缺陷。太自以为是了。我在床头靠了一会儿。

书稿形成的时间段，差不多正是体质变得羸弱的时候。也许是"沙粒"聚集引起的——不时发作的眩晕，从未有过的嗜睡，让我敲打键盘的时间很难延续到五十分钟以上。注意力的集中成了一个不得不用时间表以自我强制的事项。写作仿佛是一种为人公认的精神生活，也许，写作还是某种带有巫术气氛的事业。但是，在这个蜷缩在病房打量书稿的时刻，我意识到，而且几乎可以断定，写作本质上是身体的。文字是骨髓、血液、神经、肌肉以及它们的同伙所构成的这看得见的肉身的叫喊，它们堵塞，文字便堵塞；它们酣畅，文字便酣畅，它们的康健与病态也会直接渗入文字，化为文字的状态或曰风格。身体、意志力、写作……与其说它们是休戚相关的，毋宁说它们是一体的，它们是我的构成，也是我的名称。

书稿背面是我无意中写下的名字。写了许多遍。那个被称为"本名"的名字，吻合我所归属的这个家族的辈分和排行谱系、有醒目性别标识的名字。这三个字特别难写，怎么写都不顺畅。汉字仿佛是有灵的。大约与它们的来历有关系。这些字尽管经过了一再的抽象和简化,但形声会意的功能还在。它们的形状与发音,对所指涉的事物有着不可言喻的暗示力。我的名字低眉顺眼,姓氏的风格却奔腾飞扬。当被这样称呼的时候,我大致也就是这么个分裂的人。

在这里,这个名字被漠然地符号般地呼唤。它出现的频率从来没有像现在这么高。它出现在输液单子上,出现在各种预约单、检查单、报告单上,出现在床头卡上,中间那个字变成"*"号出现在叫号屏幕上。它每一次被呼唤,后面都跟着一个动作——打针;抽血;换药;到某号诊室就诊;签字;或者仅仅是在输液前确认一下,这个名字标示的就是病床上这个神情涣散面容松弛的家伙。

我拿起铅笔,删掉两个整章、一个整节,再删掉许多凤凰枝般稠密的段落,以及大段大段累赘的引文。已经排版了,这么狠的删减,至少是不礼貌的。我暗暗说着抱歉,却停不了手。虚饰,也从未像现在这样显得累赘而可恶。表达需要考虑的,难道不只是言语的必要性吗?为理解提供必要条件就够了。表达与生存一样,"充分"不仅是浪费,而且不悦目。

撇开那些云遮雾罩,这条河渐渐显露出清晰的轮廓。它的诞生,它流经的全部时间,它的水系,它的新伤旧痕,它的滋养与孕育、暴力与残酷,在剪枝打杈以后仿佛都是视力可及的。这情形,看起来有些清冷,不够绚烂,甚至很难说是动人的。但这就是它本来的样子。

右手食指被纸边划了一道,小血珠从伤口处慢慢洇出。我把那一摞纸扔到床头柜上,躺在床上养神。"大针"的威力好像上来了。贯穿骨髓的酸痛从髋骨处开始,然后蔓延到四肢。

白色药液正在体内发散。它在剿灭某种隐形物,某种可能。它是我身体的保护者,也是闯入此间的甲兵。骨中若有冷风穿过,不时会有被电流击打般的痉挛。这种情形会持续数小时。我已经熟悉了这套把戏。从第二次开始,身体便已具备了卓然不同的耐受力。不可避免的疼痛,乃至不可避免的任何不适,都会像饥饿和瞌睡的感觉一样,成为身体的某种常规表达。现在,距离第一次已经过去了三个多月。时间恍若流水,仿佛冲走了一切,又仿佛什么也没推动。

叙述河流的文字堆在床头柜上,像一堆精心晒制却又吊不起胃口的霉干菜。你絮叨了这么多,但你真的了解它吗?一条河的个性与体内的隐形物一样不可捉摸,它的逻辑也在人的推理系统之外。"电流"一番番袭来,极其有力,如在冲刺、格斗。相对于这种力量,纸上的喋喋不休显得羸弱而无聊。吻合规范语法的文字真是太累赘了,仿佛在某种持久的惯性作用下,有另一种"沙粒"在其中生成、裂变,成为独立于表达意图之外的存在物。我以为已经陷入某种惯性之内,无法脱离这一场又一场的饶舌了。但在所有经受"电流"击打的时刻,我需要给自己鼓励。我对自己说,任何惯性都是可以克服的,只要你舍得下手,所有多余的都可以清除。

病房

"小燕子"又来了。

电话是妞妞打的,说下午给郝美丽带饭过来,问她想吃啥。郝美丽问,你是不是又请假了?妞妞说,又请了半天,咋了,犯法?郝美丽忽一下坐起来。不行,郝美丽说,刚转正你就一直请假，你那个季度奖还要不要了？就是不要季度奖了，你工资晋级咋办？别人都不请假，就你老请假，领导为啥要给你晋级，哪头轻哪头重你想过没有？郝美丽越说越快，声音也越来越大。妞妞不耐烦，打断了她的话。是我知道还是你知道啊？妞妞说，假已经请过了，说破天也不可能再倒回去。

郝美丽于是换话题，说起老朱的电动车。妞妞没等她说完又撑了一句，你是住院呢还是管闲事呢？你咋恁会管闲事啊。

郝美丽往床上一倒，扯过被子盖上。奶奶！啥孩子。

闺女够孝顺了，别要求太高。

郝美丽还是那句叹息，你是不知道。旁边病房来串门的人们还没有离开。我预感到，这一次的"你是不知道"后面，她还会说起那件事。那件事我已经零零星星听过多遍了，只是没有完整的轮廓。这一次，她会对着病房里的人们再说一遍。那些琐琐屑屑的陈年旧事，除了那一件事，或许也没其他什么特别之处还值得如此郑重其事地回忆，但对于郝美丽来说，那一件事就够了。那件事一直在她心坎儿上嵌着，仿佛从来不曾远离，其中的细节也不曾被时光遗漏过分毫；仿佛只要经她一说，往事里的一切便会结伴生还。

郝美丽说，我上一次住院打点滴，还是三十多年前的事。那是哪一年？八八年，不错就是八八年。那一次住院是生孩子，跟这住院可不一样。那住得有盼头，受罪是受罪，后头等着的是个孩子。现在住院，钱也花了，罪也受了，后头等着的是个盒子。有人拦话，怎见得就是个盒子，别吓人了。郝美丽说，咋不是盒子？到最后，谁还能活到二百五？不都得进盒子？病房的人哄笑。偏要活到二百五。听说有个什么基因改造技术，能让人一直活下去，那就不用进盒子了。

郝美丽说，俺妞她爸要是有现在这条件，也不会年纪轻轻就死了啊。病房里的人们沉默下来。郝美丽说，他在世的时候，我可真是有福啊。那时候我在客运段干后勤，活儿累点儿，可是福利好啊，奖金多不说，一年到头吃穿用都是单位发的，穿衣服有工装，看电影有电影票，洗个澡发澡票。妞她爸跟班车，福利比我还好。妞她爸弟兄五个，没一个姊妹，四个哥家生的都是儿子，眼看着一堆光头，她爷爷奶奶想抱个孙女抱不上，噫，急。她奶奶说，你俩千万千万给我生个孙女儿吧。老太太本来就喜欢小儿子，郝美丽说，你是不知道，俺妞她爸多招人待见，又孝顺，又能干，长得白白净净的，脾气还好，知道心疼人，只要在家歇班，里里外外挨着收拾，一个男的，会做饭，还会缝被子，还会织毛衣。

郝美丽从毛茸茸的家居服里扯出一截暗红色的毛衣袖子。这不，我身上这件，就是他给织的。郝美丽说，那一年，我给他家生了个孙女儿，老太太稀罕死了，恨不得一天到晚把她孙女儿捧手上。妞她爸白天黑夜在边上守着，一家人围着我转，天天变着花样给我开小灶。郝美丽摩挲着毛衣袖口磨开的线头，叹了口气。回头想想，我就是那一阵儿太享福，把这一辈子的福都享完了。妞妞不到六岁，她爸没了，心肌梗死。也是合该他啊，一步一步赶点赶的。那天家里上班的人刚走完，就剩下他、老太太和没工作的三嫂。他起床晚了，老太太说你吃口饭再走吧。他说我今天不上班了妈，我不舒服，你去看看西工房诊所开了没，开了喊个大夫来家给我看看。他妈一听，心里一咯噔，老五从来不支使人，要不是特别不舒服，能使唤他妈去叫人？老太太一溜小跑到西工房诊所，一看，没人。回到家，三嫂正往三轮车上搬人呢，一边搬一边嚷嚷，赶紧吧，小五走着走着出溜到地上了,老天爷,赶紧去医院吧!老太太还算明白,赶紧叫人跑单位给我送信儿,说小五不行了,你赶紧回家吧。我一问,人还在家,我跑到后勤科就打120,我知道他心脏不好,我就说哪哪有个病人,心脏病犯了,家里有人等着,怹赶快过去抢救。我说完就往家里跑。等跑到家,救护车在那儿嘀呜嘀呜叫唤,家里人没影了。唉!我那三嫂怕等不及,硬是蹬着三轮把人拉到医院去了。她俩都不知道心脏病犯了人不能动。其实俺家离医院可近,救护车一眨眼就开到了,要是当时就见着人,立马抢救,说不定他还能捡回条命。

郝美丽一巴掌拍到床沿上。她每次说到这儿,都是一巴掌拍下去,话题戛然而止。那一巴掌像个巨大的感叹号,一次又一次拍在白色病床的床沿上,仿佛往事到那个关口便被陡然拦住,再往后,事情还有沿着另一种线索发展的可能。在一遍遍的重复里,这件事的细节渐渐减少,后来就剩下一句话:"妞她爸走那天。"再往后,成了三个字:"就那天。"

"就那天",郝美丽三十出头。一年之后,铁路系统大裁员,郝美丽下岗。几乎同时,带着退休金帮她照料女儿、贴补生活的老太太哀伤过度,撒手而去。郝美丽开始了一手带孩子、一手打工的辛苦生活。用她的话说,就是"我的福享完了"。这二十多年怎么过来的,她从来不提。只有当妞妞来到医院,言语冲撞了她的时候,这段日子才会被一语带过:"我打工养了你二十多年。"

妞妞当然不会因为这二十多年的抚养是靠打工就格外让着她。从小经历的艰难,让妞妞比同龄人成熟老练许多,她通过熟人给妈妈办到了小病房,一下班就跑到医院来招呼,检查、打针、用药诸事,一概不用郝美丽操心。郝美丽那些七七八八的主意，在极有主见的妞妞看来，基本就是笑话。妞妞如今是一家医院的护士，月收入过万，但她爱拿自己工资跟这个医院的护士比，一比较，她觉得自己"那点儿工资就提不上嘴"。妞妞工作本来就忙碌熬人，如今又赶上妈妈生病住院，几头不得清闲。到医院办完了杂事，妞妞歪在郝美丽的床边就睡。妞妞的理想是换到行政岗。没人哪，妞妞感叹，没人给你说话，想啥也是白想。郝美丽听着妞妞的感叹，不以为然。好在那时候让你上了个卫校，出来还能进医院，还能转正，有个正式工作，一月一万多，不比你妈强？郝美丽说，你妈打工养你二十多年，一个月两三百也拿过，七八百也拿过，千把块也拿过，熬到现在一个月也就两千来块，不也过来了？别成天没人没人，谁有人哪？不都是慢慢熬过来的。

电动车找到了。妞妞一进门就说。

郝美丽忘了手上还挂着吊针，一骨碌坐起来，张了张嘴，似乎又不好意思问，眼巴巴盯着妞妞。妞妞瞄她一眼，放下饭盒，脱了外套，打开一盒酸奶。事儿赶事儿，一口东西没顾上吃呢。妞妞吱溜吱溜吸着酸奶。晚一小会儿喝会咋着？郝美丽到底绷不住。妞妞偏不照顾她的情绪，索性往床边一歪。累死我了。妞妞抠着手机，把一盒酸奶吸溜到底。

到底在哪儿你倒是说呀！郝美丽夺过空奶盒扔到垃圾桶里。

就在门口斜对面桥底下放着。妞妞站起来打开饭盒。一堆电动车堵在医院门口，当那儿是你们停车场呢？人家就稍微挪了挪，看把你紧张成啥。

郝美丽看着妞妞，脸上有些难为情。我还想今天好，郝美丽说，总算你不一大早打电话了，谁知道，你不打了，他又给我找个事儿。妞妞说，那一样吗？我打电话给你找过事？郝美丽说，你有事没事打电话，一大早，吵得别人睡不成觉不是。妞妞说，我起床时候不打，后头就不知道忙到啥时候才有空打电话，打电话吧你烦，真不打了你也是事儿，又该说我不心疼你了。妞妞把饭盒饭勺递给郝美丽，又说，早上老朱走了，你身边没人，我不打我也不放心，想想还是得打。

你还是给我双筷子吧，郝美丽顾左右而言他，用勺子吃不习惯。妞妞说，没带筷子。郝美丽伸伸脖子，抄起勺子大口吃饭。你咋来的？郝美丽一边吃一边没话找话。妞妞又歪在床上抠手机。开车来的呗，妞妞说，给你带这又是饭菜又是汤的，你想叫我地奔儿啊？郝美丽放下饭盒说，这儿哪有地方停车啊？妞妞说，街边不都是忽悠人停车的？给他二十块钱，管给你停好，加十块，还能给你停到树荫下边。郝美丽摇摇头，放下饭盒。吃不下了，郝美丽说，咋突然有点反胃啊。妞妞说，没事儿，做个深呼吸，别说话，专心吃。

老朱也拎着晚饭上来了。

吃上了？老朱说，有饭了也不告诉我，我又给你带了一份。妞妞说，这不，正说恶心吃不下呢，你又给她添一份恶心。老朱笑笑，她恶心我不恶心，等会儿我吃了。又解释说，在楼下问了问电动车的事，就晚了。

郝美丽拍拍脑袋噫了一声。她这才想起，电动车找到了也没告诉老朱。

老朱说，我先打给交警队，那哥们儿说了，大爷，现在都整改了，有仨月不拖车了，以后不要再跟交警队要车了。我说这一回整改得不赖啊。那人说，我的哥，现在除了老家伙谁还骑电动车啊。又打给办事处，一女的接的，说了，同志，我们有纪律，不允许干欺负老百姓的事，怎么可能拖老百姓的车呢？问保安，说了，老先生，我刚接班，就没见门口有电动车。我顺手给他递根烟，他还不抽，也说有纪律，就跟我要贿赂他一样。我一想，去路口问问警察叔叔吧。那个小叔叔把手往帽檐上一戳，同志请问你有啥事啊？我说了啥事啥事。他说，今天咋回事儿，都是来我这儿问车的，啥都来问交警，交警是执勤的还是给你们看车的呀？我说，执勤是为人民服务，看车也是为人民服务，你说是不是？他说老同志你赶紧忙去吧，那一堆车都在桥底下，自己左右看看，我有八只手也忙不过来啊。

一屋子人都笑了。郝美丽坐在那儿，看看老朱，再看看妞妞，臊着脸不吱声。妞妞说，你这是讨了个巧，是俺妈打了一大圈电话，交警队接电话接多了，通知了附近的交通岗，你那个小叔叔起先也不知道车挪到哪儿了，还小叔叔嘞。老朱听了，戳着郝美丽的脑袋笑，傻子，做好事不留名，你学雷锋嘞？郝美丽这才释然，自己搓着脸嘿嘿笑。

沙粒

细胞个数达到十亿个，"沙粒"才会被仪器"看见"。

第一次在胶片中看到那些"沙粒"，我坐在医生侧面，以手支额，迅速做了一次推算：一个变异细胞分裂十次，达到一千零二十四个；它们再分裂十次，个数便增加到一千零二十四的二次方，达到百万加；再分裂十次，个数增加到一千零二十四的三次方，才能超过十亿。从一到十亿，只需三十次分裂。这类细胞的分裂周期大约为四十五天。三十次分裂，需要一千三百五十天，也即将近四十五个月。往前推四十五个月，是丁酉年正月。

丁酉年正月，人生积累的压力逼近临界点。它被压到了身体之内，被压到了这个似乎有无限容量的高压容器里面，从外部觉察不到任何危象。彼时，被某个隐藏的机缘触动，这个高压容器松开了一条缝隙。于是，全部的压力忽然炸开了。

我点点头。嗯，时间没错。

大夫看我的眼神有点儿复杂。她先是问，时间？什么时间？然后连声安慰，现在这个都是常见病了，预后很乐观，别有压力啊。我摇摇头。压力已经释放过了。在螺丝松动之前，它促成了一枚细胞的变异。"沙粒"给予我的不是压力，而是一桩答案，一个结果。眼前这一小撮亮斑，这深嵌在体内的星星点点，怎么看，都像是一张欲哭的脸，像在表达着某种冤屈。如果它们开始于丁酉年正月，那么，它们的表达是准确的。潜伏在每个人体内的"沙粒"长成基质，经过了怎样的催化才发生了质变？许多人携带着它们，于无知无觉中安然度过一生；也有人携带着它们，于无知无觉中被侵占、被终结；还有一些人，体内有恰当的协调机制，以至于"沙粒"在被仪器"看见"之前先被消灭了。生长与消灭的动力都是人体提供的。"沙粒"的形成要经过重重阻碍，它们形成之后仍会受到免疫力的围追堵截，是什么样的动力，为生命基质的异化提供了充分条件？总之，从丁酉年正月的某个时刻起，体内有一枚细胞发生了质变。

几何倍数递增一旦及物，想象中便有惊心动魄的效果。尽管这些微物体量渺小，根本不会被人眼看见。它们更像是某种特殊的寄生物。正常细胞分裂不会超过六十次，而它们一旦生成，便能够无限分裂，脱离宿主继续分裂，在血清浓度很低的培养液中生长，通过体外培养堆垒成立体细胞群。也就是说，它们能够长成一种无法归类的"活物"。

到底是什么条件加入了那枚细胞，以至于它仿佛获得了独立生命，进而产生所向披靡的繁衍力和破坏力？是人们通常认为的尼古丁、酒精，或者多余的糖？我不这么想。对于有嗜好的人来说，尼古丁与酒精都是顺应人体需求的妙物，只要不过度，便不会成毒。那个导致细胞变异的条件，一定是人体的悖逆势力，是某种不由衷与不顺畅。

病房

护工金满箩是家政公司照我说的标准挑的，勤快，安静。她是个瘦小到看不出年龄的人，说三十来岁也像，说四五十岁也像。她的普通话里有着很容易分辨的南湾口音，脸上难得有笑容。

我常常一觉醒来，发现金满箩坐在矮凳上看着地板发呆。尽管我给她的报酬里加上了一日三餐的餐费，但她总是凑合，不舍得花钱。我每次订餐订得都有富余，不时分给她一些，她也不客气，每次都把我吃不完的汤汤水水吃得干干净净。朋友探望带来的各色食品水果，我也尽着她吃，但她在这些东西上就客气起来，我不塞到她手上，她就不动。我不爱甜食，常常把东西放蔫了也想不起来吃。我说，你要是不吃，放坏了可就只好扔掉了。她这才不再客气，自己拿着吃。只是这么一来，她吃饭变得更将就，常常说吃葡萄吃饱了，吃苹果吃饱了，就省掉一顿两顿饭。

有一阵子，金满箩忽然聒噪起来，在我不需要她的时候，几乎一直在打电话接电话。南湾语音里有一种古怪的委屈。尽管她接打电话的声音很低，但是，有个人一直在耳朵边唧唧咕咕地说话，也是一件让人心烦意乱的事。我问，你老在打电话，是有什么急事吗？目的是提醒她，没什么急事就安静一会儿吧。谁知她竟把我的问话当成了关心，实打实地回答说，我的钱好像被人骗了。

我笑了，什么叫好像？

是这样，她说，我有个朋友，在一家大公司做事，去年她给我介绍了个理财，说是百分之三十利息。想着这比我干活挣得还快，又是朋友，就投了。

是不是开始有利息，后来没了，再后来本金也要不回来了？

你咋知道啊，你认识那公司？

还用认识啊？通过私人介绍的高息理财不都是这个套路？

她是我从小就认识的哩。金满箩一着急，语音里的委屈便越发明显。娘唉，啥人哪，骗自己朋友哩。

投了多少？

四万七。

好在不多，以后别再干傻事了。

这可是我干了好多年攒的哩，我身上就留了几百块零花钱，全都给她了。金满箩抹着眼泪，脸皱成了一团。

想想也是。四万七，有整有零，可不是兜底都搭上了吗？难怪她连饭钱都抠着不舍得花。我简直不知道怎么安慰她。

金满箩忍不住，开始诉说。我去要了几回，都是磨半天才给个三百五百，她还跟我说她多难多难，她有我难？我男人死在煤井底下了，矿上的赔偿金叫婆婆和小叔子把着，我现在身上的钱只够买个回家的车票，她有我难？

他们凭什么把着？我问。

怕我带着钱走了。

怕你改嫁？

是哩，说是都得留给孩子。我一听留给孩子也就摁了手印，谁知道弄这哩。

孩子多大了？

大姑娘十九，在北京打工，给人家看小孩；小的是儿子，十七，不成器，好赌博，手里有多少都能匟光。

这么说金满箩也不小了。按乡村人早婚推测，她也该有四十出头了。我问她，你打算怎么办？

不知道咋办。她皱着脸说，我那钱除了给的利息，还有不到四万三，现在就想把这几万块钱要回来，回老家，种一口吃一口，别的啥也不干了。

估计要不回来了。

噫，得要。俺儿该说媳妇了，还指着这钱给俺儿买家具嘞。

话说不下去了，我闭上眼休息。金满箩坐在床边，替我拿捏右侧的手臂。我从来不支使她做这些，但是她愿意做，就随她吧。她曾经跟我诉说，上一次服务的是个老先生，半身不遂，脾气很大，家里人脾气也很大，一天到晚，一会儿都不能歇着，动不动就被数落一顿。我那时问她，为什么不提前问清楚？她回答，活儿不好找。金满箩手上没劲儿，显然也没有拿捏常识，拿捏也是聊胜于无。只是，每一次我在她的拿捏里都会很快昏昏欲睡，好像她的手能催眠。我迷迷糊糊跟她说好了，她也不理，就一直在我手臂上拿捏着，直到我坠入梦乡。

一条河

伊城以下的黄河不是空间的，而是时间的。它在西部山区、高原和下游丘陵夹峙的Y形低地上曾经多次改道。把它前前后后的河道标绘在一张图上，得到的是一张缺口扇面。在这个残缺扇面上，没有什么事件能够跟这条大河脱离干系。

河流史把周定王五年大改道上溯至大禹治水时期的河道称为"禹贡河"。这段河道在伊城以西受山势阻挡转向东北，经太行山与山东丘陵之间的低地流向渤海。在大禹治水之前的河道，则被古人称为"山经大河"，指《山海经》时代的黄河。山经大河在这个缺口扇面上的流向，与禹贡河是一致的。据说在山经大河形成之前，黄河出峡谷以后不是流向东北，而是向南，听起来似乎是不经之谈。不过，唯有这样解释，济水作为"四渎"之一才是可能的；否则，济水与大海之间就没有直接通道。黄河出谷，右转南下；济水下山，盘桓东流。两条大河在伊城西侧的弯转形成了一对蝶翅般的双函数曲线，而伊城几乎正处于那一对曲线的坐标零点位置。

自然的安排本来井然有序。只是，任何事物的变化似乎都会趋向于紊乱。

后来，这条河开始频繁改道。它开始在低地扫荡，先是切断了济水，切断了淇河，然后切断了汴水、泗水、贾鲁河……水流的秩序崩溃了。《山海经》时代的大河从太行山南端北折，沿着太行山东侧的台地边缘流向东北。大河左岸的太行山台地上，自上而下，依次分布着如今名为新乡、鹤壁、安阳、邯郸、邢台、廊坊等古地。那时，大河在今天津以南入海，而如今的天津位置正在海岸线上。传说这条河的下游是在大禹治水时经人力疏通改道的，改道河段在近海右岸，大致在今深州一带。不过我更相信地图。在尧舜禹时代的大洪水到来之前，大河左岸、太行山东麓的河流冲积台地，大约对河流右岸的低地已经形成了地势压迫。避高就低是河流的本性。于是，这条河在今深州以下向东南偏移。而大禹治水，只不过是对偏移之后不甚畅通的河道做了疏通罢了。因为两岸地势的不均衡，这条河不断向右岸滚荡。山东丘陵以北、以西、以南的平原低地上，到处是这条河的旧迹。

那一番番改道形成的河流故迹在我脑中挥之不去。它们是动态的。它们的影像前后相接，仿佛从夏时代至今数千年的时间接力。

公元前六〇二年，大河右岸在宿胥口决口。河水离开了西部较高的太行山麓河流冲积台地，向东南偏移数百里，呈雁翅形掠过华北平原，于今沧州位置入渤海。宿胥口就在今河南浚县堤壕村附近。大河下游曾经广袤百里的大陆泽，也因这次大河改道南移而丧失了主要水源。它不断缩小，终在二十世纪初淤成平野。

改道后的大河，六百多年后又出现了淤塞。东汉河官王景受命治河，把雁翅形弯转的河道做了裁弯取直。新河道从今滑县南部位置顺流东下，直入渤海。这条河道，史称"东汉大河"。东汉大河曾经安流千年，直到北宋初年。这是黄河史载最长的安流记录。

然后，大河的灾难史开始了。在近千年时间里，它频频决溢、改道，向北曾经流经天津以北的乾宁军，向南则多次侵夺水道南下入淮，借淮入海。一八五五年，大河左岸在铜瓦厢决口，河水改道北流，形成如今的河道。不过，由于现代史上那次恶名昭著的以水代兵事件，大河主流曾有八年多时间离开北流河道，向东南泛滥，直抵六安、扬州。

在"扇面"缺口以上，大河的故道一直撒到如今的天津以北。与其说那是这条河的故道留下的地理图，不如说是一幅时间之图。正如哈勃望远镜所拍摄的太空不可思议地带有时间性质一样，这条河曾经流经大地的样子，把《山海经》时代、大禹时代、先秦直到二十世纪三四十年代的漫长时光刻到了太行山、秦岭与山东丘陵之间的这一块巨大平原上。

它以什么蛊惑了我？在这场大病来临之前，我甚至从来都没有想过。

疾病是一场突如其来的大风，生命从不曾被如此剧烈地摇撼。不过我一直确信，这场风并没有追根刨底的力道。我这棵树，根扎得够深。当层层叠叠的叶子被剥落干净之后，剩下的部分，那绝对不会被大风刮掉的主干与枝节，才更清晰地显示了树的形状。

曾有的解释都不切题，只有一种东西是实质性的——我与这条大河之间，有血缘般的情感。这情感是中性的，混沌、凝滞，不明亮也不晦暗，剪不断，理还乱。大河曾在祖辈的流浪故事里、在父母的少年记忆里出现过。每一次出现，它都是一重巨大的屏障，在人的故事里显示为"绝对"与"极端"。年轻时第一次遇见这条河流时的观感，让"绝对"和"极端"的印象又得以强化。在走过的长路上，只有极少数的事物真正惊动过我。那是一种被施以烙印的感觉，是身体某个部位被针刺、被烫了一下的感觉。那种"绝对"和"极端"便成为参照，在冥冥中校正着我的界限感。当然，有时候，它的庞大与不可思议，也会让我陷入沮丧。

病房

这家医院的位置起初在这个城市的西郊，现在，这里早已是闹市区了。因为拥有占绝对优势的医疗资源，这里成为中原及周边省份治疗重病和疑难病症的首选。任何时候，医院都是摩肩接踵的状态。伏在病床一侧的窗台上，能看到经过医院北面的立交桥。这是伊城最早的立交桥之一。起初，它只是一座双层三岔桥，西、北、南三个方向分别连接着这个城市最早的三条主干道；后来，二层桥面又向东延伸了一段，跨越京广铁路，把快速通道直接接到了城市地标位置——六角广场。

在夜晚，从病房的大窗户看过去，立交桥上静止的路廓灯和来来往往的车灯有如一场无声电影。路廓灯原地不动，变换着赤橙黄绿青蓝紫的色调；车灯或白或黄，在路廓灯线以内来来往往地移动。它们也是河流。只不过道路两侧的车河流向相反，视觉上有些怪异。即便是凌晨暂醒，起身瞄一眼窗外，那车灯的河也从不断流。夜这么深了车里的人们要去哪里？去做什么？

小缘是我在小病房遇到的第一位室友。开始我们话很少。我感到这一次病势凶猛，不愿意多说话。她第二天要手术，大约是有些担忧，也沉默着，只是盯着天花板发呆。孩子们知道了怎么办呢？小缘说。小缘有两个女儿，大的读初中，多少懂事了；小的才两三岁，正是偎在怀里闹腾的时候。丈夫在一边好言安慰，小孩子，就让她们知道妈妈生病了，正好不闹你，还不好？小缘盯着天花板喃喃自语，孩子们好哄，我妈知道了怎么办呢？我妈怎么受得了？丈夫说，知道了怕啥，咱本来就没多大事儿。那一次，她的确没多大事儿，只是发现了几颗小纤维瘤。不过医院的预告总是吓人的，小缘从术前谈话里听出了巨大的危险。在病理检验的良性报告拿过来之前，她大部分时间都在盯着天花板发呆。在她丈夫出去抽烟或者打水的时候，小缘才幽幽地说话，像是自言自语：我这俩孩子，小的也太小了。

那一次，小缘在术后第三天就出院了。她走的时候我正好在门诊楼做检查，她于是给我留了一张字条，算是告别。我们彼此都没有留联系方式。我没有一见面就跟人热络的习惯，她似乎也是。我们俩挺合得来，但是，并没有熟悉到彼此要留个联系方式。我把那字条夹在一本书里，心里还在感慨，这辈子跟遇见的许多人，也就是一面之缘，能留下的，也就是个字条了。没想到，我后来又在同一间病房遇到了她。我走进病房的时候小缘已经办完了出院手续，正要和丈夫拎着东西离开。小缘一见我，愣了一下，放下手里的小包，扑上来抱住我，呜呜地哭了。

小缘在上次出院后复查时，又查出另一处病变，据说病灶只有两毫米。虽然症状属于最轻的一种，但为了保险，还是做了根除性手术。她搂着我的脖子哭得像个孩子。她丈夫慌了，忙不迭地在旁边哄着，没事儿，啊，咱现在做了手术已经安全了，不难受，不难受啊。又对我说，大姐你看看，这几天跟我都没哭，一见你哭了，这是跟你近。

我拍拍她，任由她哭。这种情形，男人大约是很难理解的。心理成熟的女人就是堤坝。只有一种东西能颠覆女人的强韧，那就是身体内部出现的漏洞——正如大堤上的蚁穴。身体不仅是意志力的载体，也几乎就是意志力本身。现在，意志力被它自身背叛了。一场手术，只是遏制了这场背叛，却索要了高昂的代价。她将有一个相当长的时期，不得不自我为战。所谓"挣扎"，不就是这样吗？她丈夫口中的"安全"，怎么想，都是割地赔款换来的和平，这和平里有一言难尽的委屈。

我不想勉强安慰她。很多情况下，能安慰人的只有时间。或者不如说，唯有无尽的时间有可能磨钝痛苦的锐角。只要有足够的时间，人体会渐渐习惯各种改变——病痛、衰弱、残缺——身体会找到新的平衡，去适应它自己的缺陷。

沙粒

从本质上说，我的后半生正是从丁酉年早春开始的。与必然降临的生理变化一起到来的，有夜间不时冒出的阵雨般的大汗，有日益加剧的膝关节僵硬、零零星星的白发、性别感的丧失，以及对一切熟悉之物的极端不耐受。

我的幽闭恐惧症开始发作。我反复梦见自己身处洞穴。洞穴狭长，两端的出口都很远。我开始厌恶一切紧箍在身上的衣物，厌恶容易发生缠绕和漂浮的东西，比如披肩围巾、项链、手串、随身包的带子之类。还有长发。我看着镜子里长发蓬松的那人。她个子矮小，却留着这么长的头发，像个滑稽的大头娃娃。我用一根橡皮筋扎紧头发，拿过一把剪刀，贴着橡皮筋剪了下去。还是长。我对着镜子，自己把头发理成了超短。我叫来搬家公司，把家从闹市搬到了市郊，除了书和酒，没有搬动其他的物件。我坐在新房子客厅地板的书堆上，对正在帮我码书的胥江说，哥们儿，中午我请你喝酒，咱们从此罢手吧。他一面往架子上码书一面应了声，好啊。开始他以为我在开玩笑。但我没开玩笑。他还是意识到了。他看了我一眼，神情复杂。他扯扯白棉布工装手套，继续往书架上码那些书。那些书码得毫无章法，我心里也像被挖掉了一小块。但我又觉得轻快，仿佛从绳索中豁然解脱——不是从胥江手上，而是从曾绑缚我半生的惯性里。半生啊，其中曾有过怎样的邂逅与琢磨，到后来，都成了缠裹。也许人性本含有作茧自缚的倾向。想到松绑，都是后来的事。直到丁酉年的春天，在夜间不时冒出的阵雨般的大汗里，在日益加剧的膝关节僵硬和不时冒出的白发里，我由衷地渴望给自己松绑。我知道，我终于解脱了。

在一切熟悉的事物里，最难避开的还是这座办公楼。最初来到这里时的清静被业已形成的人际关系逐渐浸透。熟悉的气息浓厚而亲密，正在把我们彼此变成透明人。人们喜欢互相了解的感觉。"了解"了之后，比较和评判也很方便。这时候，不一样便容易成为过错。不一样，显得你像流水线出品中的一个次品。"熟悉"就像洪水，即便你有功力推开，它马上就会再涌过来，围着你，在你四周与头顶，形成一个闭合的洞穴。

丁酉年春天，老卞成了这洞穴的当家人。老卞有个神奇的习惯，只要是开会，哪怕只有三五个人在场，他也会抖擞嗓门，两字一顿，三字一停，卡带似的说话。老卞还有个更神奇的习惯，一边讲话，一边在桌子下面不停地抖腿。在会场上，只要屁股挨到座位，他就二郎腿一跷，开始抖腿，左边右边换着抖。本来，端着架势说话，纵然过火，也并不算什么新鲜事儿，抖腿也是许多男士的通病，只是这两样加到一块儿，就未免有点儿让人硌硬。

第一次得到关于"沙粒"的消息时我在会议室。微信发来的消息虽然含蓄，却也确凿地透露了问题。我感觉头顶呼地热了一下，心口仿佛有沙堆塌下。老卞正在抖着腿卡带似的讲话。那天的会列了七八项议程，不过老卞真正要说的事情只有一个展览。

老卞离开会议室的时候步态有些踉跄，几乎绊倒了一把凳子。那个大虾似的背影从会议室门口消失的瞬间，我忽然有了某种不祥的预感。这是直觉，是所谓的第六感，还是有什么不可思议的逻辑给我的暗示？

那以后，老卞再也没来过这座办公楼。那次会后不久，这个城市机关有一大拨小首脑退出实职，老卞也是其中的一个。一年后，正当老卞的离任审计即将收尾时，老卞突然栽倒在鲁山上。那里有大量的野生鸟类，据说老卞去那里是为了拍鸟。有人说，老卞那天正和几个人搭伴在一处水潭边拍野鸭，他的手机响了一声。老卞打开手机看了一会儿，再起身时，就一头栽到了水边的泥潭里。

消息传来的时候，我第一个念头居然是，栽倒是什么意思？死了？我想起他耸着肩胛歪歪斜斜离开会议室的样子。我想，当时我之所以有一种巫婆似的不祥的预感，是因为他的背影太像一只缩在枯枝上蔫头耷脑的乌鸦了。憎恶他人，也是一种自我戕害吧。第一枚变异的细胞，就是在那时候生成的。它出现了，而且不断裂变，直到一千三百五十天后，它们的个数超过了十亿。它们出现在 X 光胶片上，亮晶晶的，有如堆积的"沙粒"。那正是时间里所有的拧巴结出的果实。

一条河

黄河和它的水系在黑暗里慢慢张开，有如藤蔓。这神秘的枝丫形状，会在许多事物——水流、闪电、雪花、叶脉、血管，甚至宇宙里的星系——中铺开，会循着某种玄奥的规律慢慢张开、分岔，然后，又在某个不可估测的位置终止。河流的枝形是逆向的。与叶脉与血脉的津液流向不同，河的津液从末梢流向枝丫，再从枝丫汇聚到主干。唯有到了入海口，这个枝形才会逆转过来。临近入海口的河水滔滔下泻，为了顺畅入海，水流在大地上自动岔出一道又一道水路。

水流寻找低地的过程自有规划。从高空看，水流的痕迹堪称惊艳。这条河的二级三级支流在黄土高原勾画出纲目清晰的团扇形状。在太行山间，水流则画出几乎规则的叶形。这些仿佛经过了精心描画的水流痕迹，让我一再想起若干年前那个名噪一时的水实验。一位化学博士提供了大量实验证据，表明水可以感知人类的情感倾向而呈现相应风格的水结晶。我记得当时我的第一反应是不信，我觉得那就是玩噱头。然而，逐渐积累的对于外物的印象，却让我不得不承认，"万物有灵"不见得是一句空话。

辛丑年仲夏，从办公楼东墙上蔓延过来的常青藤爬到了我的窗台上，这是北方今年以来异乎寻常的雨水导致的。它们在墙上爬，仿佛长着眼睛，知道在哪里向前，在哪里向下或者向上。我曾小心揭起一段常青藤看它们是怎么附着到墙上的。它们的藤蔓上布满了细如蛛丝的小爪子，每一个关节处都有。这些小爪子牢牢抓着墙面。它们是手，也是口。粗糙墙面上凝结的每一丝水汽都不会被浪费。它们会自动绕开窗口。因为玻璃太光滑,抑或是因为它们竟能感觉到攀爬这样的方形空洞有被剪除的危险?它们准确地避开窗口,爬满了窗框四周的墙面。所有的藤蔓、瓜秧,都会准确地沿着架子爬,都会"认路"。

同样在这个雨水丰盈的夏天,我发现早已长好的伤口处拱出了几粒线头。我从来没注意过伤口处有线头残留。我跑到医院问当时的助理医生,是不是拆线没拆干净。医生一看就笑了,她说,嘿,又一例吐线儿的。我说,什么?医生解释说,这不是皮肤表面的缝合线,是皮下组织的缝合线,本来是可以被人体吸收的,但是有人肌体敏感,皮肤会有排异反应,皮肤组织在痊愈的同时,会把线头一点一点吐出来。

我想起近来驾驶的感觉。开车开熟了的人都有体会,车辆行驶过程中你几乎不需要经过大脑,很多时候需要使用的只是眼睛和手脚。手脚的反应几乎是自动的。有人说,那是一种肌肉反应,是经过许多次操作之后的肢体记忆。省略了对大脑信息报送与反馈的过程,肌肉反应迅速而准确。唯有生手上路才需要使用大脑。也正因为需要大脑指挥,多出了一个信息往复传递的过程,所以,新手虽然知道什么情况下该怎么操作,但是,手脚的动作总是慢半拍,总是不精确。现在,我的车速慢下来。波及右侧手臂的筋脉创伤,使我这个有二十年驾龄的人肢体反应变得明显迟钝。我尽量避免夜间开车上高速。我在转弯的时候要认真看看弯转侧的后视镜。原来"一把进库"的倒车,现在变得吞吞吐吐。肢体记忆被截断了,驾驶不得不返回依赖大脑的状态。

这实在有点儿不可思议。我们以为只有具备大脑组织才会有判断。但是显然,水、藤蔓、肌肉、皮肤和手脚,它们似乎不必依赖大脑而独立判断。我又一次记起那次"刮骨疗毒"。不疼痛,是因为大脑没有收到疼痛的讯息吗?也许并不是。真相可能是,疼痛根本就是属于肌肉和筋脉的,而不是所谓通过信息传递,经由大脑获得痛感。

如果人类智能指的是感觉、记忆、思考与表达,那么,水似乎也有智能。河流,这水的集合体,往往抱有出乎人类意料的目的。

在二十世纪四十年代以前的数千年时光里,黄河水患的长期存在,曾经对两岸人民的生活方式有过直接的影响。在豫西,黄河有山体夹峙,是不大可能决口的,人们有条件积攒,所以在洛阳盆地这样的地方,特别讲究积攒、留余。但是在黄河决口频繁的豫东,人们更习惯于吃干用尽。因为积攒也没有用,黄河洪水一来,一切都将化为泡影。在生产力不够发达的漫长历史上,黄河水患治理的特殊需要,想必也曾对大一统的社会构架有过很强的催生作用吧——没有足够广泛的资源集合,治理这么一条巨大的河流是不可能的事。在某种程度上,这条河流的秉性成为这片土地上生活谱系和社会结构的隐形尺度——这是类族谱的、父性的规定,它构成了我们的族谱和姓氏,是隐藏在我们习性里的、斩不断的枝形。

一条河与我有血缘之亲,也就不足为奇了。

病房

小缘出院后,小病房住进一位老伊城。老伊城喜欢唠叨她小时候。在老伊城和郝美丽齐集的日子,小病房每天都像在办书会。她俩唠嗑,我正好闲着,便就着床头柜校改书稿。郝美丽总是像个长辈似的提醒我，不要老坐着，对伤口恢复不好。我嘴里应着，继续改。郝美丽又提醒我，别喝水了，明天一早那检查，得提前八小时空腹。坐在旁边的老朱笑她多事。别啰唆了，老朱说，人家不比你懂得多？人家住在医院还在干活呢。这话说的，未免太励志了。我赶紧辩白，闲着无聊，弄着玩儿的。这么一说，我倒不好意思再改下去，索性收了摊，靠在床头跟他们闲聊。一到九点，老朱很自觉地抱着被褥去走廊打地铺。

郝美丽瞄了一眼门口，看老朱走远了，便拿着老朱的话找后账。你听听他那话的意思，郝美丽说，不就是嫌我不干活光花钱了吗？事情因我起的，我只好打哈哈。我说，不过是句玩笑话，你还当真呢。老伊城也说，老朱天天跑这儿打地铺陪着你，够意思了，别挑刺儿了。郝美丽摇摇手说，想想吧，他对我不能说不好，不过咋说呢，再好，都好像隔着一层皮，说不是一家人吧，也是一家人；说是一家人吧，又不像一家人，唉，说不清。又说，不过，我也真怕他计较钱啊，你俩那单子上的钱都能走医保，我这一分一厘都得从自己牙缝里往外挤。

郝美丽是从铁路系统转院来的。铁路医院认为她的病在那边能治，既然能治，不好好在铁路医院治，非要跑到外面去治，那这种情况就不能报销。郝美丽说，他说他能治，你要信他的，敢在那儿治，他真能把你治死。因为不能报销，郝美丽最操心的不是自己的病，而是每天一早发来的药费单子。药费单子一到，她会立马拿到窗户边，眯着眼看半天。她眼睛显然花了，药费单子上面那细细碎碎的数字她常常看不清楚，再加上各种拗口的药名，她根本闹不明白单子上罗列的都是些什么。只要哪位病号家里有年轻人陪着，她就央人家帮着念念；

没年轻人，她便逮个小护士一项一项给她解释。有一次妞妞碰见了，便冲她嚷嚷，缺你吃还是缺你喝了，你成天抠那几个小钱？你闺女就是干这一行的，人家医院不会给你胡开单子，看又看不明白，成天拖着别人给你看，你倒真不怕麻烦人。说也没用，郝美丽背着妞妞，还是天天看单子。一边看一遍咕哝，一天四千四，唉，够我不吃不喝干俩月了。

我只好劝她，别愁了，整个下来也没多少。

郝美丽直摇头。十来万呢，在你俩都不算个事，可我这样的，去哪儿弄十来万？这么些年，我手里的钱攒攒花花，再攒攒，再花花，总是进得少出得多。年轻时候，我跟俺妞她爸一块儿攒，然后呼啦一下，他走了，我下岗，光出不进，一来二去攒那几个钱就花完了。钱没了也得养孩子呀，我就出去打工，抠着毛票过日子，花着攒着。攒差不多了，妞上中学，上卫校，家里花成窟窿窝。好不容易等妞上完学，我再攒。攒几年，妞出嫁，再穷也得给孩子备个嫁妆吧，又没了。妞出嫁了，我再攒，心说这往后总算没事了，再攒可是我自己的了。这才攒了三万多，谁知道，都给医院了，兜里掏干净不算，还得倒贴五六万。

郝美丽说得并不悲苦，依旧像在说故事。

老伊城被"倒贴"这个词逗乐了。医院比老朱还有魅力呢，老伊城说，还能让咱美丽姐倒贴呢。又说，你闺女不是说了不用你管嘛，瞎操心。

郝美丽看了一眼门口，说，闺女倒是孝顺，她才领了几年工资，能攒几个钱？我有一点儿办法，总不能先给孩子添累赘。

老伊城突然激动起来，你觉得不让孩子操心就是对她好？

你知不知道想孝顺都没地方孝顺的滋味？跟你说我到现在一做梦就梦见我妈，她一直就是我心里的疙瘩。

老伊城说，她家里姊妹三个，在七十年代，本来不算多。可是家里硬是把她送到了燕庄的姥姥家，好腾出空来再要个儿子。说起燕庄，老伊城是控诉的语气。那时候燕庄还是个小村儿，吃水得挑。我七八岁就开始挑水了。我把水桶放到井里，那水桶怎么都不往下沉，摇半天辘轳，一看，水就盖了个桶底儿。放下再摇上来，还是一个桶底儿。好容易打了个满桶，摇辘轳摇到半截就摇不动了，又不敢松手，因为大人说过，一松手辘轳倒转，辘轳把儿会把我打到井里。我跑回家一次，被打出来一次，跑一次被打一次，我觉得我还不如家里的一只鸡呢。等我大了被接回家，跟他们一点儿亲气都没了。后来我才看明白，都是我奶奶当的家。我奶奶大半辈子守寡，泼得很，一言不合，就能搅和得鸡飞狗跳，是个神鬼都怕的主儿。可我刚刚明白过来，我妈就没了。我妈去世前一天，挨了奶奶整整一天的辱骂。我奶奶从早上骂到中午，从中午骂到晚上，我妈缩在屋里，一句都不敢还嘴。为啥不敢还嘴？因为以前有过教训，只要她敢还嘴，奶奶立马会逼着我爹去打她。我妈在奶奶的骂声里挨到了晚上。奶奶不依不饶，越骂话越歹毒。我爹把手里的饭碗一蹾，走到奶奶面前说，欺她欺了几十年了，你也算找够了吧？从今往后，我就泼上落个不孝，也不能容你再欺她！我奶奶一看那阵势，立刻住了嘴。

我妈那天真开心啊，老伊城说，她一面笑一面抹眼泪。我从来没见她那么开心过。第二天早上，我爹才发现她躺在床上没了气。我和小妹睡醒的时候，我妈已经放在灵床上了。

老伊城抽抽搭搭哭起来。

郝美丽劝她，过去的事就过去吧，别想了，再想也没有用。

老伊城说，几十年了，我一做梦，不是梦见井，梦见那井在后面追我，就是梦见我妈，她一面笑一面抹眼泪。我心里这疙瘩，不是我不想解，是它就解不开啊。

郝美丽说，想开点儿吧，反正这事要搁我这儿，早就过去了。我要是跟你这样啥事都过不去，我都死了八回了。

打针的护士就是那时候进来的。

今天郝美丽要打"大针"，护士先来埋软针。郝美丽手上的青瘀还没下去，血管不好找。小护士在她两只手上交替拍打，想找到一处可以下针的血管。像这种情况，搁别的病号，早就嚷嚷着要小护士"喊你老师过来"了。"老师"是指资深护士。资深护士扎针，总能一针准。"大针"药力毒，不能跑针，所以一般都会喊"老师"来扎针。郝美丽扎针从来不换人。郝美丽说，咱不难为人家小姑娘，她不练练手，啥时候能学会？总得有个人让她扎。我不怕疼，要扎那就扎我呗。

郝美丽伸出两只手臂让小护士挑地方。郝美丽说，你是不知道，干个护士有多不容易，俺妞刚上班那会儿也是这样，越扎不上越紧张，越紧张越扎不上，回家就跟我说今天可丢人了，针没扎好被病号吵了一顿。我就让她在我手上练。小护士说，你先别说了阿姨，你越说我越紧张。郝美丽说，紧张啥，你就把我的手当成馒头，扎吧。

小护士总算找着了地方。消毒，再消毒，抽出套针，摘去针套，对准郝美丽的手腕推下去。郝美丽嘶地吸口气。针头没进血管。小护士不好意思地说，对不起啊美丽阿姨，要不我还是叫老师来吧？郝美丽说，不叫，就你了，扎吧。小护士又找地方。找着了,拿出一根碘伏棉签,在埋伏血管的皮肤上消毒,再拿出一根碘伏棉签消毒,然后抽出套针,摘去针套,对准郝美丽的手背。郝美丽嘶地吸口气。针头又没进血管。郝美丽像是自己做了错事,赶紧说,不要紧不要紧,你先坐下歇歇,别紧张,只要不紧张就能扎准。小护士没歇,做了个深呼吸,再扎。

那天的针扎了四次,总算扎好了。裹好针管,收拾了护理盘,那小护士咬着嘴唇转过身去,自嘲似的说,我对不起郝美丽。待要出去,又反顾再三,说,唉,我今天真的真的,对不起美丽阿姨。

小护士出去了。老伊城待要逮着郝美丽开玩笑,却见这个混不吝的郝美丽,竟然在抬手抹眼泪。哎哟,咋啦?老伊城说,看来真扎疼了。郝美丽说,没有没有,皮糙肉厚的,疼啥疼。郝美丽扎了针的手放在床沿上,另一只手抹了把脸。我就是觉得吧,那啥,小姑娘扎个针,没扎好她也不是故意的,多扎了几下能咋着,人家小孩儿还给我道个歉。郝美丽说,我这一辈子,嘿,就没人给我道过歉。

(《人民文学》2022年第2期)

所思

亲缘之上的神交

——鲁迅与周恩来

阎晶明

梳理鲁迅与中国共产党人的关系，一个突出印象是，他们之间的往来总是以神交为主。见面的有无，见面的频次……如果以这些作为标准和前提，很多关系是建立不起来的。但分明，我们又能感受到一种神奇的力量，即无论他们在现实生活中有无交往，无论这种交往在频次上如何并不足观，他们在精神上和思想上的联系与互动，总是能够让人感受得到。从这个意义上讲，这些话题又是成立的。鲁迅与周恩来就是其中一例。我们可以断定，鲁迅与周恩来并无见面的经历。两个并无直接往来的人，他们之间还能有什么可说的呢？的确，故事产生于交往，素昧平生，何来关系？可能"神交"一词就是用来解释以下这些故事的吧。

一、周树人、周恩来：同宗同族

鲁迅，原名周树人，浙江绍兴人。周恩来，江苏淮安人。然而，真的是一笔写不出两个"周"字，他们二人原来还真有同宗渊源。周恩来曾多次强调，他是绍兴人，而且是鲁迅的本家。

根据有关考据，再往上溯，周氏二人或许还与另一历史上的周姓名人有关联。我们都知道一篇古文《爱莲说》，作者周敦颐，湖南人氏，就被后人考证为周树人和周恩来的先祖。据《周恩来自述评传》一书介绍，1961年，身在台湾的于右任先生想到其时生活在大陆的夫人八十大寿，不能相见更不能祝寿自然令他焦急。在周恩来的关照下，于右任先生遂了心愿。有关人士致信于右任时，自然想告诉他这一信息，但顾及台湾方面对"周恩来"三字的敏感，不知如何是好。此时，邵力子出了个计谋：在信中说明是"濂溪先生"帮忙就好了。果然，于右任先生见信后，大喜过望的同时对这一密称也心领神会。"濂溪先生"是周敦颐的别号，本来只是借用，且不知或许还真有渊源。据说，在绍兴周恩来的祖居"百岁堂"，有一门联就写道："濂溪绵世泽，沂国振家声。"这是后世人对先祖功德的铭记。而在湖南道县的濂溪故里，门楼上刻有一副楹联："周庭举世皆尊元公哲学鲁迅文章恩来开国总理，风景这边独好濂水湛蓝都庞苍翠道岩湘南奇观。"这又是用今人的骄傲告慰先祖。特别是把周树人和周恩来并提，视作周敦颐的后代。

周恩来出生在江苏淮安，祖籍浙江绍兴。他一直把自己看作是浙江绍兴人。1946年9月，在同美国记者李勃曼谈话时讲道："我的祖父名叫周殿魁，生在浙江绍兴，按中国的传统习惯，籍贯从祖代算起，因此，我是浙江绍兴人。"在1962年3月2日的一次讲话中又说道："有人问我是哪里人，我说原籍绍兴，生在淮安，江浙人。为什么这样啰唆呢？因为我的亲兄弟、堂兄弟都是绍兴人，我不能不说原籍是绍兴，否则就有企图摆脱这种关系的嫌疑。"同年 12 月，他再一次在大会上向与会者讲述了自己的出身："我原籍绍兴，就是戏曲中绍兴师爷的那个绍兴，他们长着红鼻子，也是丑得很！"

绍兴人，姓周，就是周树人的本家吗？对此，周恩来本人深信不疑，且确有家谱之类的记载为证。1939 年，周恩来为考察抗日军事和宣传抗日统一战线，曾回到绍兴，这是他第二次回到故乡。第一次是 1909 年随伯父周贻赓回绍兴探亲。百岁堂祖居留下了他的足迹，他还在抄录乡人沈复生的一首诗后注明："因抗战机缘，得来故乡扫墓。"那次回乡，周恩来查看了家族的族谱，并续上了自己的身世："恩来，字翔宇，五十房樵水公曾孙，云门公长孙，懋臣公长子，出继簪臣公为子。生于光绪戊戌年二月十三日卯时。妻邓颖超。"

据谱牒学方面的专家考证，按世系表排列，鲁迅是周敦颐第三十二代孙，周恩来是周敦颐第三十三代孙。鲁迅要比周恩来长一辈。周恩来对于与鲁迅同宗的关系曾多次提起过。1938 年 10 月 19 日，是鲁迅逝世两周年纪念日，周恩来在武汉纪念会上作讲演。他一开头就说："我想，在今天鲁迅先生逝世二周年纪念会上，大家都是诚心诚意地来纪念鲁迅先生的。我自己不是文学作家，然而却参加了文艺协会，同时在血统上我也或许是鲁迅先生的本家，因为都是出身浙江绍兴城的周家，所以并不如主席（按：指会议主席郭沫若）所说以来宾资格讲话。"

他还几次主动与鲁迅的亲属谈及这份亲缘。1952 年，许广平到中南海周恩来家做客时，他再次提到这个话题，很认真地对许广平说："排起辈分来，我应该叫你婶母哩。"许广平自然是表示不敢当。

1969年4月中共九大期间,周恩来到北京饭店看望鲁迅三弟周建人,对他说:"建老,我已查过哉,你是我的长辈,我要叫你叔叔。"周建人忙说:"你是总理,这样叫我不敢当。"

无论如何,这一切都体现出周恩来对故乡、对故乡人特殊而深厚的感情。身为共和国总理,周恩来十分关心绍兴的发展。他一方面用自己的工资资助求助的乡亲,另一方面对亲属们也严格要求。他曾向毛泽东主席推荐绍剧《孙悟空三打白骨精》。毛泽东著名的诗句"金猴奋起千钧棒,玉宇澄清万里埃",就得自于观此剧并和郭沫若诗而得。

总之,绍兴周氏,让周恩来与周树人有了同宗同族的解不开的缘分。

二、鲁迅、周恩来:错失了的见面机缘

鲁迅与周恩来本来是有机会见面的,这要追溯到1919年。那一年的6月19日,鲁迅与周作人一起到北京的第一舞台,观看北京大学生剧团演出的新剧《新村正》。周作人当日日记:"晚同大哥至西珠市第一舞台观新剧,演《终身大事》及《新村正》。十二时回寓。"[《周作人日记(中)》]鲁迅日记写道:"晚与二弟同至第一舞台观学生演剧。计《终身大事》一幕,胡适之作。《新村正》四幕,南开学校本也。夜半归。"其中的"南开学校本"《新村正》,就是周恩来等人在南开学校时编演过的五幕剧。鲁迅与周作人观看的,是由北京大学新剧团改编、排演的四幕剧。周恩来在南开学习期间,"曾担任南开新剧团布景部副部长,并多次参加演出。……南开新剧团在社会上很有名,周恩来则是南开新剧团的出色演员"(《周恩来

自述评传》）。

1919年，鲁迅本来已经受邀到南开演讲。如果这次演讲成行，周恩来和鲁迅就有了见面结识的机会。那一时期，周恩来在天津组织了进步团体"觉悟社"。觉悟社常邀请新文化运动名人演讲，鲁迅也在被邀请者之列。可是，约定的1919年11月8日，鲁迅忽然有事，不能如约前来，便由二弟周作人代替前往。为此事，周恩来到晚年还深深地感到遗憾。1971年夏天，周恩来在接见日本作家、鲁迅研究专家尾崎秀树时还谈及这件事。他告诉尾崎秀树："鲁迅先生到了那天，忽然有事走不开，来了代替他的人——周作人，同学们略感失望，但相谈后，就说那也好吧，就请周作人先生去学校，他讲的是关于新村的事，也提到武者小路实笃先生，讲得非常有趣。"

查《周作人日记（中）》，1919年11月8日记有："8日晴。上午同重君至东站乘火车，午至天津，寓芝洒馆。下午在各书店得《三重吉集》等五册。往东马路青年会。四时至三戒里李宅闲谈。晚回会饭。七时至新学书院讲演，题为《新村的精神》。九时返旅馆。十一时睡。寄绍函。"演讲后的第二天，周作人"上午同重君往旭街买玩具。九时二十分乘火车，午回北京"。

为什么鲁迅没有成行？据鲁迅日记，其时，鲁迅刚买下八道湾的房子，要付房款，还要亲自指挥工人搞装修。家事让他忙得不可开交。"四日晴。下午同徐吉轩往八道弯会罗姓并中人等，交与泉一千三百五十，收房屋讫。""七日昙，风，午晴。下午往八道弯宅。""八日晴。下午付木工泉五十。"鲁迅为什么不让周作人盯着装修，自己去天津演讲呢？这只能说，鲁迅太了解自己这个弟弟了，周作人生活能力比较差，让他写文章、讲课没问题，让他指挥装修，这种活儿他可做不了。鲁迅只好亲自盯着了。

周恩来与鲁迅错过了见面机缘自是遗憾，不过，周作人这次与周恩来的见面机会居然在三十年后还产生了回响。众所周知，抗战胜利后，周作人因汉奸罪名被判刑十年，1949年1月提前获释。这一年的7月，周作人曾致信周恩来。这封长达六千多字的信里，周作人竭力为自己辩解。比如，对自己为什么在抗战时留在北京而没有南迁，就写道："北大迁移长沙，教授集议过两次，商定去留随意，有些年老或家累的多未南下。那时先母尚在，舍弟的妻子四人，我的女儿（女婿去西北联大教书）和她的子女三人，都在我家里，加上自己的家人共十四口，我就留下不走。"信中还举例自己的文章、演讲为日本人所不满，从而为自己开罪。"这里可以看出来我在沦陷中的文字是那一种色彩，敌人认为是他们之障碍物，积极之妨害者，必须扫荡摧毁之对象，这种可以表明不是合作得来的人。"信的最后写道："过去思想上的别扭，行动上的错误，我自己承认，但是我的真意真相，也许望先生能够了解，所以写这一封信，本来也想写给毛先生，因为知道他事情太忙，不便去惊动，所以便请先生代表了。"

但这封信的结果却并未如愿。信件发出去之后，根本就没有下落，周恩来似也并没有看到。信件中转了好几人，学者林辰1951年向冯雪峰同志借阅的时候抄写下了副本。后发表于1987年第二期的《新文学史料》。

可能由于没有得到周恩来的回复，1951年初，周作人又分别致信毛泽东"毛先生"以及周扬。我从《胡乔木书信集》中读到有关此信的过程。1951年2月24日，胡乔木致毛泽东信全文如下。

主席：

　　周作人写了一封长信给你，辩白自己，要求不要没收他的房屋（作为逆产），不当他是汉奸。他另又写了一封信给周扬，现一并送上。

　　我的意见是：他应当彻底认错，像李季一样在报纸上悔过。他的房屋可另行解决（事实上北京地方法院也并未准备把他赶走）。他现已在翻译欧洲古典文学，领取稿费为生，以后仍可在这方面做些工作。周扬亦同此意。当否请示。

敬礼

乔木

二月二十四日

　　周总理处也谈过，周作人给他的信因传阅失察。他并未看到。

从《胡乔木书信集》对此信的注释可知，毛泽东在信上批示："照办"。

无论如何，周作人先后给周恩来、毛泽东写信，很大程度上是仗着自己是五四运动的前辈，毛泽东、周恩来都见过自己，又曾经是李大钊的好朋友。

事情往往就是这样有趣。鲁迅与毛泽东、周恩来在思想上多有相通处，却未有见面之缘，而周作人，倒是在两位政治人物的青年时期，就与他们相见得识。鲁迅在世时，周恩来十分关心鲁迅的处境。尤其是在"革命文学"论争期间，据《周恩来年谱》对于1930年3月2日的记述：

> 在一九二八年中共六大前，周恩来已发现上海进步文化阵营出现某些裂痕，创造社、太阳社和鲁迅之间发生论战。回国后从潘汉年和冯雪峰处了解到矛盾有新进展，决心解决这一问题。这是中共中央抓文艺工作的开始。中共中央向文艺界有关代表人物提出"停止内战，加强团结"，并决定成立左翼作家联盟。周恩来将夏衍（沈端先）从闸北街道支部调出，在中央文委领导下于一九二九年冬开始筹组。本日，左翼作家联盟正式成立。

据有关文章介绍，因为太阳社、创造社的党组织关系直属江苏省委宣传部，周恩来便委派江苏省委宣传部部长李富春处理此事。"1929年秋的一天，李富春约文化支部书记阳翰笙在霞飞路（今淮海中路）的一家咖啡馆谈话。李富春说：'鲁迅是从五四新文学运动中过来的一位老战士，坚强的战士，是一位老前辈，一位先进的思想家。站在党的立场上，我们应该团结他，争取他。我约你来谈话，是要你们立即停止这场论争，如再继续下去，很不好。'"（引自《"左联"：以笔为戈 鼓舞大众》，澎湃新闻）

在批评、制止太阳社和创造社攻击鲁迅方面，周恩来做了直接工作。

从鲁迅这一面来说，对周恩来也颇有好感。据冯雪峰回忆，1936年10月初，鲁迅逝世前不久，"当时鲁迅有一点钱在我身上，我就替鲁迅买了一只相当大的金华火腿送毛主席，他说很好。记得也是差不多这时候，《海上述林》上卷刚装好，鲁迅拿了两本给我，说皮脊的是送M（毛主席）的，另一本蓝绒面的送周总理。火腿、书等都是由'交通'送到西安转交陕北的。"〔据《鲁迅生平史料汇编》第五辑（上）〕这个故事的前因后果，本身也很复杂，但至少说明一点，鲁迅知道、惦记着周恩来。

虽未谋面，却也有神交记录。

三、周恩来历论鲁迅

鲁迅逝世后，周恩来曾参加过多次鲁迅纪念主题的活动，发表过关于鲁迅的演讲和文章。主要有以下几次。

（1）1938年，鲁迅逝世二周年纪念，周恩来发表题词。全文如下：

> 鲁迅先生之伟大，在于一贯的为真理正义而倔强奋斗，至死不屈，并在于从极其艰险困难的处境中，预见与确信有光明的将来。这种伟大，是我们今日坚持长期抗战，坚信最后胜利所必须发扬的民族精神！
>
> 鲁迅逝世二周年纪念
>
> 周恩来
> 廿七，十，十九

（2）1945年10月19日，周恩来同志在重庆文化界纪念鲁迅逝世九周年会上发表讲话。

> 最后一个讲话的是周恩来同志,他说:鲁迅先生的许多话,活生生地在记忆之中,成为奋斗的指南针。他首先提到鲁迅先生所说"革命的文学家至少是必须和革命共同着生命,或深切地感受着革命的脉搏的"。
>
> ············
>
> 其次,恩来同志说,我又想到十几年前鲁迅先生曾经说过:对旧社会旧势力的斗争要坚决持久,同时还要注意培养实力。这句话首先说明鲁迅先生的目标非常清楚,要向封建的、复古的、法西斯文化斗争,去开辟新的道路。其次说明了:要是没有这种持久下去的清醒认识,我们就不会了解新文化是需要长时期去建立,而且还要靠人民大众来铺路,要唤起和依靠人民来参加。文化战线要扩大,应广泛吸收文化斗士参加,去动员广大人民为新文化奋斗。鲁迅先生对文化青年新战士的欢迎、提携、培植不遗余力,这精神也是今天非常需要的。鲁迅先生所说的以上三点意见,是今天我们所需要接受的,此也看出鲁迅先生的立场和态度。鲁迅的立场是与革命息息相关,和人民大众站在一起的立场。鲁迅的态度是对敌人狠,对自己严,对朋友和的态度,这种态度是值得每一个作家学习的。

(3) 1946年10月19日,周恩来在鲁迅逝世十周年祭上发表演说:

> 鲁迅先生曾说:"横眉冷对千夫指,俯首甘为孺子

牛。"这是鲁迅先生的方向,也是鲁迅先生之立场。在人民面前,鲁迅先生痛恨的是反动派,对于反动派所谓之千夫指,我们是只有横眉冷对的,不怕的。我们要以眼还眼,以牙还牙。假如是对人民,我们要如对孺子一样地为他们做牛的。要诚诚恳恳、老老实实为人民服务。我们要有所恨,有所怒,有所爱,有所为。

除了上述有文字记录的演说,周恩来对鲁迅身后事,对鲁迅亲属也多有关心和帮助。1946年,在上海鲁迅逝世十周年祭上发表演说后,周恩来于次日和许广平、沈钧儒、郭沫若等前往鲁迅墓地祭扫。新中国成立后,身为中央人民政府政务院总理兼外交部长的周恩来,在中南海西花厅办公室内,整整放了两架子书,其中就有他十分喜爱、经常翻阅的《鲁迅全集》。1968年3月3日,许广平病逝于北京,享年70岁。她留下遗言,不保留骨灰。周恩来得知后,提出可少取一点骨灰,撒到上海鲁迅墓前的小松树旁。其中的用意不言而喻,既尊重了各方,又肯定了许广平的地位。

1972年2月21日,尼克松访华,这是中美关系史上的大事。周恩来为其准备的礼物,就是一套《鲁迅全集》。这一故事多有记述,我在本专栏第一篇《纸张寿于金石——〈鲁迅全集〉出版史述略》里也曾叙述,在此不赘。

不仅如此,周恩来对鲁迅纪念场馆也十分关心。1950年11月,为上海鲁迅纪念馆题写了馆名。1955年5月22日,周恩来来到北京鲁迅博物馆及鲁迅故居参观。我曾读到鲁迅故居的工作人员李育华口述回忆文章。给我留下最深印象的,是周恩来在参观过程中的几次感慨,颇能见出他对鲁迅文章、生平的熟稔，对鲁迅作品的了然。看到故居里一件件珍贵的文物和十分简单的陈设，周恩来赞叹道：鲁迅的生活可真俭朴啊。参观至西屋时，工作人员又介绍说：鲁迅的母亲送给鲁迅的"爱人"朱安，当时就住在这间屋里。周恩来听到这儿，立刻爽朗地大笑：咳，那怎么能叫爱人呢！在故居后园，周恩来询问道：鲁迅《秋夜》的后园就是这里吗？那两株枣树在哪儿呢？工作人员说：《秋夜》里的两株枣树就是邻家院里伸向这边的两棵。总理抬头看看说，是这两棵吗，还活着呢。当他听说原来的两棵已死，这是解放后按原位置补种的两棵时，不免有些惋惜，同时又热情地赞叹道：《秋夜》写得不错呀！周恩来还在后园过道推开一扇门，知道里面是22号，当年是一个姓白的木匠居住在里边，"三一八"惨案后，鲁迅还曾在这里避难并写作。总理频频点头，并指示说：这房子也有意义，应该保留……（以上内容摘引自李育华、张小鼎《"小，价值可不小！"——忆周总理视察北京鲁迅故居》，见《党史纵横》1997年第1期）可以说，每一句点评都饱含深情而且到位精准。

  这就是鲁迅与周恩来之间的神交，你可以说似乎什么都没有发生过，又可以说深情似海，令人难忘。从中，我们可以感受到一个作家的价值，他的作品被人欣赏、认可，他的人格为人敬仰，围绕在他身边的故事就会特别多，而且多有感人之处；也可以领略到一位杰出政治家的风范，他对杰出的文学家、思想家的赞许，对其作品的阅读，对其思想的弘扬，都体现了一种道义担当和令人动容的情怀。

（《雨花》2022年第8期）

每个人的傍晚都住着故乡的晚霞

程鳌眉

人说,有一个时间,故乡会回来找你。

当我人到中年,面对故乡的故人,我知道这是时间保存到期、等候已久的礼物。

那一年我们相聚在加州,我与亚男和显宗,跨越了三十五年的光阴。

加州的阳光多有名呢?有许多歌子在唱它。其中《加州阳光》里面唱道:谁说幻灭使人成长?谁说长大就不怕忧伤?

那天一到加州,我就抬头仰望这久负盛名的天空了。阳光有若钻石般的棱角叠折,笔直的锐锋四射,一道又一道光芒刺得我睁不开眼睛。往远处看,海水正蓝,天空高远,帆影漂泊在天际,而此时我的家,已经在那大洋彼岸的深夜里了,人们睡得正香,父母已经年迈。

我的脑子里却一直回响着老鹰乐队的歌曲《Hotel California》。

年轻的时候,我在北京南二环边的一栋高楼上,夜晚打开我的只属于那个年代的"先锋"音响，一遍一遍听音乐光盘。那些被打了孔的光盘银光闪闪，诉说着那个年代的时尚和哀愁。《加州旅馆》是我最喜欢的歌曲之一："在漆黑荒凉的高速公路上，凉风吹散了我的头发。"

所以到了加州，我一定坚持先找一个加州的旅馆，住一夜，然后再去赴约。

先生照旧没有反对我，就像那年我们去台湾，中途我临时起意改变原有计划，父子三人爽然陪我专门去了一趟鹿港小镇。

谁没有年轻过，谁就没有回忆的羽翅，谁也不会有泪水流溢。当我远渡重洋，我知道在多年时光慢慢地风化中，曾经年轻的灵魂其实早已迟钝艰涩起来，翅膀落满尘埃，不愿老去的心也开始生长骨质疏松的挣扎。

第二天从加州旅馆出发，去亚男和显宗的家，是在上午。

汽车打开了敞篷，一路阳光璀璨，一浪一浪洒在我的肩上，像一层层热沙，哗哗流泻。我抱了一盆鲜花，是送给亚男的花，她是小时候我们那个街区上最美的姑娘。

想起二十几年前我在北京的一个地铁站口，远远看见一个袅娜的姑娘走过来，在人群中兀自清高美丽，我轻声叫了一下：亚男。我们拉了拉手，在异乡的街头。

我手里是一盆兰花，就像二十年前惊鸿一瞥的姑娘。

汽车在加州的高速公路上飞驰，风呼啸在耳边，我把花放在脚下，用胳膊围成一个屏障，怕风吹掉这些花蕊。

当我把鲜花放在门口玄关的刹那，一转身，我闻到了故乡红岸的味道，这个味道从哪里发出我不知道。我只是突然感到我的故乡，从天而降。

很长一段时间，我忘记了自己的故乡。我很年轻的时候，常常沉醉在别人的故乡梦里，我大学时有一个漂亮的女同学，曾经在大大的阶梯教室讲台上，声情并茂地朗诵她写的抒情诗：《啊，我美丽富饶的江南水乡》。

她热泪盈眶，我怅然若失。

小时候看了太多关于故乡田园的诗，"田舍清江曲，柴门古道旁""一径野花落，孤村春水生"，更有"春风又绿江南岸，明月何时照我还""日出江花红似火，春来江水绿如蓝，能不忆江南"。村庄和江南，似乎才是正宗的"故乡"原典，是地地道道的乡愁来处。

在我年轻的定义中，"故乡"就是"故"和"乡"的结合体，我向往凄凄落寞的枯藤老树、炊烟里的小桥流水。然而我发现我的故乡只有"故"，却没有"乡"。

是的，我也有着无数长长短短的少年故事，那些故事发生在十七岁之前，那些故事浅浅，如轻车之辙，不足以承载半部人生，但好歹也算是"故"事了。

但是我的故乡却真的没有"乡"。

乡是什么？是遥远的小山村，是漫山遍野的麦浪和田菽，是村前流淌的小河，甚至还有在村口倚闾而望的爹娘？

而我的故乡，是最不像故乡的故乡，它矗立在遥远的北中国，那个地方叫"红岸"。那里的冬天漫天飞雪，少有的绿色是春天夏天街道两旁的杨树、柳树、榆树，它们掩映着一排排俄罗斯式的红砖楼房，楼房里有一张张少年的脸，常常在窗台趴着，不安，好奇，蠢蠢欲动。

那个地方盛产重型机器，一个个街区围绕着巨大的工厂，厂区里厂房林立,各种大型机器像庞然大物鸟瞰着我幼小的身躯,我觉得自己是一只蚂蚁,随时随地会粉身碎骨。

我在那里长大,在那些熟悉的街区里,一堆堆少年穿街走巷,疯狂生长。每天早上上学,可以沿途邀来一群伙伴,我们都是这个大工厂的第二代,大家不仅仅是同学,还是邻居、发小。每个人和每个人之间,总有千丝万缕的联系。如果你不认识这个人,但是中间最多不会间隔两个人,拐两个弯就是熟人了。那个时候没有电话,大家相约的方式就是挨家挨户找人。在楼下大声喊彼此的名字,是那个时代我们最为欢乐的事。

但是仿佛这些,都不是我年轻时代值得存忆的故乡。

无处寻找稻花香和鱼米情怀,也无从怀想遥远神秘又陌生的小小村落,更没有可归的田园,我觉得自己是被真正的故乡遗弃的人,年轻的我为此而羞愧,传说中的故乡,柔软、浪漫、氤氲多情。但是我的这个所谓"故乡",寒冷、坚硬,它不配我的深情。

我们围绕在加州的房子里,偌大的餐桌,对面是他和她。

眼光在彼此的脸上揣摩游走,顺着细细的纹路小心翼翼地寻查小时候的痕迹,女孩曾经的妩媚、男孩曾经的不羁,渐行渐远,渐远渐近。我意识到,所谓的三十五年其实只是我与显宗之间的断裂距离,事实上我与亚男北京街头的那次偶遇是这三十五年中的一个顿号,是惊鸿一瞥。那次把手未及言欢,完全没有任何探究,有时我甚至怀疑:这个偶遇是否真实存在过?更不知道美丽的她花落谁家。又是许多年过去,我才偶然得知,遥远的故乡成就了一对漂洋过海的少年情怀,不由感叹,上帝真是行家里手。

没有分别——这是显宗的口头语。

高中毕业负笈他乡求学,一别故乡数年,不记得最后一次相见是何年何月。

是啊,连故乡都不想要的少年,何曾记得少年事?

而时光穿过长长的隧道,白驹过隙,一个纵身就是三十五年,恍然大悟:我们根本就没有分别过,又谈何有无"分别"?曾经的顽皮少年已然变成一个思想者,他说的分别不是我说的分别,他们依然是小时候的他们,我亦是我。只是他们眼中的我和我眼中的他们,实然没有分别。

"三十功名尘与土,八千里路云和月。"我们总以为这些世事沧桑跟我们相距甚远,我们的生命怎么也攀不上那些诗词歌赋的境界,或者是不值得,我们卑微的凡人日常,抵不过那些兵荒马乱战争岁月的半点壮观。然而视界周周转转看尽千帆,蓦然回首,猝然发现那些为之得意忘形的年轻步调已经戛然而止,岁月蒙在我们脸上的面纱,是揭不掉的虚妄功名与浓厚的尘世之埃;那些皱纹、斑点、下垂的眼角,无不告白着这些曾经年幼的人们也见证过八千里路途的云波皓月。

我们,俨然已经成为父辈们嘴上的过来人矣。

一样的目光,两手交握,三张曾经年少的脸,即便再过四十年,满脸风霜的人们,依旧熟谙来路。

故乡远在天边,近在眼前。

发源于大兴安岭伊勒库里山的诺尼江,从北向南流到这个地方,突然拐了一个大弯,向东流去,一直流入松花江。这个拐弯处,就是达斡尔族人早年建立的村落,名曰"呼兰额日格",达斡尔语是"红色宝石之岸"的意思,当地的人们叫它

"红色之岸",或曰"红岸"。

相传在很久很久以前,有一个达斡尔族青年,在梦中来到了一条美丽的大江边上,正是日落时分,晚霞映红了整条江水,岸上有许多红色的宝石。正当青年不知道何去何从的时候,一个美丽的仙女划着一条小船向他招手,他不由自主地上了她的船……梦醒之后,仙女的面孔让他久久无法释怀,仿佛有神灵的召唤,他义无反顾地策马扬鞭,奔驰在北中国的大草原上。他发誓要找到这条美丽的江和这些红色的宝石,还有他梦中的姑娘。

历尽千辛万苦,在一个夏天的傍晚他来到了这片草原,那时的这里荒漠无边,寸草不生,杳无人烟,达斡尔族青年因口渴难耐而昏倒在地,恰好被一位仙女看到。于是美丽的仙女从天而降,飘落到青年身边,她从发髻里拔出一根银簪,躬身在地上轻轻一划,奇迹出现了,一条清澈如玉的江水,嵌在这片草原中,这就是诺尼江。小伙子得救了。

仙女看小伙子英俊善良、勤劳勇敢,于是动了凡心;小伙子也惊喜地发现,她就是自己梦寐以求的那个姑娘。仙女牵着他的手来到岸边的草地上,随着她手指的方向,小伙子看见了江岸上散落着晶莹的宝石,通明如玛瑙,红圆像含桃,其中尤以红色居多,在晚霞的照射下,光芒四射,与波光粼粼的江水交相辉映,美轮美奂……

良辰美景让他们相爱,并于此繁衍生息。经过几代达斡尔人的勤苦劳作,这个红色之岸草肥水美,风光旖旎,成为北中国草原上的明珠。

红岸——我地理意义上的故乡。

我说过,它不是我青春梦里期待的理想意义的故乡。"少年不识愁滋味，爱上层楼，爱上层楼，为赋新词强说愁。"许多年后我理解了那时的年少轻狂，轻狂到心高气傲，傲慢到有眼无珠，眼底一切皆是不屑，不屑于追究自己的出处，甚至刻意回避、忘却，掺杂着背叛的决绝。那些茫然无序的年纪里，虚妄和疑虑的因子在年轻的血管里恣意碰撞，有时感到血管即将爆炸。在"见山不是山，见水不是水"的封闭循环里自我沉溺，囫囵吞枣，却满怀绝望。大学的假期，我故意去遥远的地方"流浪"，也不愿意回到那个熟悉的没有任何神秘感的故乡。

我固执地认为自己是个没有故乡的人，梦想做浪迹天涯的旅人，过浮萍一样没有踪迹的人生，去寻找精神的家园。每到一个地方，都会产生乡愁般的怅惘。错把他乡认故乡，甚至父亲的故乡都来得比我自己的故乡亲切——我是没有故乡的人，似乎成了我的宗教。

我的父亲走出红岸火车站时，夕阳正在西下。他环顾四周，天苍苍野茫茫，这个小小的火车站孤零零地静卧在荒草中。

那是20世纪50年代末期。

我的父亲，一个刚刚毕业的大学生，和他的几个同学一起，携着铺盖上了一辆马车，吱吱呀呀的马车把他们拉到一排排窝棚旁边，这就是他们的临时宿舍。年轻的父亲举目望去，一个个大工地正在风烟滚滚地建设中，他知道，他自己的江苏故乡，就此被远远地甩在了身后。

酷爱文学的父亲看了很多俄罗斯书籍，不知道这遥远的北大荒是否承载了他的一丝梦想。夕阳的余晖中，他在马蹄的嘚嘚声响中知道了关于红岸的传说，不久后我如花似玉的母亲，也在她自己的故乡准备启程了。

当年叫"苏联"的那个国家有一个地方叫"乌拉尔",是著名的重工业基地,我们年轻的父亲要"建设中国的乌拉尔"!满怀热情来到这遥远的边陲。这个地方将要建成中国乃至亚洲最大的工厂,父亲毕业于一所著名的工科大学,第一重型机器厂的蓝图在年轻的工程师心中渲染,那片将要燃烧的草原让他们热血沸腾。

那一天,我的父亲弯着他那一百八十四厘米的身体,钻进茅草覆盖的窝棚里;他的同屋,一个来自天津富裕家庭的年轻人忧郁地说:这不是人住的地方啊!一觉醒来,那个同学的床铺已经空空如也。

也就在那一年甚至更早,显宗的父亲、亚男的父亲,很多很多的父亲们,都来到了这遥远的北大荒。那些来自五湖四海的年轻人,有的毕业于国内著名学府,有的来自中专技校,有出身于农民家庭,也有资本家的后代,还有很多从苏联学成归国的留学生,他们在红岸,创造了我们国家工业史上的辉煌。短短几年时间,厂房林立,钢花四溅,整个厂区昼夜灯火通明,父亲工作的技术大楼的窗口,在寒冷的雪夜散发出温暖的光泽。

每当我耄耋之年的老父亲回忆起那个时候,他的眼神会望向远方,仿佛又看到了打夯机和推土机的轰鸣声,夜晚建筑工地上灯火通明,人们的脸上充满了热情。父亲说:那是个火红的年代!

当红岸的街头出现一个个年轻的外地女人,她们梳着长长的大辫子,穿花花绿绿的布拉吉,俱乐部舞池里年轻人的狐步让浪漫的夜晚充满魅力;当一排排红砖楼房建起,年轻的妈妈们抱着一个个小婴儿徜徉在街区的林荫道上,这里已经成为创业者的第二故乡;当学校、商店、邮局、粮店、医院,陆陆续续出现在红岸大街上的时候,整个厂区繁华起来。

我的故乡,一点一点嵌入我人生史记的第一页。

就在我以为我忘记了红岸的时候,偶然的机会我重归故里。已过了而立之年的我走在红岸大街上,发现一切都那么熟稔,连我家窗口当年父母围起的木头围栏,居然还是那个样子;我姐姐和楼里的大姐姐们坐在门口钩织窗帘的情景恍如昨天。那个米黄色的电影院,上面的"职工电影院"五个字是我同学的父亲题写的,我们几个女孩子天天泡在电影院里看电影《卖花姑娘》。

那一刻,我竟然想起了我那个漂亮的大学女同学,她在阶梯教室上朗诵的那首诗《啊,我美丽富饶的江南水乡》,我一下子理解了她的热泪盈眶。

那一天,红岸大街西天的晚霞恰如其分地迎接了我,我也默契地接受了这份只有我自己才知道的深情——它曾经刻骨铭心地印在我的心里。少年的傍晚,我经常在厂前广场毛主席像前的大理石上躺着,数天上飞的蜻蜓,一边痴痴地等待晚霞的到来。我迷恋故乡的晚霞,有点像少年迷恋爱情,遥远,陌生,又惊艳无常。每当天边出现晚霞,我的心竟然一下子明亮起来,像一个旅途迷路的孩子,来到心安所在。

那时的我还不懂什么是忧伤,但是每当晚霞消失的时候,我幼小的心怀充满了眷恋和寂寞。

那一刻我才发现,我的故乡,何曾被我遗忘?

它只是被故意埋葬了,而且藏得很深,因为深情,而不敢触碰。当轻飘飘的年华滑过,当我感知了生命中的哀痛与忧愁,故乡的晚霞,如期而至。

就像《加州旅馆》里面唱的:"如果你想,你可以在任何时间退场,但你的心永远无法离开。"

亚男专门为我们准备了大螃蟹,硕大的螃蟹是我从前没有见过的,但是我的胃承受不了这肥美的海鲜。他们俩也自嘲,其实他们也不爱吃。我们的故乡胃,见证了我们的地域和时代。北中国内地深处冻土带长大的孩子,何尝在那个年代吃过海鲜呢?计划经济年代里我们一年四季的单一食品是土豆白菜萝卜,每人每月限定的猪肉,造就了我们的胃已经成为固定食物的接收器,当人间更多美味向我们敞开,我们已经错过了吸收它们最好的年纪,对食物,无时无刻不在抗拒着更新。

娓娓交谈。

有声,有时又无语。此时此刻,对文字敏感的我,突然觉得"娓娓"这两个字特别合乎眼前的境遇:傍晚,夏天,人与人的娓娓唇语。筷子和碗相碰,碰出那个叫红岸的地方,我和亚男的家分别在斜对面的两栋楼里,中间隔着一条街,那条街就是红岸大街,那条街东西走向,每天早上看朝阳升起,傍晚的时候看太阳西落。

突然,亚男想到了什么,说:现在赶紧去看落日,还来得及。

四个人对视了一下,心灵相通一般,不约而同放下筷子,起身,往外跑。

是的,我们几乎是跑着出去的,显宗最先打开车门,登上驾驶座,一脚油门到了海边。

我看到了什么？

大海边，是漫天的云霞。金色、橘色、黄色、红色，各种颜色混合交缠，汇成一波一波金红色的晚霞，延绵数百里。

我从未见过这么大规模的晚霞，气势壮观恢宏，又绚烂张扬，半海瑟瑟半海红，好像要燃烧整片海，炸裂到高阔的苍穹。

四处阒寂。周围的人们都被感染了，他们默默看着，这火烧的云霞。而此刻，这里面有多少远离家乡的人们？他们是否会想起自己故乡的晚霞？

被光染红的云霞一直在变幻着，涌动着，在茫茫的大海上，一片片一卷卷，一望无涯际。

落日熔金，暮云合璧，人在何处？

脑海里涌出李清照的这首词。

人在何处？

我转头看亚男，我们俩围着同一条披肩——临出门前亚男急急忙忙一把抓在手里的。来到海边我才知道这里的傍晚有多么凉，海风吹着我单薄的衣裳，冻得我瑟瑟发抖。亚男用她的披肩围住我，我们一人抓住披肩的一角，两个身体紧紧靠在一起，顿时感到彼此身体的温度，那温度瞬间熟悉起来，那是很多年前北中国少女独有的温度吧！

回来的车上，夜幕已然降临，这突然而至的晚霞打开了我们故乡的密码。

其实那个叫红岸的地方，那一大片红砖楼房，一直若隐若现地在远处伫立着。它的名字像一个被储藏的符号，一群人共享的密码，一直处于屏蔽状态，一旦时机成熟，只要轻轻触动,就激活了我们早年全部的生命轨迹。

故乡的傍晚经常有女孩子在学校的操场边拉小提琴,我羡慕她,请求爸爸也给我买了一把小提琴。那个小学校旁边的一栋楼里有我们的第一个家。后来我才知道这套房子竟然也是显宗的第一个家,他家搬走,我家搬进,所以,我们共同拥有一个故居。我的母亲和显宗的母亲相差几天在厂医院生下我们,亚男的妈妈生了四个孩子,显宗妈妈生了五个,我妈妈生了三个。年轻的母亲们在红岸,完成了她们作为女人的使命,她们把这里送给自己的孩子作为故乡。

显宗的父亲黄伯伯身材高大,黄伯母勤俭仁厚、持家有方,培养了她的儿子干干净净玉树临风的气质。记忆中显宗总是穿白色的衬衫,哦,那是他已经成为少年的样子。童年时代,我经常看见一个小男孩,在两栋楼之间的空地上,像风一样奔跑。

后来,我们再次搬家,搬到红岸大街临街的一栋楼里,在那里,妈妈又生了小妹妹,隔着红岸大街,斜对面就是亚男家的那栋楼。

我在清晨的红岸大街旁看见过亚男在她家窗前拉小提琴,亚男的爸爸董伯父多才多艺,会手工制作小提琴,我妈妈回忆说他怕干活伤了那双拉小提琴的手,一直小心翼翼保护它们。我父亲到车间劳动时,亚男的父亲是我父亲的师傅。也正是这样的师徒关系,在我们出生之前,两个年轻的妈妈之间曾经有过一段动人的友情,令董伯母几十年里念念不忘。当他们年逾八旬,董伯母不顾长途旅程车马劳顿,专门来北京与我的父母相聚,当两个年迈的妈妈紧紧相拥,我和亚男泪流满面。

少年记忆中,我们的厂前广场比天安门广场还要大,厂区里有二十一个车间，矗立广场正中的巨大建筑像一道屏风，壮观威严，车间内天棚高阔，仰头望去，吊车驾驶楼里的人立刻缩小许多；我最喜欢炼钢车间，一簇簇飞溅的钢花，经过淬火后放射出耀眼夺目的光，那真是世界上最最灿烂的光华；厂区里大路宽敞，有一条条铁轨通往车间，车间经常有运货的火车穿行而过，把大型机器运送到远方。我时常被这些壮观的场面所震撼，为我们的父亲而骄傲。我们工厂的黄金时期，正是我们的少年时代，而我们的父亲正值壮年。他们用双手奠基了这个大工厂的基石，创造了亚洲第一台万吨水压机，这个钢铁巨人让红岸载入史册，让我们国家的重工业走向世界。

广场两侧的行政大楼和技术大楼相向而立，是淡淡的米黄色尖顶建筑，典型的俄罗斯风格，充满了浪漫风情。楼下的树林里，高考前的我每天清晨在这里背单词；厂前广场的大路通往家属区，家属区有一排排三四层楼的红砖楼房，冬天的玻璃上有晶莹剔透的冰花，屋内的暖气让房间温暖如春。我最喜欢冬天的时候光着脚丫踏在红色的长条实木地板上，那温暖从脚心传遍了全身。

红岸大街东边尽头是清澈的嫩江，每年夏天，父母用自行车载我们到江边野餐，父亲在不远处游泳，母亲在江岸洗衣服，我们这些孩子就在岸边的草地上逮蜻蜓。我清清楚楚记得，我曾经在堤岸的一块石头上刻下自己的名字，暗暗许诺八十岁时回来找它。

少女时代的亚男酷爱英语，成了改革开放以后我们工厂的第一个翻译，小小年纪就与父辈共事。她聪慧刻苦，深得父辈们的喜爱。而那个时候，我和显宗这些高中生还在学校苦读，为我们心仪的大学奋力。显宗小时候顽皮，数理化成绩尤为好，但是语文成绩却出奇地差，念不下来完整的课文，喜欢提刁钻古怪的问题，经常因为不守规矩被老师赶出门外。

几十年过去，当我来到他们美国的家，却发现走廊的书柜里居然都是哲学历史和文学书，亚男说他不喜欢应酬不喜欢玩，唯一的爱好就是读书，让我惊讶不已。身在海外的他，读得最多的却是中国传统文化书籍。《论语》《孟子》《庄子》《道德经》，他如数家珍；《资本论》和《圣经》，他都通读数遍。

他乡遇故知，接连几天的晨昏相顾，我们每天晚上都在餐桌旁边，谈天说地。那个三十几年前的顽皮男孩，已经变成一个通透豁然的人。格物穷理，是他的逻辑；他说历史不是他人的历史，而是我们自己的写照，就像我们的大工厂，是我们父辈创造的，他们因此而伟大；我们离井故乡，不远千里万里，其实是在寻觅我们的精神故乡。

有谁知道，这三十多年之间，万水千山的流离，他们经历了什么样的潮起潮落，依然能够如此达观生活、热爱生命？而我们又经历了怎样的日月星辰，依旧不远万里迢迢，还能寻到故乡的知音？

我最后一次回故乡时，见到许多阔别多年不曾谋面的人，他们从我的记忆深处一一走来，我们像演电影一样邂逅、寒暄，一起辨认红岸大街旁的店铺和楼号，那一排排楼房里都曾经住着谁和谁。回忆起少年时代爱过的人与事，突然发现竟然我们也到了有故事的年纪。然而那些故事就像飘散的花朵，在海角天涯盛开、衰落，再盛开时，已经不再是原来的模样。

故乡早已变了模样，那些厂房依然坚固如昨，但是它们的创业者大多已经长眠于此，而我们这些继承者，却大多没有兑现父辈的誓言扎根在这片土地,当初的父辈远离自己的故乡来到这里,如今我们也告别了这唯一的故乡。一代又一代的人们在迁徙,于是远离故土的人们,有了深深的乡愁。

那些从此走散的人们,有的陆陆续续回来,或者相聚。相聚时有很多人流下了眼泪,有的人还记得我小时候的样子,我曾经穿过的衣服、鞋子,他们描绘得栩栩如生,我心内哗然。他们如此爱着我,其实是爱着我们曾经的时光和岁月。

故乡的人口明显减少了,大街上不再有我们小时候热闹的街市,更没有了露天电影院的吵嚷;故乡寂寞了,失去了往日的蓬勃与活力。与大多北方的城市一样,我的故乡,在漫长的寒冷中,人们渐渐搬到了南方,年轻人则向更南的方向,去寻找属于自己的梦,打开另一片天地。

故乡迎来了一批又一批返乡的人,他们像我一样,只是为了凭吊从前。当我来到江岸的时候,江桥依旧在,江水惜惜流淌,我曾经在堤岸石头上刻下的名字,在几十年江水的冲刷中,早就没了痕迹;而我与自己的八十岁之约,只能成为晚年时讲给儿孙的故事了。

"职工电影院"的大字还嵌在米黄色的屋脊上,但是写字的人已经睡在墓园。我碰巧在街区遇到他的女儿,她是我小学同学,为数不多的留在故乡的人。我们小时候一起跳过舞,就在这个电影院的二楼阳台上。久别重逢,却一时语塞。匆匆握别,看着她骑电动摩托车的背影消失在落寞的街道,竟然想到那首诗:人生若只如初见。

离开加州的前一天傍晚,天高云淡,晚风暖怀。

亚男做了家乡菜,显宗在院子里烧烤,我们夫妻二人坐在旁边。空气中炊烟的味道，很像我们小时候楼顶的烟囱飘出的味道。

人间烟火气，最抚凡人心。

我似乎看到故乡炉膛的煤火，噼噼啪啪地燃烧。小小的我和姐姐提着篮子，一筐一筐往楼上运煤块。故乡的冬天寒冷，料峭；炉膛的煤火，通红，温暖，却转瞬经年。

《浮生六记》里说："炊烟四起，晚霞灿然。"说尽了人间事。

显宗在院子的地炉里燃起篝火，我们四人静静地喝着中国茶，以中年人的耐心和气度，慢慢聊着过往；共同度过天真懵懂的童年和少年，杳无音信疏离遥远的青年，却在不经意间，中年意外重逢。万水千山走遍，落花时节逢君。好在花未荼蘼，夕阳还未西下，我们还没有老到足够老，还可以在一起谈天说地——"少年离别意非轻，老去相逢亦怆情。草草杯盘共笑语，昏昏灯火话平生。"

我想象着一千多年前的唐朝，也是一个夜色如洗的晚上，杜甫就坐在我的对面，为我们的重逢写下这样的诗行：

> 人生不相见，动如参与商。
> 今夕复何夕，共此灯烛光。
> 少壮能几时，鬓发各已苍。
> 访旧半为鬼，惊呼热中肠。
> 焉知二十载，重上君子堂。
> 昔别君未婚，儿女忽成行。
> 怡然敬父执，问我来何方。
> 问答乃未已，驱儿罗酒浆。

夜雨剪春韭，新炊间黄粱。
主称会面难，一举累十觞。
十觞亦不醉，感子故意长。
明日隔山岳，世事两茫茫。

"人生不相见，动如参与商。"这是最动人心魄的两句诗。"参"和"商"是完全无法交集的两个星座，商星位于东方卯位（上午五点到七点），参星居于西方酉位（下午五点到七点），二者一出一没，永不相见。我突然明白了古人为何如此评价这两句诗："这十个字足以令人断肠"。

人生不易动辄相逢，这是真理。我到美国的旅行计划中，原本没有加州这一程，途中偶看微信，见有人在同学群里问我是不是在美国。他是显宗。这就是命运。假如那天我错过这条微信，有可能我们此生不得重逢。"如果空间是无限的，我们就处于空间的任何一点。""隐藏一片树叶的最好地点是树林。"这是博尔赫斯的话，我们差一点就被隐藏在树林中，永远不会发现彼此。

"昔别君未婚，儿女忽成行。"曾经青梅竹马的几个少年，在知天命的年份，穿山过海，偶然相聚。我们的两个儿子和他们的一双儿女都已长大成人，晚饭时他们的小儿子下楼来，"怡然敬父执，问我来何方"，他的父母慢慢给他讲我们的渊源，以及更早的我们父辈之间的交集。而"明日隔山岳，世事两茫茫"，正是我们将要面临的离别，但这个别离已经不仅仅是"隔山岳"，而是去国万里的远隔重洋。

我惊叹于时光的雷同——杜甫，这个隔世的知音，他穿越到了现在，我们在复演一千多年前"他乡遇故知"的戏码，场景一模一样，而杜甫，就是这千古证人。

这是一个无法注解的偶然，让人心生喜悦，却有苍凉之感。我不知道人生会有怎样的因缘际会和悲欢离合，如果说生命是轮回，我们跨越万水千山，漂洋过海来相遇从前，这算不算命运的善意？

远离故乡若干年的我们，现在成为地地道道的异乡旅人，客里似家家似寄，故乡已经变成只能怀恋不能久居的来处，往后余生，终将在他乡看日升月落，在异乡的街角偶遇一些似曾相识的景物，聊以安抚客居的心。

父母的故乡是在更远的地方了，我们的故乡也一样只能寄存于心里，人生代代总相似。当我们像前朝遗老一样不停地怀念故乡曾经的芳华绝代，故乡已经为我们竖起少年的祭旗。

故乡终将越来越远，远到我们生命的尽头，但是故乡的晚霞，会时常驻在我们年复一年游走的时辰，偶尔悄悄地来到我们将要老去的傍晚，赴一场故乡之约。

故乡到底是什么？

一个作家说：故乡就是在你年幼时爱过你，对你有所期许的人。

(《人民文学》2022年第3期)

返家路上的二十六条泉水

袁 凌

一

也许可以说，第一道泉水是走过茶场不远，一处采石的旧址。水从旧时的碎石中流出，陌生，却有一种细致的感觉。采石似乎前后进行过几次，有时候是手工的，有时却是轰鸣的机器。一直流到大路路面上来，有各种的人经过，有腾起的灰尘。水始终很冷淡。想到离镇子还不远，灰尘、楼房、燠热，似乎在回乡之路上，这里是第一道门户，从此境地奇异。果然山高隆了，以下显出清的深壑，秘密的曲折地带。十年之后，在大路拐弯处，我突然伫立，像一辆奔驰卡车的刹车，眺望山壑，深青的电流由头渗入，霎时传遍四肢五络，整个脏腑化为青烟。我童年的流水早变冷。

做过一个梦：镇子似乎遭了灾年，连山有长条青白的薄膜纸或聚丙乙烯云雾，作为预兆。我离开溪水往上爬，坡顶有房子，屋脚有深青浓暗的植物，还有一些地方流出秘密的污水。

这里有不同的院子，其中一个似乎属于军事基地。围墙绕过去不远，不过寻常院落，孩子们在打羽毛球，常春藤密布围墙，低低的平房，我暂时忘掉了攀爬的艰辛，带着报信的使命感或者孤独，驻足观看。只是心中有隐约的疑虑：污水从哪里流出？秘密的孔穴，人不得进的禁区？孩子们还能玩多久？是否只是一种表象，甚至他们本身也是布置的假象？我想要回去，可是低矮的植物密集纠缠，这是在居住区脚下的污水中长出的秘密植物，难以逾越。镇子怎么样了，此刻想来，竟像与我没有多大关系，可是眼下的处境是为难的。我苦恼难言地从梦境中忽然挣扎出来，仍在碎石场的溪边，阳光溪水澄澈愉快。附近有个穿红衣服的小姑娘走过，她也许会偶尔停下来，掬一口，那是亲切的喝水姿势。看着这些，我感到幸运莫名，连碎石也不再足以使我烦恼。从小小的人生经历中，我感到了知足。

二

斜伸的大石头，黑色石底的阴凉，核桃或不知名的树叶，无声的泉流，微小的生物，它们那清冷的生命，保存着昨日的世界。敏感的壳下有多少风雨变化，清晨黄昏，冷静无名。有人在细流上接了一片树叶，于是出现了水的另一种声音，似乎是神秘世界的伴奏曲。这是一座森林，甚至是一个城市的变奏。我知道这是刚刚走过马头，泉水来源于两户人家屋后，也许从树林的根系发源。但俯身微小的泉流，献出自己的虔诚，我感到又一次处于无助的童年，我的生活如此秘密，内心断续的泉流，如在沙土落叶下隐伏。

这里叫马头,也许是码头,曾有深河大船,薄暮中起锭了?"锭",我喜欢这个词,沉重的金属,气味来自遥远的城市,含有变化的前景,却有一种安定的感觉。

女孩和她的奶奶饮水,她们暗色的衣衫来自山的深处。她们的嘴和微小水流接触,甚至不需要树叶,不需要回避那些虫子,因为她们灵魂中的某些事物,也属微小一类。孩子和老人,交流了一两句话,又似乎什么也没说。这里的声息仿佛寂静,言语近于沉默。

也许石头会尘封,树叶堆积,喧嚣封闭了这处小泉眼。那是我在她们言语的同时,唯有的忧虑。我在一旁,却不是她们和那些小生命的亲人。我究竟从哪里来,属于哪里呢?是否有了泉水,却还不够?远处的黑色石山,古老蛮荒,像是经过了火灾,不能想象它们会生长庄稼,供养生命。

三

下雨的时候,植物和整个天地在流淌,倾斜着朝下方,无可挽回。出现了无数条断续的溪流,在大河大路之旁,它们并非如山洪剪径截流,却顺从着流行,往往会和公路相伴几百米,甚至一里,直到一个小的分水岭。这样的分水岭不为人所知,也许是一小处凸坡、一块石头,或者人为的一个起伏,但对于暂时诞生的溪流,意义却一点不逊色,使命完成,穿过暗沟跌入大河,不再计较后果。分水岭那边,另一溪流在忠实地出生,接续中断的流淌,这样形成和大河大路平行的另一条道路,这条雨天的道路微小短暂,却像负有特别的使命,流得非常迅疾,不比路下的大河少一点激动,它们在大世界里的前途、遭遇，常常使我着迷。我想记忆它们的数目，却从来也没能够。回家溯流而上，好似一直走向它们的起源，源头也就是家。只要有路，不管公路小路，永远不必担心没有溪流顺从，人类只需付出一小点掏沟的热心。即使没有路沟，在顺路而行的电线上、广播线上，在某处蛛丝上，在无数条叶脉上，也会有一滴滴水珠缀成的道路，从我的家乡出发。每一滴水都走不了多远，但无形的道路却比我的记忆更长远。我冥冥地感到，在生命和奇迹的诞生上，自然做得那么多，而一个孩子能做点什么啊！

四

过了马头，走进鱼洞子，岩壑高升，颜色变为青，涧底激流奔泻，感到进入一扇门径，丘陵的气息完全消失了，在我与岩壑之间，前景幽深，无法到达。公路局促坎坷，出了很多车祸，来往卡车都很小心。鱼洞子的来历是传说涧底有一个洞，是海眼，每年由海里涌来大股的鱼，所以这里可以打到很多别处没有的鱼。后来修公路打掉了大石头，堵住了海眼，有些鱼就从我们这里绝种了。

对面山壑有细小的溪涧，顺绝壁而下，如深的裂缝，如冬天万物脱尽后瘦骨刻露的线条。也许是山的枯肠或血脉，也许是一种线索，在这边路上不可能有答案。在路旁有一个岩屋，我们曾和打猪草的妇女孩子在极黑的岩底下躲雨，看天地变冥暗，脚前密丛荷叶透出奇怪的青色。青色的桐树也虚幻了。天气骤变之下，大地反而没有清晰的声音，像在一层水底。

五

　　最初我们没有发现这户人家是怎样吃水的，也许从某一天开始，院子里出现一个石砌的水缸，水在苔茸遮掩下涨满了缸又流溢，深色的苔藓含而不露着无穷岁月，是否我记忆出现了泄漏？来自高处的空心竹竿，竹竿的颜色也一样深了，从远处架来，经过河的上空，内部秘密的泉水流行。对岸密林屏风，直上高山，似乎有冰川雪壑，这一线细流的发源，在怎样的深处？满院似乎清凉了，高大稳重的桂花树冠生长，瓦屋顶泛出苍绿。从有水开始，院子进入记忆深处。

　　但又有一天使我吃惊，走出鱼洞子，忽然传来噪声，一种尖厉的扯裂，像动物的声带在大恐惧下发出金属的号叫，震动每片天空、山林和我们的耳膜，并且锐利地进入深处，带来立刻毙命和失聪的打击。这不是山林的声音，不是人世间的声音，它只能来源于横行的死亡。从最初的昏眩中稍稍恢复，我们才辨认出它竟然来自那有泉水和桂树的院子，院地里桂树的掩映下，架起了一个台子，台上竖有一个圆盘，工人正把木头对准圆盘递送，尖厉的声音就来自那里。最初看来，圆盘是静止不动的，奇异的是厚道可靠的木头到达圆盘，竟轻易分开了，像一叠纸那样分成了片，它们像刨花一样弯曲掉落的姿势，透露出死亡的悲伤。旁边已经堆起了一大截这样彻底死去了的木头。那尖厉的声音是它们的号叫？在一截木头、一棵伐倒的树内部，也藏有动物的恐惧，面对圆盘被激发了出来？小小的圆盘为何会这样可怕？原来圆盘是凌厉转动的，过于凌厉的转动显出了静止的假象，就像死亡和睡眠显出同样宁静的外表，却无法掩饰它的恐怖——我一时还不能完全理解这恐怖，但直觉地感到灾难的气味，小小的圆盘会给我们这个世界带来什么？群山和山林竟也像不够安全。

后来知道，那是一个新建的木材加工厂，专门生产地板条。地板条是最近大地方兴起的时尚，它的取材不需要太大的树木，正好适合这一带低山。于是在原始森林早被砍尽之后，树林突然遭遇新的灭顶之灾：不用说成材林，连手臂粗的半大树木也被砍光了。地板条加工设备简单，一把电锯子即可，比起要用半日时间对付一棵大树的传统斧子，功效高了上千倍。那一把小小的锯子，只要昼夜通电，足可吞掉我们看得见的所有山林，直到看不见的地方。

地板条是大地方的人想象得出来的最邪恶的欺骗。它们总是这样来吞没我们的世界，只用一点点钱的诱惑就可以。地板条工艺简单，成品要求却严格，有节疤的不要，长度厚度不合的不要，生产一立方米合格的地板条，要用四立方米的原木，被抛弃的树（木料）只能当柴烧或腐烂。想到这些，泉水常在我胸中眼中滚动，我真想杀死那个大地方的世界。

那声音过了很长岁月才消失，也许还一直回荡在山间，它消失的原因是已吞噬了这里的一切，没有生命可继续为它的食料。也许由于锯粉飞扬，院子蒙上了一层浮尘，青绿的生机消失了。按说这家人应该富裕了，他们忍受噪声不就是为此吗？但看起来他们却没有怎么富裕，反而失去了以往的自足，是否他们也中了大地方人的圈套？竹竿和水缸还在，水也可能没有干涸，却不再引人注意，屋子旁山一样的大堆刨花在暗示：这里有什么东西死去了，再也不可能回来。那天我看见屋子的男主人到水缸舀水，这个一度聪明灵敏的男人（竹竿引来的山泉大约出自他的想象）躬着背，一副抽多了烟的恹恹的脸，同伴中有一个在公路上大声喊他，他完全没有反应，也许电锯的噪声彻底损害了他的听觉。

六

一面光滑的青石壁，山的迅疾底色。贴壁而下，溅起微薄水花。在公路和泉水之间形成了一个缺口，爽快奔泻。如果手掬，会飞快地溅起浪花，到手便顷刻流逝，入口有淡然的石壁气息，五脏六腑沉积青色。由于这一原因，我们多不愿在此喝水，但会痛快地伸手，让浪花蹿上手臂，扑向面颊，尽享爽快的澄凉。

我想到有无穷的深青的高处，从山脉顶端而下，旅行的小虫，无法站住脚。

七

路外是院子。路里几棵漆树下，有两座坟，披上了黯淡年月。附近却有一股水，由竹筒泻下，底下接一个木缸。水流非常细，声音流利。

冬天，竹管口结了冰花，水从冰花下透出，发出口哨声。夏天，打土豆粉的白色泡沫，在缸沿堆积，地面也四处泼溅。白色泡沫下有暗红色的粉水。粉却在石板屋顶上晒晌大睡。

这是全院人的水源，就像那两座坟，也许是全院人丁的来源。

这里有过一个代销店，有一个妇女的故事，我却记不清了。也许是两兄弟争夺，打架，最后女的远走他乡，而兄弟也从此沉默无声，寂然地生活。故事的场所代销店后来消失了，所有的代销店也都从我们那里消失，出现了经销店，后来又是商店。这个小院却再无起色，它的墙壁烟熏火燎，剥落出了竹棍。有没有这个故事呢？也许不过是由代销店引起的联想。多少事情隐没了，人也甘愿沉默，泉声却还在流利，说不是这个世界的语言。

八

在发生灾难的院子上方不远，是一段有草地的河谷，一座石拱桥，用以通过大股的山水，虽然凉快清澈，却有些出山泉水的任性味道了。

这是由于溪口大片平铺的页岩，任溪流自由摆动；这作为大山基础、颜色最不起眼的岩石，似乎也最经不起水流磨蚀，被塑成了逆来顺受的形状，却也透出山脉的胸怀。山的胸怀有多深，泉的来源有多远？顺着溪边小径上去，是夹杂庄稼的灌木林，令人怀疑高处尚有人户。这溪水到底是否全然纯洁，也就存了小的疑问。但它的坦荡却使我们更久地在此流连，似乎走到这里，也算是一个段落，可以歇息一下了。就这样它开始和路有关。

它还透露着一处风景：河对岸深青草坡，只有一间小屋，屋里住着三兄弟。那么小的屋子住着三个人，他们晚上定是亲密地挨着睡在地上，地上也是干燥的草。小屋冒出青烟，青得没有一点浊色，这说明他们做饭用的是最朴素的柴草。青烟在连绵的草色上游移，还来不及看出它的动，就融化、消失了。

也许是进入了草色深处,给人无垠纯洁的感觉。纯洁底下,却有一种火地的焦黑,隐约地,从最遥远的源头透露。三兄弟从哪里来?他们又会去向哪里?

有两兄弟出门了,下坡抬水。他们那似有癞痢的头,从大片深青色往下移动,直到淡青色河流的界限,侵扰了山的界限。打了一桶水,他们完全无声地上移,一前一后,像他们的身世那样飘逸。屋里做饭的兄弟始终没有出来,我也许连一面也没见过,他们真是世上最安静的人。也许他们早厌烦了"癞子"的诟骂,没有人说这是一种绝症,但得了这种病的人却总归会死去,莫测地消失。我班上有两个癞痢兄弟,他们曾邀请我和哥哥去玩,他的父母表示了我意想不到的欢迎,大约因为癞痢的家里,从不会有人来。母亲嘱咐我们,看见癞痢抠头皮,要站远些;也有些癞痢心坏,常故意抠了自己的头屑,撒在小孩子头上。两兄弟后来退学了,往后不知所终。也许他们就是这三兄弟?听说他们家中还有一个小弟弟。他们为什么决意来到这里,永远保持沉默?是被人指责撒了小孩子的头?

有一阵,兄弟们养了一群鹅。鹅整天在河里,傍晚时兄弟下坡,赶鹅回家。鹅轻轻叫着,像一片袅娜的乐器雪白地扭过草地,它们虽然总是一副惊慌的样子,眼下却异常宁静,像被诗人蛊惑。他们是诗人,似动非动地挥着竹竿,实际上却已进入草色深处。他们的意境不寻常。这一群鹅使一切完全不一样了,使兄弟们成了令人羡慕的人。那片青草地,太洁净,可以背弃人世。在我出神的眺望中,已有孩子纤细的忧虑升起:这一切会停留多久?大的变化,也许转瞬就将发生?果然没有多久,也许就是那个黄昏之后,冬天来临,我再也没有看到他们下河抬水或赶鹅回家。青色在悄然化解,现出极隐约的枯黄,终于清霜带来了虚无,道路覆盖积雪,我们的回乡之路变得匆促艰难。雪中小屋承受着重量,似乎没有炊烟。第二年春天,记忆和溪水一起苏醒,我又一次在片石上坐下,眺望小屋,发现它塌了半边,也许是随着积雪一起融化了,现出黑色的内部,似乎和草地一样,底下藏着火灾久远的线索。三兄弟显然没有仍旧挨着躺在草帘下,他们去了哪里,什么掩护着他们的命运?

想起那个黄昏,似乎相隔并非一个春天,也许在此期间我已经长大了,才会理解:兄弟们一定早知今天的一切,因此为我们的观看,安然停留在意境中。他们那时定是无所不能,却毫不作为,只带着纯净的决绝。

九

水是多种多样的,在世界上无处不在,坦然泛滥。坡上有很好的阳光,道路也干净,庄稼纯净翠绿得发亮,院子一片和平。有一辆卡车停在那里,在阳光下铁似乎和那些晾晒的衣服一起在变得暖烘烘,使我们想到一片寂静的屋顶下发生的秘事。

只是一小股水,哗哗流着。透过清澈纯白的流水,看见微红的泥土,它的"河床"。显然它不认为该怎么,自己是什么。也许它称不上"泉",没有那么幽静和深清,但绝对澄澈。掬水喝固然不多见,洗洗脸手总平常。这么好的阳光。

但我们是要做一些破坏的,因为停着的那辆卡车,似乎损害了我们的某种高尚感。我们朝房子大喊"三八车站",这里正有一个里程碑,记着从县城上来三十八公里;无人应答。我们又扔石头砸枇杷树，指望会落下枇杷来，树实在太高了。这样直到引出一个小女孩来，骂我们是小偷，我们顿时来劲，群起向她大骂。她的母亲——我们话语的目标，就出来了，我们感到有些紧张，可是那个女人那样安静，几乎是没有声音的，就止住了小女孩，带她回屋了。那个女人把枇杷树留给我们了。可是我们忽然没劲了，树是那样高，她安静地送给我们的却是失败。我们往前走了。

那个女人确实不一样，穿的衣服也是青色，但不由分说，好出一般妇女一大截。

其实那些年，我们都非常神往做个司机。他们闯世界，他们从驾驶室脚踏板上跳下来。他们在很高的地方给车子加水——卡车的肩膀上，有人把水给他们递上去。水晶莹地洒出来，说明装满了，这时他们才罢手。机器里也满是水，水沸腾了。司机就会歇一会儿。

路上这样的"车站"不止一处，人们的命运都和寻常不大一样。女人和小女孩后来都离开了这里，大枇杷树还笼着石板屋，屋里的男主人——那个傻子，也许死了。院子里晾的衣服破烂，车子也再无踪影。司机风尘仆仆来去，他们再没有令人羡慕的地位和形象。过去他们拉煤炭，身上却干干净净的，现在不知为何，他们和煤相近了。连他们加水也不再爬那么高，胶皮管子一接就算完事。也许是他们老了。

到处是胶皮管子，水却不再坦然泛滥，也许被装进了各种各样的管子里。想到那些机器里和管子里不见天日的水、受尽折磨的水，我就有些难过。

十

一股水从褐色炭灰阶沿下的一根竹竿流进,最后注入一个小木盆。木盆和屋子一样有点歪斜。水流却纯净,从屋子内部流出。

一间小土屋,只有一扇沉默的木门,还加上一道门槛,似乎被封上嘴巴。

这样小的窗,只是一个木头的洞。很难看到蓝色的、黑色的他们进出,像水流一样,他们羞于行动,把诸事埋在心里。还因为他们非常忠实,不习惯大的变化。

一直搞不清这样的屋子里,一家有几口人,只清楚记得见过父亲,他的矮小决定了这一家人的矮小。这是一个小家长。这是一个家,他们已经烧出了那样厚的煤炭灰。

还有这样的一股水,从屋后来到屋前,竟能穿透那样厚的煤炭灰。他们的生活里,肯定还有类似的奇迹——也许包括战胜生活的残酷。

十一

那些年,家乡少有人造林,这却是一个创造的小松谷。不知为了什么,从何时开始。松谷和我一样小,像匍匐在地上,行列很规矩。后来蓬勃成林,自我封住入口,保持纯粹,在冬天谦逊地存着雪,傲然独立。这温和的人造的小山谷,平缓地躺在天底,颜色葱绿泛黄,有大方细密的纹路,使人想要深藏其中。我看着自己的小手,迷惑它是否也出自这样的人之手呢？

小溪流从山谷来了，在蓄积还未丰厚之时。这是长年累月的历程，在某个时刻之前，应该什么也不能透露。可这股溪水却吐露了，甚至吐出深处隐藏的秘密。它是春天来临后，激情得不计后果吗？甚至还携带黄沙。在乡村屋子里，少年的我看到外国风景画册，淡蓝的屋子，炫目的雪山下，冰河不顾一切奔涌而出，世界剥落为大片晶莹的碎块。

我依稀记得有人骑的大马跑过村庄的样子，还有不常来的马戏团。我感到稀有的兴奋，似乎世界为这一件事都改变了。

实际就是这样，有数不清的小事物，不断改变我们的一生。

十二

连绵雪松翻山越岭，高耸的森林幽深无边，针叶下流出冷水——这是从一掬小水洼开始的景象。

翠绿的颜色，水特别冷，似乎在雪下。雪的晶莹真是奇迹，谁造就了这个词。我心中充满了清新苍翠，飞越新松之颠，理想洗过的新鲜，大森林就是我的灵魂。

人们在近处，不知道我秘密的活动，不知道我在跪下去饮水之时，世界已全部来到水面。

在这世界上有何凭依？农民有自留地，官吏有编制。我不过一小点，怎样承受这世界？我是昆虫，清冷透顶。消化人想不到的食物，维持小水洼的生存。一口即可将我汲干，在森林里才有伟大，有安全。多年过去，我碌碌无为，怎么面对初恋的少女，就算她已忘了？生命和恐惧，一齐这样渺小？

近处有个石灰窑，还保留着青白的颜色，可从我认识它起，就已冷却。这里有人生孤寂的全部味道。水中似有这气味。一条明显浑浊的溪水从山上流下来，经过许多熟地和一些房子。也许它并不是如此浑浊，只不过我们这样去想。

十三

第一次看到那两条高峻延绵的铁管，我觉得那是我生命到当时为止的最大奇迹。

从山脉之巅下来，水在管道里深远地冲击，进入世界深处，无限的激力，那样幽闭在内壁了，难以想象。有永恒和一瞬间的极端对立。

电站的两间小房子让我感觉奇异，它们直承整个管道底，巨大的冲击传出轰响，小房子却岿然不动，青青白白的。那里的人也许穿着工装，来自一个遥远的机械世界，他们的生活严肃深沉，到这里来负有使命。我相信他们全都是外地人。在他们和我们之间隔着一道深涧上的很窄的桥梁，我相信那样窄是有用意的，他们很少会过桥来，我不能过桥去，只能眺望和想象——实际上直到今天，我真的没有过桥去，不知道屋子里是什么。我成年后看到电站里的工作人员，他们原来就是本地人，和善的面容，几根胡楂，性格和善到有点老好人，其实是怕事。我的幻想并未死去，深涧仍在喷流。我甚至想起一部俄罗斯电影，小时候我把电和人物安置在里面。但想起来这些东西是否有价值？

比如课本上的一座房子，周围远近是树木、蘑菇，还有远处的林间公路，似乎是一个郊外林场。这肯定是俄罗斯的风景，谁画了这些东西出来，在我们那么微小的时候就送给我们？简直是生命中的奇迹，却无法感谢，如同耶稣收到来自东方的礼物。还有后来读到的《我的包着红头巾的小白杨》《桦树林中的秋天》。

我永远盼望进入那些秘密，幻想幽深的心灵的遇会，我的孤独比那个小男孩大过千万倍，我们心中的没有实现的可能，现实也并不真实，这从一开始就注定了。我惊奇地走完自己这段生命，看到别人的在或长或短地延伸，像一些非常不整齐地码着的钢条锋口，一个人老去的速度太迅疾，让人无暇成长。我爱着那些东西，然而我像隔着山岩，在附近徘徊，偶尔领赐泉水。

比如一所路旁的学校，青白的墙，年代老去了，还贴有非典时期的标语。一座大门，不平的院子和阶沿，一列过去的门。你要说这些有什么意义，你是否愿意在这里教书呢？是，不可能，但我的悲哀来自那围墙，地上太平常的草，我可以说我是清清白白的。追究起来也没有隐微的恶。

也许因为它背后有瀑布，黑白分明，这世界的本质我不回避，反而有一种兴趣。水从岩面重大地摔落，似乎是无机物，需要接受，并且沉默。

想象力究竟是我的家神，还是旷野中的靡菲斯特。

十四

奇异的隧道，看起来并不让人想到是人工开凿，因为它的岩石全部湿润了，有最初的幽黑光滑。它的路径幽深，藏在崖壁背后，流水深远，毫无阻碍。只有一些孔洞和狭隙，为天工增添奇异。一些细流顺狭隙滑下，这悠长的狭隙是否专为它安排好的？人的活动被世界吸纳。这也许由于光线，太贴近的山崖使峡内抽象了。

我不怀念峡内逝去的生命，我们扔出石头，击打堰道下悬垂的层层冰笋，那些最初的冬日清冷凛冽，葆有童贞，就是冬天本身。

我们在清旷的时光里走，脚下却有黑亮的煤块和煤灰，俯身望去，残骸在残破的岩石缝隙底下，看下去很小。水更小，一定是因心中感到危险，没有底地渗漏了。这是考验啊！鸡冠峡这个名字是有回味的，每一辆车子，还有蹲在车顶煤渣上的我们，都是要经过的，我常常闭住呼吸听着自己的颤抖。生命是黑色的、脏污的、闪光的。

过了这个地方，似乎就已望见家乡，广大的高山山地，溪流奔流而来，分明看出倾斜的走势，这里是故乡最后的门槛，似乎有惜别的意思，在山出山的清浊，自己经心吧！有一次，刚下过几天暴雨，众水奔涌，我坐在哥哥的摩托车上，看到一个农民在峡口上游不远处河。满河白花花的水，又似乎是绿色的，涌出了河床，农民在起伏的浪头中心，像一株植物，青枝绿叶，不知他如何保全自己！很早以前，在峡口碰见我的堂姐姐，她正要离开家乡，流着泪，"姐姐的命苦啊，我到哪里都可以"。这是她出嫁第二天。后来又遇到堂哥堂弟，他们在追赶姐姐。我知道堂姐姐和富哥哥谈过恋爱，后来却嫁给另一个青年，那个青年长年在外做木匠，在我家园子里嫁接一棵苹果树，"我才不想结婚"。苹果树后来死了，和嫁接的李子一起。

十五

田野中线一样的溪水，贫瘠的，盲人哥哥和哑巴弟弟抬水。

狭窄的田埂。哑巴弟弟走前面，遇到一处石头，没能告诉哥哥，瞎子哥哥一脚碰上，立刻叫起来，可是哑巴弟弟听不见，还往前走，于是组合崩溃了，木桶滚下田埂。

一场争吵，哇哇乱叫，比画，瞎子哥哥挥起了扁担却没有方向，一切都在这当中毁坏了，裸露真相：近处的茅屋，黑暗，二十几年无味悲哀的生活，田野中溪流如线，就像随时会断绝。泥土，最后掩没一切的簌簌泥土，光的头颅也像土坷垃，痴愚的智力，谈什么性，更别说爱、温柔。公路上的一个笑容会使他们晕傻，可是没有。

这样的家庭是田野上的奇迹，种子种下，当时完全无所察觉，侄女跟姑（注：姑表近亲结婚）、赤脚医生的一次大量使用红霉素等。在寻常天气，干燥的大石头下，在簌簌篱笆表层，却藏着悲剧。褐色的树，褐色的石头，有一次看到母亲和两个孩子在大石上切苞谷秆，丰盛的、毛茸茸的、温厚的苞谷秆，人的衣服那样温柔的色、平和的泽，是让人最无可奈何的回忆。到底是丰收、母爱还是末日的感觉使人难忘？

十六

页岩倾斜的平台层层上去，水从上面而来，就像那些公园里的泉水，不知来由地出现。岩石被水流久远地打磨，变成晶莹的琥珀，就像在一个大理石平台下，我们仰起脸伸手接水，广场上嬉戏的孩子。

这样流下岩石的水是甜润的、深的、大量的，如同那上面有一片海。我从来没有去探究过这片大海，只是领受。只有一次试图爬上第二层的平台，张望来源。那时候人都很小，而世界很大，这种感觉是真实的，我不喜欢人成年后觉得自己很大而事物平淡无奇的歪曲感受。

这种情况当然成为事实了，车流量增加，灰尘蒙蔽，流量不断减小，似乎那片海受了蒙蔽，不愿意流放了，平台失去了大理石的色泽，甚至灰头土脸。我们整个童年生活的时代，水流量都在减小，这是否难以理解。水在消失。

公路拓宽了，平台被彻底毁坏，现在那高处的来源裸露了，不过是一片尘封的灌木，泉水剩下荒芜的细流，连一个泥点也无力推倒，只能绕道而行，形成许多泥土的岛屿，似乎蛮族军队征服后的古代城市，遗民脏污面庞上的泪痕。

十七

白果坪开头有一家维修店，补胎打气加水，时常停着大卡车，胶管里流出水。不时有人停下车，迈过去拿下扎着的水管，爬上大卡车，将管头深深扎入水箱，或者对着车身浇上一阵，黑色的污泥就流下来了。这里以铁和橡胶的气味主导，在我童年的印象中，是严肃、匆忙、让人不安的场所。它改变了整个白果坪小镇的气质。

水是免费、大量的，虽然它始终被扎在绝缘的黑色胶管里，这种胶管越过河面，一直延伸到很远的山上，这是凌驾于河流的特别线路。如果没有水,这里的一切都办不起来,眼下却是别的和水不相容的东西统治着,而水被秘密地禁锢。并且,经过漫长的胶管里的旅程,水被迫具有了工业的气味,它是无所不在的奴隶,被打入地狱的精灵!我想到万吨水压机,聚丙乙烯的循环冷却系统,冰箱背面的构造。那里面是永远禁锢不见天日的水,地狱里的水,失去本性的水,它们的报复会非常可怕,却失去了报复的能力,人们小心翼翼地从来不让冰箱倒下来,就算是在搬家的时候。

拿起加水站的管子对嘴喝上一口,混合了胶皮和清凉的泉水气味,水咽下喉腔,眼泪油然涌上眼眶;我知道这不是我的意识,是我身体里的水在为被奴役的亲人呼救,而我像一座冷却塔那样把它咽回去,这是在一个严肃、匆忙、男子气,需要奋斗求生的地方。

十八

青色的竹管,湿润的天气,即使阳光洒遍外面的世界,这里依旧深青朦胧。青苔下接着两只一大一小的木桶,泉流和竹管的细,似乎是深入深青世界的路径。不管天地如何变换,这路径似乎不可毁坏。

那些人吃着这神秘的水,他们取水的活动也是奇妙的,担着一大一小的空桶来,换了一大一小满桶的水走,使泉下永远有桶,桶又永远不一样。院子就在路外,不少的房子,这样细的泉源,给这样大的院子,在此就显出水桶永在泉下的意思了。由于这缘故,水桶与竹管一样浸透了青色,就像它不是搁在这里,而是天生属于这天地,从青色中出生的。

院子里的人有变化，我知道一个开煤窑的农民，因为挣了几万块钱，搬下来到这里住，他有两个女孩。我想到屋里的腰盆、磨子，和我相离的生活。后来到供销社卖货，我有一次看见了她们，那种老式的供销社，从柜台到天蓬，糊着各种各样的纸，堆着商品，天篷上有画，光线又比较暗，我总觉得像装饰华丽的宫殿。两个女孩子站在柜台里面，非常好看，我惊讶故乡的少女们这样美丽。柜台后一道门里，地上搁了一把小铁锅。原来她们是我表弟的表妹，我听着她们说话，她们也许认识我。但她们是不是在那所房子里住过呢？也许都是我的想象。

就像我那篇小说，男主人死了，妻子带着女儿搬到这所房子里住。白色的房子，平安的院子，有粮站的味道。粮站总是怀旧的，也许会是乡村最后一个怀旧之处，比食堂、医院更古老。我却没有想象女孩或母亲来担水的情节，为什么？也许一切淡然、缥缈，缺乏水分，像枯萎的花、阳光里的铁器或被单。

十九

山荡里的一座坟，在玉米林之中。暖和水绿的玉米林，中间显出沙质的河床，安宁的时日。这是死后特有的日子，万物在身旁生长。我们看着坟由新变旧，色泽变淡，终于由开始的突兀畏惧到和平自然。溪流也许冲刷了很多这样的坟堆，留下一片青色的石头。

我始终觉得，一座新坟惊吓的不是路人，而是墓中的灵魂自己。在一个新的地方，一切开头是多么艰难，夜中水流过砾石的微溅，会在整个苞谷林引起骚动，它们总是时时骚动着，这群不安分的灵魂！只有河床下可能深埋着平安，那是无数灵魂的长眠处。

十几年之后回去，整齐的溪坎漫圮了，水流却减小，又增加了大量的沙床。当初那样明显的新坟，竟然难以发现，和玉米林一起萎败，和沙土近乎成为一个颜色。这整片的地方在褪色，在失去特征，这是童年一切事物的命运吧。

二十

这一处过后竟无从寻觅，我怀疑是否真的存在过，也许湿润的路面、纯黑的崖石、涵而未滴的水，成了这种印象。湿润的黑石生于世界的本源。每座山内部有无穷的水，黑色石头也许是水的极点。这是一处阴凉的崖湾，从空旷世界明显转折，由此开始虚境的事物：深处的水、黑色、地丁，也许存在过一次的山荷叶。也许真的饮过，那水口为我出现过一次。

夜和水，两者适合梦飞翔。天空似乎也是黑色湿润的，青也就是黑，青到黑处是由于深，有值得人追求的无穷去路，既在后，也在前。有微小植物青色的叶子扇动。我多么爱这些小叶，我的生命也许不比它们更小、更青。也许是在黎明最湿润的一刻生长的。山也是这样出生了，特别是那些阴坡，终年是青的，水荷叶和野猫皮、菖蒲，黑色的岩石和泥土，踩一脚就粘连了，车轮却留下清晰水迹，毫不费力，没有一丝灰尘，这是最舒心的行驶吧。车的声音也是悠细的，被湿润吸收了，不足以破坏这世界。

只要有大量的水，深处的水，世界就是幽深平安。我想着一个故事,一个和我一样小的主人公,却从未能开始情节。我偶尔惊奇,那样统治了少年和青年的清冷梦幻和意境,怎么没有导致我无法存活而死去。

二十一

水电站的存在是奇特的,最主要由于木桥。难以想象这桥是用来行走,几根树干缝隙下是急滔滔的河流,翻着白色,弯拐的树干覆满苔藓,像人的驼背那样拱起来。轰隆的水声和电机声,会摧毁人的判断力。这桥似乎不是用来行路的,不如说几根木头是偶然搭在了激流上空,要支成一个形状,这样的事在深山山口常常有。可是我真的看到过一个人走上桥,走过去,而且电站显然只有这条通道。这事情当中有某种既摧心又诱人之处。电站只有一间屋子,经过轮机的水从屋下流出,旁边还有一道瀑布,青白滔滔下来,统治着这里,一种绝境。

奥妙的木窗子,里面深深的,没有动静,水轮机已长久沉寂。我想,谁在屋里生活,一定会有至深的世界感,独特的悲剧和赐予。但过桥者不过是些普通人,并非那种青衣枯发青年,脚步迈向孤绝的远方,手拿一本书。

二十二

这分明是一个洞,青色的,浑圆的,在太阳下却微微反光。一个穹窿,就从青石岩上开出来,进去得并不远,一看就到底了,却幽深。似乎不是用炸药,而是石凿一凿凿琢磨出来的,每一个凿痕都是潮润的,在滴水。它不是在这个世界中,动作明显，形状固定，而是在一个微细的空间下滴。

这样的大路旁，这样的洞在太阳下反射着神秘的光，咫尺间与世隔绝。它充满着深邃的理想的悲剧。

一个孩子面临这样深邃的前景，这就预示了他悲剧生命的开始。他必将告别童年，独自领受境界的赐予。他没有什么依靠。就算面朝有尘土的大路也没什么用。伙伴们往前走了，对面又有人过来。这都不能助他。他心胸敞开，却不知道这是无望的悲剧，随他生命的成长而成长。他窥见的真相凡人无法承受。

在这里已可眺见倾斜的山脉，从高处下来。这是世界本质的趋势，家乡的秘密悲剧。在山地，世界的本质是倾斜的，由山峰无可挽回地倒向平原。这里有英雄的姿势，也有危险的平衡：一场地震忽然会改变一切。

摩西从岩石中鞭打出泉水。所有的岩石本质都是水源，当田地因干旱而平淡无奇，故乡山岩守候着世界的本质。否则生活有什么希望，怎么会有收割？我们会在童年就绝望。因此山峰和水或者黑夜是一样的青色。

二十三

雨过天晴，大核桃树有无数的落叶，让岩石们覆上温厚斑纹。世界忽然变得深厚，走上去会陷落。石头是褐色的，磊磊涧中石，核桃藏得很深。

路外是一个菜园。在童年的世界中，它保留了少见的完整的世界，是因为有篱笆？吐出金黄色的蔓丝，和大路上金色的坛子呼应。垒满坛子的大车辘辘过去，层层垒上去的坛子，从泥土胎中带来神秘，大车上垒的是一个个世界，口小，内部广大幽微，这么多的世界危如累卵跋涉，却从不会发生崩溃。带来了这么多世界的四川佬和他的骡子同样秉性沉默，根本不理我们这些小孩，只是这一股泉水给他和我们一同捎来了片刻歇息。

还有园子的主人，站在屋门打望，视线里是一车坛子。也许他和赶车人之间会发生谈话之类，也许不会。他守着自己的园子，但他的屋里必定也有几个坛子，这些坛子是他以及祖辈在几世里置下的，也可能包括那些用得实在太久又败坏成泥，成了他屋中泥土的。这也就是说，园子的主人和大路上的赶车人之间，几世里一定有这么几次交道。

只有我们也许不会，我们和四川佬之间根本无法相互理解。我们只是踞在核桃树下，毫无意义地看着他。也许我们看到的是他最后一回，不久这些易碎的东西就以一种更好的包装由卡车运走了。

涨水的河道里，水浪雪白，下雨的天，一桶打满，河边的屋是白的，旁边菜地，内部阴暗，洪水的青啊，穿透了墙壁。哪里来的渴望的清晨，踏过湿润小路的脚，布的衣服。始终是孤独的、青色的。

二十四

从来没有这样纯黑的岩石，它的纯洁一定来自水。是水让黑暗这样细腻。水是完全无色的，因而也是黑色的，是从黑暗中提取出来的，没有任何生命、渣滓，包括一种旅行的小虫。

泉水没有一丝暖意，似乎由于来源太深，从最黑暗处开始到达这个世界,怎样神秘的路径。双手承接一捧水滴,也参与了神秘,心黑暗和清凉。水非常稀少,匆匆行走者简直难以发觉,也许本来只是在清晨和黑夜,泉水会闪光和发出声音。但即使在正午,它似乎也改变了整个世界,尘土变得遥远渺小,行路忽然现出新的意义,不需要以脚步来计算。

我们仪式中生命的温暖,远不如冷清来得贴切温情,只有它长久守护着我们,它是死亡到来之前的最后一种气息。当我们的血管被剖开,有人大喊浑身清凉,有人却在隐秘品尝生命畅流的喜悦。我们的血液迅速还原为泉水,我们不知道自己的身世,在世上漂泊。

表面看起来,岩石的棱角是尖锐的,近视之下却显出绝望的柔和,它们已经无限接近于水,它们那石头的坚固本性已经被水温柔地杀死。

或者,石头和水在长久的孤寂中懂得了爱。石头本来是另一种水,只是它们一开始就被抛弃在世界上,成堆成叠,就像那个被母亲抛弃的"私娃子"。只有不多的岩石有机会得到爱,爱的涌现不是容易的事,每一处泉水都是奇迹。

二十五

山谷胸口搁着一个大石头,有几间房子大,略微朝下倾斜,毫无理由地停留在那里,来源也不合理,一定是远古蛮横时代的遗物。后来总有雾气掠过日渐沉积的石头表面,石头渐渐甘为一颗极大的核。它离河谷只有不远的最后距离,却被一些不是很坚硬的力量留住了,地上确实没有看起来足以阻碍它向下的坎坷。那应该是一种柔和难言的力量。

似乎这样大的石头一定会带有泉水，它们本身看上去是倾欹的瓦罐。泉水的色泽是植物性质的，有着坡谷的忧郁气质，却一开始就倾泻而下，进入公路地沟。

　　这是一个缓和的坡谷，上坡是褐色的蕨类植物，这种平和的植物甚至可以为屋顶。

　　高处有缭绕的小路，通往更深处。村社总是挂在山岬上和缠在回仄处。一个深夜，父亲从银池队回来，掏出口袋里一把零钱，扔下山坡，零钱滚落在蕨类植物深处。这是父亲身上最后的钱，他经历了一个彻底失败的赌徒的夜晚。到家，他拿起菜刀要剁掉自己一个手指，母亲在黑暗里惊慌地劝阻。这只手应该完整，不是为了拿川牌，而是开处方。

　　蕨类植物潜藏着疯狂，在它们柔和的外表下。它们翠绿的颜色近于黑暗，如果受伤，渗出的汁液是黑色的，阳光暴晒下很快会腐败。

　　河谷里，我曾把三舅娘送的一个大荞面馍馍忘在一个大石头上。那时我更心疼的是书包。三舅娘知道了很伤心。还有一次，我把舅娘们送的一大袋腊肉、荞面馍和豆腐乳这些东西扔在了安康，在车站我发现实在带不动这些东西，它们成了我沉重的负担，想一丢了之，任它们在异乡土地上寻找前途。这些事情深深伤害了舅娘的心，我离那种荞面馍馍的气息疏远了，原来这些似乎从一个深处源源涌出的东西是有限的，某天开始忽然中断了。

二十六

　　有大的"地形"。地形是我们地面生活的来源，它早在一户人家、一个村庄产生之前就定了它的命。地形埋伏在山脉之下，在山系根部的一些地方透露，颜色透出微红，一旦外露则意味着灾殃。

二房院子的命从修公路定了，姐姐们都加入劳动，握住钢钎铲子挣一天的五毛钱。山系的根渐渐被剥露斩断，于是一种红色的东西流出石壁，一连流了几个月，这种暗红色的东西让老人们吃惊，他们像孩子那样重新变得敏感，成为这个世界和另外世界连通的一些入口，这些入口受到了扰动。接着树开始死亡，白色高远、充满了理想的树木，甚至可以不靠树皮而生活，它们带领着一座村庄的时间，高高的树冠像是一些帆，这些帆被什么卷起、卸脱，桅杆干枯，那些真正的理想之帆去了远方漂泊。

没有一座村庄能够不靠理想而生活。即使那些面如锅底的煤炭院子、溢满了黑色猪屎的半边街、两兄弟聚住凑成的几间房子，也有不寻常的机缘。二房院子的机缘可以一直追到康熙皇帝湖广填四川，秦家老祖宗从荆州洞庭湖起身，箩筐两头挑着两个男孩一路走来，两个男孩就是今天的大房和二房。在修公路之前，二房出了志愿军营长、邮递员和赤脚医生。我们所在的大房出的是背300斤箩筐或者井盐的农民。老人们认为这是由于二房院子更接近山根，吸收了脉气，村庄长出的乔木远比处于半山腰的大房院子修长高远。

地处山根，二房院子溪水泛滥，树木生长在溪水之中，它们不太依靠泥土，似乎就是吸收泉水生活。有几种山，有的埋入土地之中，似乎是土的凸起。这种山没有水，或者只残存一些水的线索。有的山根浮在水上，冲刷得清白，这些山的心地也是青白的，它们显出一种离开我们追寻天空的姿态，一座山可以和一个人一样不切实际。

白色的树木死亡之后，二房院子的父辈开始一个接一个地死亡，赌博和偷盗的恶习很快蔓延开来，兄弟和父子拿着炸药包相见。院子的颜色渐渐变得脏污黑暗，它虽然还存有房屋的躯壳，却已经死去了。

一座致密的山，浑圆地在雪下向高处秘密升去，雪在竹林下也是不一定确实的，没有这样温柔的险峻，费力的攀登，雪和细密竹枝的叠压印合，整座山微小的纹路，从眺望的底处就完全看出，那是小鸟的和昆虫、小兽的道路，温柔随意地摆动，是否也能成为我的？我的脚印有多大，能在雪地上柔顺无害地排成一行，和小兽的蹄印混杂吗？我秘密的想法是能够辨识却不引注意。水完全是黑的，雪融进水里的时候。这总是使人悲伤，世界的黑暗无边，雪总是失足，一团团忽然就不见了，不留任何痕迹。一个孩子的悲伤比一个国家更难解决，因为理由说不出口。不能说：是为了眺望中小兽、昆虫的道路和一团雪悲伤。

冬天，家乡的水被挂起来，晶晶亮亮地挂起来，似乎在太阳下统统洗了一遍。从源头到河谷，都被挂起或者刺眼地陈列，这是一个悠长的展览，整个冬天，只有阳光能够将它收起。有一些地方还有活动，细小的水流，就像展览下秘密行走的、个子很小的参观者。还有手指触动周边世界，抚摸那些黄土。黄土没有一丝水分，全部像是坟墓上的土。如此干燥完整，看上去来自另一个星球。

（《芙蓉》2022 年第 3 期）

难中寻吃

王 恺

一

那时候三里屯还有大屏幕对着街道,我和朋友去闲逛,本该是光影灿烂处突然出现了灰白色质地的画面,洪水夹着石块滚下,灾难气息扑面而来,后来才知道,真实的灾难有气场,即使是隔着屏幕,隔着几千里的距离,也能让你感觉到心惊胆寒。

原来是播报新闻,甘肃的一个县城被泥石流吞没。

我不懂泥石流,唯一的印象来自中学课本,依稀记得是说明文,讲述了泥石流造成的巨大灾害,现在屏幕里的泥水横流的场面看上去也并不怎么具体。我只是在哀嚎,估计明天又要出差了。那是八月初的一个傍晚,三里屯的街拍男女为数众多,暴露的肉体微微散发出腥味,像是西湖附近的公园里豢养的色彩斑斓的锦鲤,它们从水底露出口舌,呼吸水面的微凉空气,咀嚼掉落的残败花瓣。我喜欢这里。

在这里，我们都是简单的城市动物，按照规律生活，吃，喝微醺的酒，调情和买卖衣衫，装饰自己，基本、日常、稳妥的生活。

电视里的灾难发生地是一个非常陌生的地名：甘肃舟曲。在我们这个男性稀少的新闻单位，每周我们都会自动盘算，哪个选题估计又逃不掉了。灾难选题一般落在男记者身上，杂志社保持了古老的绅士风度，太艰苦的事情，不太好意思派遣女记者。虽然也未必有多怜惜，忙碌起来，杀人放火的事情也一样需要直接奔过去。

都不用多讨论，选题会的时候，主编用探寻的眼光望向我，说最好当天下午就出发，去之前最大的困扰是穿什么，灾区的一般装束，就是冲锋衣和马丁靴，这都不是我的日常风格。那天上午出门前，换下了凉鞋，找出了不怕脏的球鞋，还有简单的T恤，穿着去上班，恍惚知道，就会直接去机场。

果然，去宝鸡机场的飞机只有当晚有，那是离舟曲最近的机场了，来不及回家收拾行李，出发。

唯一可依靠的对象，是摄影记者，这已经是我们杂志比较有钱的阶段，可以派两人出行。要是从前派不出摄影记者的阶段，往往就是我一个人，更加孤凄，遇事连个商量的同伴都没有。有时候自我审视，记者这个行当像古老的探子，《三国演义》里面最多，骑着马奔跑回营，一声报，已经累得瘫倒于地，声音嘶哑地吼出一两个消息。后来看到联合国教科文组织有个杂志叫《信使》，觉得更符合这个职业，至少比"探子"好听。

然而，我和摄影记者的捆绑，只持续到了初进舟曲县城的几分钟。现在还记得分离时的场景，深蓝的天空下，他跟着一群拿着公鸡、抬着棺材的人群狂奔而去，恍如巫术开始前的场景，这群人应该是家里有人遇难，好不容易从县城外购置了棺材抬进来。

七八个壮汉抬着，健步如飞，有人专门举着火把在前面引路。泥石流摧毁了县城交通，只能靠人力运输，这家人比较能耐，不仅家有壮丁，还礼数齐全，大公鸡两只，应该是专供祭祀所用，深蓝近乎黑色的天空映衬下，还记得公鸡那鲜艳的尾羽、昂起来的不屈鸡头——大概也是我在北京，长期看不到这么大的活公鸡，印象深刻。

这行队伍，焦灼之外，还有点得意之情——在这种时刻还能找到棺材，已是奇迹了。

整个场景像马格南的图片，太吸引他了，我们甚至都没有告别，他就狂奔着追踪而去，不能不说，他是比我好的记者。我站在路边目瞪口呆，走进县城的那一小时路程，已经让我非常惊恐了，泥石流造成了大地的瘫软，县城中心的马路都已经废弃，我们还在边缘，已是只能在铺在稀泥上的木板上行走，但走上去，还是软得令人惊惧。不打算再摸黑前进了，这时候是深夜十一点。

交通工具都禁止进入舟曲，我们从机场打车，尽管出了高价，还是被放在离开县城最近的某个隔离点，最后只能拦救援的军车搭便车。最怕面对这种场面，求着人，让素不相识的人帮忙，还是勉强。上去就碰到同行，是中央台的记者。他衣装齐整，拿着专业的摄录设备，告诉我当地宣传部已经给他们在宾馆准备了房间，我只有羡慕的份。问了下，宾馆已经禁止进入了，只给领导们和救灾的机构人员入住，他们也算在其中，我们这种市场媒体是没有机会的，他也并没有一点邀请我去住的意思。

军车也只能停在县城之外,某个树林稀疏的地方,后来才知道,这里是舟曲的森林遗迹。当年汉藏杂居,有大量的森林,现在已经是荒山秃岭了,否则不会有泥石流这种灾害。我们只能步行进去,记得那些稀软的地面,记得黑暗中奔跑的战士的呼吸声,还记得我的同事神速消失的身影。

心里为难,不想睡在公路旁,也害怕会不会有第二次泥石流,睡在路旁,说不定就被直接淹没。此时,正是死者的灵魂尚未离开,生者各种混乱的时刻,可是我心心念念的,还是找个地方睡觉。一步踩空,自己会落到怎样的命运,实在是不知道。

走到不能走的地方,路边居然有一家藏式房子亮着灯,鼓足了勇气进去,求一宿。这家人倒不是藏族,杂居地区,风俗互相传递吧,一大堆人在聊天,中间点着火盆,也是因为整个县城的电力系统停顿了。主题不用说了,无外是县城的天灾,灾难现场就在几百米之外,那下面满是尸体,一屋子人热烈聊着,"阴阳之隔"这句话无比清晰。这里温暖而热闹,满是世俗的气息。

本想着就在客厅住一夜,结果运气好,这家人的女儿在兰州大学学新闻,还在上学,听说了我的职业,把二楼女儿平时的房间让给我。又饿又焦灼的我,按照道理来说,还该找点吃的,可没有那么厚脸皮,就此罢休,在暗沉沉的屋子里睡着。第二天早上醒来,脸上痒痒的,一挥手,是苍蝇。

灯绳上排着队,全是苍蝇,一条膨胀的绳子。大约是找不到可以依附的东西,倒像《权力的游戏》里的化外之地,外面寒冷,屋子里显得暖,也就明白苍蝇为何聚集了。

二

告别了这家人,几分钟之外,就是现场了。我迄今还没办法给人讲述灾难现场是什么样子,大概还是自己的图像构成能力比较弱,一群群的人围绕着固定的地点,哭着,奔跑着,挖掘机咆哮着,也有红旗招展的地方,那大概是救援队伍的标志。

现场有安慰亡者家人的,有狂呼乱嚷的,有拍照的,也有穿着粉红毛衣的女记者站在镜头前。后来还见到一家人,正好在灾难之时生产,好在医院也不在泥石流的冲毁区域,家里人抬抱着她,一路狂奔到医院生产,母子平安。

灾难之中,依然有生命诞生,生死轮回最好的案例。

相比之下,我就是游民。那天是真正理解游民的含义了:饥寒交迫,没有目的行走的人间游荡者。

特别后悔,头天没有吃那个航空公司提供的飞机餐,小航线,随意对付,可也有热的米饭,湿答答,黏糊糊,平时可能一口吃不下,现在觉得也是充饥的食物,配着几坨蔬菜,还扎实。

早上也找不到食物。整个县城丧失了正常运转的系统,恢复到古老的农耕年代,没有看到任何一点可以充饥的食物出现在街道之上。

上午一直跟着一个民间救援队,他们曾经去过汶川的救援现场,看他们从水底挖人,并没有那么多让人激动的场景出现,就是缓慢地潜水,确认有没有人在水下。

一拨拨换人反复下潜,家人们在旁边焦灼地等待,非常确认地指认，一片什么都看不到的泥泞之中，就有她家的房子，一定有人在下面。接下来是排水，挖淤泥，把下面的人捞出来，十有八九是不会再有生命的一具躯壳，可是家属在旁边红头涨脸地哭泣，谁也不会离开。救援队员也和我一样，昨夜赶到，精疲力竭——此刻是灾难发生的第三天了。

四五个小时，没看到救援结果，接着往县城深处走，处处挖掘，水浅的地方，有尸体出现了，平静地侧卧，就像熟睡；也不止一个，也有脸色红润的，当然还有断肢，巨石滚下，覆盖之外，生命和死亡，同样的千姿百态。

真没有那么让人恐惧，倒是细想更恐惧——睡着的时候被泥水覆盖。

救援的队伍有大的，红旗招展处，拍照者甚众，我自动离开，开始漫步于泥石和人流之中，四处寻找可以充饥的食物。这个念头一旦生成，就怎么也去除不掉，饿鬼附体，但似乎是没有办法解决的，整个县城都是救援现场。县城主要街道依河而建，而这条山谷中流淌下来的河流，正好是泥石流的天然通道，山上暴雨，裹挟着泥沙，冲垮面越来越大，河道已经看不见影子。

河流两岸的房子，本来是县城最好的地段，现在泥沙掩盖之下，俱为废墟。踩在松软的泥地上，不仅害怕会不会陷落，更害怕陷进去，就踩在一个曾经的生命的手上，或者头顶上。

昨天住的房子，因地段不好，反而幸存了。

这种状态之下，也没什么采访，看谁有空就聊两句，不知不觉，已经是一天过去了。还是没有住宿的地方，这个也算了，没水，没吃的，这个基本的生理需要，不屈不挠战胜了我的恐惧，开始抓心挠肝地饿。几个基本需求突然变得重要起来,渴、饿、想睡觉,虽然明明知道,极度疲惫之下,即使有睡觉的地方,也不会有半点困意。

替自己委屈而已。

宾馆倒是没有倒下,我也尝试着往里面走了看看,只是那里确实也不能再住人。进门的大厅里都是难民,什么都没有,坐着发呆,大概这些属于家里还比较幸运的,没有人去世,可整体也茫然失措。古典油画里记录灾难,每个人都有恰当的表情,还有各种紧张的动作,大概少有"发呆"一景。突然,看着端着大碗汤面走过的服务员,穿红着绿,也就是他们往常的制服,可是现在看起来格外醒目。在一个失序的小城灾难中,居然还有人穿着制服在行动——除了部队救援者。

这些面是不卖的,是给"宾馆的领导的",然后说宾馆后面有条街,有吃的卖。赶紧往后面跑,真的有条街啊,热热闹闹的一堆人,卖饼干、小零食,像是过年的乡村集市,又热闹,又寒酸。可这又是临时凑出来的一条街道,救急性质,非常杂乱,集市惯有的兴旺感在这里付之阙如,只觉得狂躁,大概也实在太急管繁弦了。

一无可买。

本来还饿,可看着塑料袋里的廉价小饼干,又不太饿。街口似乎有热食,看过去,是大铁桶做的临时炉子,铁板上在煎一种小黄饼。陡然想起了张爱玲写的香港沦陷后满大街的小黄饼,可不就是这种?是物资紧缺,什么都匮乏的时候临时想出来的食品的共性?面粗暴地揉了,撒了些盐粒,在铁皮上硬生生地暴力煎熟了,因为少油,两面煎熬,越发黄中带黑。

丑陋的食物,却让我两眼发光,过去问价钱,是个面目模糊的中年妇女。她说,不要钱。"不要钱?"我倒是惊奇了,声音抬高，随即也就明白了，我的外地口音和随意穿着，大概提醒了她我是外来人员。这个时候的外来人员，能是干吗的？果然她说，都是来帮我们的，不容易。

拿着饼就跑，对着她，确实说不出话来。

熬了二十四个小时吃到的第一口食物。本来身体有点飘飘然，这块食物让人安定下来。接着找人聊灾难去。宾馆里的工作井然有序，就像外面没有事情一样，我还记得坐在电脑前的人扬扬得意地说稿件被什么大报采用之类，迄今还觉得奇怪，这是不是我的错觉？那时候怎么还有电？但其实也该有，临时发电机总有，尤其是宾馆。

后来知道，对我们这些外来记者也不是全无安排，城里没地方住，附近的乡村被提供了出来。在宣传部领了路条，一个沉默寡言的村干部领着，去附近山上的人家住。听到山，还是高兴，只想到越高越安全，不会被山上冲下来的泥石流压住，当时心里充满感激，没想到，噩梦才没那么容易结束。

泥石流这种灾难，和地震不一样：地震是全民受难，很少有人家没被波及；泥石流却是区域性，一个县城，可能一半家破人亡，另一半却丝毫无损。只要离开了灾难发生地，别的地方，就没有那么愁云惨雾。

领着我去住的那家，是新盖好的房子，一对小夫妻带着孩子，屋子装修得干干净净，唯独厕所脏得难以下脚。这不是汉代的房屋格局？和博物馆里看到的汉代陶器造型一模一样，屋子里没有排泄的地方，厕所旁边是猪圈，几头猪哼唧着，我很害怕它们冲过来吃人类的排泄物。忍不住问男主人，怎么厕所不装修在屋子里面？他大惊失色，那多脏。

大概是觉得自己处于安全地带了，我也能和他们家人聊个两句。寒暄着，院子里，有棵绿油油的矮树，一点不认识。这家八九岁的孩子突然上了院墙，攀着树，摘了果子，下来递给我，说，吃，吃！骄傲的表情，是个黑乎乎的农村小孩，和他父亲一样黑，也不知道有怎样的未来，大概觉得我是好不容易出现的客人。

新鲜的无花果，白里露着粉红色的籽，食欲如泉水般涌现，可惜这棵树，并没有过多的果实。

这家人还真把我当客人待，晚餐的时候，虽然只有简单的面条，但还特意拿出一瓶白酒。酒是面条快吃完的时候拿上来的，绿瓶，包装近乎无。女主人带着孩子，自动撤退，只留我们两个，一瓶酒，几颗黄豆。我愣了一下，不知道这里的习俗，但显然也是专门的待客之道，玻璃杯子倒了一点底，我就说够了，冲得很。

男主人真的不会说话，也不劝酒，只说，两块钱一斤呢。

也听不出语气是骄傲，还是简单的介绍，就算这里物价便宜，两块钱也实在不是个大价格。我实在是难以下咽，当然也是吃苦少。不知聊什么，我接下来的话，大概是有生以来少数几次混蛋话之一。我说，你喝过茅台吗？一千多一斤。

一千多大概是个魔咒，恍如屋子上空悬挂了一颗炸弹。男主人说，一千多？想不出来，那得多好喝？我嗫嚅着说，也就那样吧。

一直到今天，我都不太明白是什么原因促使我说了这句话。按照一般的敷衍法则，怎么都不该说这个，我也不会自比落难公子，感叹今昔。繁华的场景记忆刺激了我？记者的本能聊天？都很荒诞。

这个崭新的家，大概一点一滴的装修都是凑出来的钱，一千多虽然不是个天文数字，可也是笔巨款吧。

两个人彻底陷入了沉默。

多年后，我和一位人类学的学者谈起这段经历，能言善辩的她，也陷入了沉默。我知道自己犯了错误，可这个错误硬是没有分析出来。

外面突然喧嚣起来，村头喇叭开始广播，甘肃土话，也能听个大概，说是今晚大雨，还有可能爆发泥石流，别看我们是高处的村庄，外面还有更高的高山，大家不要在屋子里面待着，要出门避难。

什么？

我完全不能接受这个消息。站起来，不远处，是没有一棵树的层层叠叠的荒山，白天没有细看，深蓝色的天，开天辟地的荒山野岭，直眉瞪眼看着我们。后来才知道，舟曲县城发生泥石流，也并不是从天而降的突然灾祸，村里有标语写着"亚洲最大泥石流改造工程"，多年的荒山大概已经成了危险的蓄势待发的核心地带。

我不知所措地躺在床上，衣服不敢脱，一手揪着电脑包，准备随时随地逃出门。想起白天看的那些恍如安睡的尸体，已经不能用惊慌来形容。

在雨中爬上高山？我觉得超越了自己的体能，尤其是白天已经站了一天，实在不想出门。刚才还在喝酒的男主人在屋子里四处走着，巡视着，告诉我，不用害怕，冲不到这里。我稍微安心了一些。

就这么在床上睁着眼，也不知道待了多久，突然灯光大亮，眼角都是被灯光惊得四处逃窜的老鼠和蟑螂。女主人冲了进来，快走快走，村主任说今天家里不能留人，一起爬山去！

边说边往我手里塞了把伞。我茫茫然抓了电脑和他们全家一起出门，似乎只有单位发的电脑才是我唯一的财产，整个人晕头转向。

只是对自己说，是做梦吧，一个噩梦吧。

特别想醒过来，醒不过来，就是真的。黑夜里的山路也有好处，看不到反而不害怕，加上此地的高山没有什么植被，都是沙子石块，有几分干净爽利感。

手足并用，周围也不知道是谁，灰头土脸往上面爬着，只听到周围的石子滚落声，夹杂着村民的土话。大概半小时，到了一个高度，有人用方言告诉我可以停了，方才依靠着石块，坐了下来。周围的人小声说话，似乎也不紧张，还有人问我是谁，从哪里来的。避难行动变成了一次小规模的社交活动，反倒舒缓了一点。

我孤零零靠着，也不敢坐下，害怕要接着逃。

一面瞎想着，一面又模模糊糊想睡觉，熬了这么久，实在是有点撑不住了。没想到又被女主人叫醒，这次，是好事，原来再往山上爬个五六百米，有家他们的亲戚，可以去暂时安顿一下，胜过在野外枯坐一夜。

那家人家显然富裕，满登登的东西塞了一屋子。力气已经用完了，躺在外面屋子的木头椅子上，下面垫了块硬邦邦的沙发垫子，一下子昏沉沉睡了过去。

我飘浮在半空之中，清晰地看着下面睡着的我，抱着电脑包，穿了件蓝色条纹T恤，身子底下是绿花加红花的硬垫子，在县城人家常常看到。我还看见了另一间屋子的主客相谈甚欢，他们在说着我也不懂的话，热闹，这是人间的常规景象。

这是出窍了？一边有点明白，有点欣欣然飘浮出外。黑沉沉的天，远方已经隐隐约约透露出一点蓝，是黎明的消息，可不是四点多了？山上的石头路清晰可见，还是一条白石子的道路，真是漂亮呢。

还想飞，有点怕，回到屋子里，看着自己，一个安静、沉默、被折腾得够呛的肉身。

吃面了！一声欢呼，把我叫起来，大碗的面，比昨晚显然要丰盛，至少有不少的油辣子。我一边半昏迷，一边感觉口腔里食物的满足感。

舟曲的全部食物：刚烤的小黄面饼，一只硕大的无花果，两碗扯面和一杯底的白酒。

三

舟曲并不是我去过的第一个灾区，遥远的、艰苦的，我也去过，但印象深刻是为什么？那瓶酒？还是那个小黄饼？可能还是灾难让整个县城都瘫痪了，再怎么寻找吃的也是徒劳，就怪自己没经验，连干粮都不准备。

抛开那种粮食减产的大灾难，一般难中的旅行，只要不是覆盖全面的，还是能吃饱，就像《围城》里的"三闾大学之旅"，肉芽糖块咖啡齐上阵，异地风光到了眼花缭乱的地步。二〇〇八年的大地震，我被分配去了北川，第二天就从北京飞到了四川，未进地震现场之前，先在绵阳留宿。还记得满城吃火锅的人，都在马路边上，热气腾腾的几百张桌子排开，倒像是摄影家协会的老法师们喜欢的场面。整个城市都在吃喝中，似乎地震的阴影都不存在，也是四川人乐观的天性在托底。

天气开始热了，户外坐着也舒服，大家也不敢进屋，害怕余震的影响。

何以解忧？唯有火锅。

乱哄哄的一堆人挤在一个桌子四周，也都是同行，还有进去救援的队伍，也忘了是谁请客，火热的油汤滚沸，大片的毛肚，大块颤抖的鸭血，一堆堆的海带、豆腐、午餐肉，简直像是满城的狂欢，哪里有地震的影子？虽然嘴里说的还是地震，谁家房子倒了，谁家孩子断了腿。我们去灾区早，这一天才是地震的第二天，物资供应还没有受影响。

晚上睡在绵阳消防队的露天操场上，外面火锅店的喧闹声迟迟不散，此刻才知觉，整个城市的心绪，还是恐惧的，害怕楼塌，都不肯去屋里入睡。繁花似锦的表面，难掩其下的悸动。

半梦半醒的，突然听到阵阵犬吠，进而是全城的狗一起哀鸣，汇成一股怨气，分不出是狗叫还是狼嚎。我在半夜惊醒，本来就余震不断，加上这种阵势，只觉得天旋地转。

采访结束回到成都，整个航空系统几乎瘫痪，都是往外走的人，根本买不着票。我是恨不得马上离开，可也困兽一般陷于成都的酒店里，这时候能营业的酒店都是恩人。记得有天预报说晚上要有八级大余震，要所有市民做好防备。我们的酒店正在市中心，楼又高，站在酒店的窗口，就看到所有的汽车都往出城的方向开，都是听说郊区旷野更安全的。回城的公路上，只有一辆车，对比鲜明。

那辆车也不知道进城干吗，对面的拥堵，越发显得它形单影只，晃悠悠的，远处是无边的旷野，它仿佛从虚空中来，到虚空中去。

我们这种逃难无门的人，只当风景看。这时候服务员通知说今晚有八级余震,但我们这幢高楼的抗震等级是七级,于是逼着我们下楼,晚上不能待在房间里。走?可走到哪里去?

我是决定躺在床上,把身体扔出去,在这个夜晚掩耳盗铃。最惨淡,也就是楼倒人亡,这两日看的死亡案例还不够多吗?后来知道,我大约是见了过多死亡后的应激反应,对死亡采取了一种神奇的认同姿态。半夜里,先是闪电,一点征兆都没有,哗啦一声,天被照亮了,酒店外面的一棵大树,在闪电中历历在目,随即是一阵怪风,我躺着,身体突然被晃到高处,余震来了,只一下,确实只有一下。

无处可逃,也就不逃了。

最基本的生理需求还是要解决。睡觉就这样了,对吃还是有幻想。成都这种繁华富庶的地方,想来想去,哪怕在大灾之下,还不至于供应匮乏,毕竟震区都在外围县城。

二〇〇〇年第一次去成都,吃得异常满足。沿着古旧的有着大片瓦屋顶的巷道穿梭,处处都是本地口音,呢喃的川人言语我不熟悉,但听起来毫无障碍。在古老的武侯祠看海棠盆景,在夜市上买一人高的蜡梅花,在青羊宫混在人群里去摸青铜的羊头,还有吃那时候就已经不正宗的陈麻婆豆腐,簇拥着排队买军屯锅盔,吃冷锅串串,当然还有永恒的夫妻肺片。

成都,既远又近。熟悉的是书中看到的传说,都发生在身边,有切肤之感。比如除夕的青羊宫,香烟袅袅,几位穿着贴金蓝袍的道士在炉火旁上表文书,边吹着袅娜的笛子,分明是《死水微澜》的场景;陌生的是,这座西部盆地里的大城,种种风俗、饮食、人情,以及水土,与那时候远在上海的我们,还是不融合。大年三十的晚上,我们满大街找吃饭的地方。还是在西羊市街,找了家超级辣的"风爆鱼",我嘶嘶地叹气，被辣的。

二〇〇八年的成都，按道理肯定比二〇〇〇年到访时要繁华许多，我大半夜没睡，早上起来去找锅盔。依稀记得路过的时候发现，楼下就有一家著名的太婆锅盔，走近一看，并不营业，却还是忙得热火朝天，原来只供应内部人员，门口写着"支援灾区"的大横幅，还要做盒饭送到周围的灾区。这才明白，从地震发生到现在，十天左右的时间，整个成都平原已经动员起来，不再是我刚去绵阳时见到的模样——城市紧张、焦灼，物资供应也变得有计划起来。

不知道干什么，我勉强走到窗口，说想吃个锅盔。柜台里的人看我一眼，倒是不紧不慢："只有鸡米芽菜的，但是鸡肉不多。"我哪里还挑，拿到手里，仓促地吃，辣得心跳，基本就只剩下芽菜末和青椒末，鸡肉不是少，是基本没了。我也不管，大口大口地吃，仿佛吃了上顿，就什么都没有了似的。

盖伊·特立斯写《纽约》，统计出一九五九年五月十二日，巧得很，也是"五一二"，大停电时的百老汇一八八〇号，有两百多个盲人工作者，领着七十多个视力正常人士走出黑暗中的盲人协会四层大楼，把他们送到百老汇的大街上。我们的新闻，少有这么精细的，说到灾难中的食物补给，一般就是"保供应"一行标题说完了所有。

我倒真不算是一个好记者，否则算一算地震中，成都的一般餐厅少宰杀了多少只活鸡——值得研究的好题目。

徒劳地，还在街头找吃的，多数餐厅关门或者半营业。所谓的半营业，就是屋子里面全部封闭，也是害怕余震的意思，门口有几张桌子，可以简单吃点。我贼心不死，奋力满足口腹之欲，一路走过去，一直到骡马市才看到一家半开门的串串店，几乎是冲了进去。大厅里黑乎乎的，平时可以容纳几百人的欢声笑语之所，只是空洞的半黑，就像夜幕降临时的彻底打烊，里面不许坐人，可现在又是白天。

只有我，和一位妖艳的中年妇女，在这个时刻，还在填满胃。我们扑向比平时供应少掉三分之二的柜台，寻找着可能的可口之物，可确实是供应崩盘，平时那些鲜嫩的青笋条、鸭胗、招牌牛肉、鲜毛肚、黄喉、脑花、豆皮、豆筋、魔芋片，都没有了踪影。仅是列举这些食物之名，都有种在撰写《东京梦华录》的感觉，可是现在全部消失了，只有形迹可疑的几片午餐肉，若干耐储存的蔬菜切成了片：土豆片，萝卜片，还有一条冬瓜，可怜巴巴地看着我们。那位中年妇女食客，穿着薄纱镂空的金色花纹上衣，头顶高盘着染成黄色的发髻——某个时期流行的打扮，不耐烦地追问，咋个啥子都没有？远远站着一位员工，没有回答。

大概也不屑回答。

在灾难中还挑剔食物，本身也近乎荒谬。来日大难，口燥唇干，这时候人已经露出了原形，吃饱即可，怎么还提要求？我也觉得我们俩都荒谬。拿了点简单的食物，默默在大街旁的桌子上吃着，最朴实地吃，果腹地吃。

倒也不是说，灾难中绝对没有可吃之物，我想像理科生一样回答你，视于灾难的种类和范围，如果灾难的范围足够小，灾难足够简单，整个城市的供应体系没有崩溃，那么好，肯定能吃到好吃的。我吃过的最好的烤串，就是在东北伊春，一次空难的采访过程之中。

那是地震和泥石流之后的事情了，记者已经做了许久，没做过的灾难类型已经不多，风灾火灾洪水都去了几次，但是空难还真没碰到。没碰到就没碰到,并没有职业病,灾难见多了,必须把自己变得面冷心硬,也不得不和多数情感采取封闭措施,越投入就越难工作。可是,偏偏那次,伊春的那架飞机,就那么掉下来了。

按庸俗的话来说,只能去面对职业生涯的又一次挑战。领导给我电话,强迫我去,说还是你去比较有把握。一个人对灾难新闻有把握,多么奇怪的世界。

伊春是个森林城市,满眼的绿,从到城里开始,有种初夏的新绿感,虽不像俄罗斯小城的森林那么蛮荒,次生林也绿得灰蒙蒙的,满眼荒芜,摄在照片里,却是好看,所以成了夏日的度假胜地。机场一带,多为丛林,飞机就是掉在丛林里弹跳几下,因此燃烧的,最后造成了爆炸,至少死了一半的乘客。

非常小的机场,去那里的人,多数是避暑的游客,少数是当地人,后来采访才发现,寥寥可数的几位当地乘客中,三位是因为家里有丧事,需要赶回去,来不及才乘飞机的,真是让人毛骨悚然。

城市小,碰上这么大事,满城的旅馆就爆满。我们是半夜从哈尔滨租车过去的,到那里后,坐着破车找了四五家旅馆,全部满员。幸亏有个豪华的刚装修完毕的情人旅馆还开着,门头灯红酒绿的,越发显得滑稽,里面的房间艳丽带着生硬的媚态,簇新,给一堆报道空难的记者住,觉得牛头不对马嘴。

也还是因为饿,第二天起来就满大街找吃的,酒店附近一家不大的餐馆,早餐卖粥和干豆腐,干豆腐是北方的朴素吃食,后来在河北乡村游荡,发现那里家家户户都吃这个,在豆腐上浇韭菜花和红辣椒末吃,还有黑色的酱油,有种出其不意的北方的鲜艳的色彩,撞在一起,可我也不太明白干吗一大早就吃这个。大概是半干半稀？填肚子？还是昔日北方物产少，豆腐就是新鲜美味？好在东北的豆腐美味，我一点不迟疑地吃了一大碗。

采访艰难，来自找人困难，晚上回酒店往往累得半死，唯一的安慰，就是吃。

美食街倒也有，满条街道都是烤串店，簇新的，为了发展本地夏日旅游经济准备的，木头装饰居多，显示着北方城市的粗豪。这是开业的第一年，还没赚足，灾难就来了，航线也停了，整个城市几乎没游客，可吃烤串的照样人山人海。人人点着小串大串牛肉串羊肉串五花肉串和鸡架子，用刚砍下来的松木去烤，特别香，是松树的清香气息，混杂了肉味的腥香。

我们也吃，麻木地吃，兴奋地吃，吃羊肉串，吃蚕蛹，吃大块的羊腰子，都是饱满的蛋白质。就着啤酒，咕噜噜往肚子里灌。经典的烤串之美，是那种带有松木清香的外皮，咬开，鲜嫩的汁水涌出来。

整个城市里主打就是烤串，一天一家地换，其实味道差别不大，可是当地人硬性区分这家鸡翅膀好，那家五花肉好，我们也就跟着叫好。刚烤出来的肉串，因为是柴火烤，火力不均匀，到时反而有焦处有嫩处，像是食品界中的拼贴百衲衣。

终于采访到一个英俊的消防兵，第一批冲进火场救人的，个子不高，英俊极了的面容，我和摄影师相对一看，觉得真帅，感觉传说中的赵子龙也就是这般模样。后来摄影师还专门给他拍了照，放在杂志上，也是大大的一版，可是和真实的感觉相去甚远，远不如初见他的惊奇。

他告诉我们，进火场碰到的幸存的人，全部在草丛里跌跌撞撞往外跑，远处是正在燃烧的飞机，那场面，就是灾难大片。我们所能记下的灾难瞬间,永远是固定的几个模样。

有的人,全身衣服都烧没了,现场弥漫着肉烤焦的味道。

我是强大的,并没有把几日来吃的烤串都吐出来。

(《上海文学》2022年第4期)

遮蔽与显现

陈蔚文

1

我曾在一文中写过:"我有六副墨镜,帽子若干,口罩冬夏各三只或更多,还有伞,蓝的紫的灰的——都是遮挡之物,我对这些具有遮挡功能的物件似乎有特别的执好,就像有的人包里必定有口红和香水。"在这些有遮挡功能的物件背后,我感到无以名状的安全,与自己光照过敏的皮肤有关,当然也与内心有关。戴上口罩,仿佛穿上了一件隐身衣,放松自在。

但也有点尴尬,冬夏还好,寒天的棉口罩可视作保暖;夏天的丝质口罩可为防晒;春秋呢,对这座空气还算可以的城市似无戴口罩的必要。行走在人群中,多少有点突兀。本意是想隐匿,但在周遭不戴口罩的人群中反而凸显了出来。

谁又料到,突然间,不只是这个城市,许许多多个城市,成了口罩的汪洋大海。就在前几天的一个晚上,因为忘记戴口罩,我被拦在了公园外。我和女友本打算去散散步的,公园看门的保安指指前方,"马路顶头有个药店可以买"。

当然,不只是药店,基本上公共场所的近旁都可以买到。火车站、医院、银行、门口售矿泉水的摊贩找到了新的营业增长点:出售口罩,两元一个。小贩麻利地从批发来的大包装里抽出一个,利润肯定比矿泉水高。还可以肯定,一定常有出门忘戴口罩的人。

口罩和矿泉水一样,成了普及的日用品,生活的标配,不,它还是通行证。你可以忘记搽口红出门,但一定要戴上口罩,不然很可能会被拦在你想进入的门前。

从不必要到必要,只用了短短的时间。短到一则消息的发布,一个街头空旷的夜晚,一个花草寂寞生长的春天早晨。口罩铺天盖地充满了四周,还有你自身——在我常穿的那些衣服或裤子口袋里,随时可摸出一只口罩。浅蓝色、白色,有时是浅粉色,款式近似。无纺布材质,几层可拉开的皱褶,上端的捏条。它们没有我之前的口罩好看,但它们以标准化宣告着更为重要的功能:防护。

单位、家里、桌上和抽屉里,随处可见口罩——之前还有什么物件如此大规模地进入过我们的生活吗?没有,就连上世纪八十年代风靡的黑色踩脚裤和马海毛围巾也未达到过如此规模。现在,无论男女老少,口罩附在每个人的脸上。

去年初秋的一个夜晚,我经过一条小巷,迎面走来一个戴口罩的男子。换作以前,他的形象无疑令人忐忑,夜晚的口罩闪烁着不明身份与动机。但这次,经历了一个动荡的冬天与春天,口罩的隐喻已被置换,它的普及使它失去了黑夜中的神秘,我平静地与男子擦身而过。

现在,比人更为可疑的是呼吸了多年的空气。口罩提醒人们调整对空气的认识,除了花粉、灰尘,空气里还潜伏着比雾霾更严重的风险,而口罩是成本最小的防护方式。

2

去年春节前,我联系了一位新钟点工小邹,她年后第一次来家已是四月下旬。做事的两个钟头,她一直戴着口罩。那天气温有二十多摄氏度,我说,没关系,你不用戴口罩,干活憋得慌。我想她是位细心敏感的人,出于对主顾的尊重而戴上口罩。她说,没事。仍然戴着口罩。我瞬间意识到,也许,她是出于自身的安全考虑。

直到她走,我都不知道她长什么样。

她每天要干至少三家,那也意味着不算路上,她在室内至少要戴六个钟头的口罩。

直到小邹第三次来,当天实在热,她把口罩下拉了些,露出鼻子和半张脸,我才知道她大概的样貌。她的脸上有几处红印,是口罩戴久了所致。

那阵子,我去医院看个小毛病,顺便给在医院工作的一位大姐打电话,本想去看看她。她说这会儿正在皮肤病院就诊。她的脸,因为连续戴口罩时间长引起脸部肿痒,严重湿疹。

她对口罩过敏的皮肤和必须戴口罩的职业之间,形成悖谬。皮肤病院的医生建议她在口罩内衬纱布或棉质手帕,于是她自制了几个双层纱布口罩,戴在医用口罩的里面换洗。

口罩之于医护人员,不只是通行证的意义,而是护身符了。在疫情最吃紧时,全球范围内的筹集捐赠使它成为人们对医护人员表达致敬与感谢的最重要介质。对普通人,实现"口罩自由"同样成为那段时期内人们对正常生活的重要诉求。为了不错过每一次口罩上架时间,有人下载了十几个各类电商App。还有售口罩的店家原定开拍时间临时提前,称是为了防止被代拍和黄牛拍走,尽量让普通用户买到。

曾经如此不起眼,等同劳保用品地位的口罩一夜间影响着人们的安危。这让人想起同样不起眼的猪鬃,它竟是二战最紧俏的物资之一。美国把猪鬃列入 A 类物资,与军火等同,并颁布"m51 号猪鬃限制法令",规定 3 英寸以上的猪鬃全被供应海陆空三军使用,严格限制民间消费。因为在军事工业中,从军用设备喷漆到清刷机枪和大炮的枪管、炮筒,一样也离不开猪鬃。历史上著名的驼峰航线,除了给中国输送紧缺的军事物资外,还有另一重要任务,就是将西方紧缺的猪鬃运出中国。

小物件参与着大历史。经历一个惊心动魄的春节后,没有人会再忽略一只口罩的分量,尽管,它只有 0.6 克。

3

历史记载最早的"类口罩物"出现在公元前 6 世纪,波斯人的拜火教认为世俗的气息是不洁的,在进行宗教仪式时,通常用布包着脸。有人说这就是最初的口罩。

1895 年,德国病理学专家莱德奇才发现空气传播病菌会使伤口感染,于是他建议医生和护士在手术时,戴上一种能掩住口鼻的纱布罩具。这个措施实施后,大幅度减少了伤口感染率。从此,各国医生纷纷效法。

医学意义的口罩开始出现。

很长一段时间,它仅用在医护人员身上。

1918年，人类历史上最可怕的传染病"西班牙流感"暴发。疫情总共造成800万西班牙人死亡。之后的一年多里，全世界大约20%的人感染了"西班牙流感"。预计死亡人数约为2000万，比第一次世界大战的死亡人数还多。

这次流感直接改变了人类的历史进程，令一战提早结束，各国已经没有精力再投入战争了。印度的大片庄稼无人收割，波兰的农作物在土地里腐烂，非洲和南美的铜矿停止采掘。

疫病蔓延期间，人们开始被强制性要求戴口罩。

"口罩的历史，也是医学卫生发展的历史，是人类对抗疾病的历史与消解恐惧的历史。"——在这一过程中，也有观念的歧误与调整。曾看一位老医生在回忆文章中写道："在我工作的医学实验室，老师带教时告诫：工作时不能佩戴口罩和手套，这是'小资产阶级思想'，要不怕脏、不怕累。并亲自手持液体外溢的'血液、粪便、尿液'等标本为学生作示范。"——这是口罩在某段岁月中留下的特殊印记。

距离1918年一百多年以后的冬天，口罩又成了热词。到处是有关口罩的选择、佩戴及正确打开姿势，几乎一夜之间，人人都成了口罩专家。口罩同时还成为道德自觉与素质的评判。不少有关不戴口罩而遭到舆论众口谴责的新闻，比如那位澳籍华人女子回国后，不戴口罩外出跑步，被全网群批，电视主持人评论道："家乡建设你不在，万里投毒你最快。"她供职的拜耳中国知道消息后，立刻起草了一份辞退书公布在网络上，表示拜耳中国将继续和中国政府、民众一起抗击疫情，为早日取得最后胜利作出贡献。

此时此际，口罩提示人们，自由永远是相对的，当个体的自由可能对群体的道义构成风险时，自由必须服膺于一只口罩的逻辑——"对自身暂时的限制是为了获得长久的呼吸自由"。

如人文学者所说，这种服从非"儒家性服从"，而是与欧洲一样对社会规则的"现代性服从"。或可理解为：它不指向具有人身依附关系的服从，而是建立在集体主义理性之上的公共性服从。

口罩由此也成为人们相互监督的行为，但同时，这种监督会加深人们对彼此的恐惧和不信任吗？

朋友说起她的公务员同事 Z，谨小慎微的性格使他在恢复正常上班后也一直在办公室戴着口罩。他和另两位同事合用一间，一位同事就是我的朋友，另一位同事刚从湖北返回，尽管已按规定进行了自我隔离并做了相关检测，仍不能缓解 Z 的焦虑。他找各种借口不上班，非要上班时他一定在办公室戴着口罩，他向同事解释自己的过敏性鼻炎犯了。他把自己的桌子往窗边移了些，尽量靠近通风处。他的包里备着好几只口罩，他只用手机打电话。他不再翻看办公室的报刊。他用酒精棉片擦拭办公桌椅，使得办公室总散发着病房的味道。原本，出于养生，他每天上午十点半要吃一个苹果。现在，他把吃苹果的地点改在了楼下一棵樟树下。吃完，他重新戴上口罩进入办公楼。

这个忧心忡忡的男人，口罩还摘得下来吗？他恍然让我想起霍桑笔下那位终生戴着黑面纱的教长，他的脸隐在那层面纱之后，领唱赞美诗，它随呼吸起伏；朗读《圣经》，它就在他与圣书之间抛下黑影。他祈祷，它就沉沉地贴在他仰起的面孔上。临死前，他仍用力按住面纱……

不不不，教长的面纱不只是他为自己而戴，也为更深邃复杂的内容而戴，但 Z 的口罩，的确只为自己而戴。那位湖北返回的同事借调去了其他岗位，这使 Z 的过敏性鼻炎提前好了，他解除了口罩。但真的解除了吗？他的心上是否仍戴着一层隔离的口罩？

那段时间，另一位朋友 D 说起有次去领导办公室汇报工作，领导用奇怪的眼神看了他一眼。那是位性格较温和的领导，才调来不久。在听 D 汇报工作中，他看了一次表，把椅子往后拉了一次，然后站起倒水，坐下时，把椅子又往后拉了拉。D 突然意识到，自己犯了个错误，因为天热和匆忙，他忘记戴口罩就进了领导办公室，这使得领导坐立不安。D 迅速结束汇报走了出去。

几天后，在单位的一次公开会上，办公室宣布了一项规定，进他人办公室包括领导办公室交流工作，要求戴上口罩，和谈话者保持一定间距。

4

地铁站，一个年轻时髦的女人牵着一个孩子，孩子大概三岁左右。女人戴着口罩，地铁快进站了，电子屏上显示还有一分钟。女人让孩子戴上口罩，孩子不肯。女人再次命令他戴上，孩子还是不肯。女人声音大起来，孩子哭了起来，女人一巴掌扇到了他小脸上。孩子哭声更大了，小脸上糊着鼻涕眼泪，女人训斥他：公共场所要戴口罩知不知道？不然会染上病的！

这个可怜的孩子，大概只觉得戴口罩憋闷，他不理解"染病"。

地铁呼啸着进站了，女人抱起孩子，把口罩又一次戴在他脸上。孩子这次没挣扎，他哭着趴在妈妈怀里。

是可能的病菌带给他的伤害大，还是公共场所的一次挨打对他幼小心灵的伤害更大？我脑子里掠过这个念头。

地铁上的乘客多数戴着口罩，有极少数没戴的，其他乘客以一种戒备的姿态有意和他们保持距离，就像离一个精神病人远点。

小区电梯外的大堂，我在等朋友下来。两位等电梯者，男人和女人，他们保持着现代城市邻居该有的距离。女人戴了口罩，另一个男人没戴，准确说口罩被他攥在手中，他在打电话，也许是个重要电话，戴着口罩他怕对方听不清，或是他不习惯戴口罩讲电话，总之他在打电话时取下了口罩。一扇电梯门开了，他踏进了电梯，边接电话边礼貌地摁住了电梯门，等待女邻居进来。但女人没有要进的意思，她看了眼男人，低头看手机。男人松了手，电梯门关上。很快另一部电梯到了，女人匆匆进去，关上了电梯门。

她只是不想和他同电梯，很可能因为他没戴口罩，当然也可能他戴了，她也会等下一部电梯。她避免与人过近的距离——这是那个冬春留下的后遗症吗？人们避免过近的距离，避免同在一个狭小空间，呼吸共同的空气。

无疑，口罩的普及加深了人们对边界感的重视，那不只是一层薄薄的含有过滤功能的布，还带来了人与人之间空间及心理的重新调整。

口罩，还同时具有二元属性。凡他人戴的，便有了患者的嫌疑，而自己戴则只具有防御功能。

我的女友M，有几个月，她网购菜都是让快递小哥把菜放在门口，他离开后她才开门取货。我说你未免太过谨慎。她说，这是不能有丁点冒险的啊，病毒潜伏于无形，使一切晦暗不明，必整肃以待。她购了一箱N95口罩——在最紧张的时期，她几次下单后被对方告知缺货，让她申请退款。在能购着时，她赶紧下单。此外她还购了压缩饼干、罐头、手摇式充电器、调频收音机，甚至帐篷。在那个春天之后，她还购了一只偌大体量的冰箱。她甚至办了张健身卡，准备开始健身。她像要迎接一场持久战，不管敌人是否真会再来，她做好了自己所能做的一切准备。

5

这应当是第一个口罩抢镜的春晚。观众们全戴着口罩，红色的、蓝色的、橙色的，上面印着吉祥图案，譬如一只活泼的牛。在过去的春晚中，比如像明星们的穿搭，或是小品中的某个梗或金句，都会上热搜，而这次口罩上了热搜。

在电商平台上，打着春晚同款口罩的产品在春晚后大卖。

色彩有着非常直观的效力，同款口罩，因为色彩的改变，它和白色的、蓝色的口罩有了全然不同的气氛。冷冷的防护感淡化了，变为一种祝愿与祈福。

在经历过一个提心吊胆的春节后，人们太知晓平安的可贵。人们因此小心翼翼，用口罩巩固这种可贵。

事实上，不只是"春晚红"口罩，连带着整个口罩行业都被激活。原本是口罩爱好者的我又一次更新了自己的口罩。这次网上的选择明显更多，出现了不少时装款口罩店铺。口罩分为清新文艺、时尚古风等，精美的刺绣设计或苎麻蕾丝，售价是普通口罩的若干倍。我下单了一只灰黑双色的，在页面介绍写着"3D立体模压,双层复合,空气层透气面料"——口罩作为一种产品,似乎在多年冷寂后,突然找到了它的工艺与审美尊严。在此前,它一直是不起眼的一种日用品,除了明星需要在机场等地方使用一下,普通人很少用到它。除非是像我这类口罩爱好者。

忽然之间,口罩有了充分的主体性,仅从我下单的那家口罩店的成交量来看,它不是依附,它成了时尚本身。它们并不具备防疫性,仅仅是好看与舒适,顶多挡些灰尘花粉,但显然,人们的口罩消费行为已由医学意义向时尚升级——既然它成为一种比帽子、手套使用更频繁的日用品,人们开始更在意口罩的个性化和设计感,那些具有市场意识的口罩店显然捕捉到了这一点。这些店没有参与医用口罩已饱和的大战中,却把口罩领入了另一个功能分层——口罩从身份屏蔽、防护功能转向审美个性化。

在网上看过时尚圈发布的一场口罩秀,黑色透视布料的,白色珍珠设计,生化面具式,与衣物面料一体的复古格子款……还有艺术家脑洞大开,把众多生活用品,比如柚子壳、饮料瓶变成防护口罩,独特设计更像是疫情之中对"口罩风潮"的戏仿,具有了娱乐性。

口罩就这样在短期内全面渗透了人们的生活,开始了常态化——甚至有人说,不戴口罩出门的风险比不穿衣服出门还要大。这种习惯会持续多久呢,没人知道。口罩成为一个公共事件的意义符号,它复兴了一个产业,改变了一种模式——它和健康码一同成为正常生活的通行证。

每一件关系人类生死的历史事件,可能都会成为历史进程中或大或小的转折点。就像1952年的伦敦雾霾,催生了世界上第一部空气污染防治法案《清洁空气法》。一场疫情,也使人们打破固有思维,譬如从口罩起形成适应性更强的文化方式。同时,重新审视与生活的关系:许多以前习焉不察的日常其实多么可贵!自由地走动是可贵的,去看花开是可贵的,影院营业是可贵的,买到刚出炉的包子是可贵的,踏上火车去向故乡或远方是可贵的,亲朋走动是可贵的,孩子坐在学校课堂是可贵的……

如果只是需要戴上口罩,就能把这些可贵转化成日常,那就让口罩成为常态吧。只是,一旦成为常态,它也意味着懈怠。有多少人,匆匆从口袋里摸出头天戴过的口罩就出门了——口罩在相对平稳期,仅仅只是个道德选择的象征符号。一只口罩,只要出现在需要佩戴口罩的场合,哪怕它已反复使用多次,也无人追究。

这大概也有经济因素。一个家庭如果严格按一次性使用规则执行,无疑会产生一笔固定开支。三口之家,即使每人每天只消耗一只口罩,每月也要消耗近百只。如果还有老人,那就更多了。于是出现了一种常见的口罩景观:从口袋里掏出只皱巴巴的口罩,在需要时带上,不需要时扯下或挂在下巴上。这些口罩,它们的反复使用几乎是肯定的。

偶然读到一首诗:

> 在菜市场
> 看到一些挂着口罩的脸
> 口罩一头挂在耳根上
> 或者,口罩拉到鼻子底下
> 他们忙着手中的买卖,忙着讨生活

他们，要透一口气

相比未可见的病菌，生计的压力有时更为现实与沉重。

6

这种松懈，也来源于人们对接收到的信息的同步反应：从自我防护转为制度配合。毕竟，戴口罩并没成为人们习惯的一种方式。不像日本，作为世界上最爱戴口罩的国家，全年消耗口罩55.21亿只，人均一年消耗口罩约43只。在日本旅游的时候，我发现几乎每个便利店和药妆店都有各色口罩。口罩文化在日本的深入并非没有前因——1918年那场大规模流感疫情，造成39万日本人死亡。从那时起，日本人已意识到口罩的重要性。

当然还与日本文化有关，不轻易外露喜怒哀乐，可遮挡脸部的口罩成了最好的面具。

而在中国的人情文化中，人与人的关系显然更趋向亲密，或说趋向亲密化的追求。表情，是社交重要的一个符号。不戴口罩，表示我愿意被你看见，我信任你，也请你信任我。在电影《我不是药神》中，徐峥饰演的药商程勇入狱时，千名患者在路旁送行，他们纷纷摘下自己的口罩——电影在此际推向高潮，口罩在此处的象征意义非常明显，那就是我们不再是模糊的被口罩遮蔽的群体，我们是一个个患者，是一个个渴望活下去并懂得感谢的生命。我们信任你、支持你。

元宵节的傍晚，去地铁站，马路旁的人行道上有座铜雕塑：一位古装老者正给人号脉。老者神情专注，有医者仁心的风范。这座铜塑像也许与近旁就是所综合医院有关。今天一抬眼,发现老者的脸上不知被谁戴上了一只蓝口罩。也许是孩子淘气,或行人一时兴起。这只蓝口罩使这座铜塑有了几分后现代意味。一只属于21世纪第21年的一次性医用口罩,戴在古装医者的脸上。渐深的暮色中,它幻化出某种穿越与和谐,像是老医者为配合四周往来的戴口罩行人而主动戴上了。

进地铁站,站台上一对情侣腻在一块儿,他们戴口罩的脸贴得很近。地铁快进站时,他们隔着口罩互吻了下,这甜蜜的一幕令口罩隐含的焦虑暂时退去。地铁进站的气流扬起女孩的薄纱裙裾,没有什么能阻挡人们相爱。无论人类命运有多少变数,无论口罩是会一直伴随人们戴下去,还是有一天彻底摘除。

希望,总是大过恐惧的。

(《北京文学》2022年第1期)

众神还乡(外一篇)

闫文盛

信使:你好。今天我想给你写这样一封信是为了表达一个人生活在这个世界上的那种基本的孤独。我或许已经没有任何别的方法来排遣这种孤独了。我今年已经四十三岁。在我这个年龄,卡夫卡已经死去两年,芥川龙之介?他是三十五岁自杀的,如果他继续在这个世界上生活八年,也便只是到了我现在这个年龄。但他死得太早了,八年一过,他便只剩下一堆枯骨了吧。所以,即便在此前,我也常常会想起,生命不是漫漫无尽的,那我们需要活到什么时候为止?有时一想到生死二字,便有无穷的对人世的迷恋泛滥心头,似乎我的生命即刻要终结似的。但是今天似乎不同,我仔细想了一下:其实人无论何时死,究其本质是没有差别的。就世俗而言,如果你仍保持有用之身,或许你的活着对亲人们有所慰藉(但也未见得就是绝对的),但如果你已然是残病之身(需要劳累他人),则遍察周边,愿意为你的活承担责任的又会有几个人呢?所以卡夫卡的《变形记》中,表达出了对人世的基本的悲观。写下这些,我的心情是异常平静的,但是我同样觉得与你谈这些无益,因为你是作为虚无的信使存在的。我从来没有看到你的实体，我只是通过设想你的存在而觉得我通向这个世界的途径是广阔的（但现在看来，似乎连这一点都无法保证）。这才是最使我感叹之事。

我最近刚刚恢复了小说创作，我准备书写一部反映人的内在分裂的小说。小说最初的名字，便取自佩索阿的散文著作《惶然录》，但是稍后我将它更名为《诸神的黄昏》。因为对我个人来说，那种陌生而单调的笔墨是开天辟地的。小说已经用去了我的十五个工作日，写到了四万余字，但是远远难以终结。我不知道它会在哪里结束，但我知道，我愿意说的话越来越多，想唱出的旋律越来越多，那种近似于露珠般的哭泣越来越多。这并非我的初衷，但也真实可见。小说写得不够好，因为我已经整整九年没有触碰这个文体了，生疏是难免的。不过，迄今我仍然愿意将这个小说作为承载来对应我胸中雄宏的万象……信使！神的存在同你一样虚无而短暂，而我想的是：在我无法把持现在这种情绪的时候，我的这封信件就会遥遥无期地延宕下去，所以趁着生死的思考未散，我准备完成这篇文字，就当作是向你在我的心灵帷幕上投下的那片虚影的一种祭奠吧。要知道，我是在连续写过了十五天小说，却因为某种原因不得不暂停了四个工作日之后来完成这封信件的。直到半个小时之前，我也没有这样的动念，我想利用这个休息日的整块时光来继续我的小说事业。但我思绪纷乱得写不下去……

这封信没有任何其他秘密的名字。我想完成它，也没有现实目的，我就是想深入地观察一下我的内心。我想写下我对我的生命的最根本的忏悔。我想看到它为什么会曲曲折折地步出东门行，就这样到了今天的东方极地。我这样思考到底有多少年了？那些明媚的朝阳总是周而复始地出现，它多么强烈地引领过我啊，但是我强烈地期盼阳光和水源、植物的芬芳、畅快而自由的呼吸多少年了？我这样入世地生活，时怀不甘地挣扎于这样浩荡的世事的洋流多少年了？作为一个以文字谋生的人，我想以此小道而臻于对生命的基本认知多少年了？但是阴差阳错，我的所见越来越趋向于荒凉之地。阅读一些逝者的著作时，我感到我们是亲近的，逝者仍然未死，而我的躯壳散逸，灵魂下潜，我们之间，又岂有阴阳之隔？所以信使你看，我的这封信没有任何其他秘密的名字，它只有一个可以遥望的空壳子浮在云层中。我想书写它也不是因为我真正需要去书写它，是因为它本来就存在的吧。

  我的写作向来是这样的，既有大体长远的设置，但也更有随物赋形的成分，所以间隔这么多年，我才又想到了你。作为一个虚无，但也不失为对话者存在的你是我的一个老友了，不过在许多年里，你总是沉默的，从未作为主体进入我的生命框架之中。但也幸好如此，否则我的写作喋喋不休，会过早地僵滞于一种莫名的境地。现在是这样的：我也老了，虽未垂迈，但也明晰生死之义；虽有未尽之事，但想想大不过数十年后，此间万千人众，便将殊途同归，完全失散或重逢于那亘古的沉默之中。所以，卡夫卡明晰物理，芥川龙之介洞晓生的寓言，都是对的。我们蝇营狗苟，如果只是浑浑噩噩地活着，反倒显得龌龊和低下了吧。而我对我的生命抱愧，是因为我在很长时间里没有真实而伸张地活过，我缺乏对这个世界发出一个宣言的勇气。我缺乏使我的力量穿透这些虚无的遮蔽抵达你的所在的勇气。信使，你是对的，尽管你获得的只是一个模糊的时间的金冠，但你总是对的。

如果以时间的长度来度量你我，我也相信你是对的。因为我实在找不到什么理由来荒芜生死的思考，我也找不到什么理由来浑浑噩噩地活着了。如果你既正确又顽皮，那我们的沉重的所思和无尽的挣扎于浮世又是为何？我相信你是对的，还因为你有一条真理的铁律就在那些空间里珍藏。但是，我为什么没有看到你啊？否则，我们这里多少人的孤单会减轻，因为时间就是我们的酒杯，我们可以在浓荫匝地的森林里大醉啊，哪怕酒醉死去又如何？只要我给你写的信件全部完成，我在这个世界上想要尽到的义务也便告以终结。我不会去留恋任何多余的事物，因为我不可能留恋的，因为时间的水火就是这样，我们的面目万千也只是众生繁华的投影，一切终究会过去的……信使！神的存在同你一样虚无而短暂，而我想的是：我在此刻用尽心力的书写，已经是我对这个世界怀抱喜爱的极限，我不可能再多一分力气同你谈天说地了。因为你是虚无的、短暂的，我们这里亿万万人的生命，又何曾会比你长出一个毫米？

但是，文学为什么存在？因为时间存在啊。与时间同步的生命的物理存在，生与死的炙烤的力度存在，爱与痛的缠绵的昨日存在，那些空洞的星期天里清风明月般的大与小存在，里外左右山峦腹谷的周折存在，人的站立和蹲伏存在，动物的巅峰般的疾驰存在，大鹰的飞翔和雏鹰的钢筋铁骨存在……信使！但是你为什么会以虚无般的面目存在？因为一旦膏肓顿至，灾害降临，我们就没有理由不去造一个你出来，我们没有理由不去造一个自己出来。所以，我对我的生命的忏悔便也是来自于此呀。如果我实实在在地度过了我的每一天，我以我的自律和良善之心度过了我的每一天，我以我对你的崇高敬意度过了我的每一天，那我的忏悔之心才会降下来。我在时间中编织囚笼、绳索和打开它们的结界的艺术会更加完美一些。信使，我还没有找到更多的可能性将你的形象落实为具体的描绘，否则，我的这封信也会找到一个洞穴里深藏，那样的话，不需要经过人世的咀嚼，你便随时可以看到它了。

这封信，是我写给这个世界上的孤独者的寄语？大概如此吧。我对你没有任何憧憬之心，我只想写出一种孤独的寄语。这不是一朵花开的事情，当然，也无关人心的枯萎，当然，也无关庄园的败落和秋风萧瑟时候亡灵们的痛哭。我不相信你会在虚无的实体化历程中停下脚步，正因为时间是白色的，死亡是灰色的，而霓虹会造出梦幻般的七彩，伪饰的链条会渐渐拉伸、绷断，最终，我们会见到白茫茫一片大地真干净的朴拙的大自然。信使，那时候你降落下来，自然便会看到：人间是多么卑微而寂寥的一个角落啊。或许你的回信也曾经寄来，但我从未见到，所以，我现在就这样静静地站在大地上……北方初秋的风吹过我的身体，我知道，那里有一些事物空空荡荡，在更高的领空，即使是以星宿之名铺排的诗篇也空空荡荡。但我还需要说些什么？在语言已经失去了最后的效力之后，或许只有你那里有吉祥物可以使诸神回顾，从而使我们沉眠的心也有片刻的复苏。

我不愿意将你的枝条珍藏，那么，就让它尽情地破碎吧，它会在贞洁的空气中萌出新芽，自然，也会在蝴蝶谷中树立棚屋，使诸神回顾时幡然醒悟。果木的芬芳就是这样造出来的，你不必为它们的未来忧心忡忡！

落叶：罗扎诺夫

如你所知，第一筐《落叶》（罗扎诺夫著）已经伴我度过了整整一周。尽管它和佩索阿的著作一般枯燥，但在此一周里，它仍然存在。而在它存在的这些天里，我的其他藏书只是作为陪衬存在，甚至连作为陪衬存在都是不现实的。在我的生命中，有多少个"整整一周"？很显然，它受到了我的灵魂的最大优待。

《落叶》帮我解决（当然也催生）了许多问题，但它最重要的，或许是赋予我一种谈论的新形式（无形式），一种内容的大解放（无所不谈），一种发表的可能受阻（或许是这样吧，但愿不是这样，因为我的发表也是我的职业写作得以良性循环的一部分）……而在这种赋予中，我赢得了谈论我的写作（将我的生活和写作揉碎了谈）的更深的契机（《无尽的谈话》，一种写作的新宗教？）……正是所有这些，一点点递进延伸和反复出现的新契机在塑造着我（成为最根本意义上的这一个）……以前，我没有夙兴夜寐地抓住它，真是罪过啊。

整整一个假期，我都在读罗扎诺夫。我读了《隐居》和《落叶》（第一筐、第二筐）。所以，现在，罗扎诺夫亲切得像是我的邻居。我要抑制自己，才免于说出我多么像他。但这怎么可能呢，在我根本性的、过往的生命中，罗扎诺夫是不存在的。（令人惊奇的相似？）

　　谁愿意听我们唠叨呢，但我们又何来心思听别人的唠叨呢，所以，我们互不为读者罢了。（在阅读罗扎诺夫一月之后）

　　迄今为止，我对自己心灵的解释最为成功（我的文学中成熟的一面），但我却不知道为何如此。（是我所具有的灵魂的灵活性和自我的叛离在起作用吗？但愿如此。）（一想起我的灵魂中的尼采因子、佩索阿因子、卡夫卡因子、罗扎诺夫因子？我就觉得好笑。好笑不止。）（也许我只是我之心灵的牧师，我所引导和救赎的只有我一个人。上帝会容许我的存在只是出于他的宽容。）

　　这里离巴塔耶、罗扎诺夫、卡夫卡、佩索阿、布朗肖，离李白多么远啊，但这里离杜甫近，离鲁迅近，离昌耀近，离我近……（在想起写作这件事的时候）（我生活在写作中？我写作在生活中？）

　　身处时间的阴晦中，我常常会觉得自己过得并不充分。或许，我的生命尚未开始，或许，我的生命已经终结。我不是身负死亡的压力活着，与罗扎诺夫不同，我可能并不畏惧死亡。我所畏惧的，只是生命的"无从到达"。

　　罗扎诺夫的《落叶》是最适合在地铁上读的书。在我所喜欢的各类经典中，唯此书可以随处读起，而且"百读不厌"……

我之所以爱读佩索阿、罗扎诺夫、卡夫卡、尼采、克尔凯郭尔的书，或许是因为在某种程度上，他们的书正像是我写的，正像是为我写的。他们的（书写的）优点是同我们之中最深的部分相识，他们只表达对自我（最可触及的自我！）最深入直接的阐释。我迄今所有的（书写的）象征都与我所努力的某种幻变异曲同工。我需要为此书写一些故事吗？如果确属必要的话。在我最努力的讲述中，我并非只是作为讲述者一人存在的？我与自然万物可勘造就、不可趋同？但我确实最喜爱读佩索阿、罗扎诺夫、卡夫卡、尼采、克尔凯郭尔的书，或许正因为在某种程度上，他们的书像是我写的，正像是为我写的。

死亡，对绝大多数人的生命来说，都是完整的终结。因为死去的生命不会思考，不再建功立业，不会再作为具有深度存活价值的个案激发他人的任何思考。"死亡"，是真正的终结！有形的遗产也是。渺小的、凡俗意义上的死亡并不关切死亡的任何本相，所谓"死亡的灰尘"罢了。在这个意义上，任何遗书的效用都不显明。因为遗书也是僵死的，而真正能使死亡复苏的，只有死亡肌体内的力，可以穿越时光的力！或许，阅读之内所蕴藏的，便是这样的力。我经常会以为罗扎诺夫未死，佩索阿未死，尼采未死，卡夫卡未死，罗兰·巴特未死，齐奥朗未死，因为我已经用了很长时间在与他们对话。至少，在如我者的内心里，"逝者"是永生的，因为逝者未死。我向来不曾在他们的生命中看到"死亡的灰尘"罢了！

只要一读罗扎诺夫（齐奥朗、佩索阿、尼采），我身上的罗扎诺夫（齐奥朗、佩索阿、尼采）气息就被激发出来了；只要一读《主观书》，我身上的《主观书》气息就被激发出来？但这都算不得多么重要，重要的是，我作为写作者的气息（不是作为单一的敏感者、家居者、伟人志向）被激发出来……随之改变的是我的境界、生活——对我来说，它们确实富有存在感，使我意识到：我在活着，我在思考。我被写作侵袭？不，是我需要被激发，被沉闷的生活（万事万物）激发，只有这种激发才能使我保持适度的心酸、饥饿，而后，我就可以进入生活和写作了……我的日常需要一种进入感，不偏不倚，不温（凉）不寒（热），但这是难以做到的，令我痛苦和反感：我从什么时候开始就可以不回忆了，我从什么时候开始就可以不写作了？（一种早晨烟尘四伏的空茫，一种激越意志的力！）

刚刚出版的书籍在我们的眼中是着新装的人？貌似新意十足，但内在的身体却已经很旧了。绝大多数都在讲述陈词滥调。绝大多数都经不起"时光的淘洗"。根本没有意义。为什么要出版这些注定会成为垃圾（终究要被销毁）的书呢？我百思不得其解。所以，我已经跨入四十一岁的门槛了，我出书很少（碰巧如此），这样多多少少可以减轻一点垃圾书的印量，多多少少可以让自己的困惑降得低一些。因为压根不想，好几年中都不去想，不出版著作，也可以多多少少让自己冷静下来去锤炼我的书籍，去压缩我的书籍（筛除垃圾、次品）。不断地锤炼、压缩、精益求精（甚至斤斤计较）。这样一来，我就可以理所当然地说我最终出版的书里外焕然一新了吗？希望如此，但怎么可能？除非我使用的语言、行文的逻辑、表述的思考都来自我们尚未被开发的大脑：我是第一个呈现者？但这怎么可能？我迄今所写下的最好的文字，也不过就是一部《落叶》罢了：罗扎诺夫的"第三筐《落叶》"?！

我总是自我感觉我过去写的东西不够丰富，不够深入肌理，总是容易被清除掉的，因此我总是自我感觉我的写作还没有达到让我满意的地步，高潮和巅峰之作甚少（一方面需要不断弥补，写出真正不朽的表达；另一方面需要无情地压缩，毫不含糊地、日复一日地淘汰仍然不够好的、不杰出的），我对自我写作的淘金术在运用之间存乎一心，似乎他人都无法替代：我至少应该写出自己的声音来啊。是运用自己的句法，而完全不是其他人的，不是罗扎诺夫、佩索阿的，尤其不是罗扎诺夫的！他的句法陪伴我、影响我很久了啊，所以我已经不能使劲地读他，我得离他远一点儿（远近之间，仍然是"存乎一心"）……

我读了多少次《落叶》，不同的版本、同样的译者……就这样，我熟悉的是译者的腔调，而不是罗扎诺夫的，但我希望他能够用俄语念出来，我希望我们的关注点是统一的——就是这样，这个世界就是这样：我们为什么要相信方块与方块之间是如此不同？

是的，罗扎诺夫的风格就是粗暴、细腻而悲伤，我以前没有意识到这一点，但的确如此：罗扎诺夫正是为此而深入我心的。

我反复地读同一本书的结果就是：这本书我已经太熟悉了，对我来说，它的神秘性已经渐渐被我消除掉了；从整体上讲，它不再是一种新书（成了一个"雕刻"），开始向一件"陈旧"的事物迈进（无限靠近但"永不过时"）；它的存在不是我的反射：我从根本上不像它，但我学会了、领略了它形式的表象；这是一个与"我"作斗争的魔鬼，我多么憎恶它、爱它，但我会反复地封存它：在记忆中读它?!

有时候我就叫你朋友、伙计、老人家。有时候我想起你是对的，但我不能一直想。所有绵长的人与事物都不能一直想。"说出去"丢人啊。我相信你舒服的、奇特的夜晚与我（他）们不同。因为你混合了你我，容忍各种界限？不，你只是愤怒地融合和容忍，靠夜半更深过活。你只是混合了你我，我记得你奇怪的混合，等待岁月就这样"过去一趟"。斜阳漫漫，就这样"过去一趟"。真够遮蔽啊，不通达，仍是斜阳漫漫。老人家、朋友、老伙计，我当如此叫你，不知趋避地叫你，孕育你的心，再造一个你（我）。我喜欢的人与事物都如此突出、隐晦，仿佛时间悬浮，时间永远未至。瓜果的芬芳，黎明时蓝色的远方，山峦青黛、白云飘荡如孤鸿。我有时叫你老兄，我看不见你，但是斜阳漫漫，我知道你住在青山上。茅庐青山的隐居，我们共同的心律！

> 我了解她的部分。我只了解她的部分。
> 我从来没有跟随她到水边，
> 也没有与她攀爬群山。那热烈的火是她写下的。
> 而我只有丢失。
> 那漫长的海岸线和黑森林都属于你。
> LZNF，如果这是你的小夫人我不嫉妒。

如果她热爱你我不嫉妒。

我只是觉得夜晚的风应该等一刻钟再吹。

我拎起那最大的铜钥匙开门。

我看见了你但我们陌不相识。

这是你的领地但我已经来了。

你会说些什么你什么都没有说过你静默着。

我摸摸你的脖颈就是这样你蹙眉你静默着。

（《山西文学》2022年5期）

长号与冰轮

杜梨

雨雾交替的北京像是华北平原喝醉了,睡进混沌的梦里。疫情终于干净,温热的七月,我再次见到了冰轮。可能是穿了短袖的缘故,我惊讶地发现,他越来越胖了。

然而,冰轮坚持他没有胖,是我的记忆出了问题。他说,人上了年纪就是这样,何况他还天天健身,只不过不忌口。冰轮年近四十,还是单身,时间没怎么刻画他,只是多了一点儿黑眼圈,白头发都没几根。

我对他抱怨,再这样下去,你就要失去你的美貌了。

他说:"谁没有年轻过?年轻过就行了!"丹凤眼上挑,折出一道细褶。

我想,世界上最遗憾的事莫过于美人迟暮,而冰轮不止这一点可惜。

"我们上次见面是什么季节?是夏天、秋天还是冬天?我不太记得了。"他残留的艺术触觉在这句话里飘忽着。

岑冰轮在蟠龙门干了整整十五年,依旧是一名普通员工,每天平静地检着票。

在蟠龙门内的一排职工照里,大家都穿着白衬衫和黑西装,照片下贴着服务宣言。二十三岁的冰轮眉清目秀,眼神桀骜,无论怎么看,都不太属于这儿。我无数次经过都在想,年轻时的冰轮一定有很多小姑娘追。

蟠龙是传说中蛰伏在地而未升天之龙,形状盘曲环绕。在古代传统建筑中,一般习惯把盘绕在柱上的龙和装饰在桩梁上、天花板上的龙称为蟠龙。蟠龙门的名字,似乎是为冰轮而起的,他始终未能如意。

冰轮有一双北方人常有的丹凤眼,说起话来连绵不绝,中气十足,眼睛上探四十五度角。我用手撑着头,感觉像环绕立体声,音高而醇亮,在我周围织成密不透风的网。

我基本只有捧哏的份儿。"不愧是吹长号的,你这声儿太高了,肺活量是天生的吧?"

他说:"肺活量都是练出来的,越练越好。我们要说谁吹得好,会评价这人气不错。"

我又问:"长号的声音为什么那么低沉?"

他回道:"我不想聊艺术,我们还是聊聊人生吧。"

我后来才知道,长号对气息的消耗极大,吹低音时尤甚。

一九九三年,冰轮还住在鼓楼,在后广平小学读书,父母都是企事业单位的普通职工。那时,北京的小学生几乎都要培养一些兴趣爱好,只要家长负担得起,都愿意送孩子去上一门兴趣班。学什么呢?画画吗?他不太感兴趣。游泳吗?他母亲在白塔公园工作,他掉进过水里,对此充满恐惧。

学校校乐团的老师来招学生。学乐器比较贵,在当时比较冷门。老师首先看了看孩子们的手指，又挨个儿看了看嘴唇，让几个小孩跟着唱一段旋律。听完后，老师劝冰轮的父母说，这孩子嘴唇厚，节奏感不错，非常适合吹长号，如果不学，真的可惜了。

无论是铜管还是木管，每种唇形都有适合的乐器，而冰轮恰好就适合长号。很多年以后，冰轮想，也许是老师怕收不到学生赚不到钱，才会这样说吧，毕竟总共也没几个小孩。

他们一家怀揣着美好的心愿，抱着试试看的心情交了钱。很多小孩都有学西洋乐器的经历，但没多少人能坚持下来，大家都抱着陶冶艺术情操的心愿进去，很快就放弃了。

冰轮家里没有任何人懂音乐，但他偏偏有天赋。上课的时候，老师会夸每个小孩，但夸他夸得最多。老师说他气息饱满，吹出来的节奏很稳，从来不会因各种原因赶拍子，这是难得的天赋。

为了学到更多，四年级后家人专门请了Z乐团出身的秦老师来家里教课。秦老师每天从西单骑着那辆二八大杠，到鼓楼的小胡同里来给他上课。家里人问老师喝茶还是汽水儿，老师倒也诚实，他只喝酒，啤酒就行。于是老师一边喝酒，一边给他上课。

老师喝燕京的罐装啤酒，整提整提地喝，脾气也因此变得暴躁。冰轮只要吹错一个音老师抬脚就踹他屁股。有时打得特别狠，冰轮一边哭一边吹，这时也不能错，不然会继续挨打。有时老师喝醉了会睡着，却还是能听出他吹错了音，这对冰轮来说一直是个谜。

在秦老师严格的教育下，他进步很快，基本功练得很扎实。那时家离学校也近,每天放学写完作业就吹号,他的学习成绩不错,一家人从没想过走专业这条路。

到了初二,冰轮家附近要拆迁。他们觉得胡同的平房能换两套楼房已经很不错,无法预见之后的经济腾飞,甚至都没有考虑过距离远近。来人敲门,挨家挨户通知拆迁,一纸合约递来,他们就签了字,从二环的鼓楼搬到了四环外的石景山。

冰轮家的户口还在新街口,学区划片和工作地点都没换,冰轮和他母亲要五点起床,挤一个半小时的公交和地铁,一个到白塔公园上班,一个去地安门上课。放学后,再夹在晚高峰的人群里回家,写完作业还要练琴。第二天上课睁不开眼,他很快就跟不上进度,从前几名到被甩出很远。再想去追,精力完全涣散,只有长号还在坚持。

冰轮始终觉得,那是他人生的一次重大转折,他从此走向了完全不同的路。

到了中考,他们一家人各处翻查学校,秦老师给指了一条路。著名的Z乐团下属有一家定向高职,是个私立,在大院儿里租了片地,由乐团里的老师亲自教。好好学三年,就能考进Z乐团,有一份稳定而体面的职业。

一九九八年,冰轮进了那所高职,原本以为大家是来积极进取的,结果没有几个认真学习。有些人家里开公司,日后继承家产,不考虑就业问题。世纪之末,网游刚刚兴起,没有多少男孩儿能经得住诱惑,每天去网吧玩到地老天荒,别说练琴,上课都没几个人。

学校的学费很贵,乐理和视唱练耳,冰轮每一节课都上得很认真。当时他们只有央音的考级教材,还有一些国外的练习曲，一般人根本拿不到。老师那边有资源，他们便轮流去复印谱子，少的几十张，多的几百张，一张一张复印，如获至宝。二十多年过去，他一直留着板砖似的一摞乐谱。

练曲最重要的是练技术和基本功，音阶、三重琶音、四重琶音和泛音，到二十四个大小调和一些乐曲的困难片段。老师让几个认真学的学生住在一起，互相促进，不要受外界影响。冰轮和派特都是吹长号的，属于同一声部，被分到了同一宿舍。在其后的十多年里，他们都很要好。

工欲善其事，必先利其器。既然决定走专业，首先就该换乐器。老师有渠道帮忙挑选，还可以打折。央音的标配是美国的 Bach，派特花了两万一千五百块买了一把。而冰轮买了合资品牌杰普特的长号，原价九千多，到手价八千七百六十块。当时北京市人均工资千元左右，冰轮父母怕拿太多现金去琴行不安全，便专门去了老师家里，将一兜现金亲自交给老师，从老师那儿拿到了乐器。

每天起床号响便醒来，一周两节课，一对一教学，其余时间上午自己练，完成老师布置的作业。他们声部的人较少，偶尔会一起排练重奏。下午是文化课和乐理课，他们一起上。冰轮的乐理学得很好，只有一点，耳朵不好，听音听得不太准，这也是小时候总挨揍的原因。

我正支着脑袋昏昏欲睡，听到此处一跃而起。"什么，你耳朵不好？你耳朵不好还学音乐？"

冰轮一本正经地看着我："我耳朵不好那是跟我同专业的人比。要是你，那没得比。"

高职的老师们崇尚交响曲里那磅礴豪迈的气势。长号适合演奏雄壮乐曲中的中低声部分，也是乐团中最常用的乐器之一，因此老师们对号手们很器重。少年冰轮对法国号十分感兴趣，为它的柔美声调所着迷。

法国号又叫圆号，是世界上最古老的乐器之一。虽然圆号和长号都属于铜管乐器，但长号是C调，而圆号是F调，这也就意味着圆号不仅能够演奏出嘹亮的音乐，也能吹出属于木管的柔和音调，它是一种介于铜管和木管之间的乐器。圆号的声音丰饶柔美，与木管和弦乐都很适配，是铜管乐器中音域最宽、运用最广泛的乐器。

冰轮听着法国号的音调，从那柔美而宽广的音域中，触摸到了想象中的漂浮的按键。有时当你习惯于某种乐器，行走在枯燥的训练中，总会被其他的声调所吸引，然而这依然是一种隔空的遥望。长号学了这么多年，唇形和指法很难再变，再喜欢，冰轮也只是想想而已。况且，老师严禁他们触碰法国号，因为容易把气质带偏。

每个月冰轮都有一百块零花钱，除去两盒烟钱，费用基本上花在了周六下午的网吧。网吧三块钱一小时，为了能多玩一会儿，每周放学他都从香山附近步行回石景山，来回一共五个多小时，可以省下四块钱的车费。

网上冲浪的时候，冰轮认识了东城区一所重点高中的长笛首席，两人很聊得来。有天女孩说，他们高中要在中山公园举办一场演奏会，有一张票，问他去不去。

冰轮欣然前往，让他感兴趣的不只是这位少女，他更想听听他们学校的演奏水平如何。作为普通高中的乐队，他们的水平已经很高。音乐会结束后，两人在一起了。她喜欢听港台的流行音乐，而他很不喜欢。在学古典乐的一些人看来，流行乐将古典音乐那些复杂的和声配器对位法之类的东西给简单化了，而且很多搞流行的基础乐理都没学好，写出来的东西有很多错误，这就导致大部分的流行乐过于简单。

但为了恋人，冰轮听了很多港台流行音乐，他尽可能多听多了解，上网四处搜集新歌，陪她去街边买卡带。那大概是他近四十年来，跟流行音乐走得最近的一段时间。他觉得恋人对音乐的喜欢就是玩闹，可他很愿意陪着。

大概过了一年，发现女儿在偷偷谈恋爱的父母坚决反对，冰轮的初恋和平告吹。初恋是唯一能跟他正经聊音乐，跟他有很多共同话题的恋人。那个年代大街上只有唇膏，而她想办法送了他一盒唇油。大概是北京太过干燥，吹号多了，嘴唇容易干裂。二十多年过去，唇油的盒子仍然放在他的抽屉里。

二〇〇一年临近毕业，作为冰轮师兄的派特顺利考去了外省S市的音乐学院。

北京的学生把各大音乐学院简称为中央院儿、上海院儿、沈阳院儿和天津院儿等。网络发达，听过各种演出会演，大家对各地音乐学院的水平都有所了解，何况当时音乐类的一本院校也不多。很多人都认定，外省市音乐学院的能力、水平和氛围基本无法与央音相提并论，要上就一定要上央音或者上音，又或者进Z乐团之类。

冰轮后来在央音进修时，遇到过外省音乐学院要评选教授，需要中央院儿老师评级，可是负责评级的央音老师也不过是个副教授。纵然如此，他记得当时央音老师的鼻子都快气歪了。冰轮是老北京人，他怎么也不愿意出京上学。

这时，他的老师强烈要求他考Z乐团。老师也是考试的评委团成员之一,觉得冰轮天资和水平都不错,绝对没问题,这让冰轮有了些底气。

练琴很枯燥,家里为了给他交学费已经倾尽所有,他没闲钱出去吃喝玩乐,每当看见别人接到呼机上的来电再去回电,他都很羡慕。"现在想想真挺傻的,你接到别人的呼机,还得花钱自己打回去,是不是?"

那年他十八岁,距离艺考还有半年。到底禁不住外面的诱惑,想先出去赚点儿钱,再准备Z乐团的考试。正巧刚毕业的一些同学无处可去,学校便给他们集体介绍到一家中介公司,公司负责外包婚礼、剪彩、开业和奠基等需要乐队演奏的地方,给他们几大本名录,让他们有需要就去打一竿子枣。

同学给冰轮介绍的工作还不错,在北京游乐园的艺术团里演出。负责人看他专业出身,给他算二级工资,一个月一千两百块钱。在二〇〇一年,对刚独立的青年来说,已经是个不错的收入。况且冰轮看中北游的工作是因为有大量的自由时间,每天他都可以有充分的时间来练自己的东西,准备年后的考试。

北京游乐园一九八七年正式对外营业,是一所中日合资的大型园林式游乐园,它坐落在东城,是北京最早的一处现代化游乐园,是很多人的童年记忆。二〇一〇年六月,北京游乐园正式停运,随后被拆除,人们在断壁残垣上画满了纪念的涂鸦。

不知是不是冰轮第一份工作就在游乐园的缘故,好像一种预言,冰轮的生命音轨牢牢地刻录在了游园的枯燥幻梦里,任它一圈又一圈旋转。

夏天每天演出三场,歌舞团跳些现代舞和流行舞,乐团为歌舞团伴奏,有实习的小姑娘每天从舞蹈学校赶来上班。每天演出前,乐团都从流行歌上现扒谱子。对于冰轮来说,扒流行音乐的谱子实在太过简单,从中学不到任何有助于专业的东西。况且流行音乐的节奏变化非常随性,不像古典乐那样稳重,他很怕这种排练会带坏自己古典的节奏,影响明年的考学。平时工作结束后,他再坐车回家去琢磨曲子,苦练基本功。

到了"十一",他们赶上了节日嘉年华,整整七天都没休息。每逢嘉年华,园里都有盛装彩车游行表演,一共九个方阵、八辆彩车,从北大门出发,途经极速酷酷熊滑行车、大荡船,之后从空中单轨列车轨道下穿行而过,沿激流勇进、旋转秋千、螺旋滑行车往前,最后汇集到北翔剧场。前面是节日的漂亮花车,五十多个卡通明星跟人们打招呼、玩游戏、合影留念、狂欢巡游。冰轮他们戴着高帽,穿着嘉年华的演出服,走在花车后面,奏响狂欢乐曲。到了北翔剧场,歌舞演员们在音乐的伴奏下翩然起舞,将全场的气氛推至顶峰。

冰轮父母带着他的姥姥,跟着游行方阵一边走一边听,姥姥很高兴。冰轮学乐器这么多年,他们终于看到了一场真正的大型表演,这是他们最扬眉吐气的时刻。这场甚至算不上正式的演出,只是冰轮用来赚外快的渠道,却也是他生命中凤毛麟角的满足。

到了淡季,表演不再像之前那样多。早晨管弦乐团穿上玩偶服装,站在门口揽客,和游客合影,晚上再去演出。他说:"这帮日本人就不能让你闲着。领导都一样,生怕你不干活儿。"

我说:"咱宫里不也这样?"

他说:"咱们还是好一点儿。"

在北游干了五个月，算上黄金周的加班费，除去吃穿用度，他攒钱买了一部诺基亚8310，花了三千七百九十九元，比大多数的手机都要贵，也算是圆了当年的呼机梦。这部手机他用了八年，直到智能手机时代来临。

二〇〇二年年初，冰轮开始全心全意准备考Z乐团，他想，凭自己的实力和老师的加持，考试一定如探囊取物。过了年，春天的沙尘暴和艺考一起到来。就在考试当天，本该出现在评委席上的老师不见了。老师消失了。

冰轮一家慌了，他们难以相信这种电影般的剧情竟然会发生在自己身上。而且不偏不倚，就发生在考试当天。考完一试，父母带着他四处打听，学校里每个办公室都找了一遍，他们好言相求，老师们却都闭口不言。一家人又去老师的小区打听，门卫不让进，求了半天，说孩子考学实在着急，只想知道到底是怎么回事。门卫叹了口气，请示以后，让他们做完登记进去了。

到了老师家，早已人去房空，任他们怎么敲门也无人回应。爸妈的敲门声引来了隔壁邻居，她拉开门缝，冷冷地看着他们一家三口。冰轮至今都记得那人嫌弃的眼神，仿佛他们一家三口是明代运河皇船上腐败的贡鱼，恨不得他们赶紧消失。

邻居说，××老师不在这儿，他不会回来了，你们以后也别再来了。

三人仓皇回到家中，吃了一头一脸的黄沙，心如投河的沉石，茫茫然不知所措。直到很久以后，有人觉得冰轮实在可怜，才告知了他实情。近二十年过去，冰轮再也没有见过那个老师，也没有他的任何消息。

这位老师不在了,他们又慌忙去找另外的老师,希望还有点儿机会。他们请新找的老师吃饭,花了三千多块钱,老师眉头也没皱一下。

五月二日考完二试,冰轮想,他的演奏水平一直在那儿,他就要凭自己的实力,谁也不靠,看看到底能不能录取。最终当然是败北。

人们谣传,有人考试时在桌子上拍了一辆车的钥匙。那是个疯狂的年代,雾里看花水中望月,谁也不知道真假。冰轮想想自己那顿饭,简直小巫见大巫。

新找的老师于心不忍,推荐他去另外一个老师门下。冰轮向在那里的学长打听了一下前途,发现也没有什么上升的空间,就拒绝了。

之后,冰轮去了一家著名的培训学校,挂职上班,做音乐代课老师,教长号和乐理。他去北京各个地方上课,最远的地点在良乡。早晨六点多,他坐上公交,抱着自己的长号和乐谱,看着窗外的繁华逐渐失色。到了学校,学生们也不好好学,纯粹是混课堂,他觉得了无生趣。晚上天擦黑,他再坐着公交往城里赶,看灯火一点点燃起来,到家已经八点多。二〇〇四年,良乡附近大片荒地,西北风逐渐刮起,露出无尽袒露的黄土地,枯枝败叶追着车打转。车上只有他一个人,他坐在最后一排,想了想考试的经历,号啕大哭。

那时他还不知道,他还会遇到更多离谱的事。

冰轮抽了根烟,脸上依旧没有什么表情。"这么多年,我多次跟别人提起这个故事,说到最后我都不信了,我都觉得像我自己编的。所以,到了现在,我根本就不愿意提这件事儿。"

有一种治疗失意的疗法叫"耗尽",只要我们反复诉说同一件事，那么就能消耗掉足够多的痛苦与激情。

大一暑假，派特坐火车回北京找冰轮吃饭，劝他不要灰心，让他准备隔年央音的考试，说自己也会去央音陪他一起进修。冰轮吃完那顿饭，看着两人之间的差距，还是决定继续考试。

他先去小汤山的山庄里工作，那里有个四十人编制的乐队，每天晚上都在那儿演出。别人在大堂里吃饭，他们就在一边演奏。上了半年班，他因理念不同和指挥吵了一架，二〇〇三年年初去了央音进修。艺考中有个不成文的规定，如果想去哪儿上学，就先去那儿进修一两年，学习那所院校的流派和技法。

央音的老师听了冰轮的经历，问他为什么要去那个高职，说他纯粹是在浪费时间。接着，老师很诚实地告诉冰轮，他已经不是应届生，考央音本科绝无可能，况且长号这个声部的名额早已被央音附中的同学们占满。要是不想耽误自己，最好赶紧去考外省市的音乐学院。

虽然无法在央音考试，但至少还可以在全国音乐的最高学府学习。没过两天，"非典"来了，央音的外省市学生全部回家，学校里只剩了一部分北京本地的。到央音的第一天，冰轮就跟着他们一起重新装修琴房，把每层楼的墙重新刷白，将那些音乐家的照片重新打边框装订。干完这些活儿，他才开始跟着一起上课。

以前在高职，只要练会四升四降加上C大调、九个大调音阶和琶音就可以通过考试。而在央音，他们需要二十四个大小调一起练，考试是抽选，必须全会。在这里，老师不再限制男孩们去接触法国号,而是更全面地教给他们各种技术,带他们领悟各种乐器的魅力。但冰轮不再是那个听到法国号就跟老师起哄的少年了。与此同时,他还报了班,补习文化课,准备参加全国高考。经过老师的提醒,万般无奈之下,他决定出京报考。

在央音上了一年课,二〇〇四年,冰轮选择报考T市的音乐学院。他想,就算出京也不能出华北平原。他买了火车票,打包好行李,大年初五出发,坐了几个小时的火车到了T市。年都没过完,他借住在同学的宿舍,发现那里的学习氛围竟然跟高职的情况差不多,白天上课根本见不到人,晚上全在小树林里谈恋爱,或是在网吧里玩游戏,老师教课也是全凭自觉。

彼时的派特准备考研去央音,而冰轮依旧是漂泊的状态,连大学的门还没摸到。身边不再有派特这样的好朋友,他拔号四顾心茫然,只有每天坚持吹号和做题,几乎什么也顾不上。

那些年,总有女孩追冰轮,拼命给他打电话发信息,约他出去吃饭。他谈了恋爱,依旧特别忙,一面补习文化课,一面练专业技术,一排练就几个小时,根本顾不上回女友的信息,总是她发很多条,他只能回一两句。

更恐怖的是,因为穷得叮当响,每次女友约他出来,都是她请他吃麦当劳。女友比他大一些,已经工作了一段时间,在他最艰难的时候总是陪着他。

六月高考完,冰轮在T市边玩边等成绩。结果官方根本没有出排名,他不知道成绩名次,更不知道录取名额。没多久,冰轮接到了T院儿主考老师的电话,电话里别的什么都没提,只说交五万块钱赞助费就能上。他打电话给考上T院儿的同学，同学说，在T院儿没有排名，大家考完试，如果这个系报名人多，那么交赞助费就可以上；如果只有一两个人报名，那么就可以直接录取。

冰轮收拾好行李，坐上火车回到北京。到家以后，他跟父母形容了一下T院儿的气氛，又说了交五万块钱这件事。本来他对于出京上学就充满了抵触，加上对方的做法，更让他生气。多年来，家里为了供他学音乐已经花了很多钱，他不愿意为了上学再花钱了。见识了央音的氛围后，他更不愿意去将就。

冰轮决定先找份工作，再找机会准备明年的考试。此时，派特冲刺央音的研究生失败了，干脆自费去德国留学深造。

女友问冰轮关于未来和结婚的问题，这一年冰轮二十岁。女友想快点结婚，可冰轮还在暗淡无光的考学中挣扎，实在没办法许给她什么。两人因此而分手，嗟情人断绝，音信杳渺。

直到这时，冰轮还没有放弃，在二〇〇五年最后努力了一把。当时，与R大合作的某艺术学院开始招音乐系的学生，因为挂靠的是R大，又是在北京，他决定试最后一次。他按部就班地考完一试二试，艺术学院的老师回复说，管弦系招不满，收的人太少，无法独立成班，让他换专业，考虑考虑民乐或是声乐。

冰轮一听，简直是滑天下之大稽。西洋乐、民乐和声乐分属三个不同的体系，西洋乐以十二平均律为准，而民乐以五声音律为准，连最基本的乐理、乐谱和演奏方法都不同，不可能说转就转。况且，他怎么也不可能自废武功，半路出家去学另一种乐器。

多年以后，那所艺术学院被R大正式收编，成了R大的艺术系。如果冰轮成功入学，为了这个文凭而学习，如今也可以说是R大毕业的。但冰轮永远不会这样做，就是不会。从那天开始，家里人再也不提长号考学这件事。

过了年，派特从德国回来，两人吃饭时聊起德国的铜管乐，说到德国的中老年乐手很多，肚子托着圆号或萨克斯，气息饱满，腔调悠长。坐在冰轮对面的派特已经是长号系的研究生，眉宇之间更加开阔，举手投足游刃有余，而冰轮还在四处教乐器，没有任何正经学历和职业，他成了一名真正的长号浪客。

如果再在长号这条路上走到黑，他很可能会变得不食人间烟火。他不想那样，他还想赚钱，继续生存下去。

我问他为什么没想过搞乐队，为什么没有坚持下去。转念一想，他是学古典乐出身，本来就讨厌流行音乐，更别提摇滚乐队，他不愿意去做些似是而非的事。坚持某种理想或是某种标准的他，一次次被伤了心，绝对不会回头了。

他回答得很干脆，长号太过小众，派特去了德国，没人可以再和他一起聊音乐。音乐这个东西，一旦没了知音，就索然无味。

二〇〇七年，冰轮考来了冬宫，一待就是十五年。自从来到这里，他再也没有碰过长号，也没有听过古典乐。这么多年，他学会了如何去欣赏古典乐，但最爱的是轻音乐。曾经最讨厌爵士和摇滚乐，却因为作曲家祖坚正庆的缘故，他慢慢爱上了所有曲风。

音乐这碗饭，吃不吃得上，大多靠运气。其实，即使苦练多年功夫，也并不一定要终身从事音乐事业。我有个朋友毕业于茱莉亚音乐学院,曾师从著名指挥家阿巴多学习指挥和作曲,多年来苦练弦乐,最后也不再演出了,而是跟着家里人一起做影视,过得也很快乐。冰轮过去的那些同学,大多数都改了行,逐渐失去了联系。派特回国后,教小孩吹长号和乐理,偶尔会有演出,总是发朋友圈。这些都和冰轮的状况不一样,他的确是一生襟抱未曾开,这并不是一个殊途同归的故事。

他看着派特的朋友圈,从两人的聊天里清楚地知道,他们已经是两条路上的人了。

刚刚进宫的时候,冰轮觉得枯燥又无聊,明明自己学了十几年古典乐,最终却和妈妈一样检票站岗,似乎怎么也走不出这个"麦田怪圈"。当时的新人都想被分到护宫小分队,主要的工作是查抄小商贩的烤白薯和冰棍饮料,如果混熟了,还能吃块热地瓜。

结果领导宣布冰轮被分到了蟠龙门。

在蟠龙门上班第一天,冰轮就和套票的黑导打了一架。站在蟠龙门的大门口,水道送来一船又一船的游客,冰轮既要检票,也要管船,还要分辨每种导游团、各种账目和大小船票,耳边变成了喇叭声,忙得他晕头转向。艳阳之下,他收票收得都没了知觉。

一些老师傅中午吃完饭会喝酒,有时喝多了睡一下午,或者下午去洗衣服,他就自己站一下午岗,没人来替。好在疫情之前的旺季,因挨着水道和船运的关系,他们的收入不错。

每逢休息日,他都尽量跑宫里来干活儿,几乎大包大揽,指望这样能提个小掌门,日后好给家人增光添彩。系统中的老人们彼此相识,都是在各个皇家御苑里上班儿的,谁不认识谁？按照年轻一辈的话来讲："我得给我们家人长脸。"

风雨无阻干了几年，本来有提干的机会，也因为他学历和身份等种种问题没能成功，似乎某种属于长号的运气，永远地凝滞在了他的身上。他平静地接受了这一切，认真辅助新干部，整整十年，两人配合得很好。他每天骑一个小时车上下班，再去健身房健身或去游泳馆游泳，弄得满身大汗，吃下一碗面条，什么也不想了。

十五年来，他看见不少人在河道里出过各种意外，别人进宫是为了赏乐，他进宫则看了很多沉浮。唯一让冰轮感觉奇怪的是，当他年轻，一分钱没有，背着长号累累若丧家之犬，满北京地练琴、考试、演出和教课，没时间跟姑娘谈恋爱，甚至连消息都不回的时候，身边总有女孩追他，怎么推都推不掉。自从进宫以后，赚了钱又有时间了，却再也找不到合适的女朋友了。

我歪了歪头："可能是人家看不上咱们这检票的工作吧，觉得不体面。那时候你不是吹长号吗？尘埃未落的时候，还让人家觉得有很多希望。"

"嗯，无论怎么说，我就是失败了。每当我跟别人提起这些，他们都会说是我不够努力。"冰轮掐了烟，"如果是这样，我就不再跟他们聊了。"

"我理解你，你很努力，但这与努力无关。"

"我有时候会想，如果当初坚持一条道走到黑，从拿起长号那一刻起我就决定走专业，那么是不是一切都会改变？"

那天落了雨，天气并不热，连接两栋商厦的隧道里勉强伸进点儿出口的光，我们坐在冰激凌店的小桌子边，暑气慢慢地洇到皮肤上。过往的车辆非常吵，恰好与冰轮的声音完美混响。旁边有个穿背心的流浪老汉，在这条隧道里走来走去，忽然伸过胳膊，管冰轮要了一支烟。

我想起一首小诗：冰轮影里山河见，玉鉴光中星斗明。万象主人收拾尽，一樽酬罢一诗成。冰轮吹长号和检票的时间几乎一样长，他也从那些欢乐或痛苦的协奏中，体会到了磨炼这两种技艺的纯粹乐趣。学习弦乐的第一步是把姿势练熟，第二步是练空弦，第三步是练音阶。检票也一样，要熟练地对待游客，要在凌晨和傍晚守至无人，要在人流密集的时刻掌握好 GDAE 等大小调般的调控。当我在岗亭里一面接待各地旅游团，听遍酸甜苦辣的乡音，一面跑出去把逃票的人追回来，从蟠龙门追到如春湖，甚至追到露陈石碑那儿时，同时穿行的两个我，不比演绎四重奏来得轻松。

而冰轮大哥会站在岗亭里，看着我从露陈座跑回来，轻轻一笑："票不能这么检，会把自己累死的。"

世界上有那么多吹长号的人，但只有一个长号手会检票。柏林爱乐乐团成立不过一百四十年，而冬宫历经了两毁两建，已过了二百七十二年。能进柏林爱乐的都是世界顶尖的乐手，如果在演出时吹错一个小节，恐怕就不用再来了。冬宫也不是谁都能进的，若是在冬宫失手打碎一件文物，结果可想而知。无论冰轮是去柏林，还是留在北京，他所演奏的都是大部分人无法比拟的乐章。

冰轮让我再也不要跟他提长号，我答应了。他说估计那铜都已氧化，如果谈了恋爱，他就会搬家，然后把它扔了。一段旅途已经过去，他还有很多的旅途会到来。

（《人民文学》2022 年第 10 期）